Artículo **5**

Narrativa
contemporánea

Simmons, Kristen
    Artículo 5 / Kristen Simmons ; traductora Gina Marcela
Orozco Velásquez.-- Editora Margarita Montenegro Villalba. --
Bogotá : Panamericana Editorial, 2016.
    404 páginas ; 22 cm.
    Título original : Article 5.
    ISBN 978-958-30-5149-4
    1. Novela juvenil estadounidense 2. Moralidad - Novela
juvenil 3. Conducta social - Novela juvenil I. Orozco Velásquez,
Gina Marcela, traductora II. Montenegro Villalba, Margarita,
editora III. Tít.
813.5 cd 21 ed.
A1519943

    CEP-Banco de la República-Biblioteca Luis Ángel Arango

Primera edición en Panamericana Editorial Ltda.,
abril de 2016
Título original: *Article 5*
Copyright del texto © 2012 por Kristen Simmons -
Publicado en acuerdo con Tom Doherty Associates,
LLC en asociación con International Editors' Co.
Barcelona. Todos los derechos reservados.
© 2016 Panamericana Editorial Ltda.,
de la versión en español
Calle 12 No. 34-30, Tel.: (57 1) 3649000
Fax: (57 1) 2373805
www.panamericanaeditorial.com
Tienda virtual: www.panamericana.com.co
Bogotá D. C., Colombia

Editor
Panamericana Editorial Ltda.
Edición
Margarita Montenegro Villalba
Traducción del inglés
Gina Marcela Orozco Velásquez
Diseño de carátula y guardas
Rey Naranjo Editores
Fotografía de carátula y guardas
© Nekro
Diagramación
Martha Cadena

ISBN 978-958-30-5149-4

Impreso por Panamericana Formas e Impresos S. A.
Calle 65 No. 95-28, Tels.: (57 1) 4302110 - 4300355. Fax: (57 1) 2763008
Bogotá D. C., Colombia
Quien solo actúa como impresor.

Impreso en Colombia - *Printed in Colombia*

La presente es una obra de ficción. Todos los personajes, entidades y sucesos descritos en esta novela son
producto de la imaginación de la autora o son de carácter ficticio.

Artículo 5

Kristen Simmons

Traducción GINA MARCELA OROZCO VELÁSQUEZ

PANAMERICANA
EDITORIAL
Colombia • México • Perú

Para Jason.
Gracias por el día de hoy.

Capítulo 1

BETH Y RYAN iban tomados de la mano. El simple gesto bastaba para recibir una multa por indecencia, y ambos lo sabían bien, pero preferí no decir nada. Las rondas del toque de queda no comenzarían sino hasta dentro de dos horas, y solo se podía disfrutar de algo de libertad en momentos como este.

—Más despacio, Ember —dijo Ryan.

Sin embargo, comencé a caminar más rápido, alejándome de ellos.

—Déjala —susurró Beth.

Mi rostro se encendió cuando me di cuenta de cómo debían verme: no como una amiga que iba pensando en sus propios asuntos, sino como un mal tercio amargado que no podía soportar ver a otras parejas felices, lo cual no era cierto, o al menos no del todo.

Tímidamente ajusté el paso hasta quedar junto a Beth.

Mi mejor amiga era alta para ser una chica, tenía una constelación de pecas oscuras concentradas en su nariz y un casco de pelo ondulado de color rojo, indomable en días fríos como ese. Beth soltó el brazo de Ryan para sostenerse del mío, lo que sin duda me hizo sentir un poco más segura. Sin mediar palabra, comenzamos a andar de puntillas para sortear las enormes grietas de la acera, tal como lo habíamos hecho desde el cuarto año.

Cuando el camino de concreto se convirtió en grava, levanté el borde de mi larguísima falda color caqui para que el dobladillo no se arrastrara por el polvo. Detestaba esa falda. La camisa de botones con la que hacía juego era tan anticuada y rígida que incluso Beth, con su enorme busto, se veía plana como una tabla de planchar. Los uniformes escolares formaban parte del nuevo Estatuto de Comportamiento Moral del presidente Scarboro. Ese era solo uno de los muchos que habían entrado en vigor después de la guerra, y establecía que la apariencia de las personas debía corresponder con su sexo. No estaba segura de a qué sexo correspondía ese atuendo, pero era claro que no era femenino.

Nos detuvimos en la estación de servicio de la esquina solo por costumbre. A pesar de que era la única en el condado que seguía abierta, el estacionamiento estaba vacío. Solo unos pocos podían darse el lujo de tener auto.

Nunca entramos. Sabíamos que dentro habría bocadillos y golosinas en los estantes, pero diez veces más costosos que el año anterior, y no teníamos dinero. Por ello, nos quedamos donde éramos bienvenidos, es decir, fuera. Estábamos a un metro de los cientos de rostros que estaban confinados tras el cristal teñido. El cartel decía:

¡SE BUSCAN! SI LOS VE, CONTACTE DE INMEDIATO A LA OFICINA FEDERAL DE REFORMAS.

En silencio, examinamos las fotografías de los fugitivos del sistema de adopciones y de los criminales prófugos para ver si conocíamos a alguno, aunque buscábamos una foto en particular: la de Katelyn Meadows. Era una chica de pelo castaño y sonrisa alegre que había estado en mi clase de Historia el año anterior. La señora Matthews acababa de decirle que había recibido la calificación más alta de la clase en el examen trimestral, cuando vinieron unos soldados para llevarla a juicio.

—Infracción del artículo 1 —dijeron—. Desacato a la religión nacional.

La verdad, no la habían atrapado adorando al diablo; simplemente no había ido a estudiar el día de Pascua, y la noticia llegó a la junta escolar bajo el nombre de inasistencia no autorizada.

Esa fue la última vez que la vimos.

La semana siguiente, la señora Matthews se vio obligada a eliminar la Declaración de Derechos del plan de estudios. No se permitía discutir sobre el tema. Los soldados apostados en la puerta y la mesa de reclutamiento de la cafetería se aseguraban de ello.

Dos meses después del juicio de Katelyn, su familia se había mudado, y su línea telefónica había sido desconectada. Era como si nunca hubiera existido.

Katelyn y yo nunca fuimos amigas, pero eso no significaba que no me agradara; de hecho, me parecía amable. Siempre nos saludábamos e incluso hablábamos. Pero desde su repentina desaparición, algo oscuro se despertó dentro de mí. Empecé a estar más alerta y a cumplir con los estatutos a toda costa. Ya no me gustaba sentarme en la primera fila del salón y nunca regresaba del colegio sin la compañía de alguien.

No podía permitir que me llevaran: tenía que cuidar a mi madre.

Terminé de examinar el cartel, y Katelyn Meadows no aparecía en él, al menos no esa semana.

—¿Supiste lo que le ocurrió a Mary Como-se-llame? —preguntó Beth cuando reanudamos nuestra caminata hacia mi casa—. Es una estudiante de segundo año, creo.

—Veamos, Mary Como-se-llame —dijo Ryan pensativo, mientras deslizaba los anteojos sobre su nariz afilada. La chaqueta del uniforme lo hacía ver muy estudioso, mientras que los otros chicos del colegio siempre se veían como si sus madres los hubieran vestido para el Domingo de Pascua.

—No, ¿qué le ocurrió? —Un escalofrío recorrió toda mi piel.

—Lo mismo que a Katelyn. La Milicia Moral vino para llevarla a juicio, y nadie la ha visto desde hace una semana. —Beth bajó la voz, tal como lo hacía cuando sospechaba que alguien podría estar escuchando.

Mi estómago se encogió. Su nombre real no era la Milicia Moral, pero bien habría podido serlo. En realidad, los soldados uniformados pertenecían a la Oficina Federal de Reformas, la rama militar que el presidente había creado tres años atrás, al final de la guerra. Su objetivo era hacer cumplir el Estatuto de Comportamiento Moral, para así dar fin al caos que había reinado durante los cinco años en los que Estados Unidos había sido atacado sin piedad. La disposición era categórica: la violación de cualquiera de los estatutos acarreaba una multa y, en el peor de los casos, daba lugar a un juicio ante la junta de la OFR. Las personas que iban a juicio, como Katelyn, no solían regresar.

Había todo tipo de teorías: decían que eran llevados a prisión, que los deportaban... Unos meses atrás había oído a un vagabundo vociferar algo sobre ejecuciones en masa, eso antes de que también se lo llevaran. Independientemente de los rumores, la realidad era sombría. Con cada nuevo estatuto que se emitía, la Milicia Moral se hacía más poderosa, más arrogante. De ahí su apodo.

—También se llevaron del gimnasio a un estudiante de primer año —dijo Ryan con seriedad—. Oí que ni siquiera lo dejaron cambiarse de ropa.

Primero fue Katelyn Meadows, luego Mary Comose-llame y ahora otro chico. Mary y el chico habían desaparecido en menos de dos semanas. Recordé la época en la que el colegio solía ser seguro; era el único lugar en el que no teníamos que pensar en la guerra. Ahora nadie faltaba a clases, no había peleas e, incluso, todos entregaban sus tareas escolares a tiempo. Todos temían que los profesores los reportaran ante la MM.

Cuando llegamos a la entrada vacía de mi casa, miré la casa vecina. Los paneles blancos de la casa cuadrada estaban manchados por el polvo y la lluvia. Los arbustos habían crecido tanto que habían cubierto los escalones de concreto. De la saliente colgaban telarañas frágiles y alargadas. Parecía embrujada y, de cierto modo, lo estaba.

Esa había sido su casa. La casa del chico al que amaba.

Intencionalmente aparté la vista y subí las escaleras de nuestro porche para que mis amigos entraran.

Mi madre estaba sentada en el sofá. Al menos cuatro de las pinzas que tenía en el pelo sobraban, y llevaba puesta una camisa que había tomado de mi armario. No me importaba. La verdad no me interesaba mucho la ropa. Elegir prendas de una colección de ropa de segunda en un centro de donación no había cultivado para nada mi deseo de ir de compras.

Lo que sí me preocupó fue el hecho de que ella estuviera leyendo un libro de bolsillo que tenía un pirata semidesnudo en la portada. Los libros de esa naturaleza ahora eran considerados ilegales. Probablemente se lo había prestado alguien que también trabajaba como voluntaria en el comedor. El lugar estaba atestado de mujeres desempleadas que se dedicaban al contrabando pasivo-agresivo, justo bajo las narices de la Milicia Moral.

—Hola, nena. Hola, chicos —dijo mi madre, casi sin moverse.

No levantó la mirada hasta que terminó de leer la página, luego puso un marcador en el libro y se levantó. Mantuve la boca cerrada respecto al libro, aunque tal vez debí haberle dicho que no trajera ese tipo de cosas a casa. Era obvio que la hacía feliz, y eso era preferible a que leyera en el porche, como lo hacía a veces cuando se sentía particularmente rebelde.

—Hola, mamá.

Me dio un beso ruidoso en la mejilla y luego abrazó a mis amigos al mismo tiempo, antes de dejarnos para que hiciéramos nuestra tarea.

Sacamos nuestros grandes y pesados libros y comenzamos a descifrar el tedioso mundo del precálculo. Era un trabajo desagradable porque detestaba las matemáticas, pero Beth y yo habíamos hecho el pacto de no rendirnos. Había rumores de que, el año siguiente, las niñas ya ni siquiera iban a poder tomar clases de Matemáticas, por lo que nos resignamos a continuar estudiando en una protesta silenciosa.

Con una sonrisa compasiva causada por mi expresión, mamá me dio unas palmaditas en la cabeza y se ofreció a prepararnos chocolate caliente. Tras varios minutos de frustración, me reuní con ella en la cocina. Había olvidado regar su planta de nuevo, y esta languidecía en un estado lamentable. Llené un vaso de agua en el lavaplatos y lo vacié en la maceta.

—¿Tuviste un mal día? —adivinó.

En las cuatro tazas distribuyó varias cucharadas de chocolate en polvo que sacaba de una lata de color azul con la imagen de un amanecer en el frente. La marca de alimentos "Horizontes" era propiedad del Gobierno, y era todo lo que podíamos comer además de nuestras raciones.

Me apoyé en el mostrador y arrastré mi talón contra el suelo, pensando aún en los dos nuevos secuestrados, en el contrabando, en la casa vacía de al lado.

—Estoy bien —mentí.

No quería asustarla con el caso de Mary Como-se-llame, y aún no quería fastidiarla con el tema del libro. Detestaba que le insistiera que cumpliera las reglas. A veces reaccionaba mal.

—¿Qué tal el trabajo? —Cambié de tema. No le pagaban en el comedor, pero de todos modos lo consideraba trabajo. Eso la hacía sentirse mejor.

Percibió mi evidente evasiva, pero la pasó por alto, y empezó a contarme un relato detallado sobre Misty No-sé-qué, que estaba saliendo con el novio de la secundaria de Kelly Como-se-llame… No me molesté en prestar atención. Me limité a asentir y pronto estaba sonriendo. Su entusiasmo era contagioso. Para el momento en el que la tetera silbó, me sentía mucho mejor.

Mamá iba a acercar las tazas cuando alguien llamó a la puerta. Fui a abrir, pensando que probablemente era la señora Crowley, de la casa de enfrente, que venía a visitar a mi madre como todos los días.

—Ember, espera. —El temor que percibí en la voz de Beth me obligó a detenerme y a regresar a la sala de estar. Ella estaba de rodillas en el sofá y sostenía la cortina con la mano. Se habían ido los pocos colores de su ya pálida piel.

Pero era demasiado tarde. Mi madre había corrido el cerrojo y abierto la puerta.

Dos soldados de la Milicia Moral estaban de pie en los escalones de nuestra entrada.

Traían el uniforme completo: chalecos antibalas de color azul marino con grandes botones de madera, y pantalones que hacían juego y se abombaban antes de perderse en sus botas brillantes. La insignia más reconocida del país, la bandera estadounidense ondeando sobre una cruz, estaba pintada en los bolsillos de su pecho, justo por encima de las iniciales de la OFR. Cada uno de ellos tenía un bastón oficial de color negro, una radio y un arma en su cinturón.

Uno de los soldados tenía el pelo castaño y corto, aunque entrecano cerca de las sienes, y arrugas en las comisuras de la boca que lo hacían parecer demasiado viejo para su edad. Su compañero se acarició el bigote rojizo con cierta impaciencia.

Me desilusioné. En algún lugar de mi mente esperaba que uno de ellos fuera *él*. Era un momento fugaz de debilidad que vivía cada vez que veía un uniforme, y me reprendí por ello.

—¿Señora Lori Whittman? —preguntó el primer soldado, sin mirarle el rostro.

—Sí —respondió mi madre lentamente.

—Necesito ver alguna identificación. —No se molestó en presentarse, pero la etiqueta del uniforme decía que su apellido era Bateman. El otro era Conner.

—¿Hay algún problema? —Su voz tenía un tono sarcástico, pero yo esperaba que no lo detectaran. Beth se acercó detrás de mí, y podía sentir a Ryan a su lado.

—Solo traiga su identificación, señora —dijo Bateman, irritado.

Mamá se apartó de la puerta, sin invitarlos a entrar. Me quedé en el umbral, tratando de no verme tan pequeña como me sentía. No podía dejar que inspeccionaran la casa; teníamos tanto contrabando que una multa era inevitable. Incliné la cabeza sutilmente hacia Beth, y ella se deslizó de nuevo al sofá para ocultar bajo los cojines la novela romántica que mi madre había estado leyendo. Mi mente hizo un recorrido por las otras cosas que tenía: más libros de bolsillo inapropiados, revistas viejas anteriores a la guerra, un kit de manicura casero. Incluso había oído que mi libro favorito, *Frankenstein*, de Mary Shelley, estaba en la lista, y sabía que estaba justo encima de mi mesa de noche. No había previsto una inspección para esa noche; acabábamos de pasar por una el mes anterior. Habíamos dejado todo al descubierto.

Sentí un ardor en mi pecho, como si parpadeara la llama de un encendedor dentro de mí, y luego pude escuchar que mi corazón hacía un ruido sordo contra mis costillas. El sonido me sobresaltó. Había pasado mucho tiempo desde que había tenido esa sensación.

Bateman trató de mirar más allá de donde yo estaba, pero bloqueé su vista. Su ceja se levantó en un gesto reprobador, y mi sangre hirvió. Durante el año anterior, la presencia de la MM en Louisville, y en todas las demás ciudades de Estados Unidos, se había multiplicado por diez. Al parecer no tenían mucho qué hacer; acosar ciudadanos parecía ser su mayor prioridad. Me tragué mi resentimiento y traté de mantener la compostura. No era prudente ser descortés con la MM.

Había dos vehículos estacionados en la calle: una furgoneta azul y un auto más pequeño que parecía una antigua patrulla de policía. Ambos tenían en el costado el emblema de la OFR. No me hizo falta leer el lema que había debajo, pues ya sabía lo que decía: "Todo un país, toda una familia". Siempre me inquietaba lo excluyente que era, como si mi familia de dos personas no constituyera un "todo".

Había alguien en el asiento del conductor de la furgoneta, y otro soldado fuera, en la acera de enfrente de nuestra casa. Mientras observaba, la parte posterior de la furgoneta se abrió y dos soldados bajaron a la calle.

Algo andaba mal. Había demasiados soldados allí solo para multarnos por infringir un estatuto.

Mamá regresó a la puerta y comenzó a revolver su bolso. Su rosto estaba enrojecido. Di un paso para quedar junto a ella y me obligué a respirar con normalidad.

Encontró su cartera y sacó su identificación. Bateman la revisó rápidamente antes de introducirla en el bolsillo delantero de su camisa. Conner levantó un documento que no había visto que sostenía, retiró el papel adhesivo y lo pegó en nuestra puerta.

Era el Estatuto de Comportamiento Moral.

—Oiga —me oí decir—, ¿qué es lo que está…?

—Lori Whittman, está bajo arresto por infringir la sección 2, artículo 5, parte A enmendada del Estatuto de Comportamiento Moral, correspondiente a los hijos concebidos fuera del matrimonio.

—¿Bajo arresto? —La voz de mi madre sonó aguda—. ¿Qué quiere decir?

Mi mente recordó los rumores que había oído sobre las personas que iban a prisión por infringir los estatutos, y me di cuenta, con un temor angustioso, de que no se trataba de rumores en absoluto. Era el mismo caso de Katelyn Meadows.

—¡Artículo 5! —espetó Ryan, que estaba detrás de nosotras—. ¿Por qué aplica para ellas?

—La versión actual fue emitida el pasado veinticuatro de febrero. Incluye a todos los hijos, menores de dieciocho años, dependientes del infractor.

—¿Veinticuatro de febrero? ¡Pero eso fue apenas el lunes! —dijo Beth bruscamente.

Conner extendió el brazo hasta atravesar el umbral de la puerta de nuestra casa, tomó el hombro de mi madre y tiró de ella hacia delante. Instintivamente puse ambas manos alrededor de su antebrazo.

—Suéltela, señorita —dijo secamente. Me miró por primera vez, pero sus ojos se veían extraños, como si no detectaran mi presencia. La solté un poco, pero no liberé su brazo del todo.

—¿Qué quiere decir con "arresto"? —Mi madre aún intentaba comprender lo que sucedía.

—Está muy claro, Sra. Whittman —dijo Bateman, en tono condescendiente—. Usted infringió el Estatuto Moral y será juzgada por un alto funcionario de la Oficina Federal de Reformas.

Intenté contrarrestar la fuerza de Conner, que sostenía el hombro de mi madre con firmeza, pero nos estaba sacando. Le pedí que se detuviera, pero no me hizo caso.

Bateman sujetó el otro hombro de mi madre y la arrastró escaleras abajo. Conner soltó su brazo por un momento para empujarme a un lado y, con un grito ahogado, caí al suelo. El césped estaba frío y húmedo, y empapó mi falda a la altura de la cadera, pero la sangre ardía en mi rostro y cuello. Beth corrió a mi lado.

—Pero ¿qué es lo que ocurre? —Miré hacia arriba y vi a la señora Crowley, nuestra vecina, envuelta en un chal y con un pantalón deportivo—. ¡Lori! ¿Estás bien, Lori? ¡Ember!

Me puse de pie de un salto. Mis ojos se dirigieron al soldado que había estado esperando fuera. Tenía un cuerpo atlético y pelo rubio perfectamente peinado con gel hacia un lado. Deslizó la lengua sobre los dientes bajo sus labios fruncidos, lo que me recordó la forma en que la arena se mueve cuando una serpiente se desliza bajo ella.

Estaba caminando directamente hacia mí.

¡No! El aire secó mi garganta y tuve que luchar contra el impulso de correr.

—¡No me toque! —le gritó mi madre a Bateman.

—Sra. Whittman, no haga esto más difícil de lo que debería ser —respondió Bateman.

Mi estómago se sacudió ante la indolencia de su voz.

—Salgan de mi propiedad —exigió mi madre, cuya furia superaba su miedo—. ¡No somos animales, somos personas! ¡Tenemos derechos! Tienen edad para recordarlo.

—¡Mamá! —interrumpí; solo estaba empeorando la situación—. Oficial, esto está mal. Debe tratarse de un error. —Mi voz sonaba distante.

—No hay ningún error, Srta. Miller. Revisamos sus expedientes para verificar si infringían algún estatuto —dijo Morris, el soldado que estaba delante de mí. Sus ojos verdes brillaban. Se estaba acercando demasiado.

En una fracción de segundo, sus puños se extendieron y agarraron mis muñecas como tenazas. Me resistí y aparté mis brazos en un intento por liberarme. Él era más fuerte y me acercó de un tirón, por lo que nuestros cuerpos se estrellaron. Mis pulmones quedaron sin aire.

Por un instante vi que una sonrisa se dibujaba en su rostro. Sus manos, que aún sostenían firmemente mis puños, se deslizaron tras mi espalda baja y me acercaron a él con más fuerza. Cada parte de mi cuerpo se puso rígida.

El pánico dominaba mi cabeza. Intenté escapar, pero al parecer eso lo excitaba aún más; de hecho, se notaba que lo disfrutaba.

La firmeza con la que me sujetaba estaba haciendo que mis manos se adormecieran.

En algún lugar de la calle oí que la puerta de un auto se cerraba de un portazo.

—Deténganse —logré decir.

—¡Déjela ir! —le gritó Beth.

Conner y Bateman se llevaron a mi madre. Las manos de Morris aún permanecían en mis muñecas. No podía oír más allá del zumbido de mis oídos.

Entonces lo vi.

Su pelo negro brillaba bajo los últimos rayos de sol. Ya no estaba largo, sino impecablemente cortado como el de los demás soldados, y sus ojos, sagaces como los de un lobo, eran tan oscuros que apenas se podían ver sus pupilas. Decía "Jennings" en perfectas letras doradas sobre el pecho de su uniforme planchado. Nunca en mi vida lo había visto tan formal. Estaba casi irreconocible.

Mi corazón latía rápidamente, con temor, pero latía, y solo se debía a que él estaba cerca. Mi cuerpo lo había sentido antes que mi mente.

—¿Chase? —pregunté.

Pensé en muchas cosas al mismo tiempo. Quería correr hacia él a pesar de todo, quería que me abrazara como lo había hecho la noche antes de partir, pero el dolor de su ausencia regresó rápidamente a mi mente, y la realidad hizo pedazos mi interior.

Había preferido *esto* a estar conmigo.

Tuve la esperanza de que tal vez pudiera ayudarnos.

Chase no dijo nada. Tenía la mandíbula abultada, como si estuviera apretando los dientes, pero, por lo demás, su rostro no revelaba ninguna emoción, nada parecía indicar que estuviera consciente de que la casa en la que había crecido estaba a seis metros de él. Permaneció de pie entre el lugar donde Morris me sostenía y la furgoneta. Se me ocurrió que él era el conductor.

—Recuerde por qué está aquí —espetó Bateman.

—Chase, diles que se equivocan. —Lo miré fijamente, pero él no me miró. Ni siquiera se movió.

—Suficiente. ¡Regrese a la furgoneta, Jennings! —ordenó Bateman.

—¡Chase! —grité. Sentí que mi rostro se retorcía de confusión. ¿En serio me iba a ignorar?

—No hable con él —agregó Bateman—. ¿Puede alguien encargarse de esta chica, por favor?

El terror me invadió y me desconectó del mundo que me rodeaba. La presencia de Chase no me había tranquilizado como en el pasado. Su boca, que alguna vez se curvó en una sonrisa y se acercó a mis labios, no era más que una línea sombría y hosca. Ya no había calidez en él. Ese no era el Chase que recordaba. Ese no era *mi* Chase.

No pude quitar los ojos de su rostro. El dolor que sentía en el pecho casi me hacía doblar.

Morris me levantó de un tirón, y mi instinto salió a flote. Me incliné hacia atrás para liberarme de sus manos y luego envolví los hombros de mi madre con mis brazos. Alguien tiró de mí hasta que ya no pude sostenerla. La estaban apartando de mí.

—¡No! —grité.

—¡Suéltela! —vociferó un soldado—. O también nos la llevaremos a usted, pelirroja.

Los puños de Beth, que se habían aferrado a mi uniforme escolar, se separaron de mi ropa. A través de mis ojos llenos de lágrimas vi que Ryan, con el rostro retorcido por la culpa, la estaba sosteniendo para alejarla de mí. Beth estaba llorando y se estiraba para tratar de alcanzarme. Nunca solté a mi madre.

—Está bien, está bien. —Oí decir a mi madre, pronunciando las palabras muy rápido—. Por favor, oficial, se lo ruego, déjenos ir. Podemos discutirlo aquí.

Un sollozo escapó de mi garganta. No podía soportar la sumisión de su tono; claramente estaba aterrada. Intentaron separarnos de nuevo, y yo sabía, más que cualquier otra cosa, que no podía permitir que lo hicieran.

—¡Sean amables con ellas, por favor, se lo ruego! —suplicó la señora Crowley.

Morris me separó de mi madre de un tirón, y yo lo abofeteé enfurecida. Mis uñas lastimaron la fina piel de su cuello, y él soltó una blasfemia.

Comencé a ver el mundo a través de un velo carmesí. Quería que me atacara solo para poder golpearlo de nuevo.

Sus ojos verdes brillaban de ira, y gruñó al tiempo que separaba el bastón que tenía en su cintura. En un instante comenzó a blandirlo por encima de su cabeza.

Levanté los brazos sobre el rostro para defenderme.

—¡Deténgase! —La voz de mi madre era estridente. Podía escucharla por encima de la adrenalina que invadía mis oídos.

Alguien me dio un empujón y me arrojó con fuerza al suelo; el pelo me cubría el rostro y bloqueaba mi visión. Un ardor en el pecho sacó el aire de mis pulmones. Me arrastré hasta quedar de rodillas.

—¡Jennings! —Escuché a Bateman gritar—. ¡El oficial al mando se enterará de esto!

Chase estaba de pie frente a mí, y bloqueaba mi visión.

—¡No lo lastimen! —jadeé. El arma de Morris aún estaba lista para atacar, aunque esta vez apuntaba a Chase.

—No hace falta. —La voz de Chase sonaba grave. Morris bajó el bastón.

—Dijiste que no sería un problema —dijo entre dientes, mirando a Chase.

¿Chase le había hablado a ese tal Morris de mí? ¿Eran amigos? ¿Cómo podía ser amigo de alguien así?

Chase permaneció callado e inmóvil.

—Retírese, Jennings —ordenó Bateman.

Me reincorporé y miré al hombre que estaba a cargo.

—¿Quién diablos se cree que es?

—Cuidado con lo que dice —espetó Bateman—. Ya golpeó a un soldado. ¿Cuánto más quiere agravar este problema?

Podía oír a mi madre discutir en medio de sollozos. Cuando empezaron a llevársela de nuevo hacia la furgoneta, me lancé hacia delante y mis manos se enredaron en el uniforme de Chase. La desesperación me invadió; iban a llevársela.

—Chase, por favor —le supliqué—. Por favor, diles que es un error, diles que somos buenas personas. Nos conoces. Me conoces.

Me apartó de su uniforme como si algo repugnante lo hubiera tocado. Eso dolió más que nada en ese momento. Lo miré asombrada.

La derrota fue devastadora.

Tenía los brazos detrás de mí y permanecían en su lugar gracias a la fuerza con la que me sostenía Morris. No me importó, ya ni siquiera podía sentirlos.

Chase se alejó de mí. Bateman y Conner escoltaron a mi madre hasta la furgoneta. Ella me miró por encima del hombro con ojos aterrados.

—Está bien, nena —gritó, tratando de sonar tranquila—. Voy a averiguar quién es el responsable de esto, y vamos a tener una extensa charla.

Mi estómago se revolvió ante esa perspectiva.

—¡Ni siquiera lleva puestos sus zapatos! —les grité a los soldados.

No hubo más palabras mientras subían a mi madre a la parte trasera de la furgoneta. Cuando desapareció en su interior, sentí una especie de desgarro que liberaba algo que se sentía como ácido en mi pecho. Sentí que se quemaban mis entrañas, y esto me hizo respirar más rápido, secó mi garganta y contrajo mis pulmones.

—Camine hacia el auto —ordenó Morris.

—¿Qué? ¡No! —gritó Beth—. ¡No pueden llevársela!

—¿Qué es lo que hacen? —preguntó Ryan.

—La Srta. Miller está bajo la custodia del Gobierno federal, de conformidad con el artículo 5 del Estatuto de Comportamiento Moral. Tiene que ir a rehabilitación.

De repente me sentí muy cansada. Nada de lo que pensaba tenía sentido. Mi visión se hacía borrosa, pero parpadear no servía de nada. Intenté tomar aire, pero no fue suficiente.

—No te resistas, Ember —ordenó Chase en voz baja.

Mi corazón se hizo pedazos al oírlo decir mi nombre.

—¿Por qué haces esto? —El sonido de mi voz era distante y débil. No me respondió, pero de todos modos no esperaba una respuesta de su parte.

Me llevaron al auto que estaba estacionado detrás de la furgoneta. Chase abrió la puerta del asiento trasero y me sentó bruscamente. Caí sobre mi costado y sentí que el cuero comenzaba a humedecerse con mis lágrimas.

Luego, Chase desapareció. Aunque mi corazón se calmó, aún permanecía un dolor en mi pecho que me quitaba el aliento y me consumía, entonces me sumí en la oscuridad.

Capítulo 2

—¡MAMÁ, YA LLEGUÉ! —Me quité los zapatos en la puerta principal y fui por el pasillo, directamente hacia la cocina, donde la oí reír.

—¡Ember, ahí estás! ¡Mira quién regresó! —Mi madre estaba de pie en la cocina, sonriendo como si me hubiera comprado un juguete nuevo. Con cierto escepticismo, di la vuelta a la esquina y me detuve en seco.

Chase Jennings estaba en mi cocina.

El mismo Chase Jennings con quien había jugado a las atrapadas, con quien hacía carreras en bicicleta y de quien había estado enamorada desde antes de saber lo que significaba el amor.

Chase Jennings, quien se había convertido en un hombre apuesto de rasgos hoscos, era alto y fornido, y se veía mucho más peligroso que el niño escuálido de catorce años que había visto la última vez. Estaba recostado despreocupadamente en la silla, con las manos en los bolsillos del pantalón, y su pelo negro y desordenado estaba oculto bajo una vieja gorra de béisbol.

Me quedé mirándolo fijamente. Aparté la vista de inmediato y sentí cómo subía el rubor a mis mejillas.

—Eh... hola.

—Hola, Ember —dijo con soltura—. Haz crecido.

***

MIS PÁRPADOS SE ABRIERON cuando la patrulla de la OFR vibró antes de detenerse. Me senté lentamente y aparté el pelo de mi rostro; estaba aturdida y confusa.

¿Dónde estaba?

Había caído la noche y la oscuridad empeoraba mi desorientación. Me froté los ojos y vislumbré el perfil de un soldado rubio a través de la gruesa división de cristal que separaba los asientos delanteros de los traseros. Era Morris. Recordé el apellido que tenía en la placa. Intenté mirar a través del parabrisas delantero, pero se veía distorsionado por la barrera de cristal. En un momento de pánico, me di cuenta de que estaba buscando una furgoneta, pero ya no estaba frente a nosotros.

Entonces lo recordé todo: la MM, el arresto, Chase.

¿Dónde estaba mamá? ¡Debí haber vigilado la furgoneta! Golpeé la división de cristal, pero Morris y el conductor ni siquiera se inmutaron. Estaba insonorizada. Asustada, crucé los brazos sobre el pecho y me recosté en el asiento de cuero para intentar descifrar mi ubicación.

Sin auto ni televisión, habíamos estado aisladas en nuestro propio vecindario. La OFR había cerrado el periódico local a causa de la escasez de recursos, y había bloqueado Internet para reprimir la rebelión, por lo que ni siquiera podíamos ver imágenes de los cambios que había sufrido nuestra ciudad. Sabíamos que Louisville había sido relativamente afortunada durante la guerra. No habían bombardeado ningún edificio ni evacuado ninguna área, y aunque no se veía estropeada, ciertamente se veía diferente.

Pasamos por el iluminado centro de convenciones, que ahora era una planta de distribución de alimentos de la marca Horizontes. A continuación, vimos el aeropuerto, que se había convertido en la fábrica de armas de la OFR cuando el transporte aéreo comercial había sido prohibido. Hubo una gran afluencia de soldados en esa área cuando Fort Knox y Fort Campbell se convirtieron en estaciones de la OFR. Había filas y filas de patrullas estacionadas en el antiguo parque de atracciones.

El nuestro era el único auto en la autopista. Darme cuenta de que estaba allí con la MM, cuando solamente la MM estaba autorizada para transitar por esos lugares rodeados de banderas, cruces y logotipos de la marca Horizontes, hizo que hasta mis huesos se helaran. Me sentía como Dorothy en una extraña versión de *El mago de Oz*.

Una salida nos llevó al centro de Louisville, y al final de la curva avanzamos por una intersección de cuatro vías vacía. El conductor comenzó a dirigirse hacia un monstruoso rascacielos de ladrillo, cuyas plantas inferiores se extendían en el suelo como los tentáculos de un pulpo. Sus ventanas eran como ojos amarillos iluminados por varios generadores que observaban desde dentro en todas las direcciones. Estábamos en el hospital de la ciudad.

No pude ver la furgoneta en ningún lugar. ¿A dónde se habían llevado a mi madre?

Chase Jennings. Intenté tragar, pero su nombre se sentía en mi lengua como agua hirviendo que no podía pasar por mi garganta.

¿Cómo pudo hacerme esto? Había confiado en él. Incluso había llegado a pensar que lo amaba y, no solo eso, sabía que yo también era muy importante para él.

Había cambiado por completo.

El conductor estacionó la patrulla cerca del edificio, en un lugar oscuro. Segundos después, Morris abrió la puerta de atrás y tiró de mi antebrazo para sacarme. Las tres líneas rojas donde mis uñas habían rasguñado su piel brillaban en su cuello blanco.

El zumbido de los generadores llenaba la noche, lo que contrastaba con la barrera insonorizada de la patrulla. Morris me condujo hacia el edificio, y vi mi reflejo en el lustre de las puertas correderas de cristal que estaban bajo el letrero de la sala de emergencias. Mi rostro se veía pálido y mis ojos, hinchados. Mi anticuada camisa de uniforme colgaba de un lado, donde Beth me había sostenido para tratar de salvarme, y mi trenza anudada pendía bajo mis costillas.

No entramos.

—Siempre imaginé que serías rubia —dijo Morris. Su tono, aunque insulso, tenía una nota de decepción. Me preocupó una vez más el tipo de cosas que Chase le había dicho.

—¿Está aquí mi madre? —pregunté.

—Mantén la boca cerrada.

Entonces, ¿él podía hablar, pero yo no? Le fruncí el ceño y concentré mi mirada en el lugar donde mis uñas habían logrado sacarle sangre. Saber que era capaz de defenderme me hizo sentir un poco más valiente. Morris me llevó con brusquedad al otro lado de la entrada, donde los reflectores iluminaban un autobús escolar de color azul que proyectaba una sombra lúgubre en el estacionamiento. Varias chicas estaban allí en una fila, y había guardias apostados a cada lado.

A medida que nos acercábamos, un escalofrío recorrió mi cuerpo. El soldado había mencionado la palabra *rehabilitación*, pero no sabía lo que eso implicaba ni dónde estaban ubicadas esas instalaciones, si podía llamárseles así. Imaginé que sería como uno de los enormes hogares de acogida temporales que se habían construido durante la guerra, o peor, como la penitenciaría del Estado. No podían llevarme allí; no había hecho absolutamente nada malo. Nacer no era un crimen, aunque ellos me trataran como a una criminal.

Pero ¿y si llevaban a mi madre a la cárcel?

Recordé a los chicos del colegio que habían desaparecido: Katelyn Meadows, Mary Como-se-llame y ese chico de primer año que no conocía. Habían sido enjuiciados por infringir algún artículo, por cosas inofensivas, como faltar a clases para asistir a una fiesta religiosa no aprobada. No era que hubieran matado a alguien y, aun así, Katelyn no había regresado, y Mary y el chico habían desaparecido una o dos semanas atrás.

Traté de recordar lo que Beth había dicho acerca de Katelyn, pero estaba temblando tanto que mi cerebro parecía vibrar. *Su línea telefónica fue desconectada. No aparece en los carteles de personas desaparecidas. Su familia se mudó después del juicio.*

"Se mudó", pensé. O todos habían subido a un autobús y desaparecieron.

Me puse en la fila detrás de una chica corpulenta de pelo rubio y corto. Estaba llorando tan fuerte que comenzó a ahogarse. Otra estaba meciéndose de un lado a otro con los brazos alrededor del estómago. Todas parecían ser de mi edad o menores. Había una chica de pelo oscuro que apenas tendría diez años.

Morris redujo la fuerza que ejercía sobre mi brazo magullado cuando nos acercamos a dos de los guardias. Uno tenía un ojo amoratado y el otro estaba revisando una lista de nombres en un portapapeles.

—Ember Miller —informó Morris—. ¿Cuántas más faltan para poder llevarlas, Jones?

Mis rodillas se aflojaron. Me pregunté de nuevo a dónde nos iban a llevar. Tal vez a algún lugar lejano, o de lo contrario habría oído hablar de él en el colegio o en alguna de las cadenas de chismes del comedor. Se me ocurrió que únicamente estos soldados sabían nuestro destino. Ni siquiera mi madre lo sabía. Beth nos buscaría, pero recibiría una multa o algo peor si le hiciera demasiadas preguntas a la MM.

Tuve la terrible y aguda sensación de que estaba a punto de desaparecer, de que estaba a punto de convertirme en la próxima Katelyn Meadows.

—Tres más. Acaban de confirmarlo por radio. Se supone que partimos dentro de una hora —le respondió el soldado a Morris.

—Gracias a Dios —dijo Morris—. Estas bastardas son agresivas.

El soldado con el ojo amoratado gruñó.

—Dímelo a mí.

—Si nos van a multar, les daré el dinero —espeté.

La verdad no teníamos dinero para pagar. Ya habíamos agotado casi todo el cheque del subsidio del Gobierno de ese mes, pero ellos no tenían por qué saberlo. Podría empeñar algunas de nuestras cosas; ya lo había hecho antes.

—¿Acaso alguien mencionó una multa o algo parecido? —preguntó Morris.

—¿Qué quieren entonces? Lo conseguiré. Solo díganme dónde está mi madre.

—Es un delito sobornar a un soldado —advirtió mientras sonreía, como si se tratara de un juego.

Tenía que haber algo que pudiera hacer. No podía subirme a ese autobús.

El soldado notó que mis ojos se concentraban en lo que había detrás de él y se adelantó a mi huida, impidiendo que diera el primer paso. En un instante me sostuvo con fuerza por la cintura.

—¡No! —Luché, pero él era mucho más fuerte y ya había logrado inmovilizar mis brazos poniéndolos contra mis costados. Se rio entre dientes con un sonido que me llenó de miedo, y me empujó con fuerza escaleras arriba con la ayuda de los otros soldados.

"Es inevitable —comprendí con una claridad mórbida—. Estoy a punto de desaparecer".

El soldado con el ojo amoratado había subido las escaleras detrás de mí y había comenzado a golpear el bastón contra su mano.

—Siéntese —ordenó.

No tenía más remedio que hacer lo que él decía.

Nunca antes me había sentido tan pesada. Arrastré los pies por una larga alfombra de goma hasta llegar a un asiento libre en el medio y me desplomé sobre la banca, apenas notando los sollozos de las chicas que me rodeaban. Un ligero adormecimiento avanzó por mi espalda y anestesió el miedo y la preocupación. Ya no sentía nada.

La chica que estaba sentada a mi lado tenía la piel color moca, y su pelo era largo, negro y ondulado. Echó un vistazo hacia donde me encontraba y continuó mordiéndose las uñas, pero no por miedo, sino en señal de irritación. Tenía las piernas cruzadas y llevaba una camiseta ajustada y un pantalón de piyama.

—¿Olvidaste ponerte zapatos? —Señaló mis pies. Mis calcetines estaban llenos de barro y con manchas de césped. No me había dado cuenta.

—¿Por qué te trajeron? —preguntó ella sin levantar la vista de su mano.

No dije nada.

—¿Hola? —dijo—. Te llamas Ember, ¿verdad? Te estoy hablando.

—Lo siento. ¿Cómo sabes…? —Vi su rostro y me pareció reconocerla vagamente.

—Estudié en Western el año pasado. ¿Rosa Montoya? Estábamos juntas en la clase de Español. Me alegra que me recuerdes.

—¿En serio? —Sentí que mi nariz se arrugaba con la pregunta. Por lo general recordaba bien los rostros.

Puso los ojos en blanco, exasperada.

—No te preocupes. Solo estuve allí unos meses, mientras me reubicaban. Sabes cómo es.

—¿Mientras te reubicaban?

—En otro hogar de paso. Así es el sistema de adopciones, princesa. Dime, ¿por qué te trajeron? —pronunció las palabras lentamente.

Ahora la recordaba. Se sentaba en la parte de atrás del salón de clases y se mordía las uñas con un aire de aburrimiento, tal como lo estaba haciendo en ese momento. Había llegado a mediados del semestre y se había ido antes de los exámenes finales. Nunca habíamos intercambiado una sola palabra.

Me pregunté si había otras chicas del colegio en ese autobús. No reconocí a nadie más cuando miré alrededor.

—El soldado mencionó algo sobre el artículo 5 —le contesté.

—Ah. Te trajeron a rehabilitación porque tu mamá es la bicicleta del pueblo.

—¿La qué?

Una chica que estaba en la parte de atrás comenzó a sollozar más fuerte, y alguien gritó para que se callara.

—La bicicleta del pueblo. Todo el mundo la ha montado —dijo con sarcasmo, y luego puso los ojos en blanco—. Por favor, no seas tan inocente. Los soldados creerán eso. Mira, princesa, si te hace sentir mejor, desearía no haber conocido a mi papá. Considérate afortunada.

No me gustaba que diera por hecho que no sabía quién era mi padre, aunque fuera cierto. La mayoría de los hombres que se sentían atraídos por el espíritu libre de mi madre tendían a largarse por la misma razón.

La mayoría, pero no todos. Su último y su peor novio, Roy, había llegado a pensar que podía controlar el espíritu libre de mi madre, pero estaba equivocado.

Me alegró que Rosa y yo no hubiéramos hablado antes en el colegio. Casi deseaba que no estuviéramos hablando en ese momento, pero ella parecía saber lo que estaba sucediendo.

El autobús se tambaleó fuera de la bahía de la sala de emergencias y, cuando lo hizo, sentí un dolor físico desgarrador, como si estuvieran tirando de todas mis extremidades en direcciones opuestas. Mi madre y yo siempre habíamos estado juntas en todo momento. Ahora la había perdido y no tenía idea de lo que ella iba a decir o hacer para intentar regresar a casa.

Mi enojo superó mi dolor. Estaba enojada conmigo misma, pues no había luchado lo suficiente, no había actuado con suficiente amabilidad. Había permitido que se la llevaran.

El autobús tomó la autopista. Había basura amontonada sobre la fila de vehículos averiados que ocupaban el carril de la derecha. Reconocí las casas antiguas y los silos pintados que había enfrente de la antigua Universidad de Louisville. La Cruz Roja había convertido el campus en una colonia de viviendas para las personas desplazadas por la guerra. Pude ver la luz tenue de las velas que aún ardían en algunas de las ventanas de los dormitorios más altos.

—¿A dónde nos llevan? —le pregunté a Rosa.

—No quieren decirnos —dijo ella, y luego sonrió. Sus dos dientes delanteros estaban separados uno del otro—. Ya se lo pregunté al guardia mientras esperábamos; al del ojo morado.

No tuve problema en visualizar cómo esa chica golpeaba a alguien en el rostro. Pensé en Morris y en los arañazos que tenía marcados en el cuello, y me pareció casi mentira saber que yo los había causado. Atacar a un soldado era una gran locura.

—¿Estará allí mi madre?

La chica me miró como si yo fuera una idiota completa.

—Despídete de ese sueño, chica —me dijo—. El artículo 5 significa que ella ya ni siquiera es tu mamá. Ahora eres propiedad del Gobierno.

Cerré los ojos con fuerza en un intento por ignorar sus palabras, pero estas retumbaron en mi cabeza.

"Se equivoca —me dije—. Estábamos equivocados". Me obligué a imaginar a Katelyn Meadows caminando frente a su casa de dos pisos en… Indiana, o Tennessee. Se había mudado hasta allí porque su padre había sido trasladado. Había sucedido muy rápido. Los puestos de trabajo eran escasos en esos días y por eso ni siquiera sus amigos lo sabían. Seguramente tenía las mejores calificaciones en las pruebas de Historia de su nuevo colegio. "Créelo —pensé desesperadamente—, podría ser cierto". Pero mi imaginación era demasiado colorida comparada con la realidad. Era mentira y lo sabía bien.

Mi mente recordó a Chase, y sentí que algo dentro de mí me quemaba con tanta fuerza que casi me quedé sin aliento. *¿Cómo pudo hacerme eso?* Apoyé mi mejilla contra la ventana helada, a medida que el paisaje se tornaba negro como la noche.

—¿VERDAD O RETO?

Sonreí ante su pregunta. Habíamos jugado ese juego mil veces cuando éramos niños. Los retos siempre nos habían metido en problemas.

—Verdad —dije, y me sumergí en el mundo al que me había llevado. La leña ardía y los árboles desplegaban todos los tonos de rojo y de amarillo que existían. El sol se sentía cálido en mi rostro, y podía escuchar el trinar de los pájaros. Era muy diferente del ruido y el asfalto típicos de la ciudad. Era el lugar perfecto para guardar secretos.

—¿Alguna vez te ha gustado alguien que no debería?

—¿Alguien con novia, por ejemplo? —le pregunté, y rodeé un árbol alto que estaba en nuestro camino.

—Sí, o un amigo.

Su pregunta me tomó por sorpresa, y perdí el equilibrio por un momento.

—Sí —le contesté, tratando de no interpretar de más su sonrisa—. ¿Verdad o reto?

—Verdad. —Tomó mi mano, y yo intenté no parecer rígida e incómoda, pero lo estaba, porque se trataba de Chase; habíamos crecido juntos, ¿y qué? Tal vez lo había amado durante toda mi

vida, pero él no pensaba en mí de esa manera porque… bueno… solo éramos amigos.

—¿Te gustan… los sándwiches de jalea y mantequilla de maní? Porque antes te gustaban y eso fue lo que empaqué para el almuerzo —concluí torpemente.

—Sí. ¿Verdad? —Su pulgar rozó la parte interior de mi muñeca, y mi cuerpo entero reaccionó como si hubiera recibido una descarga eléctrica. Me aterraba lo mucho que me había gustado, lo mucho que deseaba más.

—Está bien.

—¿Sería raro que te besara?

Nos habíamos detenido. Ni siquiera lo había notado hasta que su peso hizo crujir las hojas que estaban bajo sus pies. Se rio y luego aclaró la garganta. Yo no podía levantar la vista. Sentía que era de cristal y que él podía ver dentro de mí y saber la verdad: que había esperado la mitad de mi vida para darle un beso, que ningún chico que hubiera conocido podía compararse con él.

Se inclinó, y estaba tan cerca que podía sentir que el aire que nos separaba se hacía más cálido.

—¿Me retas? —susurró en mi oído.

Asentí con la cabeza; mi pulso estaba por las nubes.

Levantó mi rostro suavemente. Cuando sus labios tocaron los míos, todo dentro de mí se hizo más lento y se derritió. La tensión de mi garganta desapareció y el cosquilleo nervioso en mi pecho se calmó. Todo se desvaneció. Todo, menos él.

Algo cambió entre nosotros en ese momento, se encendió una chispa de luz, de calor. La presión de sus labios abrió los míos, primero con timidez, luego con intención. Una de sus manos me acercó más a él, y la otra se deslizó bajo mi pelo, justo bajo mi cola de caballo. Mis dedos anhelaban su piel y encontraron su rostro tras recorrer la definida silueta de su cuello.

Se apartó de repente. Respiraba agitadamente y tenía su mirada fija en la mía. Sin embargo, sus brazos seguían rodeándome, y eso me alegró porque mis piernas estaban débiles.

—*¿Verdad?* —*susurré.*

Él sonrió, y mi corazón se aceleró.

—*Verdad.*

—¡LEVÁNTENSE!

La voz del hombre retumbó por el pasillo del autobús y me puso alerta de inmediato.

La luz de la mañana atravesaba las ventanas y tuve que cubrir mi rostro, aún hinchado por haber llorado, para protegerme de su espíritu alegre y burlón. No sabía si había dormido o si simplemente había estado divagando entre mis pensamientos.

Desde que habíamos salido de Louisville, había revivido al menos cien veces el momento en que Chase se había llevado a mi madre.

Rosa y yo habíamos hablado un poco más. La habían acusado de infringir el artículo 3: su prima la había declarado como familiar dependiente en sus formularios de impuestos, lo que no encajaba muy bien con la idea de una familia tradicional compuesta por un padre, una madre y sus hijos. Sin embargo, habíamos permanecido en silencio desde que habíamos cruzado la frontera del estado de Virginia Occidental. Por su naturaleza tranquila, Rosa no pudo fingir sorpresa. Estábamos muy lejos de casa.

El autobús emitió un siseo y redujo la velocidad hasta detenerse frente a un enorme edificio de ladrillo. Junto a la entrada, incrustado en la hierba seca, había un letrero metálico de color verde con letras blancas brillantes:

REFORMATORIO Y CENTRO DE
REHABILITACIÓN DE NIÑAS

Miré ansiosa a mi alrededor, preguntándome, o más bien, esperando que hubiera un edificio adjunto donde estuviera mi madre; que tal vez la hubieran llevado hasta allí para que también se rehabilitara. Al menos de esa manera estaríamos cerca y podríamos resolver juntas nuestra situación. Pero mi intuición pesimista tenía razón: no había más autobuses detrás del nuestro.

Salimos en fila de nuestros asientos, una por una. Mi espalda y cuello estaban adoloridos por haber pasado tantas horas en la misma posición. A medida que bajábamos del autobús, los soldados comenzaron a flanquearnos con sus bastones listos, como si fuera una carrera de baquetas. Rosa le lanzó un beso al hombre con el ojo amoratado, y este se ruborizó.

Fuera del autobús, tuve una mejor vista del lugar. Estábamos de pie delante de un edificio antiguo, como los que muestran en los libros de historia, repletos de hombres vestidos con camisas con vuelos y pelucas rizadas. Era de ladrillo rojo, pero algunos de los ladrillos se habían tornado grises, dando la ilusión de que su frente plano tenía agujeros. Las puertas principales eran altas y estaban recién pintadas de blanco. Las custodiaban unas columnas robustas que le servían de soporte a una saliente triangular. Mis ojos se elevaron hasta que logré contar seis pisos, aunque los tuve que entrecerrar a causa del sol de la mañana. Una campana colgaba latente de una de las torres del techo.

Al otro lado de la calle, que estaba detrás de mí, había una colina cubierta con algunos parches de tréboles, y sobre ella se extendía un largo tramo de escaleras que descendía hasta un pabellón abierto y a un edificio más moderno revestido de vidrio. Otro tramo de escaleras se perdía en ese punto, colina abajo. Se veía como uno de los antiguos campus universitarios que habían clausurado durante la guerra.

Cuando giré hacia el edificio principal, una mujer se había materializado en la parte más alta de las escaleras. Se veía menuda junto a los soldados, pero parecía incluso más estricta que ellos. Sus hombros se arqueaban hacia atrás bajo su pelo blanco como la nieve. Su rostro parecía sumirse en cada orificio, lo que hacía que sus ojos se vieran excesivamente grandes y hundidos, y que su boca pareciera no tener dientes cuando estaba cerrada.

Llevaba una blusa blanca muy conservadora y una falda plisada color azul marino, lo suficientemente fina como para revelar los huesos de la pelvis que sobresalían por la parte frontal. Un pañuelo de color azul celeste colgaba en un nudo de marinero alrededor de su cuello. La MM parecía estar informándole sobre la situación y aguardando más órdenes de ella, lo que me pareció extraño. Nunca había visto a una mujer en la cadena de mando de la OFR. Mientras la mujer observaba la fila de chicas, todo lo que desconocía y toda la incertidumbre aumentaron la preocupación dentro de mí. Tal vez las cosas no eran perfectas en casa, pero al menos allí sabía qué esperar, al menos hasta el día anterior. Pero ahora ya nada me era familiar, ningún lugar parecía seguro. Me encorvé y junté mis manos para evitar que temblaran.

—Genial —dijo Rosa en voz baja—. "Hermanas".

—¿Es una monja? —le susurré, perpleja.

—Peor. ¿Nunca habías visto a las Hermanas de la Salvación? —Cuando negué con la cabeza, se inclinó para acercarse—. Son la respuesta de la MM ante la liberación femenina.

Quería saber más. Si las Hermanas de la Salvación habían sido instituidas para contrarrestar el feminismo, ¿por qué estaba a cargo una mujer? Pero justo en ese instante su cabeza giró bruscamente hacia el soldado que estaba a su lado.

—Que entren.

Nos llevaron al vestíbulo principal del edificio de ladrillo. Allí, el suelo era de baldosa y las paredes estaban pintadas de un color melocotón, similar al de las guarderías. Bajo una escalera que había a la izquierda, se abría un pasillo flanqueado por puertas que se extendían hasta el final del edificio.

Una a una fuimos llevadas hasta una mesa plegable de forma rectangular donde nos esperaban dos empleados para registrarnos. Ambos vestían el mismo uniforme blanco y azul marino, y tenían una pila de archivos frente a ellos. Después de que Rosa se identificara a sí misma con un acento latino exagerado, di un paso al frente.

—¿Nombre? —me preguntó el empleado que tenía frenillos, sin levantar la vista.

—Ember Miller.

—Ember Miller. Sí, aquí está. Otra por infracción del artículo 5, Srta. Brock.

La frágil pero amenazante mujer que se encontraba detrás sonrió, dándome una bienvenida poco sincera.

Artículo 5. Esa etiqueta se sentía como una astilla bajo la uña cada vez que la mencionaban. Sentí que una oleada de calor subía por mi cuello.

—Puede decirme Hester Prynne —murmuré.

—Vocalice, señorita. ¿Qué fue lo que dijo? —preguntó la Srta. Brock.

—Nada —respondí.

—Si no quería decir nada, bien pudo permanecer en silencio.

Levanté la vista, sin poder ocultar mi expresión de sorpresa.

—También tiene diecisiete años, Srta. Brock. Cumple la mayoría de edad en julio.

Mi corazón dio un vuelco.

No pueden retenerme aquí hasta que cumpla dieciocho años. Había considerado la posibilidad de pasar allí algunos días, o el tiempo necesario para reunir el dinero para pagar la fianza, ¡pero aún faltaban cinco meses para el dieciocho de julio! No había hecho nada malo, y mi madre, cuyo único delito tal vez había sido ser irresponsable, me necesitaba. Tenía que buscarla y regresar a casa.

"Katelyn Meadows nunca regresó a casa", dijo una vocecita asustada en mi cerebro. De repente, una multa parecía una solución demasiado fácil, un castigo poco realista. ¿Por qué habrían de desperdiciar dinero arrastrándome hasta allí si solo nos iban a multar? Se hizo un nudo en mi garganta.

—Srta. Miller, según el expediente, usted atacó ayer a un miembro de la Oficina Federal de Reformas —dijo la Srta. Brock.

Miré automáticamente a Rosa. Le había dejado un ojo amoratado a un guardia; ¿por qué ella no estaba en problemas y yo sí?

—¡Se estaban llevando a mi madre! —me defendí, pero mi boca se cerró de inmediato con su mirada.

—En adelante, se dirigirá a mí con respeto y me llamará Srta. Brock, ¿entendido?

—Eh… está bien. Sí.

—Sí, Srta. Brock —corrigió ella.

—Sí, Srta. Brock. —Mi piel estaba a punto de arder. Comprendí rápidamente lo que quería decir Rosa; la Srta. Brock era casi peor que los soldados.

La mujer suspiró con paciencia infinita.

—Srta. Miller, puedo hacer que su estadía aquí sea muy agradable o casi insoportable. Es la última vez que se lo advierto.

Sus palabras helaron por un momento mi humillación.

—Tiene suerte —continuó la Srta. Brock—. Compartirá su habitación con la asistente estudiantil. Ella ha estado con nosotros durante tres años y podrá resolverle todas sus inquietudes.

¿Tres años? Tres días atrás ni siquiera sabía que existían lugares como ese, mucho menos tres años. ¿Qué acto tan terrible había cometido esa chica que había estado atrapada allí por tanto tiempo?

—Regrese con sus compañeras, y recuerde bien lo que dije. —La Srta. Brock levantó su mano marchita para señalar el lugar donde Rosa y otras chicas de mi edad esperaban de pie. Tenía un brillo escéptico en sus ojos, como si mi cumpleaños apenas fuera un factor decisivo en mi liberación.

Cuando me dirigía hacia allí, me detuvieron contra una pared, y una mujer corpulenta de rostro flácido me fotografió delante de una pantalla azul. No sonreí. Por fin comencé a comprender la cruda realidad a la que me enfrentaba, y me invadió el pánico.

Las Hermanas, mis compañeras, la sonrisa de superioridad de la Srta. Brock: nada de eso era temporal.

Las luces brillantes del *flash* de la cámara aún bloqueaban mi visión cuando me uní a las demás.

—Creo que esa demente va a hacer que nos quedemos hasta que cumplamos dieciocho años —le susurré a Rosa.

—No me voy a quedar aquí hasta que cumpla dieciocho años —dijo de manera convincente. Cuando giré hacia ella, sonrió y mostró el espacio entre sus dientes—. Relájate. Siempre dicen eso en los hogares comunitarios como este. Si te comportas lo suficientemente mal, te liberan antes.

—¿Por qué? —pregunté.

Rosa abrió la boca para responder, pero nos interrumpieron dos guardias que entraron por la puerta principal; escoltaban a una chica que traía puesta una bata de hospital. La llevaron más allá de la mesa de registro, por un pasillo que estaba a nuestra derecha, sosteniéndola de los codos como si se fuera a caer. Los pocos segundos que la vi bastaron para que la piel se me pusiera de gallina. Sus ojos estaban clavados en el suelo, y su pelo negro y desordenado hacía que su rostro pálido y sus ojos oscurecidos por el agotamiento se destacaran dramáticamente. Se veía como un enfermo mental excesivamente medicado, o peor aún, se veía vacía.

—¿Qué crees que le pasó? —le pregunté a Rosa, perturbada.

—Tal vez esté enferma —especuló casi apática. Era evidente que aún estaba pensando en su teoría de la liberación anticipada. Luego se encogió de hombros. Me hubiera gustado poder ser tan desdeñosa, pero no podía ignorar la impresión que la chica había causado en mí. Se veía enferma físicamente, pero algo me decía que un virus no había sido la causa de sus síntomas. ¿Qué había hecho? ¿Qué le habían hecho?

Quería preguntarle a alguien, pero en ese momento nos acorralaron y nos llevaron a una sala común con sofás de color verde amarillento y espaldar bajo que olían a naftalina. Ocho de nosotras teníamos la misma etiqueta con nuestra edad. De las nuevas, ocho teníamos diecisiete años. Un grupo de al menos una docena de personas se apiñaba del otro lado de la habitación; probablemente eran chicas de quince o dieciséis años. Reconocí al menos a dos de ellas. Ambas eran estudiantes de primer año en Western. Estaba casi segura de que una de ellas se llamaba Jacquie, pero no me miró cuando dirigí la mirada hacia el lugar en el que estaba.

También llegó un grupo de residentes, y todas empezaron a dibujar inquietantes sonrisas robóticas. Iban vestidas como clones: tenían zapatos planos de color negro que se perdían en sus largas faldas de color azul marino, y camisetas de manga larga que hacían juego. Era un atuendo absolutamente monótono, incluso para una ignorante de la moda como yo.

—Su atención por favor, señoritas —ordenó la Srta. Brock. La sala quedó en silencio—. Bienvenidas. Soy la Srta. Brock, la directora del Reformatorio y Centro de Rehabilitación de Niñas de Virginia Occidental.

Intenté acomodarme en mi sitio. La Srta. Brock giró y al parecer miraba directamente hacia mí.

—La sección 2, artículo 7, exige que todas ustedes se conviertan en damas, y hasta su décimo octavo cumpleaños las prepararemos hasta que alcancen los más finos modelos de moralidad y castidad.

Cuando pronunció la palabra *castidad*, Rosa resopló. La Srta. Brock le lanzó una mirada venenosa.

—El mundo ha cambiado, mis queridas —continuó entre dientes—, y ustedes tienen la fortuna de formar parte de ese cambio. De hoy en adelante, mi mayor esperanza es que ustedes mantengan una mente abierta y un espíritu modesto; que respondan el llamado a unirse a las Hermanas de la Salvación y que regresen al sombrío mundo exterior con una única y verdadera misión: difundir la luz. Ahora, las encargadas de disciplina las llevarán a sus dormitorios.

Respiré profunda y temblorosamente. No. No podía quedarme allí otros cinco meses. No iba a convertirme en mensajera de la insensatez. No podía terminar como esa chica vacía que los soldados prácticamente habían arrastrado por el pasillo. Tenía que salir de ahí como fuera y buscar a mi madre.

La multitud de androides salió, y dejó ver a una chica de rostro iluminado con rizos rubios que caían sobre sus hombros. Sus hermosos ojos azules armonizaban con su sonrisa alegre. Lo único que le faltaba era una aureola.

—¡Hola! Soy Rebecca Lansing, tu compañera de cuarto —dijo con una molesta y aguda voz que atravesó el ruido de la multitud—. Me alegra mucho conocerte, Ember. —Me indicó que la siguiera por el pasillo que estaba bajo las escaleras. Me preguntaba cómo había sabido ella quién era yo.

—Apuesto a que sí —le contesté con amargura, y comencé a buscar a Rosa, pero ya había desaparecido.

Rebecca frunció el ceño ante mi tono.

—Sé que es difícil al principio, pero te acostumbrarás. Muy pronto te sentirás como en casa, pero mejor. Es como estar en un campamento de verano.

Cuando me di cuenta de que no estaba bromeando, tragué saliva.

Rebecca me llevó a un dormitorio. De algún modo estar cerca de ella me hacía sentir sucia. Mi uniforme escolar aún estaba manchado de césped y tierra por el encuentro del día anterior.

—Este será tu lado —dijo, y señaló la cama sencilla que estaba más cercana a la puerta. El colchón era del grosor de una lámina de cartón y estaba cubierto por mantas rosadas y delgadas como las de los hospitales; a ambos costados había muebles que hacían juego: una cómoda de un lado y un escritorio del otro. Sobre la mesa había una pequeña lámpara de aluminio, unas cuantas libretas y una Biblia. La cama de Rebecca estaba contra la pared, bajo la ventana, tal como estaba la mía en casa.

Los ojos se me llenaron de lágrimas, y me di vuelta hacia la pared para que Rebecca no me viera.

—Me adelanté y traje tu uniforme —me dijo Rebecca amablemente. Me entregó un atuendo azul cuidadosamente doblado y un suéter de lana gris—. También te traje algo para desayunar. No deberíamos traer alimentos a nuestras habitaciones, pero hicieron una excepción conmigo porque soy la asistente estudiantil.

Aunque Rebecca fuera humana o no, estaba muy agradecida con ella por la comida.

—¿En serio has estado aquí tres años? —dije, antes de dar otro bocado voraz a la granola.

—Oh, sí —dijo con un tono de voz dulce—. Me encanta estar aquí.

Sentí como si estuviera en una novela de ciencia ficción; una en la que te obligan a tomar píldoras que controlan tu mente.

Rebecca había sido abandonada por sus padres antes de que el presidente Scarboro instituyera los estatutos morales. Eran misioneros y se habían ido a servir a Dios en el extranjero, antes de que los viajes internacionales se prohibieran.

A medida que Rebecca me contaba más sobre ella, mi sorpresa se desvaneció y se convirtió en lástima. Sus padres no la habían contactado desde que habían salido del país y, aunque aseguraba con convicción que aún estaban vivos, yo tenía mis dudas. Durante la guerra se había extendido un terrible sentimiento antiestadounidense en el extranjero.

No pude evitar pensar en lo malos que habían sido sus padres al abandonar a su hija, especialmente en un lugar como ese. Una vez más, me pregunté si me había esforzado lo suficiente para razonar con los soldados que me habían arrestado y, aunque reprimí la culpa que sentía, su peso se hundió en mi estómago como una roca.

Rebecca se sentó en el extremo de mi cama y trenzó su pelo rubio por encima del hombro mientras me cambiaba. Parloteaba acerca de lo emocionada que estaba de tener una nueva compañera de habitación y de cómo íbamos a convertirnos en las mejores amigas, lo que me impidió hacerle las preguntas que había pensado acerca de la Srta. Brock y las Hermanas de la Salvación. La conversación era tan superficial, que me pareció falsa, pero como estaba casi segura de que en realidad no lo era, ignoré su voz y miré mi reflejo en el espejo.

Mi belleza nunca ha sido convencional: mis ojos son grandes y marrones, con pestañas largas y negras, pero mis cejas no se arquean bien y mi nariz está ligeramente torcida. En ese momento mi tez se veía pálida, muy similar a la de la chica que los soldados habían escoltado hasta el edificio, y mis pómulos se veían demasiado prominentes, como si las últimas horas le hubieran sumado diez años de hambruna a mi vida. El uniforme azul marino era aún peor que mi uniforme escolar, seguramente porque este me molestaba cien veces más.

Respiré profunda y forzadamente. Mi pelo olía igual que los asientos sintéticos de los autobuses escolares. Rápidamente peiné las ondas de mi pelo con mis dedos y lo até de nuevo en un nudo desigual.

—Es hora de ir a clase —intervino Rebecca, recuperando mi atención.

Mi cerebro empezó a evaluar las opciones. Necesitaba buscar un teléfono. Primero llamaría a casa, en caso de que la MM hubiera liberado a mi madre. Si no, llamaría a Beth para averiguar si ella sabía algo acerca de a dónde llevaban a los infractores.

Cuando miré a Rebecca, la noté más que entusiasmada ante la perspectiva de mostrarme el lugar. Tenía un cargo de cierto poder como asistente estudiantil y era posible que me delatara si me extralimitaba. Daba la impresión de que era así.

Iba a tener que pasar desapercibida.

Unos minutos más tarde estábamos caminando hacia el pabellón, justo al otro lado de la cafetería, donde se arremolinaban casi un centenar de niñas. Parecía un colegio cualquiera, incluso se percibía el chismorreo disimulado acerca de las chicas nuevas, pero el ambiente era en extremo sombrío. En lugar de sentir curiosidad o lástima, nos temían, como si estuviéramos a punto de cometer alguna locura. Era una reacción extraña, teniendo en cuenta que yo pensaba lo mismo de ellas.

Cuando sonó la campana, se detuvieron todas las conversaciones. Las chicas se apresuraron para ir a los salones de clase, donde se sentaron en filas perfectamente alineadas. Rebecca tiró de mi brazo, y me dejé llevar por ella como una muñeca de trapo hasta el lugar que me indicó. El silencio reinaba en el pabellón.

En cuestión de segundos, aparecieron varios soldados que encabezaron, cerraron y flanquearon cada fila. Un joven con cicatrices de acné en sus mejillas y aspecto de comadreja pasó junto a mí cuando se dirigía hacia la parte posterior. Su uniforme estaba marcado con el apellido Randolph. Al frente de la fila estaba otro soldado que tenía una tez casi resplandeciente comparada con la de su compañero. Estaba perfectamente afeitado y su pelo era rubio como la arena; habría sido muy apuesto si sus ojos azules no lucieran tan vacíos.

"¿Qué hace la MM para sacarle el alma a una persona así?", pensé, al tiempo que ahuyentaba la evocación automática de Chase que había aparecido en mi mente.

—Srta. Lansing —saludó el guardia casi apuesto.

—Buenos días, Sr. Banks —dijo ella con dulzura.

El guardia asintió con la cabeza en un movimiento rápido y frío, casi aprobando la manera en la que ella estaba formada en la fila. La interacción me pareció algo incómoda y forzada.

—Hola, princesa —susurró una chica detrás de mí.

Me di vuelta para ver a Rosa, y noté que se había negado a meterse la blusa azul marino dentro de la falda. La chica pelirroja que estaba detrás de ella, quien probablemente era su compañera de cuarto, tenía una expresión de desaprobación en su rostro. Era evidente que no estaba satisfecha con su nueva situación habitacional.

Su pelo rojo me recordó lo mucho que extrañaba a mi amiga Beth.

Me reconfortó tener a Rosa cerca. A pesar de su irreverencia, al menos era sincera, y cuando sonó la campana y los guardias de las filas se dispersaron, permanecimos juntas, unidas por nuestra desconfianza hacia los demás.

Seguimos a Rebecca escaleras abajo, más allá del cuarto de lavandería, del centro médico y de una oficina de ladrillo muy baja con un hidrante en el frente. Allí, las chicas de diecisiete años se separaron de las otras filas y caminaron sobre una parcela de césped que llevaba a un camino que pasaba por entre dos edificios altos de piedra. Examiné el terreno con avidez, tratando de trazar un mapa en mi mente. Al parecer solo había una forma de entrar y salir: la puerta principal.

Cuando Rosa volvió a hablar, apenas la pude oír.

—Mira y aprende.

Me di la vuelta, pero ella ya no estaba.

Capítulo 3

ROSA DESAPARECIÓ entre los dos edificios con la falda remangada alrededor de los muslos. Los guardias comenzaron a vociferar cosas, pero no pude discernir sus palabras porque la adrenalina ya había empezado a propagarse rápidamente por mi cuerpo. Uno de ellos corrió de inmediato tras ella y otro tomó su radio y dio algunas órdenes telegrafiadas antes de unírsele a su compañero. Las chicas susurraban con nerviosismo, pero ninguna se movió.

La sangre latía en mis sienes. ¿A dónde iba? ¿Acaso había visto una salida que yo había pasado por alto?

Entonces pensé que debería correr en la dirección opuesta. Rosa había distraído a los guardias y al resto de las chicas del grupo; si escapaba, tal vez no lo notarían. Podía correr escaleras arriba hacia la puerta principal y... ¿y entonces qué? ¿Me ocultaría entre los arbustos hasta que un auto saliera y pudiera escabullirme tras él? *Cómo no.* Seguramente nadie lo notaría. El viaje en autobús no había revelado ninguna señal de civilización desde antes del amanecer, y tampoco podía caminar por la carretera llevando un uniforme de reformatorio sin correr el riesgo de que alguien me reportara.

¡Piensa!

Un teléfono. Tenía que haber un teléfono en los dormitorios o, tal vez, en el centro médico. ¡Sí! El personal necesitaría uno en caso de que alguien resultara herido de gravedad. El centro médico estaba cerca; habíamos pasado frente a él apenas unos minutos antes. Estaba justo al lado del edificio de ladrillo que tenía el hidrante enfrente.

Todos los ojos seguían fijos en el callejón que separaba los edificios entre los que había desaparecido Rosa. Incluso los guardias que se habían quedado cerca estaban mirando hacia allá. Sentí el aire rozar mi piel. Di un paso lento hacia atrás, y el césped crujió bajo mis nuevos zapatos negros. Era ahora o nunca.

Entonces una mano sujetó mi brazo con fuerza. Cuando me di la vuelta, los ojos azules de Rebecca me estaban lanzando dardos mortales. Su furia era sorprendente. Nunca creí que pudiera albergar tanta ira en su dulce persona.

—No —articuló sin emitir sonido alguno. Intenté quitármela de encima, pero me sostuvo con más fuerza. Podía sentir sus uñas clavándose en mi piel. Su piel había palidecido bajo el reflejo del sol matutino.

—Suéltame —dije en voz baja.

—¡La atraparon! —gritó alguien.

Todas las chicas, incluidas Rebecca y yo, avanzamos con curiosidad hacia el espacio que separaba los edificios. Me las arreglé para librarme de mi compañera de cuarto, pero ya no importaba mucho. Había perdido mi oportunidad. Los guardias nos estaban vigilando ahora que habían capturado a Rosa. Estaban alerta en caso de que alguna de nosotras se sintiera motivada a seguir su ejemplo. Rebecca había echado a perder mi oportunidad.

Me abrí paso entre dos chicas y vi a Rosa a seis metros delante de mí, acorralada en un callejón sin salida y sin escapatoria. Los dos guardias que cuidaban nuestra fila estaban tratando de atraparla. Estaban inclinados y tenían abiertos los brazos de par en par, como si estuvieran persiguiendo a una gallina. Rosa chilló cuando pasó por en medio de ellos, dirigiéndose hacia el asombrado grupo de chicas de diecisiete años. El soldado de mal aspecto la golpeó en ese momento; la embistió por un lado y la arrojó al suelo.

—¡No! —grité, y traté de acercarme a ella. Un guardia distinto me cerró el paso. Su piel se estiraba firmemente sobre su rostro, y su mirada maliciosa me produjo escalofríos.

"Inténtalo —parecía decir con sus ojos—, y serás la próxima".

Todos observaban mientras el feo e incisivo Randolph contenía a la agitada Rosa con su rodilla, puesta con rudeza entre los omoplatos de la chica. Tras recuperar el aliento, arrastró el cuerpo de Rosa hasta un escalón y ató sus manos detrás de la espalda con unas esposas de plástico.

Y entonces la golpeó.

Mi vientre se llenó de horror a medida que la sangre fluía a chorros de la nariz de Rosa y cubría su piel oscura. Habría gritado si hubiera tenido fuerzas para hacerlo. Nunca en mi vida había visto a un hombre golpear a una mujer. Sabía que Roy golpeaba a mamá, pues había visto las secuelas, pero jamás había atestiguado el acto en sí. Era más violento que cualquier cosa que hubiera podido imaginar.

Fue entonces cuando me di cuenta de la realidad de la situación. Si eso era lo que podían hacernos a nosotras, a las niñas en rehabilitación, ¿qué podían estar haciéndole a la gente que supuestamente había cometido un crimen? ¿En qué nos había metido Chase? La necesidad de huir se hizo aún más fuerte. Temía por mi madre más que nunca.

—Está loca. —Oí decir a una de las chicas.

—¿Dices que está loca? —respondí con incredulidad—. ¿Acaso no viste que él acaba de…?

Las chicas que estaban a mi lado se alejaron en silencio mientras la Srta. Brock se abría paso. Miró a Rosa y luego a mí. Se me heló la sangre.

—¿Que él acaba de hacer qué, querida? —me preguntó, levantando las cejas, aunque no estaba segura de si era por apática curiosidad o para desafiarme.

—Él… él la golpeó —dije inmediatamente, y deseé no haber dicho nada en absoluto.

—Y aplacó a esa niña endemoniada, gracias a Dios —explicó, fingiendo alivio.

Sentí que mi boca se secaba.

La mujer evaluó a Rosa, observándola bajo su pequeña nariz puntiaguda durante varios segundos, al tiempo que chasqueaba la lengua dentro de su boca.

—Banks, lleve a la Srta. Montoya a la parte baja del campus, por favor.

—Sí, señora. —El guardia de pelo rubio empujó a Rosa cuando pasó por mi lado. Tras él iba el guardia que había atacado a la chica, con una sonrisa de satisfacción en su rostro. Intenté ver a Rosa a los ojos, pero aún parecía aturdida. Ver la sangre de cerca causó que una oleada de bilis subiera a mi garganta.

La Srta. Brock se dio vuelta, tarareando, y se alejó.

PASAMOS LAS SIGUIENTES HORAS reflexionando en silencio. A eso le llamaban "clase": a sentarnos en sillas de madera de espaldar rígido y a leer hasta quedar bizcas, mientras las asistentes abrían los ojos como platos para arrojar comentarios ocasionales, como "Bajen la cabeza" o "Siéntense derechas".

Temí por Rosa. No la habían traído de vuelta. Lo que le estuvieran haciendo, estaba tardando demasiado.

El guardia Banks había regresado, y junto con el temible Randolph patrullaban las filas para disuadir cualquier intento de escape o de mala conducta. Ninguna de las otras chicas susurraba. Parecían estar sobresaltadas por los acontecimientos de esa mañana y su comportamiento era impecable.

Ya que nadie, ni siquiera Rebecca, me daba una mirada de soslayo para corroborar la locura de la situación, decidí leer. No leí nada de ficción, como *Frankenstein* de Shelley, ni siquiera las obras de Shakespeare que habíamos estado estudiando en clase de Lengua. No podíamos leer nada que nos permitiera alejarnos de alguna manera de ese infierno.

Solo leíamos los estatutos. Los había leído a medias en el colegio, pero ahora que mis ojos leían las mismas palabras una y otra vez, sabía que iban a quedarse grabadas en mi cerebro para siempre.

El artículo 1 les negaba a las personas el derecho de profesar otras religiones distintas a la de la Iglesia de Estados Unidos o de distribuir propaganda relacionada con ellas. Al parecer, esto incluía faltar al colegio para celebrar la Pascua, como lo había hecho Katelyn Meadows.

El artículo 2 prohibía la parafernalia inmoral y el 3 definía el concepto de "familia integral", que debía consistir en un hombre, una mujer y sus hijos. Los papeles masculino y femenino tradicionales se explicaban en el artículo 4, incluyendo la importancia de la sumisión de la mujer y su deber de respetar a su contraparte masculina, mientras que este, a su vez, traía el sustento a la familia en cumplimiento de su papel de proveedor y líder espiritual.

Volví a pensar en el antiguo novio de mamá. Roy no había sido ni un proveedor ni un líder espiritual, y cuando busqué alguna cláusula que prohibiera la violencia doméstica, no encontré nada, ni siquiera en el artículo 6, que proscribía el divorcio, las apuestas y todas las justificaciones de naturaleza subversiva para poseer armas de fuego. Era tristemente predecible.

Memoricé el artículo 5: *"Los niños se consideran ciudadanos auténticos si fueron concebidos por un hombre y una mujer unidos en matrimonio. Todos los demás niños deberán ser sacados de sus hogares y sometidos a rehabilitación".*

Todos los artículos tenían algo en común: su infracción le daba plena potestad a la Oficina Federal de Reformas de abrir un proceso judicial.

Pero ¿qué significaba eso de "proceso judicial"? ¿Una simple rehabilitación? Me pregunté si mi madre se encontraba en una habitación como en la que yo estaba en ese momento, leyendo los estatutos, o si estaba a la espera de un juicio o incluso en la cárcel. Me pregunté si Chase la había dejado ir, y si ya estaba en casa esperando a que la llamara y le dijera dónde estaba.

Levanté la mano.

La Hermana que se encontraba en la parte delantera del salón se levantó de su escritorio y se acercó a mí. De cerca, pude ver que era más joven de lo que había sospechado en un principio. Tal vez tenía unos treinta años, pero su pelo estaba salpicado de cabellos canos y sus párpados caídos la hacían parecer mucho más vieja.

Me recorrió un escalofrío casi enfermizo. Las Hermanas les hacían a las mujeres lo mismo que la MM les hacía a los hombres: les sacaban el alma y les lavaban el poco cerebro que les quedaba después de eso.

—¿Sí? —dijo sin mirarme a los ojos.

—Tengo que ir al baño.

Rebecca, que estaba sentada frente a mí, se sobresaltó, pero no miró hacia atrás.

—Está bien. Randolph, por favor, escolte a la Srta. Miller al baño.

—Puedo buscarlo sola —dije rápidamente, y me sonrojé. *¿Acaso tenía cinco años?*

—Son las reglas —dijo, y regresó a su escritorio.

Me puse de pie y mordí mi labio inferior con nerviosismo. No quería ir sola a ninguna parte con ese soldado. Aun si no hubiera golpeado a Rosa, me parecería espeluznante.

Me guio en silencio, teniendo cuidado de no caminar directamente enfrente de mí, sino con una ligera desviación, de modo que siempre estaba en su visión periférica. Mientras caminábamos, una imagen de Chase llenó mi mente: estaba vestido como soldado, con un uniforme como el de Randolph, y cargaba el mismo bastón y la misma arma. ¿Qué estaba haciendo en ese momento? ¿Estaba con mi madre? ¿Estaba dispuesto a defenderla del ataque de Morris, tal como lo había hecho por mí? Porque nadie del reformatorio había detenido los puños de Randolph.

Lo saqué con firmeza de mi mente.

Salimos del salón de clases y nos dirigimos hacia la entrada principal por un pasillo con suelos de linóleo. El sol se colaba a través de las ventanas. Había una vista casi veraniega fuera.

Había un baño de mujeres justo por la parte interna de las puertas principales. Entré y esperé un momento para asegurarme de que Randolph no me seguía. Cuando vi que se había quedado fuera, me abalancé sobre el inodoro y quité la tapa de porcelana de la cisterna.

Hay algo que puedo decir acerca de lo que implica vivir sin un padre: hacer las reparaciones domésticas por cuenta propia. Solo me tomó un segundo desenganchar la cadena para impedir que la cisterna de agua se volviera a llenar, y volver a poner la tapa con cuidado.

Un momento después regresé al pasillo.

—El inodoro está averiado —le dije. Como esperaba, se abrió camino para comprobarlo por sí mismo.

Al parecer, Randolph no había crecido en un hogar que dependía de los cheques mensuales del subsidio del Gobierno. Seguramente su familia podía permitirse el lujo de llamar al fontanero. Movió pesadamente la manija varias veces y, por supuesto, el inodoro no funcionaba. Ni siquiera se molestó en levantar la tapa para verificar que la cadena estuviera en su lugar.

—¿No hay otro? —me quejé.

Asintió con la cabeza y comunicó el problema por radio mientras nos dirigíamos afuera. El cosquilleo del aire fresco a través de los agujeros del suéter tejido me reconfortó. Dimos vuelta a la izquierda por la parte externa del edificio y seguimos el camino de piedra, de vuelta hacia donde Rosa había huido horas atrás.

—¡Ahí! —dije, apresurando mi paso más allá del callejón donde aún podía ver a Randolph golpeándola—. En la clínica hay baños, ¿no?

Estábamos a solo dieciocho metros. Un gesto de duda se dibujó en su rostro y, por un momento, pensé que se opondría simplemente para no permitir que fuera yo quien decidiera a dónde íbamos. Sin embargo, después pareció darse cuenta de la poca trascendencia de mi petición y se desvió hacia la clínica.

La sala de espera era pequeña y estéril, y olía ligeramente a productos de limpieza. Mis zapatos chirriaron por el suelo brillante conforme el guardia pasaba junto a un mostrador donde una enfermera de pelo oscuro leía la Biblia. La mujer levantó la vista, pero no preguntó nada cuando crucé por el pasillo.

Encontré lo que estaba buscando en el mostrador de una estación de extracción de sangre, justo entre un refrigerador pequeño y una caja de plástico que contenía algodones empapados en alcohol y jeringas de plástico. Ahí estaba el teléfono. Mi corazón saltó de emoción.

Entré al cuarto de baño, cerré la puerta con tanta indiferencia como pude y comencé a exprimir mi cerebro para dar con la manera de distraer a la enfermera y a mi perverso guardia. No tuve que pensar mucho. Un ruido provino desde fuera, tan fuerte que atravesó las paredes del baño y de la clínica. Era un sonido chirriante, como el que emite un auto cuando alguien pisa los frenos de repente, provenía del edificio que estaba al lado, el que tenía un hidrante. Pero cuando lo oí de nuevo, ya no estuve tan segura de si el sonido era humano o mecánico. Mi ritmo cardiaco se aceleró; se sentía como si alguien estuviera apretando mi columna vertebral. Entonces me obligué a concentrarme en la tarea en cuestión.

Entreabrí la puerta y vi que tanto Randolph como la enfermera habían ido a la sala de espera. Aprovechando la oportunidad, rodeé de un salto la puerta del baño y llegué a la estación donde las enfermeras extraían sangre. Un momento después, sostenía el teléfono en mi mano.

Una vibración en el suelo me sobresaltó. Giré de un salto y vi a Randolph a solo sesenta centímetros detrás de mí. Me miraba fijamente. La bocina del teléfono cayó estrepitosamente sobre el mostrador.

—Adelante —ofreció. Sabía exactamente cuáles eran mis intenciones.

Tuve la sensación de que se trataba de un truco, pero la oferta era demasiado tentadora como para rechazarla.

Tomé la bocina y la acerqué a mi oreja. Se oyó un chasquido, y luego contestó un hombre.

—Puerta principal, habla Broadbent.

Randolph sonrió con sorna, y me aparté de él.

—Sí, ¿me puede comunicar con Louisville? —le dije con apremio.

—¿Quién habla?

—¡Por favor, necesito llamar a alguien!

Hubo un momento de silencio.

—No se pueden hacer llamadas al exterior. Los teléfonos solo se conectan con las demás extensiones de la instalación. ¿Cómo consiguió este número?

Mis manos temblaban. Randolph me arrebató el teléfono y colgó con una mueca arrogante en el rostro.

Un velo de desesperanza me cubrió.

PASARON VARIAS HORAS. Randolph había decidido vigilarme más de cerca basado en mi artimaña de la clínica y, aunque se me permitió ir a la cafetería con las demás chicas del grupo, solo me permitieron beber agua. No hubo almuerzo ni cena para mí. Verlas comer era una tortura, pero me negué a mostrar mi enfado ante Randolph, ante la Srta. Brock e incluso ante Rebecca.

Ya había tenido que pasar largos periodos sin comer. Hubo algunos meses durante la guerra, antes de que inauguraran el comedor, en los que la única comida con la que podía contar era con el almuerzo escolar financiado por el Gobierno. Siempre guardaba tres cuartas partes de él: la mitad era para mamá, y lo poco que quedaba, como una manzana o un paquete de galletas de mantequilla de maní, lo reservaba para la cena. El hambre acuciante que sentía en ese momento me recordó los días de contarme las costillas frente al lavabo del baño.

Una punzada aguda me hizo preguntarme si mi madre había comido hoy, si había comido un sándwich, porque adoraba los sándwiches, o algo del aparador del comedor comunitario. Para mantener la cordura, desterré la idea de mi mente, pero otros pensamientos prohibidos emergieron.

Chase. La misma pregunta aparecía una y otra vez: ¿cómo pudo hacernos esto? Nos conocía desde siempre. ¿Había considerado la posibilidad de que la situación fuera así cuando regresara, como me lo había prometido?

Pero ese era el problema. No había regresado. Ese no era él. El soldado que había estado frente a mi puerta no había sido más que un extraño.

En la noche se me permitió ir a la sala común con las demás chicas, y me alarmó saber que Rosa aún no había regresado de su castigo. Me pregunté si había sufrido una conmoción cerebral y luego pensé en la chica vacía que habíamos visto en la mañana; me preocupó el hecho de que Rosa hubiera sufrido heridas más graves.

Mientras agonizaba con esos pensamientos, Rebecca recitó con un entusiasmo repulsivo las reglas del reformatorio para las nuevas internas y después oramos, o al menos ellas lo hicieron. Yo solo seguí reflexionando ansiosa.

Antes de que pudiéramos ir a la cama, el guardia anunció que había un último asunto que atender. No sabía exactamente por qué, pero desde el momento en que la Srta. Brock puso un pie en la sala, presentí que su intención era hacerme daño.

—Señoritas —comenzó lentamente.

—Buenas noches —respondieron varias, incluyendo a Rebecca. Yo permanecí en silencio.

—Hubo otro incidente el día de hoy; alguien rompió las reglas. Aquellas de ustedes que han estado con nosotros más tiempo saben bien cómo manejamos estas situaciones, ¿no es así?

Me concentré en sentarme derecha, con la barbilla levantada y los ojos fijos en la bruja que se movía con sigilo delante de mí.

Al parecer, privarme de alimentos no había sido suficiente; quería humillarme públicamente por el incidente del teléfono. Ella podía hacer lo que quisiera, pero me negué a demostrarle mi miedo. Alguien tenía que enfrentarse al matón del colegio.

A continuación, sentí que Randolph me sacaba de un tirón de la silla. Me arrastró hasta una mesa auxiliar que había en la sala común, lo que puso a prueba mi determinación de ser valiente.

—¡Pero Ember es nueva, Srta. Brock!

Rebecca no pudo ocultar del todo el tono desafiante de su voz. Su rostro estaba encendido.

Me sorprendió bastante que me estuviera defendiendo ante la Srta. Brock.

—Tiene derecho a un periodo de prueba mientras aprende las reglas —añadió en el último momento.

Otro guardia se puso entre nosotras. Las chicas paseaban su mirada rápida y sucesivamente de la asistente estudiantil a mí, y luego a Brock. Nadie decía nada.

La Srta. Brock miró a mi compañera de cuarto durante varios segundos. Solo contuve la respiración. No quería el apoyo de Rebecca, pero sentí que lo mejor era mantener la boca cerrada.

Finalmente, la Srta. Brock exhaló ruidosamente por la nariz.

—Es rápida, Srta. Miller. —Su dura mirada se desplazó hasta Rebecca—. Es como un virus, y ya está infectando a nuestros miembros más brillantes. Pero ya ven —dijo, dirigiéndose al resto de los que ocupaban la habitación—, la Srta. Miller ya había atacado a un soldado, y sus acciones de hoy no pueden quedar impunes.

Las demás chicas nos miraban, algunas con sorpresa, otras con interés. Era repugnante.

—Acérquese, Srta. Miller.

La Srta. Brock señaló la mesa y la rodeó hasta quedar del lado opuesto. Randolph se puso detrás de mí y sacó el bastón de su cinturón. Tenía una mirada ausente y casi vacía. Mi respiración se aceleró.

—¿Puede, por favor, decirles a las demás cómo rompió las reglas el día de hoy?

Cerré la mandíbula tan fuerte como pude.

—Acabo de pedirle que se explique, Srta. Miller.

—Lo siento, Srta. Brock —le dije claramente—. Usted me dijo que, si no tenía nada qué decir, lo mejor era guardar silencio.

Sentí una oleada de triunfo al pronunciar las palabras en voz alta y pensé, tanto con orgullo como con temor, que mi madre me hubiera dado el visto bueno. Varias de las otras chicas se quedaron sin aliento. Me aparté por un momento para ver la expresión de Rebecca tornarse sombría.

La Srta. Brock suspiró.

—Parece que la insubordinación es una enfermedad contagiosa entre nuestras nuevas estudiantes.

—Hablando de eso, ¿dónde está Rosa? —le pregunté.

—Esa no era la pregunta —dijo ella—. La pregunta era si podía decirles…

—La respuesta es no. No veo la necesidad de dar explicaciones —le contesté con toda la firmeza que pude. Estaba tan enojada que mis órganos estaban vibrando.

El rostro de la Srta. Brock se arrugó de furia, y sus ojos se llenaron de ira. Sacó una vara larga y delgada de su cinto, que había estado oculta bajo los pliegues de su falda. Era gruesa como un palillo chino, aunque flexible y del doble de longitud. El extremo se agitaba de un lado a otro conforme la blandía frente a mi rostro.

¿Quién era esa mujer?

—Las manos sobre la mesa —ordenó fríamente.

Di un paso atrás y casi tropecé con Randolph. Me recorrió un escalofrío. No estábamos en la Edad Media. Aún existían los derechos humanos, ¿o no?

—No puede golpearme con eso —dije sorprendida—. Es ilegal. Hay leyes que prohíben este tipo de cosas.

—Mi querida Srta. Miller —dijo Brock con una calidez condescendiente—. Yo soy la ley en este lugar.

Mis ojos se dispararon hacia la puerta. Randolph vio mis intenciones y levantó aún más su bastón.

Quedé boquiabierta. Iba a tener que escoger entre la paliza de ella o la de él.

—Las manos sobre la mesa —repitió la Srta. Brock.
Miré a las demás chicas. Rebecca era la única que estaba
de pie, y la mayor parte de su cuerpo estaba oculta detrás de
un guardia.

—Chicas… —empecé, pero no podía recordar sus
nombres.

Ninguna se movió.

—¿Qué les sucede? —grité.

Randolph me agarró de las muñecas y las puso de un
golpe sobre la mesa. Sentí un ardor y luego se adormecie-
ron mientras luchaba.

—¡Suélteme!

No lo hizo. Con la mano libre acercó el bastón frente a mi rostro, de modo que casi me quedé bizca al verlo,
y luego me dio un golpe justo en la garganta.

No podía respirar. Sentía que me había aplastado la
tráquea y que lo que quedaba de ella ardía en llamas. Estaba ahogándome, pero cuanto más intentaba tomar aire,
más entraba en pánico. No llegaba nada de oxígeno. Me
había roto el cuello; me había roto el cuello y me iba a as-
fixiar. Mi vista se llenó de líneas brillantes.

—¡Por el amor de Dios, respire profundo! —me dijo
la Srta. Brock.

Intenté tocar mi cuello, pero Randolph aún sostenía
mis manos. Su rostro empezaba a verse borroso. Pero al
fin, *por fin*, pasó un poco de aire por mi garganta. Las lágrimas rodaban por mi rostro. Tomé una bocanada de aire y
luego otra. Había sido muy doloroso.

Había caído de rodillas, pero mis manos aún hormigueaban y permanecían fijas en la mesa. Traté de hablar,
pero no salió ninguna palabra. Miré atónita los rostros de

las chicas que estaban en la sala, pero todas se negaron a mirarme a los ojos. Incluso Rebecca estaba mirando fijamente su regazo.

Ninguna iba a ayudarme; todas estaban demasiado asustadas. Iba a tener que someterme a lo que había propuesto la Srta. Brock o me lastimarían aún más. Mi cuerpo se sentía como si estuviera lleno de plomo. Con los ojos fijos en Randolph, estiré mis dedos hasta aplanar mis manos temblorosas sobre la mesa.

Y con ese gesto, la Srta. Brock se inclinó hacia atrás y azotó mis manos con la delgada vara, mientras las otras chicas observaban, paralizadas de miedo. Un grito silencioso se abrió camino a través de mi garganta oprimida. Las líneas rojas que había dejado el latigazo sobre mis nudillos se convirtieron de inmediato en verdugones.

La expresión que se había dibujado en el rostro de la Srta. Brock era de demencia pura. Sus ojos se abrieron hasta que sus iris se convirtieron en islas rodeadas de un mar blanco, y una fila de dientes romos emergió detrás de sus labios retraídos.

Alejé mis manos de una sacudida, pero Randolph levantó el bastón de nuevo. Parecía una máquina: era frío, insensible y completamente inhumano.

Puse mis manos de nuevo en su lugar, tomé una bocanada de aire abrasador y apreté los dientes.

La Srta. Brock golpeó el dorso de mis manos una y otra vez. Las apoyaba con tanta fuerza sobre la mesa, que mis dedos se veían blancos. Olvidé que me observaban. El dolor era insoportable, y me desplomé sobre las rodillas una vez más. Los verdugones alargados se cruzaban entre sí, hasta que finalmente uno de ellos se abrió y sangró.

También tenía sangre en la boca, justo donde había mordido la parte interna de mi mejilla. Era cálida y tenía un sabor metálico, y me hizo sentir ganas de vomitar. Brotaban lágrimas de mis ojos, pero aun así no emití ningún ruido; no quería darle la satisfacción de oír cómo me derrumbaba.

Despreciaba a la Srta. Brock. El odio que sentía hacia ella estaba más allá de lo que nunca sospeché que era capaz de odiar; la odiaba más que a la MM y a los estatutos, más de lo que lo odiaba a *él* por llevarse a mi madre, más de lo que me odiaba a mí misma por no haber tenido la fuerza suficiente para defenderla. Dirigí cada fibra de odio hacia esa mujer hasta que el dolor y la ira se convirtieron en una misma cosa.

Al final se detuvo, enjugándose una gota de sudor de la frente.

—¡Vaya! —dijo con una sonrisa—. Pero qué desastre. ¿Quieres una curita?

HABÍA DEJADO UNA FLOR sobre mi almohada. Era una margarita blanca con pétalos impecables y simétricos, y un tallo verde y largo. La imagen de él levantando la ventana y poniendo la flor delicadamente donde apoyaba mi cabeza, provocó un dolor en lo más profundo de mi ser.

Mis ojos se vieron atraídos hacia el alféizar de la ventana, donde había dejado otra flor. Era más pequeña pero no menos perfecta. Sonreí al imaginarlo escogiendo las flores adecuadas. Levanté la ventana y me asomé, casi esperando que él estuviera ahí, pero no era así.

Otra margarita yacía sobre el césped, justo en medio de nuestras casas. Emocionada por el juego, salí por la ventana y luego me incliné para recogerla y añadirla a mi creciente ramo. Miré a mi alrededor y encontré otra unos metros más adelante, cerca de la parte trasera de las casas. Señalaba hacia su patio.

Seguí el camino riendo y recogiendo una margarita a la vez. Mi expectativa creció a medida que imaginaba cómo me tomaría en sus brazos cuando lo encontrara, cómo iba a tocar mi rostro justo antes de que me besara.

Subí a la terraza y dije su nombre mientras cruzaba la puerta trasera. La habitación estaba a oscuras, y mis ojos tardaron varios segundos en acostumbrarse.

Algo andaba mal, lo presentía. Un hormigueo en mi nuca me advertía que no debía avanzar más.

—¿Chase?

Llevaba puesto un uniforme. La chaqueta azul estaba abierta hacia atrás y dejaba ver su cinturón. Sentí un vacío en mi estómago cuando vi el arma y el espacio donde debería ir el bastón.

—¡Ember, corre! —Me sobresalté al oír la voz de mi madre. Estaba de rodillas del otro lado de la habitación, con los dedos extendidos sobre la mesa de centro. La Srta. Brock estaba allí, con su látigo en alto.

Vi con horror que la sangre fluía a borbotones de los nudillos de mamá.

Dejé caer las margaritas y traté de acercarme a ella, pero Chase se interpuso. Sus ojos se veían fríos y vacíos, y su cuerpo era solo un remedo del chico al que había conocido. Con el bastón en la mano, me hizo retroceder hasta el rincón y, a su paso, aplastó con las botas las flores que habían caído sobre la alfombra.

—No te resistas, Ember.

ME DESPERTÉ SOBRESALTADA de la pesadilla; estaba sudando e incluso había quedado destapada. Tenía gotas de sudor en la frente y el cuello, y mi pelo estaba húmedo. Mi garganta ardía; estaba cerrada y dolía al tacto. Mis manos palpitaban intensamente, como si la piel estuviera en llamas.

La visión continuó mortificando mi mente: veía de nuevo a la Srta. Brock en la casa vecina, azotando las manos de mi madre, y a Chase arrinconándome. *No te resistas, Ember.*

Traté de concentrarme en el recuerdo verdadero: el antiguo Chase había estado esperándome dentro, con los brazos abiertos y una sonrisa, pero después de todo lo que había hecho, incluso el recuerdo parecía falso.

Poco a poco, el mundo real se hizo tangible. Aún estaba en el reformatorio, en el dormitorio.

Escuché que algo hizo clic y luego se sacudió en un traqueteo. Venía del lado de la habitación donde estaba Rebecca, desde la ventana.

¡Alguien está entrando! Mis músculos se tensaron, listos para correr a la puerta.

—¡Rebecca! —dije con voz ronca, y tragué saliva dolorosamente. Mis pies ya estaban en el suelo, envueltos en calcetines. La falda se había arremolinado en mis caderas y había dejado mis piernas libres.

Rebecca se movió. Agucé el oído, pero no se oía nada. De hecho, no se oía ningún ruido en absoluto, ni siquiera el de la respiración de Rebecca.

Me obligué a tranquilizarme. Seguramente una ráfaga de viento había golpeado el cristal o, tal vez, había sido la rama de un árbol u hojas muertas, o algo así. No era un intruso. Nadie iba a venir por mí, aun si lo deseara.

—¿Rebecca? —pregunté, esta vez un poco más fuerte que un susurro. No se movió.

Me deslicé para salir de la cama y caminé hacia la ventana, sin dejar de mirar a través del cristal.

Dije su nombre otra vez, pero se quedó completamente inmóvil.

Puse mi mano sobre el colchón. La luna brillaba a través de la ventana e iluminó con un azul tenue las vendas que cubrían mis nudillos hinchados. Mis dedos se extendieron un poco más hasta sentir la manta… y la almohada que estaba debajo.

—Pero ¿qué demonios? —dije en voz alta. Mis ojos se dispararon a través del cristal hacia el bosque, donde una figura vestida de blanco cruzaba la línea de árboles. Mi mandíbula cayó al suelo.

Rebecca estaba corriendo, la muy farsante. Apenas unas horas antes me había impedido hacer lo mismo, pero ella había estado planeando hacerlo desde antes. Aun así, no tenía tiempo para centrarme en eso. Rebecca había encontrado alguna forma de escapar, algo más elaborado que la huida impulsiva de Rosa, y yo estaría condenada a quedarme si me dejaba atrás.

Metí los pies en los zapatos y me puse la chaqueta que estaba en la silla a mis espaldas. No estaba cansada ni tenía hambre. La emoción de la perspectiva de huir se mezcló con el terror absoluto de ser atrapada, pero prevaleció mi instinto de subversión.

No dudé en pisar la cama de Rebecca con mis zapatos sucios, aunque hubiera podido regocijarme mucho más al hacerlo. Abrí la ventana y sonaron el mismo clic y el mismo traqueteo que había oído antes, cuando creí que alguien estaba entrando, no saliendo.

Desde nuestra habitación en la planta baja, era increíblemente fácil sentarse sobre el alféizar de la ventana y estirar las piernas hasta tocar el suelo. Era tan fácil que, de hecho, me pregunté por qué nadie lo había intentado. La duda repentina me obligó a detenerme. Tenía que haber una razón que explicara por qué no habían desaparecido todas las internas después del toque de queda, pero si la Hermanita adorada de Brock estaba fuera, seguramente sabía bien lo que estaba haciendo.

Respiré lenta y dolorosamente, y continué. La falda subió hasta mis caderas y el frío de la noche punzó la piel de la parte superior de mis muslos, pero, tan pronto como mis pies tocaron el suelo, comencé a correr.

La tenue luz de la noche me permitía ver parcialmente el camino. Corrí a través de un sendero estrecho hacia el lugar del bosque donde había visto desaparecer a Rebecca. El zumbido de un generador de energía disimuló el crujir de las hojas secas que sonaba cada vez que daba un paso, lo que era tanto bueno, como malo. Nadie me podía oír, pero yo tampoco podía oír a nadie.

Aunque me preocupaba ser atrapada, mis pies continuaron. Rebecca había estado allí tres años. Conocía bien el sistema y las instalaciones. No habría intentado escapar a menos que estuviera completamente segura de que su plan funcionaría.

Cuanto más profundo me adentraba en el bosque, más oscuro se hacía, incluso bajo la luz de las estrellas. Me pregunté a dónde íbamos. Tal vez hacia una alambrada rota. Las sombras alargadas se mezclaban con el cielo nocturno y únicamente dejaban ver unas cuantas ramas desnudas y algunos troncos de árboles ásperos. Caminé con las manos extendidas delante de mí para guiarme. Empecé a sentirme ansiosa y temí que la hubiera perdido. El generador se oía cada vez más fuerte.

Finalmente, oí voces. Una era de hombre y la otra era tan alborozada que no podía ser otra que la de Rebecca. Me detuve en seco, me agaché y me oculté tras el tronco roto de un árbol. No alcanzaba a oír lo que decían. Tan sigilosamente como pude, me acerqué más.

—No puedo creer que Randolph la golpeara —esché decir a Rebecca.

—Sí, y el muy maldito lo disfrutó. —La voz me parecía conocida.

—Sean… ¿qué le hicieron?

—Brock nos ordenó que la lleváramos a la barraca. Vamos, sabías qué era lo que le esperaba.

Mis músculos se tensionaron. No estaban hablando de mí; estaban hablando de Rosa.

En mi mente vi el edificio de ladrillo que estaba al lado de la clínica. ¿Era esa la "barraca"? Brock había ordenado que llevaran a Rosa a la "parte baja" del campus; tal vez eso era lo que había querido decir. Mi memoria evocó el chirrido metálico que había oído cuando había encontrado el teléfono de la clínica. ¿Esos habían sido los gritos de Rosa?

La cabeza me daba vueltas. Aún no podía identificar la otra voz.

Rebecca se quedó callada por un momento.

—Supongo que sí.

—¿Qué? ¿Sientes lástima por ella? No estés triste, Becca. Oye, apuesto a que puedo animarte.

Se quedaron callados y temí que se estuvieran yendo sin mí. Presa del pánico, levanté la cabeza para ver por encima del tronco.

Quedé boquiabierta.

Rebecca Lansing estaba sentada encima del generador y llevaba puesto un enorme abrigo de lona azul. Sus piernas desnudas estaban alrededor de las caderas de un guardia; el soldado de pelo rubio. El mismo guardia casi apuesto que había aprobado su formación esa mañana. Tenía una mano entre el pelo rubio y desordenado de la chica, la otra sobre su muslo desnudo. Sus labios se unieron con pasión desenfrenada.

Una parte de mí sabía que se trataba de un sueño. No era posible que, en toda la historia de la raza humana, la mojigata y santurrona Rebecca, mi compañera de cuarto y asistente estudiantil, estuviera haciendo eso con un soldado… en las instalaciones del reformatorio… en medio de la noche.

La ira me invadió. Rosa estaba castigada en la barraca, mientras que Rebecca estaba revolcándose con un sujeto sobre el generador de electricidad. Mis manos se apretaron en puños y mi mandíbula se tensó. Pero si la razón no me había abandonado del todo antes, lo hizo en ese momento.

Antes de darme cuenta, estaba de pie.

—¿Qué fue…?

No me sorprendió que me cegara la luz de una linterna. Apuntaba directamente a mi rostro, lo que me impedía ver a las personas que estaban detrás de ella. Levanté una mano para proteger mis ojos y caminé a ciegas hacia delante, tras rodear el tronco y las ramas partidas.

—¿Quién es? —escuché a Rebecca preguntar. Y luego—: ¡Dios mío!

El guardia blasfemó. Ella lo había llamado Sean. El sujeto se separó de Rebecca y se abalanzó hacia mí. Casi deseé que me atrapara. Todo lo que vi cuando lo miré fue el mismo rostro pétreo con el que se había llevado a Rosa a rastras.

—¡Basta! —dijo Rebecca bajando del generador y saltando delante de él—. Ember, ¿qué haces aquí? —Detestaba su vocecita alegre.

—¡Mentirosa! —gruñí.

—¿Qué? ¿Hace cuánto estás aquí?

—Lo suficiente, Becca. —Mis palabras, aunque roncas, fluyeron como agua de una tubería rota.

—No es lo que parece.

—¿En serio?

—¡Pensé que habías dicho que estaba dormida! —dijo Banks, casi gritando.

—¡Cállate, Sean! —espetó ella. Como no reaccionó, Rebecca tomó mi manga y tiró de mí, como llevándome hacia el dormitorio—. Vamos, debemos regresar.

—No lo creo —le dije—. Ya te obedecí lo suficiente.

—Tienes que venir conmigo. El próximo guardia llegará dentro de unos minutos. Si te atrapan, estás muerta, ¿comprendes?

—¿Solo yo? Creo que no —le dije, con una voz que sonaba como la mía, pero más audaz. Todo en mí parecía desconectado. Mi piel estaba helada, pero la sangre que corría bajo ella hervía, y todos mis órganos se sentían como fragmentos aislados. Tuve que esforzarme para poder respirar el aire helado. Sentía que no era yo misma en absoluto.

—¿Crees que les importa que Sean y yo estemos aquí? —dijo, agitando los brazos en señal de frustración—. ¿Crees que no han hecho lo mismo? Se protegen entre sí, ¿entiendes? Te van a castigar por delatarlo.

—Tal vez lo hagan —admití, y sentí que aumentaba mi resentimiento—, y tal vez a los guardias no les importe, pero estoy segura de que a la Srta. Brock le encantaría enterarse de que la luz de sus ojos se escabulle por las noches con uno de los soldados.

Banks la miró con su rostro retorcido del pánico; al parecer era una emoción auténtica. Entonces me miró fijamente, y su terror se convirtió en desesperación.

—Nunca te creerá —me dijo.

—Tal vez no. Pero van a vigilarla a ella, ¿no es así? Van a poner a un guardia en nuestra habitación para asegurarse de que no intente nada y… —Sinceramente, no sabía lo que haría la Srta. Brock, pero la mirada sombría de Sean me indicó que había dado justo en el blanco.

—No te atreverías, Miller, ¿o sí? Becca sale en tres meses; tienes que darle otra oportunidad.

—Déjame manejar esto, Sean —dijo ella.

Me sorprendió por completo su demostración de caballerosidad. ¿En realidad intentaba protegerla? Crucé los brazos sobre mi pecho. Tal vez no estaban tan muertos por dentro como parecían. Bueno, al menos, algunos de ellos no lo estaban.

—No… no puedes reportarnos, Ember. No puedes.

—¿Y qué me lo impide?

Sean inhaló audiblemente e hizo el gesto de ir a sacar el arma que tenía en su cintura. Me di cuenta por sus ojos redondos y contrariados que no quería dispararme, pero eso no redujo mi miedo. En ese momento recordé el bastón de Randolph en mi garganta y el látigo de Brock en mis manos, y me pregunté por qué tenía la sensación de que ese soldado no sería capaz de hacer lo mismo.

Luché contra el impulso de correr.

—¡Ella dijo que el próximo guardia llega dentro de unos minutos! —grité—. Si me disparas, ¿cómo vas a explicarle por qué Rebecca está aquí? —En ese momento estaba temblando. Tenía la esperanza de que ninguno de ellos pudiera verlo en la oscuridad. No me iba a disparar, no se atrevería, no podía hacerlo. Era demasiado riesgoso.

Por favor, que no me dispare.

—Sean —dijo Rebecca con suavidad. El guardia bajó la mano, pero aún no me atrevía a respirar.

—¿Qué quieres? —preguntó Sean. Iba a proponerme un trato a cambio de mi discreción.

—Tengo que salir de aquí. Necesito buscar a mi madre —dije. Mi voz sonaba más ronca cuanto más hablaba.

—¡Tenemos que irnos! —chilló la voz de Rebecca en un tono aún más agudo. Estaba mirando por encima del hombro, tal vez tratando de visualizar al siguiente guardia. Ahora que había amenazado con decírselo a Brock, temía que le dijera a todo el mundo.

Sean contuvo el aliento.

—Si te ayudo, juras que no se lo dirás a la directora. —No era una pregunta. Había avanzado un paso más, poniéndose entre su novia y yo. Me sorprendió lo delgado que se veía ahora que su rostro solo demostraba miedo. Sus ojos se veían enormes y pude percibir las líneas delgadas que rodeaban su boca.

—No. ¡Sean, no! —Rebecca tiraba de su brazo como lo hacían los niños. Como el guardia siguió mirándome fijamente, lo empujó para abrirse paso y se paró a unos centímetros de mí—. Si lo atrapan, se meterá en problemas. Problemas muy graves. No lo…

—¿Miller? —apremió Sean, ignorándola.

—Sí, lo juro. Si me sacan de aquí, no le diré nada a la Srta. Brock. —Sentí que una parte dentro de mí se rompía, y de repente recordé el horror que había visto en el rostro de mi madre cuando había obligado a Roy a irse de nuestra casa. Estaba intentando hacer lo correcto, pero la idea de lastimar a alguien más para lograr ese objetivo era casi insoportable. No era diferente de lo que estaba sucediendo en ese momento, aunque apenas conocía a esas personas.

—Muy bien —dijo Sean—. Voy a… pensar en algo. —Le dio una patada al tronco tras el cual me había estado ocultando.

—¿Cómo? ¿Cuándo? —La sangre recorrió mi cuerpo rápidamente al oírlo acceder.

—Ahora no. Ella tiene razón. El próximo guardia llegará pronto. Necesito pensar.

Estaba decepcionada, pero sabía que no iba a obtener nada mejor esa noche.

—Gracias… Sean —le dije. Pronunciar su nombre lo hacía parecer infinitamente más real, como un chico que podría haber conocido en el colegio. Su hombro se sacudió. Su rostro estaba lleno de desprecio.

Un momento después, Rebecca se quitó la chaqueta y se la lanzó al guardia. Se miraron durante un largo rato. Incluso en la oscuridad, vi que el rostro de Rebecca se relajaba al contemplarlo.

—Lo siento —susurró—. Todo saldrá bien, lo prometo.

Una de sus manos se apoyaba de forma extraña sobre la parte de atrás de su cuello, como si sus músculos estuvieran demasiado tensos. Se hundió en la chaqueta y desapareció en la oscuridad.

El rostro de Rebecca se endureció de nuevo cuando comenzó a dirigirse a pisotones hacia nuestra habitación. La seguí de mala gana, molesta porque estaba tropezándome y trastabillando, mientras ella caminaba casi sin esfuerzo. Tuve que recordarme que ella había hecho ese mismo recorrido más de una vez.

Cuando llegamos a la tercera ventana de izquierda a derecha, Rebecca abrió el marco con más fuerza de la que habría usado si yo hubiera estado durmiendo dentro, ágilmente subió de un salto y apoyó la cadera en el alféizar. Luego se inclinó hacia atrás y rodó sobre su cama. Hice lo mismo, pero con más torpeza.

Una vez dentro, nos envolvió un silencio incómodo y tenso.

—¿Cómo pudiste? —espetó finalmente. Bajo la tenue luz de la luna que entraba por la ventana, pude ver que su rostro estaba encendido a causa del frío y la ira—. Debí dejarte huir, como lo hizo esa tal Rosa. Sabía que querías hacerlo. ¡Lo hubiera permitido si hubiera sabido que te atreverías a chantajearme! ¿Cómo te atreves?

Toda la ira, el miedo y la conmoción que sentía se liberaron de golpe.

—¿Yo? ¡Tú eres la hipócrita! ¡Te pedí ayuda y me ignoraste! Dijiste toda esa basura acerca de que este lugar era como un campamento de verano y que adorabas estar aquí, como si fueras el perro faldero de Brock. ¡Todo es mentira! Eres diez veces más perversa que ella, solo que lo ocultas mejor.

—Tienes toda la razón. ¿Y qué? —Apoyó las manos en sus caderas.

Mis ojos se abrieron.

—Necesitas medicamentos para corregir eso, en serio. Y yo no soy ninguna idiota por haberte creído. Simplemente eres una excelente actriz.

—Sí —dijo ella—, lo soy.

Me senté en la cama, de frente a ella, y ella se sentó en la suya, frente a mí. Era como si fuéramos niñas haciendo un concurso de miradas. Fue Rebecca quien finalmente rompió el silencio.

—Lo estás poniendo en peligro sin razón —dijo—. Nadie puede escapar. Solo se sale con la autorización de salida o en la parte trasera de una furgoneta de la OFR.

—¿Qué quieres decir? —pregunté, y se hizo un nudo en mi garganta. Mis dedos se acercaron a la contusión que tenía en mi cuello.

Hizo un ruido de dolor.

—Los guardias tienen órdenes de dispararle a cualquiera que logre salir de la propiedad.

Mis manos adoloridas se unieron sobre mi falda. Por eso Sean había tomado su arma. Pudo haber fingido que estaba escapando. Nadie lo habría cuestionado cuando encontraran mi cadáver tan lejos de los dormitorios. Sentí una repentina oleada de afecto por Rebecca. Si no hubiera estado presente, y si Sean en serio hubiera querido matarme, estaría desangrándome en un bosque de Virginia Occidental en esos momentos.

Pero recordé que yo no hubiera estado allí si ella no hubiera escapado en primer lugar.

—¿Crees que serían capaces de hacerlo? —le pregunté casi sin dudar. Había visto las miradas frías y vacías en los ojos de los soldados. Podía imaginar a varios de los que había visto, como a Morris, el amigo de Chase que me había arrestado, y a Randolph, el guardia del colegio, matando a una chica.

—Sé que lo harían. La última a la que ellos... —Vaciló y miró hacia la ventana, preguntándose, seguramente, dónde estaba Sean—. Era la antigua compañera de cuarto de Stephanie.

Con una punzada, recordé que Rosa era la actual compañera de habitación de Stephanie.

Rebecca tragó saliva.

—Su nombre era Katelyn. Katelyn Meadows.

Capítulo 4

—KATELYN MEADOWS —repetí aturdida. *No aparece en los carteles de personas desaparecidas. Su familia se mudó después del juicio.*

No aparecía en los carteles de personas desaparecidas, porque no era una persona desaparecida. Estaba muerta. Me alivió saber que la cama estaba detrás de mí, porque mis rodillas cedieron rápidamente.

—Era una buena chica —dijo Rebecca—. Intento no tomarle afecto a nadie de aquí porque siempre comienzan a comportarse de forma extraña, pero ella me agradaba.

—Lo sé —dije en voz baja. Recordé vívidamente los carteles del colegio que tenían su fotografía y, antes de eso, su rostro sonriente en clase de Historia.

—¿La conocías? —preguntó Rebecca.

Asentí.

—No muy bien, pero sí. Estudiábamos en el mismo colegio.

—Oh. —Se mordió la uña del pulgar, sin saber qué decir.

—¿Cuándo sucedió?

—Creo que hace unos seis meses. Estaba a punto de cumplir la mayoría de edad cuando Brock le pidió que se quedara como profesora, pero cuando Brock le pide a alguien que se quede, no es realmente una petición.

"Yo soy la ley en este lugar", había dicho la Srta. Brock cuando había azotado mis manos.

Era cierto: me costaba mucho imaginar que su invitación a que se convirtiera en profesora hubiera sonado como una petición.

Seis meses atrás había comenzado mi último año en Western y seguramente también era el último año de Katelyn. No estaba segura de si enterarme de su muerte me entristecía; no la conocía lo suficiente como para lamentar su fallecimiento. Pero sí sentí temor por lo que eso significaba para mí y mis posibilidades de escapar. Me sentí egoísta, asustada y con náuseas, todo al mismo tiempo.

Me froté los ojos con las manos. Ardían por las lágrimas que se habían secado en mis pestañas.

—¿Fue Sean quien…?

—No, fue otro guardia. —Sonrió débilmente—. Sean nunca ha matado a nadie; me lo aseguró. Durante el entrenamiento, la OFR los hace practicar con blancos que tienen forma humana, pero él apenas podía hacerlo. Por eso lo enviaron al Centro de Rehabilitación de Niñas y lo mantienen lejos de las ciudades.

Imaginé a los soldados en los campos de tiro y me estremecí. No habían enviado a Chase a un Centro de Rehabilitación de Niñas, lo que solo significaba que tenía mejor puntería que los guardias del reformatorio. Me pregunté si había matado a alguien, pero la idea me hizo sentir tan incómoda que la alejé de mi mente de inmediato.

—Parece que no todos tienen la misma conciencia que Sean —dije con amargura.

—Es cierto —repuso ella—. Obviamente ya conociste a Randolph.

Apreté las rodillas en un movimiento involuntario y sentí el dolor de los nudillos.

—¿Fue él? ¿Fue quien… le hizo eso a Katelyn?

Estábamos a oscuras, sin embargo, pude verla asentir con la cabeza.

—Como ves, no sirve de nada intentar escapar.

—Debo intentarlo —dije—. Si son capaces de hacernos este tipo de cosas a nosotras, ¿qué crees que le están haciendo a mi madre?

Dudó por un momento y dijo:

—Seguramente lo mismo.

Me levanté tan rápido de la cama que mi cabeza comenzó a dar vueltas.

—¿Qué te ha dicho Sean? ¡Tienes que decirme! —La desazón de nuestro trato flotaba en el aire. No tenía ninguna razón para mentir ahora que sabía su secreto.

—Realmente no se entera de muchas cosas —dijo ella a la defensiva.

Los guardias del reformatorio estaban aislados; los demás soldados estaban en contacto directo con su oficial al mando, pero una unidad en particular, la de aquellos que, como Sean, no habían logrado dominar algún aspecto de su formación militar, había sido transferida para recibir las órdenes directas de las Hermanas de la Salvación.

—Por cierto, ¿quiénes son esas Hermanas? —pregunté— ¿La Srta. Brock está a cargo de todas ellas?

—Eso quisiera ella —dijo Rebecca—. La Junta de Educación la nombró durante la instauración de la Ley de Reformas. Es algo así como la superintendente escolar de esta zona. Hay otras como Brock, en otras zonas, dirigiendo reformatorios con el mismo sostén de hierro. —Se rio al pronunciar esas palabras—. Así lo llama Sean: sostén de hierro, en vez de mano de hierro, ¿entiendes?

—Sí, perfectamente —dije sin entusiasmo.

Había más directoras malvadas y más reformatorios. La sola idea bastó para hacerme sentir débil de nuevo. La breve sonrisa de Rebecca se desvaneció.

—Brock dice que las Hermanas se están tomando el poder —dijo—, pues dirigen las organizaciones de beneficencia, las líneas de producción de alimentos y todo eso, pero por supuesto no hay forma de saber si es cierto.

Mamá trabajaba como voluntaria en nuestro comedor de beneficencia local. Apenas si podía imaginarla con una falda azul y un pañuelo estúpido alrededor del cuello.

Entonces, ¿Brock le rinde cuentas a la MM, pero los soldados que están aquí le rinden cuentas a ella? —pregunté.

Rebecca me miró con un rostro inexpresivo, y me di cuenta de que nunca había oído el apodo de la OFR. Como había estado allí desde que tenía catorce años, estaba un poco desactualizada con respecto a todos los términos de la cultura dominante.

—Milicia Moral —dijo Rebecca pensativa, después de que le expliqué—. Qué curioso.

Al parecer, servirles a los corruptores de la sociedad no requería de habilidades muy desarrolladas. Técnicamente la OFR aún estaba a cargo de los soldados del reformatorio, pero la Srta. Brock supervisaba sus actividades diarias. Por desgracia, eso significaba que Sean tenía muy poco contacto con el resto de los miembros de la milicia.

—Pero hay un mensajero —continuó Rebecca—. Viene cada semana para entregarle a la Srta. Brock los comunicados que vienen desde el exterior, como órdenes del

Ministerio de Educación, enmiendas a los estatutos y cosas así. A veces Sean oye rumores. Desde hace un tiempo sabía que iban a suspender los juicios de los infractores, y tenía razón. Ha pasado más de un mes desde que un soldado vino aquí a recoger testigos.

—¿Suspender los juicios? ¿Qué significa eso? —pregunté con un tono de voz más fuerte.

—¡Chist! —Hizo un gesto para que me sentara de nuevo en la cama—. No sé lo que significa. Tal vez dejen libre a tu madre y ya, o tal vez la envíen a rehabilitación. Sean dijo que, en lugar de un juicio, debían "ultimar" algunos detalles. Supongo que es el nuevo protocolo. El próximo mes lo capacitarán para eso.

Imaginé a mi madre en mi lugar. Visualicé sus manos pequeñas y bien cuidadas sobre la mesa, mientras Brock lanzaba el látigo sobre ellas, tal como lo había visto en mi sueño. Pude ver su obstinación convertirse en miedo, y a ella doblada en el suelo, tal como lo había hecho con Roy.

No podía permitir que eso sucediera. La idea de verla sufrir me indisponía.

—Mamá no puede tolerar *esto*. Debo encontrarla. Tiene que haber una forma de salir. ¿Qué estaba haciendo Katelyn? ¿Cómo la atraparon? —pregunté.

—Sean dijo que la atraparon mientras intentaba pasar por encima de la alambrada sur.

Katelyn era delgada, pero para nada atlética. No podía imaginarla escalando una cerca, pero sin duda la gente hacía todo tipo de locuras cuando estaba desesperada. Yo lo sabía mejor que nadie.

—¿No hay otra forma de salir? ¿No hay agujeros en el cercado? ¿No hay más salidas?

La chica se encogió de hombros.

—Los guardias recorren el perímetro a pie cada hora. La única salida es por la puerta principal, pero hay una estación de vigilancia allí y los guardias registran todos los vehículos.

—¿Nunca nadie ha logrado escapar? —pregunté con cierto grado de incredulidad.

Rebecca se encorvó sobre su abdomen. Cuando volvió a hablar, su voz sonaba más dulce, como si fuera más joven.

—Una chica logró escapar, justo después de que llegué aquí. Pasó sobre la cerca y se internó en el bosque, pero estaba nevando tanto que murió de hipotermia. Brock ordenó a los soldados que llevaran su cuerpo a la cafetería para mostrarnos lo que sucedería si tratábamos de huir. Su piel se veía negra y azul, y… —Rebecca sacudió su cabeza, como para borrar el recuerdo—. Fue entonces cuando Brock autorizó a los guardias a dispararle a cualquiera que se acercara demasiado a la alambrada.

Me estremecí al pensar en lo aplastante que debía ser recuperar la libertad, solo para perderla más adelante.

—Desde entonces, solo tres personas han estado a punto de lograrlo, y todas ellas fueron asesinadas. Nadie sigue intentándolo después de que sucede algo como eso. Si en realidad estás tan loca como para hacerlo, serás la primera desde Katelyn.

La cruda realidad de mis intenciones se asentó en lo profundo de mi ser. Si huía, debía enfrentar la posibilidad de no sobrevivir, y si moría, lo más probable era que fuera de forma violenta. Pero si me quedaba, no habría forma de saber si estaban golpeando a mi madre, si la llevarían a prisión o si la matarían.

Era un gran dilema. Solo tenía dos opciones, y ambas eran pésimas.

—¿Sabes? Si cumples dieciocho, no tendrían el deber legal de buscarte —me dijo.

No podía esperar hasta cumplir los dieciocho años, pero algo en su voz me dijo que no estaba hablando de mí.

—¿Por eso Sean y tú no han huido?

Asintió con la cabeza.

—Me liberarán en tres meses, pero, si él decide irse, la OFR podría matarlo.

Entonces ella había decidido quedarse para proteger a un soldado. Sacudí mi cabeza con escepticismo.

—No creo que maten a los suyos.

—Te equivocas. La Junta lo enjuiciaría. Si se ausenta sin permiso y lo capturan, lo ejecutarán. Así son las cosas ahora. Si crees que no se atreverían a hacer algo así, debes recordar por qué estás aquí.

A medida que los ánimos se calmaban entre nosotras, mi mente contempló un pensamiento oscuro. Si podían ejecutar a Sean, ¿podían hacer lo mismo con mi madre? Parecía poco probable, pero no era imposible.

Debía salir de ahí, y pronto.

***

PASARON DOS NOCHES hasta que Sean diseñó un plan.

Estábamos en clase, leyendo un folleto titulado "Vestimenta apropiada para una dama", cuando el guardia llamó mi atención. Movió ligeramente su cabeza y, sin dudarlo, levanté la mano para pedir que me escoltaran al baño. Antes de que la Hermana pudiera pedirle a Randolph que me llevara, Sean había dado un paso adelante y sostenía la puerta abierta para conducirme hasta el final del pasillo.

Una vez estuvimos lejos de los demás, me dijo rápidamente que la directora le había dado órdenes de reemplazar a otro soldado que iba a tomarse una licencia, lo que significaba que tendría un turno doble en los recorridos del perímetro. Cuando llegara el momento, él me llevaría hasta la cerca y actuaría como si nada mientras yo cruzaba.

Parecía sencillo, pero el plan no estaba lejos de ser problemático. En primer lugar, aún faltaban ocho días para eso. En segundo lugar, iba a tener que seguir por mi cuenta después de saltar la valla, lo que implicaba caminar completamente sola durante unas cuatro horas a lo largo de veinticuatro kilómetros, en medio del bosque de los montes Apalaches. En tercer lugar, una vez que llegara a la estación de servicio más cercana, iba a tener que pedirle a alguien que me llevara a casa, de modo que tendría que buscar a un civil con un auto que estuviera dispuesto a ayudarme sin esperar dinero a cambio.

—Más vale que corras —aconsejó Sean—. Cuando se den cuenta de que no estás, irán a buscarte, y no voy a poder hacer nada para evitarlo.

Asentí con la cabeza y, aunque la inflamación de mi garganta ya había cedido, sentí que un bulto crecía de nuevo. Era un plan pésimo, pero era todo lo que tenía.

Sean me miró durante un largo rato, casi sorprendido de que todavía estuviera considerando su propuesta. No sabía si él creía que yo era valiente o más bien estúpida; seguramente lo último.

—Lo mejor para todos sería que esperaras hasta que cumplieras dieciocho años, Miller.

—No puedo darme el lujo de esperar —dije con firmeza—. Mamá podría estar en un lugar como este.

Su expresión era sombría. Le pregunté si sabía algo más sobre mi madre y dijo que no. Me preguntó si había algo más que me estaba ocultando, pero como ya estábamos en una situación delicada, dejé las cosas tal como estaban. No contaba con mucha información para chantajearlo y no podía poner en riesgo su oferta. En última instancia, quien tiene el arma es quien manda.

Por lo tanto, esperé.

ROSA REGRESÓ LA TARDE SIGUIENTE. Se sentó junto a mí en silencio durante la cátedra de Brock sobre etiqueta. No lanzó bromas sarcásticas ni sonrisas retadoras que revelaran el espacio que separaba sus dientes frontales. Bajo sus ojos se veían las contusiones en forma de medialuna que habían causado los puños de Randolph, pero su mirada ya no era rebelde, sino sosa y letárgica. Se veía tan vacía como la chica que habíamos visto el día en que llegamos.

Ya no me cabía ninguna duda de que el grito que había oído desde la clínica lo había proferido Rosa mientras estaba en la barraca. Cuando le pregunté a Rebecca sobre el tema, fue imprecisa y solo dijo que era espeluznante; nada más. Pero la sola idea me aterraba.

En los días que siguieron, hice todo lo que pude para no llamar la atención. Actuaba cortésmente durante las incómodas interacciones sociales entre el personal y las chicas, y seguí las reglas. No mostré mi frustración ni mi dolor cuando mis manos torpes e inflamadas dejaban caer las cosas, ni cuando me era imposible cerrar el puño para sostener un lápiz. No llamé la atención de ningún modo y, de esa manera, permití que Brock pensara que había ganado.

Sin embargo, justo bajo sus narices, comencé a reunir algunas cosas, tal como lo había hecho cuando mi madre y yo pasamos por nuestro peor momento durante la guerra. Tomé una taza de la cafetería cuando nadie me veía y también una toalla del baño. Empecé a acumular alimentos no perecederos bajo mi colchón en preparación para mi partida.

También comencé a confiar en Rebecca. A pesar de que actuaba como la reina del centro de rehabilitación cuando estábamos cerca de otras personas, era obvio que había encontrado una nueva forma de sobrevivir. Su farsa renovaba mi esperanza.

Por las noches hablábamos, y me sorprendió lo abierta que empezó a ser conmigo. Era casi como si yo fuera su confidente, en lugar de alguien que podría traerle una gran cantidad de problemas si hiciera público su secreto. Conocí a Sean desde su perspectiva, y empecé a verlo de un modo diferente. Comencé a notar la forma en la que desviaba la atención de Randolph cuando vigilaba a las chicas y que asentía con la cabeza a propósito cuando Brock dictaba cátedras sobre temas absurdamente ridículos, como la forma correcta en la que una Hermana debía dirigirse a los hombres.

Para mi sorpresa, yo también me abrí un poco y le hablé sobre algunas de las cosas que extrañaba de mi madre: las palomitas de maíz y las noches de revistas anteriores a la guerra; las canciones que solíamos cantar juntas y el hecho de que nunca habíamos estado lejos la una de la otra. Rebecca disfrutaba esas historias. Creo que la ayudaban a entender mis motivos para escapar.

En la quinta noche, incluso le hablé de Chase. No sé por qué lo hice. Tal vez porque ella también amaba a un soldado o porque sentía la necesidad de devolverle algo de la confianza que había depositado en mí, compartiéndole algo de mi vida privada. Quizá porque no pasaba una sola hora sin que me preguntara a mí misma por qué había hecho lo que hizo. Sin importar la razón, se lo conté todo. No los detalles ni la profundidad de mis sentimientos por él, sino las generalidades de lo que había sucedido entre nosotros.

—No tienen permitido salir con nadie, al menos no hasta que sean oficiales —me informó ella cuando le dije que no me había escrito—. Su deber es dedicarle su vida a la causa, o algo así. Firman un compromiso cuando se alistan.

—A Sean no parece importarle. —No pude ocultar el tono mezquino de mi voz.

Ella sonrió, y me di cuenta de lo bonita que era.

—¿Acaso puedes culparlo?

Las dos nos reímos. Fue la primera y la única vez que lo hicimos.

HABÍA ESTADO ONCE DÍAS en el reformatorio sin noticias de mi madre ni de Beth.

En la undécima noche, me preparé para escapar.

—Iré contigo —dijo Rebecca por décima vez, mientras se paseaba por la habitación. Era pasada la medianoche, pero aún llevaba puesto su uniforme.

—No. —Ya habíamos hablado de eso—. Sean quiere que te quedes.

—¡No me importa lo que él quiera! —La agudeza de su voz alcanzó niveles insospechados. Retorcía la blusa entre los puños—. ¡No puedo hacer absolutamente nada mientras él arriesga su vida por ti!

La tensión entre nosotras había aumentado constantemente durante los últimos días, pues el plan se hacía cada vez más real. Inconscientemente, toqué los latigazos que permanecían aún inflamados en el dorso de mis manos y cerré el puño adolorido. Las heridas por fin habían cerrado, pero ahora tenían un tono violeta y amarillo. Dolían terriblemente, sobre todo en las noches frías como esa.

—Solamente me va a llevar hasta el alambrado y luego fingirá que no me ve huir —le prometí por enésima vez—. No correrá ningún peligro.

Ninguna de las dos lo creía así.

Los minutos pasaban, uno tras otro, tras otro. No había podido cenar; estaba demasiado nerviosa como para hacerlo. Pero había ocultado una papa al horno fría con el resto de mis suministros en el suéter de Rebecca, que estaba atado a mi cintura.

—Muy bien, ya es la hora —dije finalmente a las doce y media en punto. Ella asintió con la cabeza, su rostro estaba pálido.

—Supongo que… fue un placer conocerte —dijo con voz débil—. Gracias por no decirle a Brock acerca de mi relación con Sean y… no permitas que te disparen.

Intenté sonreír, pero no funcionó. Me vi tentada a decirle que esperaba volver a verla o algo por el estilo, pero sabía que no iba a suceder ni en un millón de años. Cuando cumpliera la edad, ella y Sean iban a tener que ocultarse de la MM, lo mismo que mi madre y yo. En su lugar, la tomé de los hombros, le di un abrazo rápido e incómodo y me escabullí por la ventana.

Estaba nevando, igual que la noche en que la otra chica había muerto de hipotermia, pero yo estaba preparada y llevaba puesta toda la ropa que me habían dado: dos faldas, una camisola, tres camisetas de manga larga y mi suéter gris. Además, tenía un poco de comida cerca de mi cuerpo para recuperar energías.

El suelo estaba sólido como una roca, y el frío se filtraba a través de los zapatos y alcanzaba las plantas de mis pies. El edificio de ladrillo en el que se encontraban los dormitorios estaba cubierto con una fina capa de blanco, y había carámbanos de hielo colgando de las canaletas como si fueran dientes serrados.

Miré hacia ambos lados del camino antes de adentrarme a toda prisa en el bosque, hacia donde estaban los generadores. Sean estaría allí, listo para darle fin a todo eso; yo también estaba lista.

Para cuando pude oír el zumbido inmutable de las máquinas, mis músculos se sentían calientes y ágiles y mi corazón latía con normalidad. Ya ni siquiera me dolía el estómago; había demasiada adrenalina acumulada en mi cuerpo como para darle espacio a la ansiedad. Me alegró sentirme así; cualquier ventaja podía serme muy útil.

Mi audición estaba más aguda de lo normal, y mi cabeza giró violentamente hacia un lugar cercano, donde oí que unas ramitas se quebraban. Me quedé helada de inmediato, con las uñas clavadas en las palmas de las manos. Puse todo mi empeño en sacar a Katelyn Meadows de mi mente.

Sean apareció desde la parte de atrás de un gran árbol oscurecido por las sombras de la noche. Su abrigo de invierno de la OFR hacía que su pecho se viera mucho más fornido; se veía más intimidante que antes. Las cicatrices que había dejado el castigo de Brock sobre el dorso de mis manos ardieron.

El guardia no dijo absolutamente nada, pero caminó más allá de los enormes bloques de metal que emitían el zumbido y se adentró más en el bosque.

Me guie con las manos y comencé a alejar los arbustos y las ramas que nos impedían avanzar. La valla tenía que estar cerca. ¿Cuánto tiempo habíamos caminado en esa dirección? ¿Diez minutos? Estábamos a un kilómetro y medio del edificio de los dormitorios. Ya debíamos estar cerca.

—¿Qué altura tiene la cerca? —susurré.

—Más de cuatro metros —respondió sin darse la vuelta. Respiré profunda y forzadamente.

—Sean, si olvido decírtelo después… —Tropecé con una rama y me reincorporé—. Gracias.

Permaneció en silencio durante un minuto, tal vez durante más tiempo.

—Espero que lo logres —dijo finalmente.

No estaba segura de si se refería a que esperaba que encontrara a mi madre, a que pudiera trepar la cerca o a que no me dispararan mientras huía, pero sus palabras fueron un pequeño consuelo.

—¡Aguarda, Banks!

Me sentí como si fuera un leño al que un hacha hubiera partido en dos. Mi cuerpo trató de separarse en dos direcciones diferentes. Un lado intentó correr hacia la cerca y el otro, de vuelta hacia los dormitorios. El miedo paralizador fue lo único que me mantuvo en el lugar.

—No corras —ordenó Sean en voz baja.

En un instante, el soldado había arrojado el suéter con mis provisiones hacia un arbusto y había enredado su puño en mi pelo. Mis ojos se llenaron de lágrimas y no alcancé a resistirme, cuando ya me había soltado.

Unos pasos se dirigían hacia nosotros, y se acercaban cada vez más. ¿Cómo es que no los había oído? Me había concentrado demasiado en la cerca, en expresar mi gratitud y en lo que iba a hacer una vez estuviera fuera. *¡Qué estúpida!*

¿Acaso Sean sabía de esto? ¿Era una trampa? ¡Por eso no quería que Rebecca viniera! ¡Lo había planeado desde el principio!

Sentí el pulso acelerado en mis venas y envolví los brazos alrededor de la cintura, como si ese escudo pudiera detener una bala. El movimiento frenético de la luz de una linterna precedió a los dos soldados que se acercaron en la oscuridad de la noche.

Era Randolph, estaba acompañado de otro guardia larguirucho cuyas cejas gruesas estaban levantadas en señal de desaprobación.

La luz me cegó momentáneamente. Oí el ruido de la fricción entre el cuero de sus botas y la tela de sus uniformes, y luego un clic metálico.

—¿Estaba huyendo? —preguntó el guardia desgarbado. La luz de la linterna se desvió y reveló las figuras de él y Randolph, así como la silueta de las armas con las que me apuntaban directamente al pecho.

No podía respirar.

—Parece que quiere un poco más de mí —comentó Randolph.

Sean dibujó una sonrisa que nunca había visto en él, ni siquiera con Rebecca, y mis temores se confirmaron. Entonces, para mi sorpresa, levantó la mano, esta vez con calma, y acarició mi pelo. Me aparté de un salto.

—Bueno —dijo—, esto es vergonzoso.

Randolph resopló. La mano de Sean se deslizó hasta mi espalda baja y luego me alejó con un empujoncito casi juguetón. Tambaleé antes de recuperar el equilibrio, y los tres se rieron.

—Regresa a tu habitación, cariño —dijo Sean—. Y no digas nada acerca de esto, tal como lo habíamos hablado.

Me tomó un momento comprender lo que decía.

—Creí que el próximo turno comenzaba en más o menos una hora —continuó Sean de forma tranquila, y se acomodó el pantalón como si hubiéramos estado haciendo exactamente lo que solía hacer casi todas las noches con Rebecca.

Ejecutaban a las internas por intentar escapar, pero no por involucrarse con los guardias. Me estaba dando una oportunidad para vivir. Por más que quisiera salir de ese lugar, no podía hacerlo en una caja de madera.

Traté de correr de nuevo hacia los dormitorios, pero Randolph se paró enfrente de mí. Un segundo después, sus manos estaban pellizcando mis caderas y su rodilla se hundió de forma intrusiva entre mis piernas. Su aliento agrio se acumuló cerca de mi boca.

—Quédate un poco más —susurró, y al oír sus palabras me llené de terror. Luché contra él y me lancé de nuevo a los brazos de Sean.

—Basura —escupió Randolph—. Basura de reformatorio. —Los tres se rieron de nuevo, con fuerzas y, aunque estaba en contra de mis principios, me sentía avergonzada. No pude evitarlo.

La sonrisa de Sean no era tan audaz como antes. Me aferré a él con fuerza, sin saber a dónde más moverme.

—Te has vuelto descuidado, Banks —dijo el guardia delgado—. La directora quería que te vigiláramos, pero pensamos que estarías con la rubia, no con esta.

—Sabía que era esta —dijo Randolph—. Ha estado mirándola.

Caí en la cuenta de que me había estado mirando porque temía que le contara a Brock su secreto.

Era evidente lo que estaba sucediendo. Le habían tendido una trampa a Sean, no a mí. Sospechaban de él porque su comportamiento había cambiado desde que lo había chantajeado.

"No corras", había dicho Sean. Todo dentro de mí me decía que debía hacer lo contrario. Podía sentir mis talones levantarse dentro de los zapatos, listos para correr en cualquier momento, pero si corría, sin duda iban a dispararme.

Randolph se rio.

—Podría librarte de este problema, Banks. —Levantó el arma unos centímetros más. Quería dispararme.

Estaba a punto de morir.

No pensé en mi madre, ni en si había sido buena persona o si había llevado una buena vida. No pensé en ninguna de las cosas que se supone que uno debería pensar a la hora de su muerte. Solo vi un rostro en mi mente, por un instante, el de la única persona que no podía ofrecerme ningún consuelo.

Chase. Vi su pelo negro y enmarañado, su piel cobriza suavizada por la lluvia, sus ojos oscuros que veían directamente a mi alma y su boca, cuyas comisuras se curvaban hacia arriba en señal de curiosidad.

—Cállate, Randolph —gruñó el otro guardia—. No podemos disparar en esta zona; el perímetro está demasiado lejos. Además, la directora ya sabía lo que íbamos a encontrar.

Estaba atónita. El tiempo parecía haberse detenido. ¿Aún seguía viva? Sentía la presión de los brazos que rodeaban mi cuerpo. Estaba tan paralizada que apenas los notaba.

—Dile a Becca que lamento mucho todo esto —susurró Sean en mi oído.

Un momento después, hubo una confusión y se oyó un chasquido espantoso cuando Randolph le dio un golpe fuerte con su bastón en la parte posterior de la cabeza. Sentí el impacto en mi cuerpo, como si me hubiera golpeado a mí, y luego miré horrorizada hacia el lugar donde Sean había caído.

"Corre", decían mis pies.

"Corre y te dispararán", respondió mi cerebro.

No tuve la oportunidad. De un momento a otro, tenía un arma en la espalda e íbamos de regreso a los dormitorios.

CAMINÉ DE UN LADO AL OTRO de la sala común durante horas, a la espera del veredicto de la directora. Pensé en llamar a Rebecca a gritos, pero me negué a ponerla en peligro.

Mis buenas intenciones no importaban. Tan pronto como terminó el toque de queda, oí un zapateo en el suelo del pasillo. Formaba parte del plan: debía reportar mi desaparición cuando se levantara.

Su pelo se veía aplastado, tenía las mejillas pálidas y ojeras bajo sus ojos inyectados en sangre. Había estado llorando, bien porque temía por Sean o por mí. Me sentí conmovida ante la perspectiva de su amistad sincera, y desgarrada por la forma en que la había traicionado.

Vio directo a mis ojos, y su rostro cambió.

—No lo hagas —articulé sin pronunciar las palabras, pero era demasiado tarde.

—¿Dónde está, Ember? —dijo con voz temblorosa, acercándose al guardia desgarbado, quien levantó su radio. De un zarpazo veloz, arrojó el aparato al suelo y luego lo pateó a un lado. El guardia puso su mano en el bastón.

—¿Dónde está Banks? —La desesperación en su voz era innegable.

—Rebecca —dije bruscamente. Iba a arruinar todo. Sean ya nos había protegido a ambas al fingir que él y yo estábamos juntos. Si hubiera dicho que yo estaba escapando, estaría muerta.

Otras chicas de diecisiete años y algunas de dieciséis que compartían el pasillo con nosotras, habían salido de sus habitaciones. Otro guardia se abría paso entre ellas a empujones.

Oí un taconeo sobre el suelo de madera y supe que Brock había llegado. Entró al vestíbulo con la falda de siempre y un suéter azul marino. Una asistente estaba con ella, una mujer bajita y regordeta cuyo rostro estaba lleno de miedo.

—¿Qué le hicieron a Sean? ¿Dónde está? —profirió Rebecca antes de que la directora pudiera hablar.

Otro guardia había llegado. Ahora había tres, uno a mi lado y dos flanqueando a Brock. El aire que respiraba desgarraba mi garganta.

—Ella no sabe lo que dice —intenté explicar.

—Silencio, Srta. Miller —espetó Brock—. Me encargaré de usted en un momento. Genero, pida refuerzos. —Su voz nunca vaciló.

—¿Dónde… está… Sean? —preguntó Rebecca una última vez. Sus hombros se sacudían.

—Se fue —escupió Brock—. Y tú también te irás.

—Usted es…

—¡Rebecca, no! —grité cuando esta se abalanzó sobre la anciana.

Lo que pasó después sucedió muy rápido.

Con la fuerza de una bala de cañón, Rebecca arrojó a Brock al suelo. Vi que un bastón se elevó y luego aterrizó con un golpe seco en la espalda de mi frágil compañera de cuarto. Se oyó un sonido espeluznante, el crujido de sus huesos, y sus gritos se detuvieron prematuramente.

Había permanecido inmóvil hasta entonces, pero, cuando golpearon a Rebecca, mi cuerpo se llenó de adrenalina pura. Por un instante vi a mi madre y a los soldados que la arrastraban hasta la camioneta y la alejaban de mí.

Solo podía ver a través de mis ojos entornados. Ataqué con todas mis fuerzas al guardia que había golpeado a Rebecca. Lo pateé, lo golpeé y lo mordí. Sentí que su piel se desgarraba y se acumulaba bajo mis uñas. Actué completamente por instinto, como si mi supervivencia dependiera de ello. Vi imágenes borrosas, en su mayoría azules, y luego vi una mancha gris cuando arrojaron a Rebecca frente a mí. Alguien vociferó y una chica gritó.

Unos brazos de acero me sujetaron alrededor de la cintura y comencé a sacudirme con violencia.

—¡Rebecca! —Mis ojos la buscaban frenéticamente. La nieve caía con fuerza desde el cielo oscuro. Estábamos fuera del edificio. Uno de los guardias que me sostenían, resbaló. Sentí que íbamos a caer sobre los escalones de cemento antes de que lograra incorporarse. Maldijo en voz alta y su blasfemia se mezcló con el zumbido de mis oídos. Luego comenzamos a bajar los escalones de espaldas, y mi estómago se sacudió como si me estuviera hundiendo en una piscina sin fondo. Mi boca se llenó de sangre tibia; me había mordido el interior de la mejilla otra vez.

—¡Déjenme ir! —vociferé.

—¡Cállate! —gruñó uno de los guardias.

Mis hombros dolían desde el lugar donde sostenían mis brazos. Por el rabillo del ojo vi que pasamos por la cafetería y luego bajamos por otras escaleras. Tardé un rato en ubicarme en la parte baja del campus, cerca de la enfermería. Una puerta metálica se abrió y, a mi derecha, vi el hidrante iluminado por los reflectores, su color rojo se veía desafiante en contraste con la nieve.

Estaba en la barraca.

Me dejaron bruscamente sobre el suelo de cemento frío y húmedo. Mis extremidades temblorosas se replegaron hacia el torso. Un soldado apuntó su bastón a mi rostro y acerqué la barbilla con fuerza hacia el pecho para evitar que golpeara mi garganta como lo había hecho Randolph.

—Mantén quieto tu escuálido trasero —ordenó.

La habitación era pequeña. Una única bombilla colgaba del centro del techo. Había un espacio bien iluminado a mi derecha, parecido a una ducha enorme, y a la izquierda había un armario oscuro con paredes de cemento, pero no tenía repisas ni ganchos: era una celda de detención.

El miedo era petrificante. Me deslicé hacia un rincón, me recosté en la pared y esperé.

LOS SEGUNDOS ETERNOS se convirtieron en minutos tortuosos. Vi sus rostros. Vi el rostro de Sean cuando los soldados nos encontraron y el de Rebecca, desgarrado por la preocupación. ¿Qué les había hecho? Peor aún, ¿qué había dejado de hacer? En ese momento debería estar fuera de ese lugar, corriendo de vuelta a casa y a mi madre. ¿Qué costo tendría esto para ella?

La puerta se abrió por fin, y una mujer se deslizó dentro. Mis entrañas se retorcieron.

Era Brock.

Se había puesto un uniforme limpio de las Hermanas de la Salvación y ahora tenía puesta una curita en su mejilla derecha. La luz de la bombilla que colgaba del techo hacía que su piel se viera amarillenta, sin embargo, no podía ocultar la ira que aún revestía sus rasgos duros.

—Srta. Miller, estoy muy decepcionada de usted.

—¿Qué le hizo a Rebecca? —dije, y me puse de pie, con las piernas temblando de miedo o de expectativa, no sabía bien cuál. Iban a brotar lágrimas de mis ojos, pero parpadeé para impedir que salieran, negándome a permitir que me viera llorar.

—Usted es una chica muy mala, de la peor clase. Es un lobo con piel de cordero. Tendremos que deshacernos de esa farsa y remodelar su interior. Ahora lo veo.

—¿Qué…? —Aunque no sabía a qué se refería, estaba aterrorizada.

—Guardia, lleve a Miller a la sala de limpieza.

La sala de limpieza era la que parecía una ducha. Uno de los soldados ya estaba dentro preparando la manguera. Junto a él, había unas esposas de cuero encadenadas al suelo y, al lado, su bastón. Tenía la intención de atarme con las correas y golpearme, y tal vez mojarme con la manguera. Por una fracción de segundo vi a Rosa acostada en el suelo, viendo cómo su sangre se iba por el desagüe, mientras la fuerza del agua la azotaba.

Mis brazos cubrieron mi cuerpo para protegerlo, y mis puños se cerraron sobre la camisa.

—No —susurré.

Dos guardias avanzaron con los ojos vacíos y las manos extendidas.

—¡No! —les grité.

Giré hacia la pared para tratar de ocultar mi cuerpo de ellos. No podía permitir que me llevaran, no podía dejar que me tocaran. Me tomaron de los hombros y muslos, y grité.

En ese momento, alguien llamó a la puerta.

Los guardias esperaron la orden de Brock. La mujer inclinó su cabeza hacia un lado, irritada.

Randolph asomó la cabeza.

—¿Qué quiere? —espetó ella.

—Disculpe, señora. Pensé que le gustaría saber que acaba de llegar un enviado desde Illinois. Vino a recoger a la chica para llevarla a un juicio.

Mi corazón latió varias veces antes de darme cuenta de que se refería a mí.

Probablemente Brock y yo pensamos lo mismo al mismo tiempo. Ya no estaban enjuiciando a nadie por infringir artículos. Rebecca dijo que había pasado más de un mes desde que un soldado había ido a recoger testigos. ¿Acaso Sean entendió mal?

Mi sangre se heló. Era imposible que la vida fuera tan cruel como para ilusionarme con esa perspectiva, pero, si era cierto, solo había un juicio al que debía asistir: el de mi madre. Traté de poner orden a la mezcla de emociones que sentía: alegría, de saber que tal vez podría verla; miedo, porque eso significaba que aún estaba encarcelada, y alivio puro, por la interrupción de la tortura que me esperaba.

—Creí que habían suspendido los juicios —dijo Brock, irritada.

—Aún se hacen juicios en ciertos casos, señora —dijo una voz grave y conocida desde fuera. Mi boca se abrió. Mi corazón latía con fuerza en mi pecho.

Un momento después, Chase Jennings entró decidido a la habitación.

Capítulo 5

SE VEÍA MÁS ALTO QUE ANTES y aún más corpulento que cuando se había convertido en soldado. Tal vez se debía al techo bajo de la barraca o a las personas a las que estaba acostumbrada a ver. Randolph era apenas unos centímetros más alto que mi uno sesenta de estatura, y Brock estaba en un punto intermedio entre los dos. Chase se elevaba por encima de nosotros con su metro noventa.

Su rostro era inexpresivo y sus ojos, impenetrables. Después de superar la sorpresa de su presencia, anhelé con todas mis fuerzas que sus palabras fueran ciertas. Había venido a conducirme a un juicio para sacarme de ese lugar y llevarme hasta mi madre.

Chase sacó un papel doblado del bolsillo delantero de su chaqueta y se lo entregó a Brock. Ella se lo arrebató y lo leyó durante lo que me parecieron minutos eternos.

—¿Cuándo deben partir? —preguntó ella con notable amargura.

Mis ojos se dirigieron a los guardias que estaban delante de mí, y mis brazos se aferraron con más fuerza al pecho. Debía irme enseguida; no quería esperar a vivir en carne propia lo que planeaban hacerme.

—De inmediato. El juicio es mañana por la mañana en Chicago —dijo Chase.

Me di la vuelta en ese momento, temiendo que mi rostro me delatara. De todos los soldados posibles, tenían que enviar a Chase Jennings, quien era la razón por la que me encontraba en ese lugar. Si lo veía en ese momento, seguramente alguno de ellos podría ver plasmados en mi rostro el odio que le tenía por su traición, las preguntas que quería hacerle y, lo que era peor, mis ansias de sentarme en el auto con él… para salir de allí.

Brock suspiró malhumorada.

—Tratándose del artículo 5, la simple existencia de la Srta. Miller es prueba suficiente para condenar a su madre biológica. ¿Por qué llevarán a cabo un juicio? Es una medida inusual para un delito tan simple.

Me obligué a respirar. ¿Por qué la MM me necesitaba? ¿Acaso mi presencia era la prueba que necesitaban para condenarla? No tenía la menor idea de lo que implicaba el juicio o la condena, pero sentí la urgencia de llegar lo más pronto posible.

—Todo lo que tengo es el citatorio y la orden de traslado —respondió Chase con voz inexpresiva.

Nadie se movió ni habló durante un minuto entero. El único sonido que podía oír era el de mi pulso acelerado, palpitando en mis oídos.

—Muy bien —dijo Brock a regañadientes—, pero solo autorizaré la salida por una noche debido a la incapacidad de la señorita Miller de permanecer en el lugar que le corresponde.

Por primera vez los ojos de Chase se dirigieron hacia mí. Aún no me atrevía a verlo, pero pude sentir su mirada imparcial. Me enderecé, tratando de no demostrar el miedo que sentía. Debía mantener la calma a partir de ese momento.

—¿Por eso está aquí? —preguntó Chase con voz plana—. ¿Por su "incapacidad para permanecer en el lugar que le corresponde"? Seguramente a la Junta le interese esto.

Un intento de sonrisa recorrió el rostro de Randolph.

—Más bien por su incapacidad para mantener las piernas cerradas —dijo en voz baja.

Apreté los dientes. Recordé la forma en que me había tocado en el bosque, listo para compartir la supuesta diversión de Sean, justo antes de que planeara dispararme. Una vez más, me llenó una vergüenza injustificada, como si fuera una persona sucia y pervertida. Lo odiaba.

—No seas grosero —espetó Brock—. Al menos hay una verdadera dama presente.

La mujer tomó el bolígrafo de Randolph y garabateó su firma en la parte inferior del citatorio.

—Sargento, supongo que es nuevo en este cargo, ya que es la primera vez que lo veo, por lo que voy a dejarle algo muy claro —dijo dirigiéndose a Chase—. Estas chicas son propiedad federal y están bajo mi mando, incluso cuando abandonan el campus temporalmente, de modo que debe ceñirse a mis indicaciones respecto al trato que se les da, ¿comprende?

—Sí, señora —respondió Chase respetuosamente.

—Las conversaciones privadas deben vigilarse en todo momento. Las esposas deben permanecer puestas todo el tiempo, excepto para ir al baño. No se le deben dar raciones adicionales y no debe hablar con ella bajo ninguna circunstancia. —La mujer me dirigió una mirada amenazadora por encima del hombro.

—Continuaremos con nuestra… *conversación* cuando regrese, Srta. Miller.

Por supuesto que no. Lo tenía muy claro; no iba a volver nunca a ese lugar.

Rápidamente me sacaron de la barraca y me llevaron por las escaleras hasta el vestíbulo de la entrada. Mi estómago se retorció, pero no era hambre lo que sentía. Pronto estuve de pie junto a una furgoneta azul marino de la MM, acompañada de Chase y Randolph.

Era una mañana lúgubre y silenciosa. Había parado de nevar, pero el frío helado aún lastimaba mis mejillas y congelaba mi garganta cada vez que respiraba.

Chase abrió la puerta del vehículo, pero, antes de que pudiera entrar, sacó de su bolsillo una cinta doble de plástico verde y delgado; eran esposas.

—Manos —ordenó, mientras sostenía las esposas a la espera de que estirara las manos. Sabía que era de esperarse, pero de todos modos sentí una oleada de claustrofobia cuando miré fijamente las esposas. Sabía que inmovilizaban mis brazos, de modo que no podría correr, defenderme o incluso ir al baño a menos que Chase me liberara de ellas. En términos generales, estaba atrapada, pero debía permanecer así si quería recuperar mi libertad. La idea parecía demasiado retorcida para ser cierta.

Apreté los puños para evitar que los soldados vieran cómo temblaban. Los ojos de Chase se detuvieron por un instante en las cicatrices delgadas y entrecruzadas que ahora se estaban tornando blancas debido a mi esfuerzo por permanecer inmóvil.

—Asegúrese de que queden bien apretadas —le dijo Randolph a Chase.

Me mordí el labio inferior con fuerza para no ir a decir nada.

Chase resopló, tomó mis antebrazos con fuerza y me acercó de un tirón para no tener que hacerlo él. Mi respiración se entrecortó, pues nunca había sentido esa brusquedad en él, y miré hacia otro lado deliberadamente. Sin embargo, Chase hizo algo inesperado mientras me ponía las esposas de plástico. Con suma cautela, deslizó dos de sus dedos entre el lazo de plástico y mi muñeca, cuyo pulso latía a la velocidad de las alas de un colibrí, mientras apretaba simultáneamente la correa con la otra mano. El espacio no me permitía librarme de las esposas, pero impedía que el plástico me cortara la circulación.

La ira estremeció lo más profundo de mi estómago. Era increíble que pensara que con ese gesto compensaba todo lo que nos había hecho. Pero antes de que tuviera tiempo para pensar en ello, ya me había obligado a subir los dos escalones de la furgoneta y me había empujado en el asiento del pasajero, bloqueando a propósito la perspectiva de Randolph sobre mis esposas flojas.

Un momento después, la puerta se cerró de golpe, Chase se sentó en el asiento del conductor y giró la llave para encender el auto.

ENTRECRUCÉ LOS DEDOS sobre el regazo, pues no podía hacer mucho más ahora que tenía las esposas puestas. Avanzamos por el camino, pasando por los dormitorios que estaban a mi derecha y la cafetería, a mi izquierda. La furgoneta aceleró y dejó atrás el último de los edificios principales del campus.

No regresaré, me prometí a mí misma. *Jamás.*

—Se trata de ella, ¿no? De mi madre. ¿Está bien?

Una expresión sombría cubrió su rostro.

—Silencio. Estamos llegando a la puerta.

Lo miré detenidamente. Nadie estaba escuchándonos, ¿por qué no podía hablar conmigo?

Redujo la velocidad cuando el camino se convirtió en grava, y una pequeña estación de seguridad se hizo visible. Era una cabaña de ladrillo situada justo a un lado de la carretera. Más allá, vi la alta valla de acero, protegida por una puerta de seguridad. Su siniestra función encarceladora se extendía hacia el bosque que nos rodeaba.

Falta poco. Un poco más y seré libre.

Chase desaceleró la furgoneta hasta detenerse por completo y bajó la ventanilla del lado del conductor. Un guardia se asomó por la ventanilla apoyado en sus codos, y frunció el ceño cuando me vio. Desapareció por un momento y regresó con un portapapeles.

—¿Hizo firmar los documentos? —le preguntó a Chase mientras hojeaba las páginas. La parte superior de su cabeza era calva, y la placa que tenía en el uniforme indicaba que su apellido era Broadbent.

Mi columna se enderezó. Reconocí su apellido por la llamada telefónica que había hecho desde la enfermería. Miré hacia la puerta cerrada que estaba frente a la furgoneta, mientras Chase le entregaba a Broadbent mi citatorio. El hombre garabateó algo en el portapapeles.

—¡Walters! —llamó a alguien fuera de la estación—. Revisa la camioneta para que puedan irse apenas termine. Caray, tendrá que conducir sin parar, ¿eh?

—Supongo que sí. Su directora no autorizó más de una noche —dijo Chase, mientras yo permanecía en silencio.

Walters, un claro merecedor de la medalla al mérito, abrió la puerta y extendió sus manos bajo el asiento.

Intenté mantener la calma. Luego cerró la puerta del pasajero y abrió la puerta corrediza para comprobar que no hubiera nada en la carrocería del vehículo.

—Despejado —gritó Walters, y luego cerró el baúl del auto.

—Buena suerte con eso —le dijo Broadbent a Chase, y apuntó con la cabeza hacia donde yo estaba.

Me llevé un susto tremendo cuando oí el zumbido atronador del botón que abría la puerta principal, que se abrió de una sacudida.

Chase pisó el acelerador y el Reformatorio y Centro de Rehabilitación de Niñas de Virginia Occidental se desvaneció detrás de nosotros.

HABÍA SALIDO. Estaba lejos de la barraca, de Brock, de los guardias aterradores y de las lecciones sobre los estatutos. Todo dentro de mí quería empujar a Chase a un lado y pisar el acelerador a fondo, pero sabía que no podía hacerlo.

Había salido, pero no era libre.

Miré al lado del conductor. Su rostro se veía inexpresivo, tal como lo había estado enfrente de la casa de mi madre. Este no era el mismo Chase que había visto en el bosque, segundos antes de pensar que Randolph apretaría el gatillo. Este era el Chase militar, lo que significaba que aún estaba presa. Inconscientemente, mis muñecas se movieron entre las esposas, por lo que mis manos, aún inflamadas, se lastimaron más.

Salimos de la sinuosa carretera de la instalación y entramos a la autopista. La zona estaba despejada; no había autos a los costados ni baches enormes en el asfalto. Obviamente, era una vía de uso militar: la MM solo pagaba el mantenimiento de aquellas carreteras que utilizaba con más frecuencia.

A medida que avanzamos, aumentó el número de vehículos militares en la autopista. Una furgoneta azul nos rebasó, luego varias patrullas más y después un autobús lleno de nuevas reclusas asustadas que no tenían la menor idea de lo que les esperaba. Cada vez que veía uno de los vehículos, mi estómago daba un vuelco. Si hubiera escapado la noche anterior, de ninguna manera hubiera podido ocultarme de todos esos soldados. Me habrían disparado y estaría desangrándome en una zanja en ese momento.

La radio chilló, lo que me sobresaltó. Irritado, Chase la apagó. La camioneta se sentía muy callada sin su zumbido constante.

Eché un vistazo al velocímetro. Íbamos a invariables cien kilómetros por hora. Qué gran soldado.

—¿Cuánto tiempo tardaremos en llegar? —dije, tratando de no sonar demasiado impaciente.

No contestó y permaneció completamente concentrado en la carretera.

—No le diré a nadie que hablaste conmigo, lo juro —le aseguré.

Nada.

¿Por qué hacía eso? ¿Seguía castigándome después de todo lo que nos había hecho? Quería estrangularlo. Había visto a mi madre y, a pesar de mi exasperación, estar cerca de él me hacía sentir más cerca de ella de lo que había estado en varios días. Quería preguntarle cómo se veía, si la habían lastimado, si le daban suficiente comida, pero él cumplió estrictamente las reglas de Brock. La más mínima esperanza de que hubiera venido a rescatarme se desvaneció.

—¿Sabes si está en algún programa de rehabilitación? —me aventuré, preguntándome si había tenido que "ultimar" algún detalle, tal como Rebecca había oído.

—¿No puedes callarte? —espetó—. ¿De inmediato? Eres una prisionera y tengo mucho qué pensar en este mismo momento.

Parpadeé y quedé lívida al instante.

—La Srta. Brock no se refería a que debíamos permanecer en silencio absoluto. —Traté de mantener tranquila mi voz, con la esperanza de que al ser agradable pudiera obtener algo de información.

—No solo es su regla; también es la mía.

Cerré los puños esposados sobre la falda. Otro auto de la MM pasó volando. Vi a Chase ponerse tenso, y sentí que mi rostro se encendía.

—Debe ser una vergüenza tener que transportar basura de reformatorio de un lado a otro —dije en voz baja.

Su mandíbula apretada me indicó que había dado en el blanco.

PERMANECIMOS CALLADOS por más de una hora. El silencio era casi tangible; era como un martillo que me aplastaba una y otra vez para recordarme que, a pesar de todo lo que habíamos vivido juntos, yo no significaba nada para él.

También me invadieron nuevos temores. ¿Qué cosas había tenido que vivir mi madre durante las últimas dos semanas? ¿Qué iba a ocurrir mañana por la mañana? Mi mente se llenó de imágenes: vi que la arrastraban encadenada hasta una sala de tribunal, con los ojos vacíos como los de Rosa, mientras que un reflector emitía una luz acusadora y la mantenía inmóvil en su lugar; sus manos tenían marcas de azotes como las mías. Sacudí la cabeza para deshacerme de esos pensamientos, y miré a Chase.

¿Qué le ocurría? ¿En serio iba a fingir que no estábamos sentados a un metro de distancia? ¿Que nuestras vidas no se habían cruzado desde que éramos niños? Ahora era un soldado, lo entendía perfectamente, pero alguna vez también había sido un ser humano.

Alternar entre la ansiedad y la ira era agotador y, aun así, me encontré mirándolo fijamente, como si en cualquier momento fuera a confesar que todo se trataba de un juego retorcido.

El reloj del tablero marcó las 8:16 a. m. cuando sentí que la furgoneta disminuía la velocidad.

—¿Estamos cerca de Chicago? —pregunté sin esperar una respuesta.

Me pareció extraño. No era muy buena en geografía, pero mi sentido común bastaba para saber que nuestro viaje había sido demasiado corto. Además, habíamos tomado una carretera secundaria treinta kilómetros atrás y no había pasado ningún vehículo de la MM desde entonces. Cualquiera hubiera pensado que aumentaría el número de soldados a medida que nos acercábamos a la base.

Aun así, sentí un asomo de pánico de pensar que mi madre podría estar cerca; aún no sabía nada del juicio.

La furgoneta se desvió de la autopista por una salida de un único carril y se detuvo por completo, antes de girar a la derecha y tomar una carretera aislada. La maleza había crecido en los bordes del asfalto durante el verano y después había muerto con el frío del invierno. Nuestro camino estaba lleno de ramas muertas. El lugar no había recibido mantenimiento en un largo tiempo.

A medida que la camioneta se detenía, mi ritmo cardiaco se duplicaba.

—Vamos al juicio, ¿verdad?

Chase exhaló.

—Hubo un ligero cambio de planes.

Mis hombros, que habían estado inclinados hacia delante debido a las esposas, se echaron hacia atrás de forma bastante brusca.

—¿Qué quieres decir?

—No hay ningún juicio.

Quedé atónita.

—Pero el citatorio…

Chase viró nuevamente a la derecha por un camino de tierra estrecho. Con cada bache, la furgoneta se sacudía.

—Es falsa.

—¿Tú… falsificaste un documento de la MM? —Mi desconcierto solo duró un instante, y después se abrieron las compuertas—. ¿Dónde está entonces? ¿No tuvo un juicio? ¿La llevaron a un centro de rehabilitación como a mí? Dios, ¿la lastimaron?

—Oye, respira —dijo en voz baja.

—¡Chase! ¡Tienes que decirme qué es lo que sucede!

Sus ojos se ensombrecieron y no pude comprender por qué. Miró hacia un lado, como si la respuesta estuviera oculta entre el follaje, y luego se pasó la mano por su pelo negro. Tuve un mal presentimiento acerca de todas las cosas que no quería decirme.

—Le prometí que te iba a sacar de allí.

—Le prometiste que…

—Mi oficial al mando cree que estoy ayudando con una auditoría en Richmond.

No sabía lo que era una auditoría. Tardé en comprender por qué Chase estaba aquí cuando había recibido la orden de estar en otro lugar. Nada tenía sentido.

—¿Sigue en la cárcel? —Sentí como si estuviera parada en el borde de un acantilado, previendo una caída horrible.

—No.

Las piezas se acomodaron con lentitud en mi cerebro impaciente. Mi madre estaba libre. Yo estaba libre. Rebecca y Sean estaban en lo cierto: ya no había más juicios. Y en cuanto a Chase…

—Ya no eres soldado. También eres un fugitivo.

—Se dice desertor —dijo inexpresivamente.

Me quedé mirándolo y recordé lo que Rebecca había dicho acerca de que Sean huiría, y sobre la forma en que la MM lo castigaría por desertar. Chase se había condenado al sacarme de allí. Mi madre le había pedido que arriesgara su vida por mí, pero no sabía qué pensar al respecto. Tal vez él no era tan inhumano después de todo. La verdad solo podía pensar en ella, en nuestra libertad y me preguntaba si corríamos más o menos peligro de lo que había previsto.

Chase frenó de repente y giró abruptamente a la derecha por un camino oculto que jamás habría visto de no ser porque él lo había tomado en ese momento. Después de atravesar una cortina de ramas de árboles caídas, llegamos a un claro donde estaba estacionada una antigua camioneta Ford de la década de 1970. En los paneles de los costados se levantaban varias burbujas de pintura marrón, y el escalón que había bajo la puerta estaba deformado por el óxido.

Miré mis muñecas atadas. Si Chase pretendía reunirme con mi madre, ¿por qué aún tenía las esposas puestas?

¿Por qué estábamos estacionados en un lugar desierto a pocos kilómetros de la carretera principal? Entonces me di cuenta de lo aislados que estábamos. Ya había confiado una vez en él, pero después de lo que había visto en el reformatorio, estar a solas con un soldado no parecía una buena idea.

—Si mamá está libre, ¿por qué no me lo dijiste?

Oyó que mi voz tembló al decir esas palabras y me miró. En lo profundo de sus ojos se reflejaban un sinnúmero de emociones ocultas.

—En caso de que no lo notaras, la carretera por la que veníamos era una de las rutas principales de la OFR. Cualquiera de esos soldados habría podido detenernos si hubiera sospechado algo.

Pensé en lo concentrado que había estado mientras conducía: observaba cada vehículo de la MM que pasaba y me exigía que guardara silencio. Lo había hecho por miedo. Si nos atrapaban, su vida habría corrido peligro.

Un momento después, metió la mano en el bolsillo del pantalón y sacó una enorme navaja plegable. Tomé aire profundamente y, por un instante, olvidé que era Chase quien estaba junto a mí. Vi un arma y un uniforme y, antes de poder darme cuenta de lo que ocurría, mis dedos comenzaron a sacudir la manija de la puerta, pero no abría. Un pequeño grito entrecortado salió de mi garganta.

—¡Oye! Tranquila. Solo voy a cortar las esposas —dijo—. Dios, ¿acaso quién crees que soy?

¿Quién creía que era? Bueno, no era Randolph, listo para asesinarme en el bosque, pero tampoco era mi amigo ni mi amado y, al parecer, tampoco un soldado.

—No tengo la menor idea —respondí con sinceridad.

Frunció el ceño, sin embargo, no respondió. Abrió la navaja con destreza y cortó las esposas de plástico hábilmente. En el instante en el que completó la tarea, alejó sus manos de inmediato y abrió la puerta del pasajero desde el lugar en el que se encontraba. Me froté las muñecas e intenté normalizar la respiración.

Un momento después salió de la furgoneta, dejándome inmersa en una confusión.

De inmediato, me paré del asiento del auto y fui detrás de él, hacia la camioneta. Mis pies salpicaban el lodo de los charcos helados.

—Bien, ¿dónde está mamá?

Chase abrió la puerta oxidada, empujó el asiento con su hombro y lo inclinó hacia delante. El movimiento dejó al descubierto una mochila de lona junto a una caja de fósforos grande, varias botellas de agua, una olla de acero y una manta tejida. Salió con un destornillador y volvió al auto de la MM.

—No está aquí.

Hizo a un lado la valija que había en la parte trasera de la furgoneta, lo que levantó una sección suelta de la alfombra que cubría el suelo de madera. Allí aguardaba un rectángulo de metal delgado que tomó antes de cerrar el baúl de un golpe. Era una matrícula.

—¿Tú... robaste esa camioneta? —le pregunté después de unos segundos. Estaba asombrada.

—La tomé prestada.

—Dios mío.

¿Acaso estaba loco? La MM seguramente nos estaba buscando en ese mismo instante y ¿había robado un auto? Sentí un golpe de pánico en el cuerpo.

"¿Qué más querías que hiciera?", preguntó una vocecita en mi cabeza.

Chase comenzó a atornillar la matrícula en su lugar, bajo la puerta trasera de la camioneta. Tenía escrita la palabra "Minnesota" en letras azules, sobre la imagen de un pez que saltaba desde el agua para atrapar una mosca.

—No te asustes —dijo sin levantar la vista—. Estaba abandonada. —Sostuvo el mango del destornillador entre sus dientes y sacudió la matrícula con las dos manos para asegurarse de que estuviera bien puesta.

Era evidente que no había ido a rescatarme en un impulso; Chase ya había preparado un auto de escape con provisiones. Empecé a sentir que la angustia recorría mis venas. Había desertado y falsificado documentos para sacarme del centro de rehabilitación. No pasaría mucho tiempo antes de que Brock y la MM descubrieran lo que había hecho.

—¿Qué sucedió? —le pregunté.

Me interpuse en su camino mientras regresaba a la furgoneta, pero se abrió paso de un empujón.

—No hay tiempo para explicar, debes confiar en mí. Tenemos que irnos.

—¿Que confíe en ti? —le pregunté con incredulidad—. ¿Después de que me arrestaste?

—Estaba cumpliendo órdenes.

Me sorprendió lo frío que sonaba. Había llegado a pensar que tal vez aún quedaba algo de humanidad en él, pues le había prometido a mi madre que me sacaría del reformatorio, pero en ese momento me di cuenta de que sus acciones no eran para nada altruistas; estaban llenas de resentimiento.

Al comprender eso, me llené de ira y, antes de pensar las cosas bien, apreté mi puño y le lancé un golpe.

Reaccionó de inmediato y se inclinó hacia atrás, de modo que mi puño no llegó a su mandíbula y apenas le rozó la oreja. Perdí el equilibrio y salí despedida hacia delante, pero, antes de caer, él me tomó de los hombros con fuerza y me puso de pie.

—Vas a tener que ser más rápida que…

Lo pateé tan fuerte como pude y le enterré mi talón con furia en su muslo. El aire pasó como un silbido entre sus dientes apretados mientras retrocedía otro paso. Arqueó una de sus cejas, y sentí que mi corazón latía con más fuerza.

—Mucho mejor —comentó, como si todo se tratara de un juego.

Estaba furiosa y lo odié en ese momento, pero, cuando soltó mi brazo, no lo ataqué de nuevo. No había funcionado de la forma en que yo esperaba.

—¿Qué es lo que te ocurre? —grité.

Su rostro se ensombreció.

—Muchas cosas. Ahora, si eso es todo, por favor, sube a la camioneta.

Se deslizó en el asiento del conductor y cerró la puerta en mis narices. Apretando los dientes, rodeé la camioneta por el frente y abrí la puerta del pasajero. No iba a entrar sin que antes me explicara lo que estaba sucediendo.

—¿Dónde está? —exigí.

—Sube y te lo diré.

—¿Y si me dices primero y luego subo? —repliqué, cruzando los brazos sobre el pecho.

—Eres una molestia —dijo con rencor. Una de sus manos recorrió su impecable corte de pelo militar. Pronto me di cuenta de que eso significaba que estaba enojado conmigo.

Esperé.

—Está en un refugio en Carolina del Sur —dijo—. Ella sabía que era demasiado peligroso regresar a casa.

—¿Un refugio?

—Un lugar desconocido para la OFR. La gente va allí para ocultarse.

Mi garganta se hizo un nudo. Sabía que mi madre y yo íbamos a tener que ocultarnos, pero saberlo y hacerlo eran dos cosas diferentes.

—¿De modo que vamos a reunirnos con ella en Carolina del Sur?

—Algo así. La ubicación exacta es secreta. Antes hay que reunirse con una persona que lleva a la gente hasta allá. Debemos buscar a un hombre, a un "transportador", en un punto de encuentro que queda en Virginia; él nos llevará al refugio. Tenemos hasta el mediodía de mañana para reunirnos con él.

—¿Por qué mañana?

—Solo transporta gente los jueves.

—¿De cada semana? —pregunté, pensando en mi madre. Tal vez ella lo había conocido la semana anterior. Si no, podría estar allí cuando llegáramos. ¡Incluso podría verla esa misma noche!

—¡No tenemos otra semana! —dijo Chase, malinterpretando mi pregunta al creer que no tenía ninguna prisa—. Cuando un soldado se ausenta sin permiso por más de cuarenta y ocho horas, lo agregan a una lista. Todas las unidades reciben una copia de esa lista cuando comienzan su turno. Después de mañana al mediodía comenzarán a buscarme.

Me estremecí.

—Y a mí.

Asintió con la cabeza.

—Tú tienes un poco más de tiempo antes de que se venza la autorización, pero de todos modos van a establecer la conexión que tienes conmigo.

—Lo entiendo —interrumpí—. ¿Cómo te enteraste de todo esto?

Si había oído acerca del refugio en la OFR, seguramente otros soldados también. Mi madre podría haber caído en una trampa.

—Los civiles a veces mencionan esos refugios cuando los detienen, pero este… —suspiró largamente—, fue mi tío. Me encontré con él en un ejercicio de entrenamiento en Chicago unos meses después de que me reclutaron. Él se dirigía hacia Carolina del Sur y me habló sobre el transportador de Virginia. ¿Con eso basta?

—Eso fue hace casi un año. ¿Cómo sabes que todavía está allí? —El tío de Chase lo había abandonado durante la guerra, por lo que no confiaba mucho en él.

—La OFR no sabe de la existencia de ese refugio. Mi pase de seguridad me daba acceso a varias operaciones, y no ha habido ningún movimiento en Carolina del Sur desde que evacuaron la costa.

—¿Estás seguro de que mi madre encontró al transportador? —insistí.

—No —respondió sin rodeos.

Eso solo significaba que podía estar en cualquier parte. De cualquiera de las maneras, si había intentado llegar a Carolina del Sur, también nosotros tendríamos que hacer lo mismo. En menos de veintisiete horas, la MM sabría que éramos fugitivos; debíamos encontrar al transportador tan pronto como fuera posible.

Por primera vez, me sentí como una verdadera criminal. Enderecé mis hombros aún adoloridos y, en señal de mi decisión, subí a la camioneta.

Chase enterró el destornillador en el soporte del volante, y esta salió con un golpe suave. Luego buscó algo con el tacto bajo la consola hasta que unos clics rápidos le devolvieron la vida al motor. Se sentó y pisó el acelerador. No había ninguna llave en el encendido del auto.

—¿Lo aprendiste en la MM? —pregunté con rencor.

—No —dijo—. Lo aprendí durante la guerra.

Tuve que recordarme a mí misma que no importaba si Chase había encendido la camioneta sin una llave o si el vehículo era robado, siempre y cuando eso permitiera que llegáramos a Virginia pronto.

NO PODÍA DEJAR DE MIRARLO. Había pasado un mes desde que había regresado a casa desde Chicago y a veces no podía creer que estuviera realmente ahí.

—¿Qué? —preguntó, con una sonrisa en su tono de voz. No hacía falta que girara para saber que lo había estado mirando fijamente. Estábamos sentados en los escalones de la puerta trasera, mirando hacia la jungla de hierba y maleza que había crecido en su patio trasero.

—Nada —dije—. Me alegra que hayas vuelto. En serio, me alegra mucho.

—¿Te alegra mucho? Vaya. —Se echó hacia atrás, riendo, cuando lo empujé.

—No te burles.

Se rio de nuevo y luego permaneció en silencio, algo pensativo.

—También me alegra estar de vuelta. Hubo momentos en los que no estaba seguro de que iba a poder regresar.

—Te refieres a cuando atacaron Chicago. —Mi voz parecía insignificante bajo el enorme cielo abierto.

—Sí. —Chase frunció el ceño y apoyó la espalda en el escalón más alto. No quería presionarlo; sabía que a algunas personas no les gustaba hablar de la guerra. Estaba a punto de cambiar de tema cuando continuó.

—¿Sabes? Mi profesor de Química quería convencernos de que las sirenas formaban parte de un simulacro. Aún estaba pidiéndonos que nos pusiéramos las batas de laboratorio cuando comenzaron los bombardeos. Para cuando todos logramos salir, el humo era tan espeso que no se podía ver el estacionamiento del colegio. —Hizo una pausa y luego sacudió la cabeza—. En fin, nos llevaron a todos en autobús hasta un antiguo estadio del lado oeste y a cada uno nos dieron dos minutos para usar los teléfonos y llamar a casa; mi tío me dijo que lo buscara en un restaurante en Elgin, por lo que hice autoestop hasta allá. Valió la pena: el bombardeo no se detuvo durante tres días.

—Aguarda, ¿hiciste autoestop hasta allá? Tenías apenas unos quince años.

—Dieciséis. —Se encogió de hombros, como si ese detalle no tuviera importancia—. Cuando nos reunimos en Elgin, nos enteramos de que habían atacado el sureste de Chicago, todo desde Gary hasta la I-90. Lo poco que quedaba de la ciudad era... un caos. Nos iban a llevar a un pueblo de Indiana, pero solo llegamos hasta South Bend cuando decidieron enviar los autobuses a otro lugar. Nos quedamos allí por un tiempo; mi tío encontró un trabajo durante el día, pero nadie quería contratarme porque era demasiado joven. Fue entonces cuando se disculpó y me dijo que no podía cuidarme más. Me dio su bicicleta y me pidió que siguiera en contacto.

Estaba atónita.

—¿Qué? No se atrevería a… ¡Debes odiarlo!

Chase se encogió de hombros.

—Era una persona menos de quién preocuparse y una boca menos que alimentar. —Ante mi expresión de horror, se incorporó—. Escucha, cuando Baltimore y Washington cayeron, y todas esas personas comenzaron a dirigirse a Chicago, él sabía por alguna razón que las cosas iban a empeorar. Por eso me enseñó a sobrevivir. Él y mi madre habían crecido en la pobreza, y él era bastante… creativo.

Una risa culpable le hizo volver la cabeza en la dirección opuesta, y me pregunté lo que eso significaba.

—En tu lugar habría muerto del susto —dije.

Se quitó la gorra y la golpeó contra su rodilla.

—Perder a tu familia… pone el miedo en una perspectiva diferente —dijo—. Además, me fue muy bien. Me quedé en los alrededores de Chicago y viví en distintas tiendas de campaña y campamentos de la Cruz Roja. Trabajé para algunas personas que no hacían preguntas. Evadí a los trabajadores sociales y a los de servicios infantiles. Entonces pensé en ti.

—¿En mí? —resoplé completamente perturbada. Me asombraba lo fácil que parecía mi vida comparada con todas aquellas dificultades por las que él había pasado. Entonces se volvió y me miró a los ojos por primera vez. Cuando habló, su voz se oía suave y confiada.

—En ti. Eres lo único en mi vida que no cambia. Cuando todo se hizo trizas, tú eras todo lo que tenía. —Tardé varios segundos en darme cuenta de que hablaba en serio. Cuando lo hice, tuve que recordarme a mí misma que debía respirar.

ME ACOMODÉ EN EL ASIENTO. Mi vida ya no parecía tan fácil. Ahora entendía bien lo que él quería decir sobre perder la familia; en menos de un día, todos los soldados en el país tendrían nuestras fotografías.

Si hubiéramos podido tomar las autopistas, habríamos cruzado la frontera hacia Virginia antes del atardecer, cuando todo el mundo debía salir de las carreteras para el toque de queda. Pero, como estaban las cosas, Chase se había limitado a las carreteras secundarias, que nos llevaban hacia el este en vez de al sur, y evitaba cuidadosamente cualquier posible contacto con las patrullas de la MM.

Al caer la tarde, el calor del sol atravesaba el parabrisas. Chase se quitó la chaqueta azul de la MM y la colgó sobre el respaldo del asiento que nos separaba. Solo llevaba puesta una camiseta y bajo ella pude ver los músculos esculpidos de sus brazos y hombros. Mi mirada permaneció demasiado tiempo sobre ellos, y me froté el estómago inconscientemente.

—Nos detendremos pronto para comprar provisiones —dijo, pensando que tenía hambre.

No me gustaba la idea; necesitábamos avanzar tanto como pudiéramos antes del toque de queda. Pero cuando miré por encima del antebrazo de Chase, vi que el indicador de combustible mostraba que el tanque estaba casi vacío. Tardaríamos mucho más tiempo en llegar a Virginia si teníamos que caminar.

Pasamos por dos estaciones de servicio cerradas antes de encontrar una que aún funcionaba, al menos de lunes a viernes. Era un lugar pequeño llamado Swifty's, que solo tenía dos surtidores y una nota pegada sobre el tablero de precios que decía: "PAGUE DENTRO. EFECTIVO ÚNICAMENTE". Éramos los únicos en el estacionamiento.

—Espera aquí —indicó Chase.

Yo estaba a punto de salir de la camioneta, pero me detuve en seco.

—Disculpa, tal vez no lo recuerdes, pero en realidad no soy tu prisionera.

Su mandíbula se contrajo.

—Tienes razón. Solo eres una fugitiva buscada por la MM, pero eres libre de ser su prisionera si quieres.

Lo fulminé con la mirada, pero cerré la puerta. Por más que detestara admitirlo, tenía razón. No deberíamos mostrar nuestros rostros a menos que fuera total y absolutamente necesario.

Chase sacó de la parte de atrás de la camioneta una camisa de franela roja desgastada y se la puso sobre la camiseta. Sacó la parte inferior de su pantalón de las botas que traía puestas y luego ocultó la chaqueta de la MM. Fue entonces cuando sentí una fuerte punzada de nostalgia. Pude visualizarlo sentado en las escaleras de la entrada de su casa, con sus largas piernas estiradas y cruzadas a la altura de los tobillos. Vi sus ojos oscuros y vigilantes como los de un lobo, que parecían penetrantes incluso desde la distancia; vi su suave tez de bronce, reflejo de la herencia chickasaw de su madre. Ahora tenía el pelo cortado perfectamente como el de los demás soldados, pero en ese entonces había sido grueso, brillante y negro, y enmarcaba su rostro anguloso.

Se veía como el antiguo Chase, incluso si no actuaba como él. Tragué saliva.

De repente el cambio me hizo tomar conciencia de mi apariencia: mi suéter gris y la falda plisada azul marino no reflejaban otra cosa más que mi estadía en el reformatorio. Observé el estacionamiento para ver si había otras personas, pues me preocupaba que me reconocieran.

Chase desapareció tras el vidrio polarizado de la tienda de abarrotes. A medida que los minutos pasaban, mi paranoia se intensificó. Había creído la historia sobre su deserción de la MM, pero no sabía lo que realmente había sucedido. No me decía absolutamente nada sobre por qué nos había detenido, ni por qué había vuelto. Hasta donde sabía, podía estar contactando a la MM en ese mismo instante. Empecé a agitar mis talones sobre la alfombra de goma agujereada.

El sol estaba justo encima del horizonte de árboles; pronto oscurecería.

¿Por qué estaba tardando tanto?

Estaba a punto de tomar la manija de la puerta, con la intención de comprobar por mí misma las verdaderas intenciones de Chase, cuando lo vi. Había un enorme cartel del otro lado del cristal de la tienda. Mi rostro quedó completamente pálido. Aunque estaba a seis metros de distancia, sabía exactamente lo que decía:

¡SE BUSCAN! SI LOS VE, CONTACTE DE INMEDIATO A LA OFICINA FEDERAL DE REFORMAS.

Por supuesto ya había visto ese cartel antes, en la tienda que quedaba cerca del colegio.

Publicarían la fotografía que me habían tomado en el reformatorio tan pronto como Brock descubriera que había escapado. Sentí la angustiosa necesidad de ver si ya aparecía allí, pero no podía arriesgarme a ser descubierta. ¿Y si el empleado de la tienda me había visto cuando abrí la puerta del auto? ¿Cómo pude ser tan descuidada?

"Es demasiado pronto. Solo han pasado un par de horas", me recordé a mí misma.

Imaginé a Beth y a Ryan buscándome en las fotografías, tal como lo habíamos hecho con Katelyn Meadows, y defendiéndome cuando las personas murmuraban acerca de las razones por las que me habían arrestado. Eran verdaderos amigos y nunca me darían la espalda. Me di cuenta de que ni siquiera sabían que Katelyn estaba muerta. Me estremecí al darme cuenta de que mis amigos nunca sabrían si yo estaba muerta.

La puerta se abrió de golpe, lo que me tomó por sorpresa. Casi salté por la ventana.

—Ten —dijo Chase.

El cambio estaba sobre la envoltura de una caja de botellas de agua que había puesto sobre el asiento, y tomé el dinero antes de que cayera al suelo. El recibo indicaba que había gastado más de trescientos dólares. Guardé a toda prisa los billetes en mi bolsillo, incómoda por la idea de que el dinero quedara a la vista. Me sorprendió la cantidad de dinero que tenía.

—Trabajé duro por él —me dijo sarcásticamente antes de que pudiera preguntar—. Los soldados reciben un salario. Es un trabajo como cualquier otro.

—No creo que sea un trabajo cualquiera —me quejé.

Puse las provisiones en el suelo mientras Chase llenaba el tanque de la camioneta. Entre la mantequilla de maní, el pan y otros alimentos básicos, había una barra de chocolate con almendras. ¿Acaso había recordado que era mi golosina preferida? Seguramente no. Ya no actuaba guiado por la bondad de su corazón. Aun así, parecía demasiado frívola para ser una ofrenda de paz.

Solo le tomó un momento conectar los cables expuestos bajo el volante para hacer que la camioneta se encendiera de nuevo. Mientras nos acercábamos a la calle, miré por la ventana trasera hacia el cartel de personas desaparecidas, sobrecogida por la forma en que mi vida había cambiado. Librarme de las garras de la MM tenía una desventaja agobiante: nunca jamás podría estar tranquila de nuevo.

CHASE ENCENDIÓ LA RADIO de la MM. Un hombre con voz fría e inexpresiva estaba hablando.

—… otro vehículo de la OFR fue robado el día de hoy del estacionamiento de una planta textil a las afueras de Nashville. El camión tenía un cargamento de uniformes que iban a ser enviados a las bases de Tennessee. No hay testigos. Se cree que se trata de acciones rebeldes. Cualquier sospecha al respecto debe ser reportada a los oficiales al mando.

—¿Quién es? —le susurré a Chase, como si el locutor pudiera oírme.

—Un periodista de la OFR. Emite un reporte de noticias de la región todos los días. Lo repiten cada hora.

—¿Hay muchos rebeldes? —Me gustaba la idea de que hubiera personas luchando contra la MM. Me pregunté lo que pensaban hacer con los uniformes.

—De vez en cuando a alguien se le ocurre robar un camión de raciones, pero no sucede a menudo —me informó—. En su mayoría es solo anarquismo: rompen los estatutos, atacan a los soldados o provocan disturbios, cosas así. Nada que no se pueda manejar.

Fruncí el ceño ante la confianza que proyectaba. Hubo un momento de su vida en que era muy parecido a la gente que ahora estaba menospreciando.

—Las auditorías de Kentucky, Virginia Occidental y Virginia pronto se darán por terminadas. Oregón, Washington, Montana y Dakota del Norte serán auditadas a partir del primero de junio, y se prevé que la tarea finalice en septiembre…

Adelantándose a mis preguntas, Chase explicó que una auditoría era cuando la MM revisaba sistemáticamente los expedientes de la población de una ciudad para eliminar a los infractores de los artículos.

—Es lo que te hicieron —dijo.

Durante una fracción de segundo sus ojos parpadearon con dolor, y me alegró saber que una parte de él se sentía culpable por lo que había hecho. La mención del arresto había hecho que cerrara los puños con ira, y que luchara contra el impulso de golpearlo de nuevo.

—Es un proceso tedioso —continuó—. Se necesita una gran cantidad de personal para revisar los registros médicos, laborales y todos los que te puedas imaginar. Cualquier persona que incumpla con los estatutos es sentenciada o recluida automáticamente.

—¿Recluida? —Sentí como si estuviera hablando con un desconocido en lugar de alguien que había conocido toda mi vida.

—Es puesta bajo custodia federal, tal y como lo hicieron contigo.

—¿Qué ocurrió con las multas? —Recordé la noche en que habíamos recibido una multa porque mi madre había escondido bajo su colchón una antigua revista de moda de la época anterior a la guerra. El documento argüía que se trataba de "material lascivo" y de "contrabando de material impreso"; nos cobraron cincuenta dólares.

—Ya no existen. Nadie puede pagarlas.

Me había quejado de eso cuando Chase había regresado a casa desde Chicago. Para ese entonces nunca creí que esta sería la alternativa, ni que Chase sería parte de ella.

Oímos una lista de personas desaparecidas. Contuve la respiración mientras escuchaba, pero no mencionaron mi nombre ni el de Chase. Los documentos falsos de Chase habían funcionado a la perfección. Brock aún creía que regresaría al día siguiente. Cuando terminó el informe, Chase apagó la radio.

Estaba empezando a anochecer; el cielo había empezado a tomar un color gris opaco. Suspiré con aprensión. Íbamos a tener que buscar un lugar para pasar la noche, lo que significaba que las horas en las que podríamos estar viajando, las pasaríamos ocultos en algún lugar cerca de la frontera con Pensilvania. Parecía un completo desperdicio.

Una señal de tráfico apareció a la derecha. La pintura blanca se destacaba en contraste con el fondo metálico.

ZONA ROJA

Podía sentir claramente la tensión de Chase del otro lado de la cabina.

—¿Qué es una zona roja? —Nunca antes había oído ese término.

—Es un área evacuada, como Baltimore, Washington y todas las ciudades de los alrededores. En las zonas amarillas se encuentran las bases de la OFR. Las zonas rojas están desiertas.

Noté lo insignificante que parecía mi vida en casa en comparación con ese mundo.

—Esto en realidad es nuevo —agregó. Por su tono era claro que no había tenido la intención de entrar a una zona evacuada mientras nos dirigíamos a nuestro encuentro con el transportador.

A medida que nos acercábamos a la señal, un auto, oculto tras una maraña de maleza, se hizo visible.

Era un auto azul que tenía una bandera y una cruz en el costado.

De inmediato, cada parte de mi cuerpo presintió el peligro. No podíamos detenernos y regresar porque ya era demasiado tarde. Aunque Chase estaba conduciendo en el límite de velocidad, la patrulla de la MM avanzó por la carretera detrás de nosotros.

Un momento después, se encendieron las luces del techo de la patrulla, y una fuerte sirena rompió el silencio.

Capítulo **6**

CHASE SOLTÓ UNA BLASFEMIA con todas sus fuerzas.

Mi mente intentó analizar rápidamente lo que sucedía. Tal vez Brock se había dado cuenta de lo que había sucedido o Chase había subestimado el tiempo que tenía antes de que la MM comenzara a buscarlo. Quizá nos habían visto juntos en la estación de servicio.

No podía estar pasando. Debíamos ir a Carolina del Sur. Mi madre nos estaba esperando.

—¿Puedes rebasarlos? —Mi pregunta fue recibida con una mirada fulminante—. ¡Acelera!

—Ember, escucha. Toma la mochila que está detrás del asiento. Hay un arma en el fondo, en un bolsillo con cremallera. Dámela —ordenó Chase.

Dudé.

—¡Ahora!

Me erguí y metí mi mano en la mochila con tanta cautela como pude.

—Ten cuidado —indicó.

—Lo sé —Cualquiera que estuviera detrás de nosotros podía ver a través de la ventana trasera de la cabina de la camioneta. Mis dedos encontraron la cremallera y la deslicé a un lado, y la palma de mi mano sintió un objeto sólido y frío.

—Oh… —Se hizo un nudo en mi garganta.

—Date prisa —dijo bruscamente.

Muy lentamente, saqué la pistola, la puse sobre el asiento y la oculté de la ventana poniéndola bajo mi brazo. La dejé caer sobre el asiento de cuero que nos separaba y retiré mi mano inmediatamente. Sin la funda que solía cubrirla, el arma tenía un aspecto letalmente siniestro. Recordé la forma en que la había visto en el bosque, cuando Randolph había apuntado una igual hacia mi pecho.

Chase debió haberla sacado en la estación de servicio mientras se cambiaba. Ahora estaba oculta en su cinturón, bajo su camisa de franela.

—Si te digo que corras, corres —dijo—. Ve directo al bosque y no mires atrás. Por ninguna circunstancia permitas que te encuentren.

Me estremecí. Había considerado la posibilidad de que me enviaran de nuevo al reformatorio si me encontraban, pero el tono de Chase me asustó porque sugería algo mucho peor.

Mi cabeza daba vueltas. Quería que huyera y lo dejara solo con los soldados cuando en realidad yo era la razón por la que su vida estaba en peligro. No podía cargar en mi conciencia el peso de saber que habían encarcelado a Chase por mi culpa, no después de lo que les había hecho a Sean y a Rebecca.

Pero tenía que buscar a mi madre. Esa era mi única prioridad, ¿o no?

—¿Qué vas a hacer? —le pregunté al notar que la velocidad de la camioneta disminuía.

No contestó.

Por más que Chase había cambiado, por más que la oscuridad de sus ojos me inquietaba, aún me parecía imposible que fuera capaz de pensar en matar a alguien. Aun así…

Tomé la manta que estaba detrás del asiento y cubrí mi falda. Tenía la esperanza de que el soldado no supiera que mi suéter formaba parte de un uniforme de reformatorio, pues se veía bastante común.

Chase se estacionó a un lado de la carretera, apagó el vehículo y ocultó con las rodillas los cables que sobresalían bajo el tablero. Eché un vistazo al pantalón azul marino de su uniforme y deseé con fuerza que el patrullero no mirara hacia abajo.

Pasaron varios segundos con una intensidad mordaz, hasta que finalmente un soldado salió del lado del pasajero de la patrulla. El sonido del portazo fue tan fuerte como un disparo de cañón en mis oídos. Por el espejo vi que el otro se había quedado en el asiento del conductor.

El hombre que se acercaba era mucho mayor que la mayoría de los soldados que había visto. El escaso pelo cano cubría la calva que coronaba su rostro curtido. Caminó con calma hasta la puerta y le hizo señas a Chase de que bajara la ventanilla. Con mi visión periférica, veía cada movimiento de mi compañero.

—Licencia y registro —dijo el soldado, tal como solían decir los policías antes de que la MM tomara el poder. Tenía un escáner de mano en la mano derecha.

Chase se inclinó sobre mi regazo para abrir la guantera. Cuando su antebrazo se apoyó en mi rodilla, la calidez de su piel subió por mi pierna, y el aire que tuve que tomar me olió a jabón, a mi hogar y a seguridad. La sensación se desvaneció tan rápido como había llegado. Chase tomó un trozo de papel del tamaño de una tarjeta y se la entregó al oficial.

—Disculpe. Un soldado se quedó con mi identificación durante nuestra última inspección. Dijo que formaba parte del censo, pero que podía conducir.

—Sí, sí —asintió el patrullero, como si se tratara de algo que ocurriera con frecuencia. Recordé el momento en el que Bateman había puesto la identificación de mi madre en su bolsillo durante el arresto.

El soldado escaneó el código de barras que estaba impreso en el registro y entrecerró los ojos para ver en la diminuta pantalla del aparato, tal vez con la intención de comprobar que no tuviera una orden de arresto pendiente. Yo estaba lista para salir huyendo.

—Tiene suerte de que hayan congelado el pago de los préstamos para vehículos, Sr. Kandinsky. Su registro ya expiró. Hace tres años, de hecho.

Chase asintió con la cabeza. El soldado le devolvió el registro.

—Bien, ¿a dónde van? —preguntó—. La ciudad está desierta. Ha estado vacía durante meses.

Apreté las manos entre sí con una fuerza descomunal. Les di vuelta para ocultar los moretones.

—Lo sé —mintió Chase sin problemas—. Mi tía tiene una casa más adelante. Le dije que le daría un vistazo. Tenemos un pase.

—Enséñemelo.

Chase metió la mano en el bolsillo, justo al lado del arma. Giré hacia la ventana opuesta, con los ojos fuertemente cerrados. Mis dedos apretaron con fuerza la manta mientras yo esperaba un disparo.

"Dios mío, va a hacerlo —pensé—, va a dispararle a ese hombre".

—Lo vi en el bolsillo de tu chaqueta —dije sin pensar. Soldado o no, el hombre no nos había hecho nada. Chase me lanzó una mirada mordaz.

—¿Es su novia? —preguntó el soldado, quien por fin reconoció mi presencia. Sus ojos vagaban sobre mis manos. Me obligué a mantenerlas quietas.

—Es mi esposa —contestó Chase entre dientes.

Por supuesto. A una pareja que no estuviera casada le hubieran dado una multa por indecencia por estar a solas tan cerca de la hora del toque de queda. Se me ocurrió que el soldado había estado mirando mis manos en busca de un anillo. Si sobrevivíamos a esto, iba a tener que conseguir uno barato.

—Muy bien —comentó.

Mi estómago se retorció. Chase me miró.

—¿En mi chaqueta? ¿En serio? —preguntó haciendo una mueca—. Maldición. Parece que lo olvidé en casa. Lo siento, señor.

—¿Cuál era el número? —preguntó el soldado a manera de prueba.

—U-14. Eso decía, ¿no, cariño?

Asentí con la cabeza, tratando de no parecer petrificada.

—Era una forma azul, así de grande. —Chase hizo un gesto con las manos para mostrar las dimensiones de una tarjeta.

—Sí, esa es la forma correcta. —El soldado pasó el escáner de una mano a otra mientras pensaba—. Voy a dejarlos seguir, pero la próxima vez que entren a una zona evacuada, asegúrense de traer el pase con ustedes, ¿entendido? Tienen veinticuatro horas.

—Sí, señor —dijo Chase—. Gracias, señor.

Unos minutos más tarde, la patrulla desapareció tras un recodo del camino.

—Vaya susto. —Las palabras se sentían pegajosas en mi garganta.

—El anciano ni siquiera sabe hacer bien su trabajo —dijo Chase—. Las normas establecen claramente que no se puede permitir que un civil ingrese a una zona roja sin una forma U-14. Todo el mundo lo sabe.

—¡Gracias a Dios él no! —dije casi gritando.

Chase levantó una ceja.

—Sí, es cierto.

Un desconcierto lóbrego llenó el ambiente. No pude evitar preguntarme qué habría hecho Chase si yo no hubiera dicho nada. Sabía, por su comportamiento actual, que no había tenido la intención de dispararle, pero también sabía que no había descartado esa opción.

"No pasó nada", me recordé a mí misma.

Pero, al día siguiente, después de que nos reportaran como desaparecidos, la situación iba a ser muy diferente.

Era hora de salir de la carretera.

CONDUJIMOS POR LAS CALLES vacías de la zona roja y nos ocultamos en una antigua ruta de cacería bajo el cielo oscuro. No habíamos visto más patrullas, pero Chase dijo que patrullaban las zonas rojas para controlar el crimen y, después de nuestro encuentro con la MM, no quería que se repitieran la situación.

Aun así, esperar el amanecer no iba a ser nada fácil.

Preparé sándwiches de mantequilla de maní para mantener mis manos ocupadas. Me dije que no servía de nada concentrarnos en el tiempo de relativa seguridad que se nos estaba agotando. No había nada que pudiéramos hacer hasta que terminara el toque de queda.

Chase vaciló a la hora de tomar los tres sándwiches que le entregué.

—No les escupí —dije más que ofendida.

Sus cejas, arqueadas por la sorpresa, regresaron a su posición normal de ceño fruncido. Puede que no estuviera acostumbrado a que cuidaran de él, pero sentía que era mi obligación; preparar la cena era mi tarea habitual en casa. El recuerdo, afilado como un cuchillo, provocó una nueva ola de desesperación.

—Tengo que enseñarte algo —dijo, como para corresponder por la comida que había preparado. Salió dejando entrar una ráfaga de aire frío en la cabina de la camioneta y, de mala gana, lo seguí con la linterna.

Mi respiración se detuvo cuando vi que el cañón plateado de la pistola salía de su cinturón.

Estaba muy oscuro, y el bosque olía demasiado a hojas muertas y a tierra. Una terrible sensación de miedo vació mi mente del presente y se apoderó de mis sentidos. Aún podía oír el fatídico sonido metálico del arma y podía escuchar la voz de Randolph, llena de entusiasmo, acusándome de intentar huir.

—Oye —dijo Chase en voz baja, y me sobresalté cuando noté que estaba más cerca de lo que esperaba. Me alejé de él y tomé una bocanada de aire helado.

—Ya la había visto —dije. Mi corazón latía como si acabara de correr un kilómetro, pero me mantuve firme, esperando que no se hubiera dado cuenta de mi reacción.

"Cálmate", me dije. Chase ya no era un soldado, y yo no estaba en el reformatorio. No debería recordarme esas cosas.

Sus cejas se unieron como si le hubiera dolido. Por un instante, hubiera jurado que había leído mi mente, pero luego su expresión se endureció de nuevo.

—¿Tienes alguna idea de cómo disparar un arma? —Su voz sonaba grave. Sabía que estaba pensando en lo que había ocurrido antes con la patrulla de carreteras.

Le lancé una mirada mordaz.

—¿De verdad tienes que preguntármelo?

Tomó el arma por el cañón y me la extendió.

—No… No me gustan las armas —le dije.

—Ni a ti, ni a mí.

Eso sí era una sorpresa. Siendo soldado, creí que estaría acostumbrado a portar un arma de fuego. Como siguió insistiendo, le arrebaté el arma de la mano como si fuera una rata muerta y, sorprendida por su peso, casi la dejé caer.

—Fíjate bien a qué le estás apuntando —espetó.

Hice una mueca y apunté el cañón hacia el suelo.

—Es pesada.

—Es una pistola Browning semiautomática de nueve milímetros.

Tragó saliva y se secó las manos en el pantalón. Luego puso sus manos suavemente alrededor de las mías, obligándome a sostener el mango, pero teniendo cuidado de no ejercer presión sobre mis nudillos lastimados. Sentía que mi piel ardía en los lugares en los que nos tocábamos, lo que traicionaba la voluntad de mi mente, que solo quería odiarlo. Era menos confuso después de todo lo que había hecho.

—Mira. Esto que está al costado es el seguro. Si está puesto, no puedes apretar el gatillo. ¿Es claro hasta ahora?

—Ajá.

Chase guio mis manos y me enseñó a sacar el cargador.

—El cargador contiene trece balas. Es un arma semiautomática, lo que significa que se carga sola, pero solo después de traer la corredera hacia atrás. Al hacerlo, se carga la primera bala. Después de eso, todo lo que tienes que hacer es apretar el gatillo.

—Qué práctico.

—Esa es la idea. Bien, no vamos a hacer esto por ahora, pero esto es lo que debes hacer si te metes en problemas: quitas el seguro, retraes la corredera, apuntas y aprietas el gatillo. Utiliza las dos manos. ¿Comprendido?

—Sí, señor.

—Repítelo.

—Quito el seguro, retraigo la corredera, apunto y aprieto el gatillo. —Una sensación indebida de poder parecía vibrar en mis manos a medida que pronunciaba esas palabras.

Chase tomó el arma, y pude volver a respirar, pero entonces sacó un cuchillo.

Durante los siguientes diez minutos permanecí encorvada sobre las rodillas mientras Chase cortaba mi pelo a manos llenas. Aunque sabía que debíamos hacer todo lo posible para evitar que nos reconocieran, no dejaba de preocuparme la idea de que pronto sería irreconocible para mi madre, para Beth y para mis amigos; que todo lo que era yo, o al menos lo que conocía de mí, se estaba yendo al piso al igual que mi pelo, dejando una versión cruda y distorsionada de mí en su lugar. La idea, por supuesto, era una estupidez; a pesar de todo, seguía siendo yo misma, solo que todo lo demás había cambiado.

Volvimos a la camioneta, donde nos sentamos en los extremos opuestos del asiento y miramos fijamente al frente, en un silencio obstinado y tenso. Conforme pasaban los minutos me hice muy consciente de su respiración regular y rítmica, y pronto descubrí que mi propia respiración se había igualado al ritmo de la suya. Su poder de calmarme en un momento como ese, sin siquiera intentarlo, la forma en que nos conectábamos en esa frecuencia tan simple hizo que mi corazón deseara algo imposible. Reacomodé mi cuerpo para que no pudiera ver cuánto me dolía el simple hecho de estar cerca de él de nuevo.

Lo extrañaba más ahora de lo que lo había extrañado cuando se había ido.

Solo cuando la noche se hizo tan oscura que ya no podía ver con claridad su figura, fue cuando me permití ver en su dirección.

—¿Habrías dejado la MM si mi madre no te lo hubiera pedido?

Mi voz sonaba apagada, apenas más fuerte que un suspiro.

—No lo sé —dijo con sinceridad.

Me quedé dormida, con las rodillas presionadas fuertemente contra el pecho, y deseé en secreto que su respuesta hubiera sido más clara. Al menos así hubiera sabido a ciencia cierta lo que sentía uno de nosotros.

—BUENOS DÍAS.

Chase se apoyó en el alféizar de la ventana. Llevaba puesta la misma gorra de siempre; la visera se arqueaba en una medialuna eterna. Aunque estaba agotada, cuando vi su sonrisa supe que no iba a dormirme de nuevo.

Terminé de abrir la ventana, arrodillada sobre el edredón arrugado y con el camisón puesto. El cielo estaba tan negro como lo había estado cuando me había ido a la cama la noche anterior.

—¿Por qué no estás durmiendo? —pregunté, e incliné mi cabeza en dirección a su dormitorio, que quedaba justo del otro lado del corredor que separaba nuestras casas. Miró hacia su habitación y se encogió de hombros.

—No estaba cansado. Tu madre y yo compartimos una agradable caminata. Me pidió que te dijera que hoy te comportaras bien, que no hicieras nada que ella haría. —Guiñó un ojo de manera exagerada, tal como ella lo habría hecho.

Puse los ojos en blanco, pero mi corazón se ablandó. Me agradó saber que Chase la había acompañado hasta el comedor comunitario. Nuestra ciudad no era tan segura como lo había sido alguna vez, sobre todo en las mañanas oscuras, justo cuando acababa el toque de queda. Mamá nunca estaba más atenta que cuando salía sola.

—Gracias —dije—, por cuidar de ella.

Me miró sorprendido, como diciendo que no debía esperar otra cosa de él.

HUNDÍ LA MEJILLA en la almohada y... se movió.

Abrí los ojos de golpe.

Me encontraba en la cabina de la camioneta, no en casa ni en el reformatorio. Estaba acurrucada en el asiento, con la cabeza apoyada sobre el muslo de Chase, pero las cosas entre nosotros ya no eran como antes.

Me levanté de un salto.

La luz gris del alba atravesaba el rocío que cubría la ventana. Era jueves, el día en que nos reuniríamos con el transportador, el día en que vería a mi madre. El día en que reportarían a Chase como desertor.

Aparté la chaqueta del uniforme de la MM que había utilizado como manta y traté de recordar cómo había llegado hasta ahí...

Chase frotó las manos sobre el rostro sin afeitar. Sus ojos se abrieron como platos cuando aterrizaron en mí. Me apresuré a peinar mi pelo disparejo y corto con las manos, y luego me cubrí la boca.

—Pasta de dientes —exigí. No tenía cepillo de dientes; mi dedo tendría que bastar. Pero cuando intenté alcanzar la mochila, me la arrebató y buscó la pasta él mismo. No sé por qué; yo ya había visto el arma.

Una ráfaga de aire helado me azotó cuando abrí la puerta de la camioneta. Temblando, me alejé del vehículo para dejar de pensar en el sueño, pero no lo suficiente como para alejar por completo las imágenes de mi mente.

El tiempo sería más cálido en el sur, donde estaba el refugio. Tal vez mi madre ya estaba allí, con la cabeza apoyada sobre sus antebrazos, quejándose de que el café de ahora no tenía tanta cafeína como antes. Tal vez había otras madres allí, personas que la apoyarían para que no se preocupara tanto y la calmarían cuando sintiera el impulso de comenzar una rebelión. Podía imaginarla liderando la revuelta, levantando una revista de contrabando enrollada en su puño y, a su lado, un bote de basura en el que se quemaban las circulares con los estatutos. La sola idea me hizo sonreír; era una sonrisa secreta que nunca le permitiría ver por miedo a que la tomara como una señal de aliento.

—Lindo abrigo —dijo Chase para sacarme de mi trance. No había dudado en llevarme su enorme chaqueta cuando había salido de la camioneta, pero ahora me sentía repentinamente avergonzada e intentaba decidir si lanzársela a él o hundirme aún más en la voluminosa prenda. En su lugar comencé a balancearme, como si estuviera tratando de cruzar una barra de equilibrio, hasta que volvió a hablar.

—Tenemos que buscar ropa nueva —dijo observando mi lucha con cierto interés—. Te destacarás si sigues usando esa combinación de tu uniforme con el mío.

Me obligué a permanecer quieta. No sabía lo que tenía en mente, pero imaginé que estaba sugiriendo algo semejante a la forma en la que había obtenido el auto. La perspectiva de tener que robar no me molestó tanto como pensé que podría hacerlo, con tal de que no lastimáramos a nadie ni tardáramos mucho en hacerlo.

Recogí las mangas largas en mis puños y me concentré en el hecho de que, al caer la noche, mi madre y yo estaríamos juntas de nuevo.

En menos de media hora ya estábamos en la carretera.

JUSTO DESPUÉS DE LAS SIETE, vimos una señal que indicaba que la frontera con Maryland estaba cerca. Yo quería ir directamente al punto de encuentro, pero no podíamos correr el riesgo de encontrarnos de nuevo con una patrulla de carreteras. En su lugar, nos vimos obligados a tomar un desvío para ir al sur. Yo revisaba el mapa cada pocos minutos y seguía el camino que había propuesto Chase. Me había mostrado las coordenadas exactas del lugar donde nos reuniríamos con el transportador: el 190 de Rudy Lane, en Harrisonburg, Virginia.

Si no nos encontrábamos con más soldados, aún podíamos llegar a tiempo.

Aunque no había autos, nuestro impulso de avanzar se vio frenado. El asfalto de la carretera estaba lleno de huecos y el camino tenía varios escombros: un edredón, el armazón de un paraguas. Asustamos a un ciervo que había estado comiendo los restos avejentados de una caja de cartón con el sello de la marca Horizontes.

Observé el lugar con una mezcla de asombro y derrota. Tenía nueve años cuando la guerra había llegado a Baltimore, y el resto del estado había sido evacuado antes de mi décimo cumpleaños. Esa era la única evidencia que quedaba de que alguna vez ese lugar había sido habitado por seres humanos.

Chase se inclinó un poco hacia delante cuando esquivó una motocicleta oxidada que estaba en medio de la calle. Una extraña sensación familiar se agitó en mi vientre.

—*VAMOS. No tienes miedo, ¿o sí?* —*Me lanzó una sonrisa malvada y quedaba claro que su tono desafiante era intencional. Sabía muy bien que nunca había rechazado ninguno de sus retos desde que teníamos seis años, y no iba a hacerlo ahora.*

Lancé una pierna por encima de la parte trasera de la motocicleta y me aferré al marco con fuerza suficiente como para doblar el metal. Sus ojos negros destellaron divertidos mientras sostenía el manubrio y levantaba el pie de apoyo. Con una inclinación de cabeza me indicó que me moviera hacia atrás y, cuando lo hice, su larga pierna se deslizó entre la parte delantera de la motocicleta y yo.

Toqué la parte de atrás de su camisa, buscando algo de qué sostenerme.

—*Prueba con esto.* —*Tomó mis manos y las deslizó alrededor de su cintura hasta que se apoyaron contra su pecho. Sentía el calor de su piel a través de mis guantes delgados. Luego se inclinó hacia atrás, tomó la parte posterior de mis rodillas y me desplazó hacia delante hasta que mi cuerpo estaba completamente contra el suyo.*

No podía respirar. Había tantas partes de mi cuerpo en contacto con el suyo que no podía concentrarme. Su pie derecho se movió hacia abajo y la motocicleta cobró vida. El asiento vibraba debajo de mí. Mi corazón latía con fuerza. Podía sentir que el pánico me invadía.

—¡Espera! —grité a través del casco— ¿No me vas a dar instrucciones o explicaciones o algún tipo de entrenamiento o…?

Por un momento, sus dedos se entrelazaron con los míos sobre su pecho.

—Inclínate hacia donde me incline. No te resistas.

***

NO TE RESISTAS, EMBER.

Froté distraídamente mi sien derecha con el pulgar. Tenía que dejar de pensar en el antiguo Chase.

—¿Cómo se veía mamá cuando la liberaron? —pregunté para deshacerme del recuerdo.

—¿Qué? —Sus hombros se encorvaron y luego miró por la ventana lateral.

—¿Cómo se veía después de que la sentenciaran?

—Nunca dije que la hubieran sentenciado.

Mi espalda se irguió.

—Fue lo que diste a entender. Dijiste que los sentenciaban o los recluían. Y luego dijiste que la habían dejado ir, ¿verdad? ¿Eso quiere decir que cumplió su sentencia?

—Cierto.

Gemí. Su reticencia a dar explicaciones era casi peor que el voto de silencio que había tomado antes.

—¿Cuánto tiempo la retuvieron?

—Solo un día —respondió.

—Por favor, no me des tantos detalles. No creo que pueda con tanta información. —Crucé los brazos sobre el pecho, indignada.

Una vez más se quedó callado, meditando. "¿Qué fue lo que te hice? —quería gritarle—. ¿Por qué no hablas conmigo?". Sería mucho más fácil aceptar a la persona que tenía al lado si no la hubiera conocido antes de que se convirtiera en un ser precavido, desconfiado y frío; si no recordara que alguna vez había sido un libro abierto y que los días habían sido demasiado cortos para poder hablar de todo lo que queríamos. Era exasperante y, peor aún, me hizo preguntarme si había juzgado mal todo lo que había sucedido entre nosotros.

Chase estiró su cuello rígido y lo movió de lado a lado.

—Se veía… —vaciló—. No sé, se veía como tu mamá. Pelo corto, ojos grandes, menuda. ¿Qué quieres que te diga? Solo la vi por un momento.

Resoplé ante su resumen. Solo un hombre podía ser tan literal.

—¿Qué aspecto tenía? ¿Estaba asustada?

Mientras lo pensaba, pude ver un pequeño cambio en su rostro. Los extremos de sus ojos se tensionaron y me preocupé de inmediato.

—Sí. Estaba asustada. —Se aclaró la garganta, y me di cuenta de que el miedo había traspasado su armadura insensible—. Pero también estaba lúcida. No estaba loca, como se vuelven algunas personas cuando tienen miedo. Actuaba bien bajo presión, teniendo en cuenta todo lo que había sucedido. Estaba absolutamente decidida a que siguiéramos este plan.

—¿Ah, sí? —Me encorvé en el asiento.

—¿Qué? —preguntó con seriedad. Noté que era la primera vez que había estado interesado en aquello que yo estaba pensando.

—Nunca la habría descrito como una persona lúcida. Yo… No puedo creer que acabo de decir eso. Es terrible. —Me encogí; sentía como si acabara de traicionarla—. No quiero decir que sea incapaz de tomar decisiones ni nada por el estilo. Es solo que, bajo presión, por lo general ella… no es así.

Recordé nuestra cocina y el momento en que ella estaba llorando en el suelo cuando yo había obligado a Roy a irse. Recordé todas las veces que había traído contrabando a casa y aquellas en las que se le había metido en la cabeza que iba a insultar a un soldado en la siguiente inspección. Yo era la persona seria y equilibrada en casa, no ella. ¿Y ahora él me estaba diciendo que ella no me necesitaba en el momento más aterrador de nuestras vidas? ¿Que podía arreglárselas sola? ¿Por qué me había preocupado tanto entonces?

Cerré los ojos con fuerza. Estaban llenos de lágrimas que no me permitiría derramar.

—Habrías estado orgullosa de ella —dijo en voz baja.

Mi corazón se rompió. ¿Qué era lo que me ocurría? Sus palabras debían ser un consuelo, pero ahí estaba yo, sintiéndome como una tonta porque ella podía lidiar con todo por su cuenta, como si dependiera de ella o algo así.

Así como se elevó la ola de pánico, así mismo retrocedió, dejando en su lugar una sensación de claridad.

No necesitaba que se sintiera fuerte, porque ella me había hecho fuerte, y yo también a ella. Ya era toda una mujer, como me había dicho innumerables veces en las que me había hartado de sus discursos. Había logrado llegar a Carolina del Sur; yo solo tenía que llegar ahí.

—¿NO TE HACE SENTIR PEQUEÑO? —dije cuando comenzamos a acercarnos a una enorme abertura en la ladera de la montaña.

Las rocas color mostaza se elevaban unos noventa metros a cada lado, de modo que solo era visible una franja del cielo plateado que nos cubría. Varios árboles y vides, en distintos estados de madurez, extendían sus dedos torcidos hacia nosotros, tras haber pasado mucho tiempo sin que los trabajadores de mantenimiento de la ciudad los podaran. Chase se vio obligado a reducir la velocidad a medida que nos acercábamos a un deslizamiento de tierra que había llegado hasta la carretera.

Un gran cartel a mi derecha decía CENTRO DE VISITANTES SIDELING HILL, PRÓXIMA SALIDA, pero lo habían cambiado: justo bajo el letrero habían pintado con aerosol una cruz y una bandera y luego habían puesto una enorme X de color verde neón sobre ella. Había visto símbolos como ese en las noticias cuando aún teníamos televisor, pero nunca en mi ciudad natal. Me hizo sentir como un gato doméstico que es llevado a la selva.

—Eres pequeña —comentó, tan tarde que me había olvidado de lo que había dicho. Intenté estirarme para verme más alta en el asiento, como diciendo: uno sesenta no es tan mala estatura, pero la camioneta rebotaba con tanta fuerza sobre el suelo que me resultaba imposible mantenerme erguida.

Pasamos a través de la brecha de Sideling Hill y continuamos hacia Hagerstown. Según la señal, faltaban otros cincuenta y tres kilómetros. Habían evacuado el lugar tan rápidamente que la mayoría de las tiendas habían sido abandonadas aún con mercancía dentro. Íbamos a ver si algunos de los artículos todavía estaban intactos después de ocho años, y luego tomaríamos la autopista que llevaba al sur, hacia Harrisonburg.

—¿Crees que sea seguro? —Había oído acerca de las pandillas en las ciudades vacías. El propósito original de la MM había sido reducir la delincuencia en esos lugares.

—Ningún lugar lo es —dijo—, pero la OFR despejó esta área.

—Eso me hace sentir mucho mejor —dije.

Chase entró a la carretera interestatal 81; estaba muy alerta cuando entramos a Hagerstown. Las primeras casas que vimos eran grandes y estaban rodeadas de terrenos ondulantes y árboles robustos. A medida que nos acercábamos al centro de la ciudad, comenzaron a aparecer vecindarios pequeños y luego urbanizaciones y condominios. Vimos un supermercado y un restaurante. Todo estaba cubierto por una película gris de ceniza, semejante a la nieve sucia, que se había vuelto inmune al efecto de los elementos.

No había niños jugando en las calles ni perros ladrando en los jardines. No había ni un solo auto en la carretera. La ciudad, detenida en el tiempo, permanecía absolutamente inmóvil.

Noté que había un centro comercial a la derecha y señalé hacia él. Chase tomó la salida más cercana y dio vuelta en una calle llamada Garland Groh Boulevard. En menos de un minuto, se había detenido en un callejón junto a una antigua tienda de artículos deportivos. Alguna vez había existido una así en casa, pero había cerrado durante la guerra. La MM la había convertido en un centro de distribución de uniformes.

Pude ver la autopista vacía un poco más allá del estacionamiento; iba directo al punto de encuentro. Mi corazón comenzó a latir con fuerza en el pecho. Quedaba un poco más de cinco horas antes de que la MM reportara la ausencia de Chase. Tendríamos que tomar todo lo que pudiéramos y salir. *Pronto*.

Al desenganchar los cables que colgaban cerca de sus rodillas, Chase apagó el motor de la camioneta. Antes de abrir la puerta, sacó un bastón negro delgado con un mango perpendicular que estaba bajo el asiento. Su rostro se ensombreció cuando se dio cuenta de que estaba mirándolo fijamente con los ojos muy abiertos.

La otra arma estaba en el bolsillo frontal de la bolsa. En caso de que nos encontráramos con otras personas, no quería que nadie viera que teníamos un arma. Hubiera sido como tener un billete de cien dólares sobresaliendo del bolsillo y esperar que nadie lo robara.

—Quédate cerca, por si acaso —dijo.

Asentí con la cabeza y luego salimos de la seguridad de la camioneta. Nuestros zapatos dejaron huellas en la fina capa de ceniza gris que había sobre el asfalto.

Permanecí cerca de Chase a medida que nos aproximábamos a la parte delantera del edificio. Las altas ventanas de la tienda habían sido destrozadas y los cristales que quedaban parecían estalactitas de hielo que colgaban de los marcos verdes. Los pomos de las puertas francesas estaban atados con una gruesa cadena de metal y un candado, pero ya no estaban los cristales que protegían los costados.

Le di un vistazo al estacionamiento que estaba detrás de nosotros mientras Chase pasaba a través del marco de la puerta. A excepción de un Honda que alguien había incendiado años atrás, el lugar estaba desierto.

Tomé aire mientras lo seguía dentro.

Una caja registradora estaba en mi camino, apoyada sobre su costado. Los bastidores metálicos y las mesas habían sido volcados o arrojados a los pasillos. Gran parte de la ropa había desaparecido, probablemente la habían robado, y lo que quedaba estaba esparcido por todo el lugar, como si hubiera ocurrido un tornado dentro del edificio. A medida que me adentraba más, vi varias máquinas de ejercicios y juegos de pesas, todos marcados con el mismo símbolo hecho con pintura de aerosol de color neón: la insignia de la MM tachada. Un bastidor de equipos deportivos estaba volcado sobre el suelo laminado, manchado por la intemperie. Había bolas de béisbol, balones de fútbol y pelotas de baloncesto desinfladas a lo largo de todo el camino hasta la pared del fondo.

—Busca algo de ropa. Voy a ver qué más encuentro.

Asentí con la cabeza. Aunque sabía que era una tontería, teniendo en cuenta las condiciones en las que se encontraba el lugar, verifiqué que no hubiera cámaras de seguridad.

—Nadie te va a ver —dijo Chase, leyéndome la mente—. Solo busca; dudo que puedas destrozar más este lugar.

Tenía razón, pero las últimas semanas me habían convertido en una persona paranoica, y ese lugar era aterrador. Me preocupaba que, de alguna manera, la MM pudiera estar espiándonos, que fuera una trampa.

Me alegré cuando Chase me informó que quería ir al segundo piso, porque ahí era donde la flecha señalaba la sección de ropa para mujeres. La escalera mecánica inmóvil crujió bajo nuestro peso mientras subíamos hacia la sección de equipos para acampar. Parecía extraña la idea de que la gente soliera acampar con fines recreativos, pero sabía que Chase y su familia lo habían hecho con frecuencia cuando era pequeño. Cuando se dirigió hacia los bastidores de acero, sentí una punzada de pánico.

—¿Vas a estar allí? —pregunté, señalando una tienda de campaña aplastada en el suelo.

Algo cambió inmediatamente en su rostro cuando notó mi preocupación.

—Estaré cerca —dijo en voz baja.

Una claraboya le daba un débil resplandor al último piso. Cuanto más me acercaba a la pared del fondo, más se oscurecía el lugar, hasta el punto de tener que entrecerrar los ojos para ver el suelo. Me acerqué con cuidado sobre los escombros que se acumulaban en los pasillos y, en el fondo del almacén, encontré varios bastidores de ropa que parecían relativamente intactos. Todas las camisas eran ajustadas y los pantalones de bota ancha, que había sido el estilo de aquel entonces, y, aunque eran viejos, se veían nuevos para mí. A pesar de que la tela estaba cubierta de polvo, la ropa aún parecía almidonada, tenía los pliegues en perfecto estado y conservaba las etiquetas de las tallas. No había tenido ropa que no proviniera de un centro de donación desde que mi madre había perdido su trabajo. A pesar de las circunstancias, la simple idea me hizo reír.

Había una oferta especial de botas de montaña para mujeres: 59.99 dólares. "¡Son gratis para mí!", pensé con cierta culpa, y busqué algo de mi talla entre las cajas de zapatos que estaban esparcidas por el suelo. Nunca hubiéramos podido pagar nada de eso, incluso ocho años atrás. Con la inflación, esos zapatos costarían más de 100 dólares en ese momento. ¡Iba a llevarme unos zapatos de 100 dólares! No podía esperar para contárselo a Beth. Si es que alguna vez hablaba con ella de nuevo.

Saqué la idea de mi mente. Detrás de mí había un exhibidor de *jeans*, y rápidamente tomé un par de mi talla. Había un abrigo de invierno ligeramente cubierto de polvo, por lo que también lo llevé. A continuación, tomé una camiseta sin mangas, una camiseta ajustada, una camisa térmica y un suéter. También unos calcetines extras, por si hacían falta, y un paquete sin abrir de ropa interior. Se me ocurrió que mi madre tal vez no tenía una muda de ropa, por lo que tomé otro paquete para ella.

Pero mientras caminaba hacia los vestidores, la risa se apagó en mi garganta. El vestidor era del tamaño de un armario y, con las luces del techo apagadas, se parecía a la celda de contención que había visto en la barraca. Por ningún motivo iba a entrar allí.

Busqué a Chase con la mirada, pero no lo vi. Me alegró que no me hubiera visto flaquear; lo último que necesitaba era que pensara que les tenía miedo a las armas de fuego y a la oscuridad. Con un profundo suspiro, dejé caer los artículos justo donde estaba y me apresuré a cambiarme antes de que viniera a buscarme.

Los *jeans* me quedaron bastante bien, aunque no se ajustaban bien en la cintura debido a que había perdido peso en el reformatorio. Estaba terminando de ponerme la camiseta sin mangas cuando escuché un crujido detrás de mí.

Giré hacia el sonido y vi a Chase, a tres metros de mí, con unos *jeans* y una camiseta nuevos y llevando un paquete sobre su hombro. Me di la vuelta y me alejé de él, con la camiseta aún a la altura de mi sostén.

—¡Dame un momento! —vociferé—. ¡Date la vuelta!

No lo hizo. En su lugar se acercó más. Podía oírlo respirar y sentí la cercanía de su cuerpo. Quedé congelada en donde estaba, pero, por dentro, cada pulgada de mí estaba tensa y llena de electricidad. ¿Cuánto tiempo había estado allí, mirándome?

—¿Qué te pasó en el reformatorio? —Su voz era apenas un susurro, cubierta con una violencia apenas contenida.

—¿Qué? —Como si hubieran estado sumergidos en agua helada, mis dedos finalmente se descongelaron lo suficiente para terminar de tirar la camisa hacia abajo. Luego me puse las demás prendas encima.

—Cuando llegué allí, me llevaron a esa habitación y te oí. No puedo sacarlo de mi cabeza.

La barraca. Había interrumpido a Brock y a los soldados justo antes de que comenzara mi castigo. Había gritado. El recuerdo bastaba para provocarme náuseas.

—¿Quieres hablar de eso ahora? —le pregunté con voz incrédula.

No esperó a que diera la vuelta. De repente, estaba frente a mí. Se inclinó, acercándose, y me miró fijamente. Sus dos manos tomaron mis hombros. Me tragué una mueca de dolor ante la presión.

—¿Qué te hicieron?

—¿Qué me hicieron a mí? —pregunté, al tiempo que me liberaba de sus manos—. ¡Tú fuiste quien me envió allí! ¿Ahora te importa lo que les sucede a otros cuando desapareces?

La ira de la traición y el resentimiento me invadieron por completo. Después de que lo reclutaron, no había llamado ni devuelto mis cartas. No había hecho ningún esfuerzo para hacernos saber que aún estaba vivo, que estaba bien. No había llamado ni a mi madre ni a mí. Su promesa de que volvería había sido una mentira; había regresado un soldado, pero no él. Ese soldado lo había arruinado todo.

Retrocedió como si lo hubiera empujado. Sus manos se acercaron a su pelo corto.

—¿Por qué lo hiciste? —continué—. Sé que alguna vez… nos quisiste a mamá y a mí. Ni siquiera intentes negarlo. —Cerré los puños con tanta fuerza que las uñas se enterraron en mi piel. Los moretones de mis nudillos enviaron una oleada de dolor por los brazos. Estaba siendo demasiado franca; podía verlo en su rostro, podía ver un dilema reflejado en sus ojos. ¿Quería oír su respuesta? ¿O la verdad me destruiría ahora que, más que nunca, necesitaba ser fuerte?

Abrió la boca, pero luego la cerró. Su mirada se encontró con la mía; un dejo de desesperación en ella me suplicaba que leyera su mente. Pero por más que lo intenté, no pude. No entendía lo que quería decir. *¿Qué es? ¿Qué temes decirme?*

—¿Qué fue lo que sucedió? —pregunté, esta vez con un tono más suave.

Sus ojos se endurecieron, como piedras brillantes.

—No lo sé —dijo—. Supongo que la gente cambia.

Tomó la mochila llena de provisiones y se dirigió escaleras abajo.

La sorpresa que me causó su reacción calló mi sermón como si me hubiera lanzado un balde de agua fría.

Me até las botas nuevas lo más rápido que pude con mis manos temblorosas y lo seguí.

—¿QUÉ ENCONTRASTE? —le pregunté a Chase al final de las escaleras mecánicas, una vez mi respiración había vuelto a la normalidad.

Había recobrado su aspecto sombrío; casi podía ver de nuevo al soldado que se había llevado a mi madre, lo que borró el dolor y reavivó la irritación. *¿Que la gente cambia?* Qué mala respuesta. Era evidente que él había cambiado, pero eso no explicaba por qué nos había detenido ni por qué nos había liberado. Eso solo me hizo dar ganas de darle una patada de nuevo y, más aún, de patearme a mí misma, porque a pesar de sus secretos, estaba preocupada por él. Esa mirada demencial en sus ojos no había sido producto de mi imaginación. Había algo oscuro en él, algo canceroso. Eso era lo que lo estaba cambiando.

¿No quería hablar del pasado? De acuerdo. Tal vez era lo mejor. Teníamos que concentrarnos en llegar al punto de encuentro.

—Un botiquín de primeros auxilios y una tienda de campaña. También algunos alimentos deshidratados que no encontraron las ratas.

Me incliné e introduje bajo la solapa de la mochila la ropa adicional ya doblada, junto con mi suéter de reformatorio. Él ató un saco de dormir abultado a la parte inferior de la bolsa sin siquiera mirarme.

—Tenemos que irnos —dijo y se colgó la mochila sobre los hombros.

No tenía reloj, pero supuse que eran casi las ocho. El punto de encuentro estaba a casi dos horas de distancia.

Afuera, el estacionamiento permanecía vacío. No sé por qué pensé que podría haber alguien. Las nubes de la mañana estaban descendiendo y se habían tornado grises mientras estuvimos en la tienda. El aire, que olía ligeramente a azufre, llevaba consigo una sensación eléctrica y bastante fría.

Seguí a Chase cuando salimos del edificio y casi me estrellé con él cuando se detuvo abruptamente.

Me tambaleé cuando presentí el peligro a través de Chase, incluso antes de verlo por mí misma.

Había dos hombres cerca de nuestra camioneta. Uno de ellos tenía casi treinta años, pelo negro despeinado y una nariz ganchuda. Llevaba puesto un suéter gris con capucha y un pantalón camuflado, un rifle colgaba de su hombro izquierdo. El otro hombre estaba asomado en la cabina de la camioneta; vi que sus zapatos sucios de patinador sobresalían bajo la puerta del lado del conductor.

—¡Oye, Rick! —llamó el primer hombre. Movió el rifle hacia nosotros en un arco amplio y acomodó el arma sobre su hombro. Oí el clic fatídico de una bala que entraba a la recámara del arma.

Mi corazón se detuvo. Desde la guerra, las armas habían sido prohibidas para los civiles y eran consideradas contrabando. Solo la MM podía portarlas.

O los soldados desertores, aunque estaba casi segura de que ellos no lo eran.

El hombre llamado Rick sacó su cuerpo de la camioneta. Era alto, no tanto como Chase, pero era al menos una cabeza más alto que yo. También era fornido; incluso a través de la ropa holgada pude darme cuenta de lo musculoso que era. El pelo sucio le llegaba hasta los hombros, y lo llevó hacia atrás con un movimiento de cabeza. Tenía una expresión ansiosa en el rostro.

—Buenos días, amigo —dijo Rick.

Chase permaneció en silencio. Su rostro parecía duro como el acero.

—Tal vez es sordo —dijo el otro hombre.

—¿Eres sordo? —preguntó Rick.

—No —respondió Chase.

—Entonces hace mucho que no lidias con gente, amigo. Cuando alguien dice "buenos días", debes responderle el saludo.

—Me cuesta charlar cuando me apuntan con un rifle. —El tono de Chase era grave y muy controlado—. Además, no soy tu amigo.

Rick miró a su socio y luego regresó la mirada hacia nosotros. Me di cuenta de que su piel, e incluso sus ojos, tenía un tono amarillo que desentonaba con el cielo gris y la ceniza.

—Stan, creo que nuestros amigos no se sienten muy cómodos.

Stan se rio entre dientes, pero no bajó el arma. El pelo de la parte de atrás de mi cuello se erizó.

Rick dirigió su atención hacia mí.

—¿Cómo te llamas, preciosa?

Apreté con las manos la chaqueta que llevaba en los brazos. No respondí, tratando de pensar rápido. Tal vez podía alcanzar el arma guardada en la mochila de Chase, pero no sin llamar la atención del hombre que nos apuntaba con el rifle.

—¿Ves, Stan? Asustaste a la pobre chica.

Rick dio un paso adelante. Chase se puso deliberadamente delante de mí, y Rick sonrió con sorna.

—No seas tacaño, amigo. ¿Acaso mamá no te enseñó a compartir?

Stan comenzó a reírse estridentemente detrás de él. No podía pasar saliva; mi garganta se había cerrado.

Chase dio un paso hacia la camioneta, y yo me aferré a su camisa.

—Un momento. ¿A dónde van? —dijo Rick, que se acercó contoneándose.

—Nos vamos —dijo Chase con autoridad.

—Puedes irte, pero solo.

—¡No me iré con ustedes! —Las palabras saltaron de mi garganta.

Chase quedó helado.

—¡Oh, le gusta pelear! —dijo Rick, como si fuera una cualidad deseable. Recordé la forma en que Randolph me había tocado y me había llamado "basura".

Chase se inclinó. La mano de Rick se dirigió rápidamente hacia su espalda para alcanzar algo oculto en su cinturón. Chase sabía exactamente dónde estaba yo sin tener que mirar. Me empujó bruscamente detrás de él y me cubrió completamente con su cuerpo.

Vi a Rick abrir la funda de cuero de un cuchillo grueso y reluciente que se curvaba en una punta amenazadora.

Sentía el peligro latir en mis oídos. Por alguna razón, el cuchillo me había asustado más que el rifle, pero no sabía por qué. No podía pensar nada.

—Deja la mochila —ordenó Rick—. Yo me llevaré las llaves y la camioneta.

—Sube a la camioneta —dijo Chase en voz baja.

No sabía qué hacer. Chase no me miraba. No era posible que creyera que lo dejaría solo contra dos hombres armados. Lo mejor era luchar juntos. Si no querían hacerme daño, *quizá*, lo dejaran libre.

Chase se quitó la chaqueta y la mochila, y las deslizó hasta el suelo.

—Chase —susurré—. No me iré sin ti.

No debí haber dicho lo que había dicho en la tienda. Ahora iba a intentar protegerme para compensar el hecho de haberme abandonado.

—Sube a la camioneta —ordenó.

Stan se estaba acercando rápidamente con el rifle apoyado en el hombro. Su dedo estaba en el gatillo.

—¡No! —dije enfáticamente.

—No te preocupes. Papá se hará cargo de ti —dijo Rick, y Stan se rio.

—Tranquilos —les dijo Chase, y metió la mano bajo su camisa de franela para tratar de alcanzar el bolsillo de su pantalón.

—Despacio, amigo —advirtió Rick.

Ambos hombres estaban cerca. Observaban las manos de Chase, tal como lo hacía yo.

En un movimiento fugaz, Chase sacó el bastón negro de su cinturón y lo movió hacia arriba hasta golpear el doble cañón del rifle. Los dedos de Stan quedaron aprisionados, lo que hizo que soltara un aullido de dolor. El arma cayó al suelo.

Chase aprovechó el impulso del bastón para golpear un lado de la mandíbula de Rick. Tras el impacto, el bastón salió disparado de sus manos y se rompió al dar contra la pared del edificio. Rick tropezó, luego se puso de pie y corrió hacia nosotros con el cuchillo por delante. Un destello de terror me atravesó justo antes de que Chase me alejara de un empujón. Un instante después escuché que algo se desgarraba, luego oí un gruñido y después vi que una línea carmesí brotaba del bíceps de Chase y se extendía hasta la parte posterior de su brazo. La franela de su camisa se adhirió a su piel sangrante.

—¡Chase! —grité, poniéndome de pie.

Stan blasfemó, lo que me recordó su presencia. En un impulso, corrí en su dirección para tomar el arma, cuando lo hice, el hombre se abalanzó sobre mí. Su cuerpo pesado y lleno de sudor rancio se arqueó sobre mi espalda. Apreté la mandíbula y envolví los dedos alrededor del mango de madera del rifle. La piel adolorida de mis nudillos se arrastró contra el asfalto.

Stan cerró su puño en mi pelo y lo haló hacia atrás con fuerza. Grité cuando sentí que el dolor quemaba mi cuero cabelludo y me alejé con violencia.

Cuando me di la vuelta, vi que Chase había arrojado a Stan sobre la parte delantera de la camioneta. Cuando cayó, Chase le dio una patada en el vientre y Stan se desplomó sobre sus rodillas y antebrazos, y comenzó a escupir. No me quedé a ver. Tomé el rifle, corrí hacia la camioneta y lo puse detrás del asiento sin pensarlo dos veces.

Me di la vuelta justo cuando Rick, cuyo rostro estaba manchado de la sangre que salía a borbotones de su nariz, se lanzó sobre la espalda de Chase. Me llené de pánico: no lograba ver el cuchillo.

Enloquecida, busqué en el suelo con la esperanza de que el arma no estuviera incrustada en el cuerpo de Chase, pero en su lugar encontré el bastón roto cerca de los neumáticos delanteros, donde aún estaba tendido Stan, tratando de recuperar el aliento. Lo recogí, lista para volver corriendo a ayudar a Chase, pero Rick me interceptó, con mirada enfurecida, manchado de sangre y lleno de ira.

Agarró el cuello de mi camisa y me sacudió tan rápido que perdí el equilibrio. Sabía que lo que pretendía era utilizarme como un escudo contra Chase.

Agité el bastón roto como un bate de béisbol en todas las direcciones. Tocó algo sólido dos veces, o quizá tres, pero no sabía qué o a quién. El pelo recortado caía sobre mi rostro y me cegaba. De repente, me arrojaron al pavimento.

Un sonido entre un jadeo y un gorgoteo se elevó por encima de las pulsaciones que llegaban a mis tímpanos. Levanté la cabeza y vi, con horror, que Chase sujetaba a Rick contra un costado de la tienda y estaba usando la pared de cemento como palanca para estrangularlo... para matarlo.

Los ojos amarillos de Rick se hincharon. Lanzaba golpes al azar ante la fuerza del ataque de Chase.

—¡Chase! —jadeé, pues el oxígeno había desaparecido del aire que me rodeaba en cuanto me di cuenta de sus intenciones—. ¡CHASE!

Reaccionó con el sonido de mi voz, como si despertara de un sueño. Sorprendido, soltó a Rick, quien cayó al suelo, inmóvil.

Me quedé mirando el cuerpo completamente horrorizada. Aún respiraba. Seguía vivo. Por muy poco.

Un instante después sentí un fuerte tirón en mi antebrazo cuando Chase me levantó casi por completo del suelo. Tenía sangre embadurnada en una de sus mejillas, pero su rostro parecía estar ileso.

—A la camioneta. Ahora. —Sus ojos se veían tan negros que no podía ver el marrón oscuro del iris que rodeaba sus pupilas.

Le obedecí. Corrí con las piernas adormecidas hasta la puerta abierta del lado del conductor y me deslicé en el asiento. Mis ojos se mantuvieron fijos en los dos hombres que estaban tendidos en el pavimento. Chase se apresuró, tomó nuestras provisiones y las metió al auto de un empujón. En cuestión de segundos, el motor de la camioneta rugió al encenderse. Los neumáticos chirriaron mientras salíamos a toda velocidad del estacionamiento.

Capítulo 7

LA CAMIONETA AVANZÓ a toda velocidad por la carretera vacía; los neumáticos saltaban con tal desenfreno que creí que iban a salirse de sus ejes.

Yo respiraba agitadamente, y mis ojos permanecían pegados a la ventana trasera de la cabina en busca de cualquier señal de persecución. Aún sostenía en las manos el bastón roto y lo mantenía levantado defensivamente como si fuera una espada.

—¿Estás bien? —preguntó Chase, apartando sus ojos de la carretera tanto como se lo permitían las curvas del camino. Su pelo negro se veía gris y los colores de su ropa estaban opacos; todo estaba cubierto por el mismo polvo gris fino que solía cubrir el asfalto. Pero sus ojos, oscurecidos por la preocupación, de repente me parecieron familiares. Con una mirada recorrieron mi cuerpo para ver si me habían lastimado.

No lo entendía. Hacía unos momentos había actuado como un soldado, de forma automática y sin emociones. Había intentado asesinar a ese hombre, y seguramente lo habría hecho si yo no hubiera intervenido.

Traté de hablar, pero mi garganta estaba cerrada.

—¿Cómo está tu brazo? ¿Y tu cabeza? —preguntó.

Mis hombros se encogieron en un movimiento indiferente. Intentó tomar el bastón roto y yo me alejé sin pensar, lo que dejó una estela de ceniza gris flotando en el aire.

Chase exhaló bruscamente.

—Está bien… No te voy a tocar. —Levantó una mano en señal de rendición, antes de regresarla al volante. Su garganta se tensó.

No, no quería que me tocara. No después de haber visto cómo sus manos se habían cerrado alrededor de la garganta de ese hombre.

—¿Ibas a matarlo? —pregunté con un tono apenas audible. Sabía la respuesta, pero habría dado cualquier cosa con tal de que me asegurara lo contrario, que me dijera que había malinterpretado la situación, que estaba exagerando. Quería creer desesperadamente que no era tan insensible como Morris, Randolph y los otros soldados.

Mantuvo los ojos en la carretera para poder sortear los restos de basura que se habían amontonado en las laderas contra las barreras de concreto.

—¿Chase? —Mi garganta estaba cerrada. Parecía imposible, pero sentía que mi corazón estaba latiendo incluso más rápido que antes.

No respondió.

Empecé a temblar cuando un escalofrío se extendió por mi cuerpo. De repente, el bastón roto pareció arder en mis manos heladas y lo dejé caer al suelo. Acerqué las rodillas al pecho. El asiento parecía demasiado pequeño; sentía que estábamos demasiado cerca.

—¿Puedes ir más despacio? —Todo se movía a una velocidad vertiginosa, pero era necesario ir rápido o, de lo contrario, iban a hacerse realidad las situaciones peligrosas y terribles que habíamos predicho. Aun así, sentí que apenas podía resistirlo.

Chase sacudió la cabeza.

El silencio que se apoderó de nosotros dio paso a una ilusión reconfortante, a una sensación de distancia. A medida que avanzábamos, Chase se alejaba cada vez más.

UNA VEZ SALIMOS de la zona roja, la propia sangre de Chase lo obligó a detenerse. Cuando el aroma metálico impregnó el sopor de la cabina, recordé que Rick lo había herido. El goteo constante del líquido sobre la tapicería acanalada del asiento se hacía más lento conforme la herida de su hombro derecho comenzaba a coagularse, pero el sangrado no se detuvo por completo. Miré hacia abajo por solo un segundo, porque, cuando vi la extensión de la mancha roja en el agrietado cuero beige, mi estómago saltó de la preocupación.

Había retirado la grava que se había incrustado en las raspaduras de mis nudillos, pero al frotar los dedos sobre los *jeans* que cubrían mis muslos, algunas de las heridas antiguas volvieron a abrirse por la presión que ejercí sobre ellas.

Mi mente seguía repitiendo la misma pregunta: *¿Qué fue lo que ocurrió?*

Recordé el cañón de un rifle apuntándonos y el brillo de la hoja de un cuchillo con forma de hoz. *Papá se hará cargo de ti.* Eran fragmentos de unos minutos aterradores que parecían tan vívidos que se sentían como si aún estuvieran sucediendo. Luego recordé la lucha.

Recapitular esa parte de la situación hizo que mi pecho se hundiera y que todo mi cuerpo se tornara frío y húmedo. En algún momento de esa pelea los límites entre lo bueno y lo malo se habían desdibujado, se habían invertido.

"No se invirtieron", me recordé a mí misma. Chase solo había estado tratando de protegernos. Rick y Stan seguían siendo los malos.

Pero aún podía ver la mirada furiosa y distante de Chase mientras sostenía el cuerpo inerte de Rick contra el edificio. Sin importar lo mucho que me dijera a mí misma que estaba protegiéndonos, no podía estar del todo segura. En ese momento se había olvidado de todo; se había convertido en una máquina.

No era que temiera que me hiciera daño; al menos no lo creía así. El Chase de antes nunca se atrevería, pero el Chase soldado...

La idea de que Chase matara a alguien era algo que no podía tolerar, sin importar lo peligroso que fuera huir sin él, ni el pasado que compartíamos. Aunque una parte del Chase original permanecía intacta, siempre estaba amenazada por la parte más fuerte y peligrosa de él.

Para cuando habíamos pasado Winchester, Virginia, una pequeña ciudad que aún estaba habitada por civiles, ya había tomado la decisión de huir de él.

Un plan comenzó a trazarse en mi cerebro. Todavía tenía el dinero de la estación de servicio en el bolsillo del suéter. Podía regresar caminando a Winchester. Aún era temprano, apenas era la media mañana. Era muy factible que pudiera llegar por mi cuenta a reunirme con el transportador antes del mediodía.

Era bastante buena para leer a las personas. Buscaría a alguien confiable que pudiera ayudarme a llegar a una terminal de transporte.

Si las cosas eran como en casa, los autobuses salían de la estación al mediodía de lunes a viernes, por lo que solo era cuestión de mezclarme con la multitud, tal como solía hacerlo en la secundaria: no me destacaba ni permanecía aislada; era invisible. La MM no notaría mi presencia si mantenía la cabeza agachada y no permanecía demasiado tiempo en un mismo lugar.

Inventaría un nombre cuando comprara el boleto y, si pedían mi identificación, les diría que un oficial la había tomado durante el censo, tal como lo había hecho Chase durante el encuentro con la patrulla de carreteras.

Mamá y yo nos habíamos defendido por nuestra cuenta desde que tenía memoria. Era capaz de hacer un viaje corto a Carolina del Sur, aunque la MM me buscara.

Cerca de Winchester, le había pedido a Chase que se detuviera para poder ir al baño, pero me dijo que esperara. Le había señalado la sangre que goteaba de su brazo, pero en lugar de limpiar la herida, se limitó a frotar el charco con la manga de su camisa.

Comenzamos a pasar por terrenos de cultivo. Primero vimos varios campos ondulantes de árboles frutales desprovistos de frutos, casi camuflados por el polvo gris y la maleza densa que los comenzaba a invadir, y luego vimos unos maizales igualmente descuidados. Los autos abandonados, de color rojo y negro por el óxido y el moho que los cubrían, nos obligaron a reducir la velocidad. La mayoría estaban estacionados a un lado del camino, pero algunos habían quedado en medio del carril. Chase los miraba con recelo mientras avanzaba por la carretera; buscaba, según noté, gente oculta en las sombras. Habían roto la mayoría de las ventanas de los autos para extraer los objetos de valor, pero eso no significaba que no hubiera alguien buscando entre las ruinas.

Un silencio inquietante y fantasmagórico invadía aquel lugar abandonado. La quietud hizo que se me pusiera la piel de gallina. Esa había sido una de las rutas de evacuación cuando Baltimore, o tal vez Washington, había caído. Lo había visto en las noticias varios años antes, desde una toma aérea; había ocurrido después de los primeros ataques. En ese entonces los reporteros aún podían utilizar helicópteros, pero tiempo después se prohibió el uso de aeronaves civiles.

Había sido una evacuación masiva. En ese momento, las calles estaban llenas de autos y de peatones desesperados, quienes dormían junto a la carretera en los catres de las estaciones de la Cruz Roja cuando un accidente o un vehículo recalentado bloqueaba el paso. Recordé que en las noticias transmitían imágenes de las peleas y las víctimas de hipertermia. También mostraban niños recorriendo el lugar en busca de sus padres.

Algunas de las ciudades habían comenzado a reconstruirse, pero, después de ocho años, esa carretera había caído en el olvido.

Chase redujo la velocidad cuando salió del pavimento, y comenzó a recorrer el suelo lleno de baches para esquivar una mesa de comedor rota. La mayoría de los arbustos de color amarillo pálido que quedaban junto a la carretera habían sido pisoteados por los transeúntes o los vehículos que no habían tenido la paciencia de conservar su lugar en la fila durante la evacuación. Pero más allá de esos arbustos había vegetación espesa, lo suficiente como para ocultarme cuando desapareciera de la vista de Chase.

Con un gruñido de dolor, Chase movió la palanca de cambios para poder estacionar.

Mi ansiedad aumentó. Ya llegaba el momento.

Iba a enojarse al principio; recordé la promesa que le había hecho a regañadientes a mi madre. Esperaba que no pasara mucho tiempo buscándome. Seguramente después de un rato comprendería que yo había ido a buscar al transportador por mi cuenta y que ya no tendría que cargar con la responsabilidad de llevarme hasta él. Luego podría seguir con su vida, tal como lo había hecho antes. Había echado a perder su carrera militar, pero no me sentía culpable por eso: el antiguo Chase nunca quiso que lo reclutaran; el antiguo Chase detestaba la MM.

Salimos del auto por nuestras respectivas puertas. Me movía con cautela y lo miraba por el rabillo del ojo para ver si me vigilaba. Inclinó el asiento hacia delante con el brazo ileso, mientras murmuraba algo acerca de un botiquín de primeros auxilios.

"Solo vete", pensé. ¿Por qué seguía ahí?

"Porque es tu culpa que ahora sea así", dijo una pequeña voz dentro de mí. Pude racionalizar la idea de que eso no era del todo cierto, pero aún estaba el hecho de que yo habría podido cambiarlo todo.

Todavía podía verlo esperando en la entrada de mi casa junto a su motocicleta, con la lluvia goteando del pelo y la barbilla, y con la ropa empapada.

Pídeme que me quede.

Su mirada se había intensificado en ese momento debido a todas las emociones en conflicto, pero yo simplemente tenía miedo. Temía que vinieran por él y lo castigaran, y que todo fuera mi culpa por no poder dejarlo ir. Temía que, si yo no era lo suficientemente fuerte como para despedirme de él, mi madre se quedaría sola.

La carta se estremecía entre mis manos temblorosas. No la protegí de la lluvia. Quería que las palabras se borraran con el agua, pero, sin importar cuántas veces la leyera, la conclusión era la misma.

"Chase Jacob Jennings:

De conformidad con la sección uno, artículo cuatro del Estatuto de Comportamiento Moral de los Estados Unidos, le exigimos por este medio acatar de inmediato la orden de reclutamiento emitida por la Oficina Federal de Reformas. Este es su tercer y último aviso".

La expresión de su rostro me partió el corazón en dos.

—*Solo tienes que decir una palabra, Em, nada más. Dime que quieres que me quede.*

Si lo hubiera hecho, nunca habría ido al centro de reclutamiento, nunca habría arrestado a mi madre, y yo nunca habría conocido a Rick y a Stan, a Brock, a Randolph ni a Morris, ni habría sufrido a diario por él.

Había comenzado a llover, solo caían gotas aquí y allá, pero eran un abrebocas de la tormenta que se aproximaba. A lo lejos oí el siniestro estruendo de un trueno. Mientras Chase estaba distraído, introduje la mano en la cabina y tomé una barra de chocolate; necesitaría algo de comer en caso de no encontrar un comedor de beneficencia pronto.

Tenía algo de dinero, comida y ropa. Era todo lo que podía conseguir, dadas las circunstancias.

Miré a Chase por última vez. Su pelo estaba empapado en sudor, probablemente por el dolor que sentía. Podía ver que estaba en un estado de indefensión abrumador, algo que no podía permitirme.

Chase iba a estar bien. Era fuerte, y ahora yo también tenía que serlo.

—Adiós —dije, consciente de que mi voz era apenas audible. Me obligué a ignorar la punzada de arrepentimiento que sentí cuando di un paso atrás para alejarme de la camioneta—. Tengo que ir al baño. —Mi voz se quebró.

—Ve —gruñó, concentrado en separar la camisa de su piel—, pero no te alejes demasiado.

Asentí y me volví rápidamente; comencé a atravesar las hileras de maíz en línea recta, en sentido opuesto a la carretera.

EL PLAN ERA ALEJARME lo más posible de la camioneta antes de comenzar a caminar en sentido paralelo a la carretera. Caminé rápido; con frecuencia miraba hacia atrás para ver si Chase me estaba siguiendo.

Los altos tallos amarillos me rodearon por completo, y el aroma a maíz podrido impregnó mis sentidos. Cuando ya no pude ver ningún rastro de la camioneta, giré a la izquierda, pero los surcos no eran igual de rectos en esa dirección. De modo que tuve que rodear la maleza y los matorrales para continuar avanzando. Pero la hilera de maíz con la que me guiaba comenzó a torcerse.

Estaba perdida.

Los tallos de maíz eran demasiado altos, y seguía encontrándome con los senderos curvos que habían dejado los neumáticos de los autos, lo que confundió aún más mi sentido de orientación. Miré hacia arriba, pero el cielo estaba encapotado. Incluso si supiera encontrar el camino por la posición del sol, estaba completamente perdida.

Comenzó a llover. Al principio era una lluvia leve, pero luego tomó una fuerza repentina. Chocaba contra las vainas de maíz secas, y se hizo cada vez más densa hasta que apenas podía oír mis propios pasos conforme pisoteaba la maleza.

Retiré los mechones de pelo que se habían adherido a mi rostro y sacudí el agua que se acumulaba en mis ojos;

luego intenté controlar la respiración. Me resistía a pedir ayuda por miedo a que hubiera pasado por alto algún claro o un punto de referencia que me indicara el camino de vuelta a la carretera. Estaba caminando en círculos, pero incluso mis huellas se estaban borrando con la lluvia. No había vuelta atrás. Todo se veía exactamente igual.

Sentí que el pánico subía por mi espalda.

—Cálmate —dije en voz alta, pero era bastante consciente de cada segundo que pasaba. Tenía que llegar a Winchester pronto para tomar un autobús y buscar al transportador. No tenía tiempo para eso.

Podía sentir a mi madre cada vez más lejos.

Asustada, empecé a correr para buscar la forma de escapar de los muros de la prisión de maíz que se elevaba sesenta centímetros por encima de mi cabeza. Agitaba mis brazos para despejar el camino delante de mí, pero las plantas tenían bordes afilados que cortaban la piel que estaba expuesta. Cada vez que derribaba un tallo, aparecía otro en su lugar.

"Tranquila —me dije—, respira. ¡Piensa!".

Pero mi cuerpo no obedeció. No podía ver la carretera de regreso a Winchester. Ni siquiera podía ver la camioneta. El temor penetró aún más mi pecho. Continué corriendo y sentí que el sudor se mezclaba con la lluvia que caía del cielo. ¿Dónde estaba la carretera?

Caí de bruces en un charco lleno de lodo, y la salpicadura llegó a mi rostro y a mi boca. Escupí lo que pude, casi ahogada, y seguí corriendo.

Por fin vi un claro al frente. Sin detenerme, me dirigí hacia él. Ni siquiera me importaba si había regresado a la camioneta, lo importante era identificar el lugar donde estaba. Cuando me acerqué, pude ver con más claridad lo que había enfrente y luego apoyé las manos en las rodillas para recuperar el aliento, contenta de saber que ya no estaba sola.

Al frente había una casa remolque pintada del mismo color amarillo pálido que había visto en los ojos y la piel de Rick y Stan. Una lámina de aluminio cubría el revestimiento de una de las esquinas que había sido carcomida por la exposición a la intemperie. Ocultos bajo la casa había tres barriles grandes de plástico, cuya relativa traslucidez me permitía ver el líquido que se agitaba dentro, probablemente agua. Varias campanillas y móviles giraban violentamente en el toldo de la puerta principal. No podía oírlos por el ruido de la lluvia torrencial.

En el porche de cemento, había una mujer sentada en una mecedora contemplando la tormenta. El pantalón deportivo que llevaba se holgaba a la altura de sus pantorrillas, y un chal de punto color ciruela rodeaba suavemente sus hombros. Parecía que alguna vez había sido corpulenta y que había adelgazado súbitamente, pues le sobraba demasiada piel. Pude ver una bolsa de piel colgando de su barbilla y otras más en las áreas descubiertas de sus antebrazos. Un enorme labrador yacía en el suelo, bajo sus pies.

Detrás de la casa había un auto y, detrás del auto, una entrada de grava.

Mi ánimo se levantó. La mujer parecía bastante amable. Podría haber sido la madre de cualquiera de mis compañeros de clase, sentada en el porche, esperando a que sus hijos regresaran del colegio. Tal vez podría llevarme a la ciudad. Incluso tal vez podría llevarme hasta el punto de encuentro.

Repetí la dirección una y otra vez en mi cabeza: *190 de Rudy Lane*.

Sentí mariposas revoloteando en mi estómago y oí la voz de Chase advirtiéndome que ningún lugar era seguro. Bueno, solo había una forma de averiguarlo.

Salí del maizal y entré al claro, a unos cuatro metros de donde la mujer estaba sentada. Esta se levantó tan rápido que casi hizo caer la silla del porche.

—¡Hola! —grité, caminando lentamente hacia ella—. Lo siento —intenté parecer lo menos amenazante posible—, estoy un poco perdida. Esperaba que pudiera ayudarme.

Tenía los ojos muy separados y las mejillas aplanadas; estas últimas palidecieron conforme me acercaba. La mujer quedó atónita y luego comenzó a peinar distraídamente su pelo grisáceo.

Supuse que probablemente había pasado mucho tiempo desde que había recibido invitados sorpresa.

—¡Vaya! —dijo de repente, y luego hizo un gesto para que me acercara—. ¡La lluvia! ¡Te estás empapando! ¡Sube!

Me acerqué con cautela a los escalones de la entrada. La mujer era más pequeña de lo que esperaba: era varios centímetros más baja que yo. Cuando estuve bajo el toldo, puso su mano tentativamente sobre mi hombro y me dio unas palmadas suaves, como si quisiera asegurarse de que yo era real. Me di cuenta del aspecto que debía tener: estaba cubierta de lodo y empapada hasta los huesos. Pasé el dorso de la mano sobre el rostro, con la esperanza de que no estuviera muy sucio.

Ahora podía oír las campanillas; emitían un ruido casi ensordecedor. Me sobresalté ante un sonido metálico particularmente fuerte que ella pareció no notar.

—Parece que has tenido un largo día —dijo.

Creo que reí o sollocé ante el comentario, alguno de los dos. Al final, ambas estábamos sonriendo.

—¡Lo siento, lo siento! Entra. Te voy a preparar té.

Esperé junto a la puerta mientras ella entraba. El perro, que había ignorado mi presencia hasta ese momento, olfateó mi mano apáticamente con su hocico blanqueado y luego entró.

Asomé mi cabeza hacia el interior y observé el lugar de un extremo al otro. Fue entonces cuando me atacó un olor acre tan fuerte que hizo que mis ojos comenzaran a lagrimear. Una nube de moscas se arremolinaba en el cálido lugar, y el zumbido, combinado con el sonido metálico de las campanas y el aguacero, me hizo doler la cabeza.

El lugar era un desastre. Había platos sucios apilados en el diminuto lavaplatos de metal y desperdigados sobre el mostrador. Había tejidos y telas de todos los colores y tamaños esparcidos sobre una mesa pequeña. Sobre la cama que estaba al fondo, en el costado derecho, apenas había suficiente espacio para que una persona pudiera dormir.

La mujer comenzó a buscar entre los platos, probablemente con la esperanza de encontrar una taza limpia. Finalmente se dio por vencida y se encogió de hombros, con las mejillas enrojecidas por la vergüenza.

—No se preocupe por eso —le dije entre el ruido—. La verdad no tengo sed. Me preguntaba si usted podría llevarme en su auto. Tengo familia en Harrisonburg.

El olor era tan fuerte que tuve que dar un paso atrás.

La mujer se acercó hasta donde yo estaba y tomó mi mano. Se sentía cálida y suave contra la mía, pero me sobresaltó el contacto. Me alegró que ella no hubiera percibido mi incomodidad. No quería parecer grosera ahora que le estaba pidiendo un favor.

—No puedes irte ahora, cariño. No con este clima. Por favor, entra.

—En realidad, me están esperando —dije, tratando de sonreír—. Estoy segura de que están preocupados por mí.

En contra de mis instintos, di un paso adentro y, de repente, tomé conciencia de las cuatro paredes que me rodeaban. La habitación era demasiado pequeña para las dos, el perro y todo ese desorden. Podía sentir el aire sofocante adherirse a mi garganta mientras trataba de pasar saliva. Sin darme cuenta, empecé a estirar mi mano hacia la salida.

—Lamento el desorden. Las cosas han sido difíciles desde que papá se fue. —Su labio inferior tembló, y envió ondas a través de la piel flácida que conectaba la barbilla con la clavícula.

No podía imaginar a esa mujer viviendo con un hombre adulto en un lugar tan estrecho. Me pregunté dónde había dormido su padre y esperé que no hubiera sido en la cama con ella.

—Lamento mucho su pérdida… —Me detuve, y comencé a abrir los ojos cada vez más.

Desde mi perspectiva de la puerta, me había parecido que había algo oculto tras un perchero, pero ahora podía ver bien de qué se trataba. Era el cadáver de un animal de casi un metro, que colgaba de un gancho que pendía del techo. Esa era la fuente del hedor nauseabundo. Había estado goteando sangre sobre el suelo, y ahora el perro la lamía lentamente. El animal, fuera lo que fuera, había sido desollado y estaba comenzando a tomar un color blanco azulado. Un lado se había podrido por completo y estaba cubierto de moscas y gusanos. Sentí el sabor a vómito en mi boca y luché para tragármelo.

—Cortaron el agua y la electricidad. Traigo provisiones del antiguo almacén de John, pero… —agitó una mano frente a su rostro, sin percibir mi incomodidad en lo más mínimo—, ya nada de eso importa ahora que estás aquí.

—Yo… eh… —Me volví para mirar hacia la puerta, y sentí que su mano se cerró alrededor de la mía.

—Me gusta tu corte de pelo —dijo la mujer.

Se acercó a mí y yo automáticamente di un paso hacia atrás.

—¿Le… gusta…? —intenté responder, aún consternada por el animal que colgaba en lo que parecía ser su sala de estar inconclusa.

El perro siguió lamiendo el suelo de linóleo que se asomaba a través del polvo.

—Oh, sí. Siempre te dije que se vería mejor corto, ¿no es así?

De todas las señales de alarma desde mi llegada, ese fue el comentario que más me asustó. Tuve que usar toda mi fuerza de voluntad para no empujar a la mujer y correr hacia la puerta.

—Señora… Lo siento, no sé su nombre —repliqué liberando mi mano, que chocó con el perchero.

—Alice, sabes que detesto que digas eso. Dime mamá, por favor.

—Mamá…

—Así es, cariño.

Entonces fue perfectamente claro para mí que la mujer no tenía la menor intención de dejarme ir.

—No, me refiero a que no soy Alice. No entiende. Lo siento, no debí haber venido aquí —dije, y me di vuelta hacia la salida.

La mujer se movió con una agilidad sorprendente: en un instante había puesto su cuerpo delante de mí y sostenía el marco de la puerta con ambos puños.

—Déjeme ir —dije con voz temblorosa.

Las moscas nublaron el aire que nos separaba. El hedor empeoró a medida que aumentaba mi miedo. Apenas podía controlar las arcadas.

—Cariño, ¿esto es por Luke? Lo siento. Lamento lo que le sucedió, pero, como te dije, cortaron la electricidad y el agua. El maíz se secó y John necesita reservar algo de comida para su familia. Tuve que matarlo, Alice. Sé que lo amabas, pero me estaba muriendo de hambre —dijo, sacudiéndose frenéticamente. Su rostro había palidecido de nuevo y toda su piel floja temblaba.

—¿Eso es una persona? —chillé, y miré en contra de mi instinto hacia el cadáver que colgaba del techo. Sentí arcadas de nuevo.

—¿Luke? ¡Era tu perrito! ¿No lo recuerdas? Oh, Alice, vamos a comprarte otro, lo prometo. —Sus ojos se llenaron de lágrimas. Estaba sinceramente arrepentida del daño que me había causado, o bueno, a Alice.

El sonido del perro lamiendo el líquido putrefacto del suelo me llevó al límite. Intenté cubrirme la boca con la mano, pero era demasiado tarde. Vomité todo el suelo.

La mujer se alejó con cautela de la puerta, tomó una toalla y limpió mi boca con un cariño maternal. La toalla olía tan mal como el resto de la habitación. La empujé débilmente hacia atrás. Mis rodillas estaban temblando y mi cabeza daba vueltas. Me concentré en la puerta abierta que estaba delante de mí y en el aire fresco de la libertad.

—Debo irme —le dije.

—No, Alice. Ya nos reconciliamos. Regresaste a mí y ahora todo va a estar bien —dijo suavemente.

Levantó un brazo y lo puso alrededor de mi hombro para consolarme.

Me aparté de ella al sentir que me tocaba y, al hacerlo, pisé la cola del perro. El animal ladró ferozmente y comenzó a gruñir.

—¡Max! —gritó la mujer, y el perro regresó a su lenta tarea de limpiar el suelo.

—Mi amigo me espera —intenté explicarle.

Mi garganta ardía a causa de la bilis, y mis ojos estaban llenos de lágrimas. La habitación estaba dando vueltas y empezaba a encogerse.

—No, querida. Mamá es tu única amiga —dijo en tono consolador.

Intenté abrirme paso a empujones y, en un esfuerzo por detenerme, la mujer envolvió sus brazos alrededor de mi cintura. Era como una serpiente asfixiando a su presa.

—Escucha, Alice.

—¡Déjeme ir! —grité y, cuando empezamos a luchar, mi fuerza regresó. Una pequeña parte de mí sabía que no quería hacerle daño, pero iba a hacerlo si ella no me dejaba pasar por la puerta en ese instante.

—¡Alice! ¡Por favor! —suplicó la mujer entre sollozos.

Al final, me aferré al marco de la puerta y me impulsé hacia delante. La primera bocanada de aire húmedo renovó mis fuerzas y continué tomando más aire fresco. La mujer me apretujó con más fuerza. Algo metálico cayó del mostrador y resonó con fuerza. Las campanillas chocaban unas contra otras en una cacofonía caótica.

"¡Sal!", ordenó mi mente.

Flexioné mi rodilla y, como un burro, la pateé tan fuerte como pude en la espinilla. Con un grito, me soltó y cayó al suelo.

Me di la vuelta, pues sentí un temor repentino de haberla lastimado gravemente. Para mi sorpresa, vi que se había acurrucado sobre el linóleo sucio lleno de mechones de pelo de perro y basura, y comenzó a llorar. El labrador dejó de lamer la sangre y comenzó a lamer su rostro.

—¿Qué es lo que ocurre? —preguntó una voz masculina; nunca en mi vida me había alegrado tanto escuchar esa voz.

Giré hacia Chase, probablemente con aspecto de demente. Su rostro se veía sombrío, pero, por lo demás, era ilegible. Dándose cuenta de la situación, tomó mi brazo y me sacó por la puerta de un tirón. Me tropecé con la silla, pero me incorporé rápidamente y eché a correr, si bien me detuve en el borde del cultivo cuando noté que él no me seguía. Se había quedado en la puerta para impedir que la mujer me siguiera.

Tragué varias bocanadas de aire fresco, agradecida por la lluvia que caía sobre mi rostro. Mi estómago aún estaba hecho un nudo. ¿Cómo pude haber sido tan estúpida de entrar a su casa? ¿Por qué pensé que podría haberme ayudado? Mi plan y mi preciada intuición eran inútiles. El mundo fuera de mi ciudad natal era tan extraño como un planeta alienígeno.

Sonó un trueno, y luego siguió un relámpago blanco que cruzó el cielo.

—¿Acaso no pueden dejarla en paz, malditos reformistas? —le gritó la mujer a Chase.

Pude verla a través de la puerta abierta mientras Chase se alejaba corriendo. Aún estaba en el suelo, con los brazos flácidos alrededor del pecho.

—¡Date prisa! —dije, haciéndole señas. Mis rodillas temblaban con fuerza, y el hedor y el zumbido de las moscas permanecían frescos en mi memoria.

—¡Alice! —gimió la mujer—. ¡Lamento mucho lo de Luke! ¡Alice!

En un mismo instante me invadieron el miedo, la lástima, el asco y la culpa por haber alterado su delicado equilibrio mental. Luego, la mujer gritó, emitiendo un sonido escalofriante que terminó en un sollozo ahogado, mientras yo corría a ciegas en el maizal.

CHASE IBA DELANTE A TODA PRISA. No tardé en darme cuenta de que había marcado su camino doblando los tallos de maíz en ángulo recto. "Qué astuto", pensé fugazmente.

Después de varios minutos se detuvo en seco, me tomó con fuerza de los hombros y me dio un sacudón firme.

—¡No vuelvas a hacer eso! —me reprendió—. ¡Te dije que te quedaras cerca!

Luego se volvió del mismo modo inesperado y avanzó entre el maizal. Podía oír que me lanzaba comentarios indescifrables por encima del hombro, pero nunca miraba hacia atrás.

Yo sí. Mientras seguía el camino, estaba convencida de que la mujer haría lo que fuera para llevarme de vuelta. Corrí para no quedarme atrás.

—Esa mujer estaba loca. Quizá no ha salido de su propiedad en meses —decía—. ¿Por qué te llamaba Alice? ¿Y quién es Luke?

Fue como si hubiera apretado el gatillo de un arma cargada. Caí sobre las manos y las rodillas, y comencé a dar arcadas. Unas manchas negras nublaron mis ojos y sentí escalofríos por todo el cuerpo. Aún sentía el olor del animal muerto en descomposición. Podía sentir el sabor en mi boca.

Chase se detuvo. La ira que había estado sintiendo hacia mí se había convertido en preocupación, y se arrodilló a mi lado.

—Pensó que yo era Alice, su hija —jadeé, luego escupí—. Luke era su perro. Ella lo mató y lo desolló.

—Eso explica el olor —dijo.

—¡Vamos! ¡Nos está siguiendo! —gemí.

Estábamos lejos de la casa, pero podía sentir su presencia, aún sentía sus brazos alrededor de mi cuerpo. Cuando intenté ponerme de pie, tropecé de nuevo. La lluvia parecía hundirme en el suelo.

—No, no nos sigue. —dijo en voz baja.

Había puesto suavemente una de sus manos en mi espalda. Yo sabía que era una prueba, pues había rehuido de él en la mañana. Esta vez no lo alejé de mí; sentir su contacto era extrañamente tranquilizador. Sus oscuros ojos sondearon los míos en busca de los detalles de lo que había ocurrido en su ausencia.

—Ayúdame a levantarme. —No me importaba si me veía llorando, si acaso podía ver mis lágrimas en la lluvia. Solo quería salir de allí.

Sin decir una palabra, deslizó un brazo detrás de mis rodillas y me levantó hasta sostenerme contra su pecho como a un niño. Vi la lluvia acumularse sobre mi chaqueta, a la altura de mi cintura, y entonces sucumbí, por el momento, a su ayuda.

—Al menos de esta manera no te perderás —dijo fríamente.

Pero sí estaba perdida. El límite entre el peligro y la seguridad era cada vez más borroso.

UNOS MINUTOS MÁS TARDE, pude ver la camioneta a través del maizal. Era un amargo recordatorio del escape fallido que acababa de intentar, pero de todos modos sentí una oleada de alivio al verla.

—Bájame —dije, mientras me retorcía en sus brazos.

Aunque no había recuperado del todo la fuerza, necesitaba alejarme de él. Su presencia se había convertido en un escudo reconfortante de un momento a otro, y no estaba segura de a qué lado del escudo prefería estar.

Hizo una pausa, como si estuviera reacio a soltarme, pero luego me bajó abruptamente. En el momento en que escapé de sus brazos, metió las manos en los bolsillos de su abrigo. Cuando estuvimos cerca de la camioneta, me rodeó y abrió la puerta, como si simplemente fuera a subir, como si pudiéramos fingir que no había pasado nada.

—¿Estás bien? —preguntó, consciente de la ira que se dibujaba en mi rostro.

Había vómito en mi boca y mis manos, y mi rostro estaba cubierto de lodo y mechones de pelo apelmazados. Cada centímetro de mí estaba empapado de agua fría. Minutos atrás me había abordado una mujer demente mientras yo trataba de escapar de un sujeto que casi había matado a un ladrón armado. Eso apenas había sucedido esa misma mañana. No, era claro que no estaba bien.

Cerré la puerta de un portazo. Sus cejas se levantaron en señal de sorpresa.

—¡Estaba huyendo de ti, idiota! —grité por encima del ruido de la lluvia que golpeaba el capó metálico de la camioneta—. No me perdí, no a propósito. ¡Solo escapé!

Capítulo 8

PASARON VARIOS SEGUNDOS. Aún sentía la necesidad de huir, pero mis pies estaban atrapados en el lodo. El peso de mis palabras flotaba entre nosotros, y aunque una parte de mí temía su reacción, no me arrepentía de lo que había dicho. Sabía de lo que él era capaz, y ahora él debía saber lo mismo de mí.

Después de lo que pareció un largo tiempo, se encogió de hombros.

—Espero que tus zapatos sean de buena calidad. Es un largo camino hasta el punto de encuentro —dijo, y levantó su brazo hacia la carretera.

Sus ojos se burlaban de mí, pero también había una pizca de algo más en ellos. Era algo similar al miedo, pero no podía ser eso. Él no le temía a nada.

—Pu... puedo tomar un autobús —tartamudeé, y miré el maizal para asegurarme de que no estuviera ahí la madre de Alice.

La mujer tenía un auto detrás de su casa. ¿Y si ella conducía hasta la ciudad para buscarme? No parecía tan absurdo, teniendo en cuenta la gravedad de su demencia.

—¿Un autobús? ¿A una terminal de transporte? Qué gran idea. Pero ten cuidado con los soldados que inspeccionan los autos, con los carteles de las personas desaparecidas y con el encargado que te pedirá el formulario U-11. Y... —Su voz sonaba cada vez más aguda.

—Voy a dar un nombre falso y tengo… dinero —repliqué con sorna.

—Es *mi* dinero y además tal vez solo sea la mitad de lo que en realidad necesitas. ¿Por qué no regresas y le pides a tu amiga que te preste el resto?

—¡Está bien, ya entendí!

Lo odié en ese momento. Por todo lo que él sabía y todo lo que yo ignoraba.

—¡No, no lo entiendes! —dijo con una agresividad repentina. Me sobresaltó el volumen de su voz, pero, para mi sorpresa, yo no tenía miedo—. ¡El resto del país no funciona como en casa! Aquí no hay lugares seguros. No hay puertas que se cierran después del toque de queda. Dios, nos dijeron que las chicas como tú eran peligrosas, pero no lo creí hasta ahora. —Parecía que estaba a punto de arrancarse el pelo. Si no lo hacía pronto, se me ocurrió que yo podría hacerlo por él.

Pude imaginarlo sentado en un salón de clases, mientras un oficial de la MM anotaba en un pizarrón cosas terribles sobre "las chicas como yo", chicas con un cinco de color escarlata en sus camisas. La idea de que él creyera eso me sacaba de quicio.

—¿Que soy peligrosa? ¿Yo? ¡Casi mataste a ese hombre! ¡Lo habrías hecho si no te hubiera detenido! —vociferé, dejándole ver mi decepción y mi confusión.

Fue como una ola que golpea un dique de concreto; ni siquiera me importó en ese momento el hecho de que él había resultado herido.

Vi que Chase empezaba a cambiar lentamente. Sus hombros se elevaron, apareció una ligera protuberancia en las venas de su cuello y sus ojos negros se estrecharon, dándole un aspecto de lobo. Se acercó a mí, grande y amenazador, y bloqueó la luz. Di un paso hacia atrás y choqué contra la camioneta, lo que me hizo notar el pánico repentino que llenaba mi pecho.

—Iban a hacerte daño. —Su voz sonaba bastante grave y descontrolada.

—¿Y eso lo justifica? —repliqué. No, no quería que me hicieran daño y mucho menos morir, ¡pero eso no justificaba matar a nadie, aunque fuera una mala persona!

Un trueno me desconcentró, y mis ojos se dirigieron de nuevo al maizal. ¿Había venido la mujer por mí? ¿O aún estaba en el suelo, llorando por Alice? Tan solo habían pasado unos cuantos minutos, sin embargo, parecía mucho más tiempo.

—Sí, eso lo justifica —dijo entre dientes, y sus ojos brillaron con el relámpago—. Supongo que no habrías hecho lo mismo por nadie.

—¡Nunca haría algo así!

—¿Nunca? ¿Ni siquiera si amenazaran a tu mamá?

Sus palabras me atravesaron por completo. Si yo hubiera sido Chase y mi madre hubiera sido yo, nada en el mundo me hubiera separado de Rick.

Fue entonces cuando vi con una terrible claridad que tal vez Chase y yo no éramos tan diferentes después de todo. Todos saben que, dadas las circunstancias correctas, cualquiera es capaz de matar, pero nunca creí que yo estaría en esa situación.

Al mismo tiempo, Chase acababa de utilizar el amor que sentía por mi madre para justificar sus actos, como si de alguna manera ambos estuvieran al mismo nivel. Fue un golpe bajo, incluso para él.

Había permanecido en silencio mientras analizaba la situación, pero no pudo contenerse más.

—Si crees que estás más segura sola, quédate aquí. Si no, sube a la camioneta.

Sus nudillos se tornaron blancos cuando abrió la puerta, pero no se acercó más. No iba a obligarme a subir. Me estaba dando la oportunidad de decidir.

Tuve que ir con él. A pesar de lo mucho que detestaba la idea, tenía razón. Necesitaba llegar hasta el transportador, y lo necesitaba a él para lograrlo.

Cerró la puerta tras de mí y rodeó el capó, pero se detuvo cuando puso la mano en la manija de la puerta del lado del conductor y luego subió al vehículo. Tal vez estaba tomando la misma decisión que yo había tomado: arriesgar su vida para quedarse conmigo o seguir su propio camino.

No hablamos de inmediato. Un charco de agua empapó el asiento y se acumuló en los tapetes de goma. Mis pies chapoteaban en los zapatos mojados y mis dedos se habían entumecido por el frío. Las manos de Chase desaparecieron bajo el tablero y encendieron de nuevo el motor del vehículo. Un momento después comenzamos a abrirnos paso por el camino, de regreso a la carretera principal, envueltos en un silencio incómodo e irritante.

El reloj de la radio anunció las 10:28 a. m.

—Ay, no —susurré con desconsuelo.

¡Había desperdiciado mucho tiempo! Ya estaríamos cerca del punto de encuentro si no hubiera escapado. Pronto la MM comenzaría a buscarnos, y no sabíamos cuánto tiempo más podría esperarnos el transportador.

Chase también era consciente de eso. Nos puse en grave peligro y no iba a fingir que no lo había hecho.

Pasamos junto a un camión volcado sobre su costado, con una lona atada alrededor del guardafangos. Probablemente alguna vez había tenido un dosel a un costado, pero ahora la tela solo flotaba en la brisa como una bandera de rendición. Aparté la vista y luché contra mi propia desesperación.

Me desplomé en el asiento, me quité la chaqueta y limpié mis manos cubiertas de vómito con el agua de lluvia que se había acumulado en la capucha. Parecía que no había mejor lugar para ponerla que el suelo, a pesar de que estaba empapado. Sin su abrigo, el aire frío de la cabina atravesaba mi suéter. Tenía ropa seca en la bolsa de Chase, pero no estaba dispuesta a pedirle que se detuviera para poder cambiarme. Teníamos que recuperar el tiempo perdido.

—Hay algo que debes saber —dijo Chase bruscamente, lo que me tomó por sorpresa e hizo que derramara agua de una de las botellas por fuera de mi boca.

Cuando lo miré, vi que estaba perfectamente sentado con la espalda recta y los ojos fijos en el camino que se veía a través del parabrisas.

—Voy a llevarte hasta el refugio y luego me iré. Te dejaré en paz. Pero mientras estemos juntos, no debes temerme. No voy a hacerte daño. Te prometo que *jamás* voy a hacerte daño.

No solo me sorprendió su anuncio, sino su promesa. Había visto lo que los soldados eran capaces de hacer: fui testigo de lo que les habían hecho a mamá, a Rosa y a Rebecca. Por lo que tal vez Chase no era así. Sin duda me había sacado del reformatorio y, a pesar de las molestias que le había causado, me había defendido con su vida, pero eso no borraba la mirada fría y dura que tenía en su rostro cuando había arrestado a mi madre. Había muchas maneras de lastimar a alguien sin necesidad de recurrir a la violencia.

Aun así, quería creer que estaba a salvo con Chase, a pesar de que el soldado que habitaba en él se despertaba con gran facilidad. Quería confiar en él de nuevo, tal vez no como lo había hecho en el pasado, pero de una manera diferente. Sin embargo, allí estaba, diciendo que se iba a ir de nuevo.

Pero ¿acaso no era eso lo que quería? Por eso había huido, porque necesitaba alejarme de él. De repente, la decisión, a pesar de lo mucho que había analizado las cosas, parecía muy impulsiva.

—De acuerdo —dije.

Su hombro se sacudió; había interpretado mi confusión como incredulidad.

—Al mediodía, todo cambiará.

—Lo sé.

—No puedo llevarte a Carolina del Sur sin tu ayuda.

Lo miré. Me sorprendió que estuviera dispuesto a ceder un poco el control.

—¿Qué tengo que hacer?

—No huyas —dijo.

—¿Eso es todo? —Crucé los brazos, molesta.

Respiró profundamente para calmarse.

—Debes hacer todo lo que te digo —dijo con autoridad—. Me refiero a todo. Si te digo que te ocultes, lo haces. Si digo que corras, corres. Tienes que dejarme tomar todas las decisiones, si no, será fácil que te identifiquen como infractora de estatutos.

"Inclínate hacia donde me incline —me había dicho alguna vez—. *No te resistas".*

Recordé todas las conferencias degradantes del reformatorio acerca del papel servil de la mujer, y no podía dejar de pensar que Chase se estaba extralimitando.

—Creo que sé cómo pasar desapercibida, gracias. —Después de todo, lo había hecho toda mi vida. Fue así como había logrado mantenernos fuera del radar de la MM y como había planeado llegar a Carolina del Sur.

Se burló.

—Ja, tú nunca has pasado desapercibida. Incluso cuando eras... Simplemente no puedes —concluyó un poco nervioso.

—¿Qué quieres decir con eso?

—Quiero decir que... —tartamudeó—. Bueno, que llamas mucho la atención, es todo.

Sentí sus ojos sobre mí y, de repente, recordé cuando tenía ocho años y reprimía las lágrimas tras caer de la bicicleta. Los chicos del vecindario comenzaron a llamarme "llorona", lo que dolía más que mis rodillas raspadas. Chase, ignorando las consecuencias de defender a una niña, los ahuyentó. Era mi héroe de diez años.

El *déjà vu* se desvaneció, pero los sentimientos retumbaron en el espacio que nos separaba: miedo, vergüenza, intimidación... seguridad.

—Nunca te pedí que me protegieras —dije en voz baja—. Ni entonces ni ahora.

A juzgar por la expresión de su rostro, sabía que era inútil discutir con él. Aún si admitía que era completamente capaz de cuidarme a mí misma, de algún modo se sentía obligado a cuidar de mí. La presión aumentaba en mi pecho conforme seguía mirándolo. Me di la vuelta.

—¿Hay algo más que quieras decirme? —pregunté.

—¿Qué? —preguntó sorprendido.

—Reglas —dije, al tiempo que fruncía el ceño—. ¿Hay más reglas?

—Ah —dijo, y sacudió la cabeza—. Por el amor de Dios, no confíes en nadie.

Acepté el acuerdo, pero sin entusiasmo, porque, a pesar de todo, había regresado a la camioneta con él y, desde que había tomado esa decisión, mi miedo había desaparecido.

LLEGAMOS A HARRISONBURG, Virginia, a las once y treinta.

Mis ojos estaban agotados de observar atentamente a través de las ventanas de la camioneta, en busca de agentes de la MM. De vez en cuando veía la letra diminuta del mapa para ayudar a Chase con la ruta, pero en cuanto me aseguraba de que íbamos por el camino correcto, volvía a buscar soldados en la carretera.

La lluvia había cesado, y el camino estaba más despejado que el anterior, aunque tuvimos que esquivar algunos árboles caídos. Algunos autos habían pasado, pero desde hacía un buen rato.

Las afueras de la ciudad eran en su mayoría rurales. A nuestra derecha, se elevaban unas montañas boscosas que se extendían a lo lejos. La atmósfera cubría las capas de montañas con una tonalidad púrpura hasta que, en lo más lejano del horizonte, los altos picos se fundían completamente con el cielo.

La mayoría de las casas estaban ubicadas en lo más profundo de los terrenos a los que pertenecían, y se encontraban tapiadas y marcadas con pintura en aerosol, tal como los edificios abandonados de Hagerstown. Desde la autopista no podía distinguir bien los detalles, pero tuve la sensación de que era el mismo símbolo: una X sobre la insignia de la MM. Comencé a tener una ligera sensación de orgullo dondequiera que lo veía; era la prueba de que aún había personas que odiaban la MM tanto como yo.

Chase tomó una calle llena de baches inundados de lodo. La camioneta comenzó a sacudirse de un lado al otro, como si fuera una atracción del parque de diversiones, hasta que finalmente el asfalto se convirtió en grava y las colinas cubiertas de hierba que estaban junto a nosotros comenzaron a ondular por el camino.

Rudy Lane estaba cerca, pero Chase no quería estacionar frente al punto de encuentro. Íbamos a dejar atrás la camioneta y las provisiones que no pudiéramos cargar, incluyendo la escopeta de Rick y Stan.

Si Chase no hubiera insistido en que camináramos por la maleza que rodeaba la carretera, yo hubiera corrido directamente hasta allá. Aunque sabía que las posibilidades eran escasas, no pude evitar alimentar la esperanza de que tal vez mi madre aún se encontrara en el punto de encuentro. ¡Tal vez iba a poder verla en cuestión de minutos! Después de todo lo que habíamos pasado, por fin estábamos cerca.

El tiempo pasó, indiferente a mi impaciencia, y pronto llegamos a un pequeño vecindario rural. A medida que rodeamos un grupo de árboles, apareció una estrecha casa victoriana de dos pisos. Me pareció un lugar agradable: estaba pintada de un amarillo vibrante, con bordes blancos decorativos, escalones de madera y un pequeño porche pintoresco. Podría haber sido acogedora si las dos mecedoras no estuvieran encadenadas a la barandilla y si no hubieran clavado tablas en la puerta principal.

Era el 190 de Rudy Lane.

—¿Es aquí? —pregunté con una creciente inquietud. No parecía habitada, pero tal vez se veía así por seguridad.

—Eso parece. —Chase sacó el arma de su cinturón. No la había dejado en la mochila después de lo que había ocurrido en la tienda de artículos deportivos. Su cautela provocó que un temblor de ansiedad atravesara mi pecho.

Seguimos el camino de piedras circulares que rodeaba las paredes de color amarillo, hasta llegar a una puerta trasera que daba paso a un patio vacío. El extremo del patio estaba bordeado por una raída cuerda de tender y, más allá de ella, se extendía un bosque oscuro y denso. Chase revisó el perímetro antes de regresar a la entrada.

—Ven —dijo después de un momento, y lo seguí.

En el revestimiento lateral de la casa había un letrero metálico abollado, con letras negras pintadas con aerosol. La insignia de la MM no estaba tachada como las otras que había visto, pero claramente era propaganda de la OFR.

Todo un país, toda una familia.

Chase parecía perplejo.

—¿Crees que sea una trampa? —A mi mente vino la imagen de unos soldados reunidos allí, pero luego me di cuenta de lo ridículo que era. La MM financiaba edificios y propaganda, no casas abandonadas llenas de grafitis.

—No —respondió, pero no pudo dar una respuesta mejor. Regresó a la parte trasera de la casa.

Tocamos en la puerta de atrás, pero nadie respondió.

La preocupación que se había estado acumulando en mí finalmente salió a la superficie.

—¿Estás seguro de que era los jueves?

El carácter de Chase no se hizo esperar.

—Fue lo que dijo mi tío.

Tuve la intención de decirle que su tío también lo había abandonado a los dieciséis años. Había sido una tonta al confiar solo porque Chase confiaba en él, pero había olvidado que yo apenas confiaba en Chase.

—¿Crees que sea demasiado tarde? —Aún no era mediodía, pero no sabíamos cuándo partía el transportador. El peso de mi error pesaba sobre mi cabeza, dispuesto a castigarme.

Encogió uno de sus hombros. Agité el pomo de la puerta con fuerza, pero estaba cerrada con llave.

Nadie respondió.

Ese tenía que ser el lugar. No estábamos equivocados, no podíamos estar equivocados. No después de todo por lo que habíamos pasado.

No había notado lo frágil que era hasta ese momento, cuando todo el miedo y la ansiedad me golpearon con la fuerza de un martillo, y perdí la razón. Comencé a golpear las tablas con mis manos y le di una patada a la puerta, lo que lastimó mis pies. Grité para que me dejaran entrar. Apenas si me di cuenta de que el brazo de Chase estaba alrededor de mi cintura y me alejaba del lugar.

Me hizo a un lado con una mirada severa. Luego retrocedió un poco y golpeó la puerta con una patada, justo por encima del pomo. Un fuerte crujido cortó el aire. Pateó de nuevo y la madera se dobló hasta que la cerradura se salió de su lugar.

—Quédate aquí —me dijo, mientras se internaba en la habitación oscura, y luego desapareció.

Mi respiración aún estaba agitada, y yo estaba temblando. Unos momentos más tarde regresó y comenzó a hacerme señas de que entrara con la luz de su linterna.

Sin pensarlo, busqué el interruptor y, para sorpresa de ambos, una lámpara de techo iluminó una pintoresca cocina rectangular.

—Vaya —dijo Chase—. Debemos estar bastante cerca de una ciudad si aún funciona el servicio normal de electricidad.

El lugar tenía un olor fuerte a moho, pero después de un rato era casi imperceptible. Sobre el mostrador había mantas, una caja de cartón con ropa usada y latas vacías de alimentos no perecederos: vegetales en conserva y atún. Había una trituradora de papel enchufada a la pared y una pila de formularios azules del tamaño y la forma de una tarjeta.

Eran formas U-14.

Chase las mencionó cuando nos habían detenido. Era el documento que necesitábamos para poder entrar a una zona roja.

Ese, sin duda, parecía ser el lugar que buscábamos, pero ¿dónde estaba el transportador?

Por el pasillo había un dormitorio al que no le cabía más que una cama doble y una cómoda. A continuación, había un comedor. La araña que colgaba del techo le daba a la habitación una elegancia casi nostálgica, a pesar de las telarañas que se extendían entre las luces. Había huellas frescas en el polvo del suelo.

Caminé al baño y encontré una ducha con puertas de vidrio, lo que me recordó de inmediato lo sucia que estaba a causa del lodo, la ceniza y el vómito. Había toallas apiladas en el armario estrecho que estaba detrás. Por alguna razón, ver las toallas limpias me hizo extrañar mi hogar terriblemente.

Chase revisó el piso de arriba, sin embargo, no había nadie en esa casa.

—¿Llegamos demasiado tarde? —pregunté con tono de gran preocupación.

—Lo dudo. Creo que tal vez salió un momento. Nadie sería tan estúpido de dejar esas formas sobre la mesa durante toda una semana.

A menos que no hubiera tenido tiempo para deshacerse de ellas, pero ninguno de los dos dijo lo que pensaba.

Tal vez Chase tenía razón; solo había salido un momento. O tal vez estaba llevando a alguien a Carolina del Sur. En el peor de los casos, tendríamos que ocultarnos ahí durante los días siguientes. Intenté ser positiva, pero la idea de tener que esperar otra semana para poder ver a mi madre me causaba una decepción aplastante.

Utilicé una funda que tenía para limpiar los mostradores de la cocina y me reconfortó un poco ver que el agua gorgoteaba y luego salía disparada del grifo del lavaplatos. La estufa también funcionaba. Cuando la encendí, mi estómago comenzó a gruñir. No había podido comer nada desde que había vomitado en el maizal.

Por suerte, el ingenioso Chase había tomado una olla y unos cubiertos de *camping* de la tienda de deportes. Llené la olla con agua y la puse sobre la estufa, lista para preparar una sopa con un paquete de vegetales deshidratados.

Mientras removía la sopa, Chase se sentó en la mesa y encendió la radio de la MM. El simple hecho de verla revivió mi aprensión, pero sentía una curiosidad mórbida por saber si nos mencionaban en los titulares.

La estática interfería con la señal. Estaba tan concentrada mirando la radio que el torpe intento de Chase para quitarse la chaqueta me tomó por sorpresa. Me acerqué para ayudarlo, agradecida por la distracción.

—Lo había olvidado —admití con aire de culpabilidad—. Ven, déjame ayudarte.

Chase bajó las manos y abrí tentativamente la cremallera; me mordí el labio mientras removía la chaqueta de su hombro derecho. Había elegido la camisa de franela por el calor que ofrecía, pero la sangre pegajosa había hecho que la tela se adhiriera a su piel. Mi estómago vacío se retorció.

Vi cómo sucedió y recordé cuán fácilmente el metal había cortado su piel. Chase me permitió tocar su brazo, y calculó la gravedad de su herida con base en la expresión de mi rostro.

—Debes quitarte la camisa —le dije, y me ruboricé al instante.

No quería insinuar nada con eso; lo había visto sin camisa cientos de veces cuando éramos niños, pero tal vez no después de que nuestra amistad se había convertido en algo diferente. Nunca habíamos llegado tan lejos. No había ninguna razón para avergonzarse. Ninguna en absoluto.

Chase no intentó levantar su brazo herido, y me pregunté cuánto había empeorado la lesión durante todo ese tiempo que estuvo desatendida.

Cuando comenzó a luchar, me deslicé entre sus rodillas y traté de fingir que el hecho de que mis dedos estuvieran desabrochando uno a uno los botones de madera de su camisa no tenía ningún efecto sobre mi pulso acelerado. Me dio las gracias con un rápido movimiento de cabeza y luego miró fijamente por la ventana.

La misma voz de la noche anterior llenó la cocina y anuló la estática de la radio. A pesar de que era una estupidez, sentí como si nos hubieran sorprendido haciendo algo indebido.

—Les habla el coronel David Watts, con las noticias de la zona dos treinta y ocho. Hoy es jueves diez de marzo, y aquí comienza el informe diario.

Me di cuenta de que solo había pasado un día desde que había estado en el reformatorio. Parecía que hubieran pasado meses.

Me alejé de Chase momentáneamente para apagar la estufa y poner la olla de sopa sobre la mesa. Rizos tenues de vapor se arremolinaron en el aire fresco de la cocina.

El coronel Watts habló acerca de los esfuerzos permanentes para proteger las fronteras de Canadá y México de los "traidores a la causa", estadounidenses que intentaban escapar, y anunció que aún no había información acerca del camión de uniformes que había desaparecido en Tennessee.

Terminé de ayudar a Chase a quitarse la camisa. Llevaba una camisa térmica debajo y, cuando la levanté por encima de su cabeza, su camiseta interior también se levantó con ella, junto con el deplorable torniquete que había logrado ponerse alrededor de la herida.

Nunca había visto a Chase así, y lo que había imaginado palidecía en comparación con la realidad. Los músculos de sus brazos marcaban la piel cobriza de sus hombros y se extendían hasta su amplio pecho. Sus abdominales estaban perfectamente esculpidos; una ligera V desaparecía bajo la línea de la cintura de sus *jeans*.

Mis dedos hormigueaban. Me pregunté si su piel se sentía tan suave como parecía.

—Tráeme la mochila. Hay un botiquín de primeros auxilios dentro —dijo.

Brinqué ante el sonido de su voz, y luego me ruboricé tanto que mis mejillas debieron tomar un color púrpura.

¿Qué me sucedía? Apenas hacía unos momentos habíamos irrumpido en esa casa, y ahora me preparaba para revisar una herida de cuchillo. Nada acerca de nuestra situación implicaba romance.

"Solo estoy cansada", me dije a mí misma, a pesar de que sabía que no lo estaba. Cuando me agaché para buscar la mochila, aplasté el pelo contra el rostro, con la esperanza de que eso ocultara mi mortificación.

Chase encontró el botiquín de primeros auxilios y lo abrió sobre el mostrador, junto a la sopa que se enfriaba. Saqué los materiales que necesitaría: un rollo de gasa, una botella diminuta de agua oxigenada y una toalla húmeda. Entonces, con tanta delicadeza como pude, presioné el paño sobre la herida y limpié la sangre que manchaba su piel. El corte era profundo y hacía una espiral desde el interior de su bíceps hasta la parte alta de su hombro.

Sabía lo que tenía que hacer y también sabía que no le iba a gustar. Empapé la gasa con agua oxigenada.

—Lo siento —susurré, justo antes de presionar la gasa sobre la herida.

Chase blasfemó furiosamente, y casi me derribó. Podía ver todos sus dientes y lo escuché respirar forzadamente por la boca.

—Dije que lo sentía.

Me reincorporé, después de haber sido arrojada sobre la mesa, y limpié la sangre burbujeante que salía a la superficie. Busqué una parte limpia del paño y apliqué presión sobre la herida, sin embargo, era tan larga que tuve que utilizar ambas manos. Tardé un momento en darme cuenta de que me había tomado por el codo con su brazo sano, aferrándose con fuerza.

—Tal vez necesites puntos —dije con algo de remordimiento—. Sé que duele, pero ya pasará.

—Arde terriblemente.

—No seas infantil —me burlé. Sacudió su cabeza, pero su expresión reflejaba menos dolor que antes.

Un moretón se estaba formando en la parte inferior de su mandíbula y tenía una contusión aún más grande en su costado que no había visto antes. La toqué con cuidado con mi dedo, y Chase siseó de dolor.

—¿Te rompió una costilla? —El miedo que le tenía a Rick se estaba convirtiendo en ira.

—No —dijo Chase, haciendo una mueca de dolor—. Pero tú tal vez sí.

—¿Qué?

—Cuando estabas agitando el bastón. Me golpeaste en el costado.

Abrí los ojos y quedé boquiabierta.

—Tranquila. A él lo golpeaste al menos dos veces. —Y se rio al decirlo.

—Qué bueno. Eso creo. Dios, lo siento mucho.

—No te preocupes. Solo recuérdame que no debo reunirme contigo en un callejón oscuro.

Sonreí a medias.

Cuando la hemorragia se detuvo, cerré la herida con varias curitas en forma de mariposa que había en el botiquín, con la esperanza de que eso bastara.

Después procedí a envolver gasa limpia alrededor de todo el brazo, para a continuación fijarla en su lugar con cinta adhesiva industrial.

—Tus nudillos se ven bastante mal —reconoció, y su boca se tensó.

Examiné mis dedos. Estaban en carne viva por tratar de levantar el arma del asfalto, y aún se veían magullados y lacerados por lo que había sucedido en el reformatorio. También estaban adoloridos, ahora que lo mencionaba. Me había olvidado de mi dolor cuando me había concentrado en el de Chase.

Desinfecté mi piel, pero él puso curitas en mis dedos. Una vez más, miró las cicatrices que había dejado Brock, pero no dijo nada al respecto.

Sus manos se sentían cálidas bajo las mías, y me di cuenta de que estaban inflamadas por la pelea de esa mañana. No podía cerrarlas ni estirarlas del todo. Varios dedos se veían torcidos, pero sospeché que se habían roto mucho antes.

Cuando terminó, alejó sus manos rápidamente.

Nos turnamos para usar la cuchara. La sopa estaba demasiado salada, pero aún estaba caliente. Traté de ignorar el hecho de que su piel a veces rozaba la mía, pero era difícil.

Chase se movió repentinamente y subió el volumen de la radio.

—… atacados por un hombre y una mujer jóvenes, de unos veinte años, fuera de una tienda de artículos deportivos en Hagerstown, Maryland. Los asaltantes estaban armados y se consideran peligrosos. Se cree que conducen una camioneta Ford color marrón de finales de los setenta, con placas de Míchigan o Minnesota. El sospechoso podría ser un desertor de la Oficina Federal de Reformas. Las víctimas informaron la presencia de un bastón de la OFR durante la pelea y ahora están revisando una serie de fotografías de soldados desertores. De ser identificados, los autores deberán ser detenidos y llevados a interrogatorio.

Cualquier información al respecto puede ser enviada a su cadena de mando.

Apoyé mi frente en la mesa; sentía que todo dentro de mí estaba congelado. El locutor continuó.

—… dos personas amplían la lista de personas desaparecidas hasta hoy. Ronald Washington, afroamericano, de dieciséis años de edad, quien huyó del Centro de Detención Juvenil de Richmond, y Ember Miller, caucásica, de diecisiete años de edad, posiblemente raptada del Reformatorio y Centro de Rehabilitación de Niñas, al sudeste de la región.

Mi corazón se detuvo.

—Cielos —dije con un hilo de voz.

Logré oír otros datos: "No hay ninguna pista… Comuníquese con la línea de crisis si la captura". Pero apenas podía concentrarme en el tono insensible del hombre.

—Brock lo descubrió —dije débilmente, inclinándome sobre el estómago—. Debió llamar para asegurarse de que el juicio fuera real.

Si sabían que me habían "raptado", era claro que sabían que Chase había sido quien me había sacado de ahí. Pronto la patrulla de carreteras que nos había detenido enviaría más información para el reporte, y luego Rick y Stan desde Hagerstown. Las piezas encajaban perfectamente, mi cerebro estaba a punto de estallar.

Tuve dificultad para tragar.

La expresión de Chase era más sombría que nunca. No reflejaba sorpresa, como seguramente lo hacía la mía, sino una profunda preocupación.

—Hay algo que te preocupa —aseveré.

—¿Acaso eso no es suficiente? —dijo, al tiempo que señalaba la radio y pasaba la mano lastimada por la cabeza.

Me di cuenta de que estaba desconcertado, pero que intentaba mantener la calma. Tal vez por mí o tal vez solo por su propio bien.

—Creo que es otra cosa además de lo que acabamos de escuchar. Dime. Puedes decírmelo —le aseguré.

Chase hizo un lento movimiento circular con la cabeza.

—Es demasiado pronto para que te reportaran como desaparecida. No creo que la directora hubiera llamado a Chicago para asegurarse de que hubiera un juicio. Creo que alguien pudo haberla contactado antes.

Capítulo 9

¿QUÉ? ¿QUIÉN? ¿Había sido Randolph? ¿Acaso había sospechado algo?

Me remonté al arresto y recordé al soldado rubio de ojos verdes, y las tres marcas que había dejado en su cuello con mis uñas.

—Morris —adiviné.

Parecía que eran amigos. "Dijiste que no sería un problema", había dicho Morris cuando Chase me protegió. Era evidente que sabía que Chase y yo habíamos tenido algún tipo de relación en el pasado.

—¿Lo conoces?

—¿Cómo podría olvidarlo? Fue quien me arrestó.

—Tucker Morris es… —dijo Chase, haciendo una mueca, como si no encontrara la palabra adecuada para describirlo—. Él estaba en mi unidad. Volvió conmigo después… de que te entregó. —Me miró rápidamente y luego desvió la mirada hacia otro lado, con el rostro retraído.

—¿Por qué Tucker llamaría al reformatorio? —pregunté, contenta de ver que a Chase le desagradaba tanto como a mí.

Una expresión extraña cruzó su rostro. Al parecer era algo más que enfado, era casi tormento. Sin duda Tucker le había hecho algo muy malo a Chase. O Chase le había hecho algo muy malo a Tucker, lo que explicaría por qué lo había denunciado.

—Bueno… hubo algunos acontecimientos.

—¿Qué tipo de acontecimientos? —pregunté con cierto grado de desconfianza.

Podía oír que el talón de Chase golpeaba el suelo. Titubeó durante tanto tiempo que pensé que no iba a contestar mi pregunta. Luego suspiró largamente, resignado a contarme lo sucedido.

—Tucker se alistó en la Oficina casi al mismo tiempo que me reclutaron. Estábamos en el mismo grupo de entrenamiento. —Chase comenzó a frotarse los ojos con las palmas de las manos.

—¿Se llevaban bien? —pregunté secamente.

Lograr que Chase diera explicaciones era de por sí bastante complicado.

—No —dijo—. Teníamos algunas cosas en común, aspectos importantes para el entrenamiento. Teníamos casi la misma estatura, por lo que nos hacían practicar cuerpo a cuerpo y…

—¿Combate cuerpo a cuerpo?

—Sí. Eran maniobras de combate. Parecía ser normal al comienzo, un poco callado, pero de todos modos, una buena persona. Tomábamos clases juntos, como en el colegio. Estábamos en la misma clase sobre los estatutos y sus salvedades; también en la de negociaciones y en la clase de políticas y procedimientos de gestión de civiles rebeldes.

Resoplé cuando recordé a mamá diciéndoles a los soldados que salieran de nuestra propiedad.

—Se metió en problemas… —dijo Chase, y agitó la mano para indicar que esta parte de la historia podía obviarse—. Después de eso se convirtió en un verdadero dolor de cabeza. Discutía todo lo que decía el instructor y se negaba a cumplir órdenes. El sujeto ni siquiera podía hacer el papeleo correcto para emitir una SV-1.

Fruncí el ceño. No me gustaba que Tucker se hubiera rebelado contra la MM, porque eso era justo lo que yo había hecho, y no quería tener nada en común con ese cobarde rubio de ojos verdes. Hice un gesto impaciente para indicarle a Chase que continuara.

—Su problema no era que no pudiera hacer nada bien, sino que él hacía las cosas mal a propósito. Salía a escondidas de la base, luego lo atrapaban y lo llevaban al calabozo. Le descontaban dinero de su salario y lo degradaban de rango. Le gustaba tomar sus propias decisiones y tenía… eh… vínculos en casa que no podía romper —agregó.

—Hay que dedicarle la vida a la causa, ¿no? —Fingí indiferencia, pero recordé de repente lo que Rebecca me había dicho en el reformatorio. "Qué conveniente —pensé con amargura— que tus vínculos fueran tan fáciles de romper".

—Sí. —Se veía un poco aliviado—. Es un procedimiento estándar para romper todos los vínculos afectivos. Decían que las mujeres son una distracción, una tentación para la carne y todo eso —dijo riéndose torpemente.

Un sabor ácido subió por mi garganta. Era casi impensable que siguiera una regla tan ridícula, pero el hecho de que la cumpliera hizo que su transformación pareciera aún más real. La idea de que Chase hubiera cambiado tan rápido después de ser reclutado me hizo sentir que nunca lo había conocido en verdad.

Estaba empezando a pensar que tal vez Tucker me había dado una impresión equivocada, y que cualquier esperanza de que regresara el antiguo Chase era tan factible como regresar a casa y graduarme de la secundaria. Pero la idea no encajaba con lo que Chase me estaba contando.

—Por ese motivo, mi oficial al mando obligó a Tucker a ser mi compañero. Dijo que yo no podría ascender hasta que él aprobara todos los cursos.

—¿Eso querías? —solté—. ¿Ascender? —Traté de imaginar a Chase como líder de la MM, dirigiendo una auditoría, acusando a la gente por infringir artículos. No podía ser tan cruel, ¿o sí?

—Hay que ser bueno en algo. —El sonido de su voz me pareció tan extraño como la expresión de su rostro cuando se había llevado a mi madre. Me estremecí.

—No se rindió sin antes pelear. Peleamos varias veces al principio y luego comenzó a pelear con todos. Peleaba tanto que los demás lo molestaban solo para sacarlo de quicio. Como si fuera divertido.

Traté de ignorar la ola de compasión que comencé a sentir por Tucker.

—Incluso los oficiales participaban. Comenzaron a organizarle peleas después de los entrenamientos en el *ring* de boxeo de la base. Se corrió la voz. Muchos venían a hacer apuestas y, si apostaban por Tucker, generalmente ganaban. Fue entonces cuando a nuestro oficial al mando se le metió en la cabeza que Tucker sería un buen líder.

—¿Por qué? —pregunté un poco confundida—. Pensé que lo odiaban.

Se encogió de hombros.

—Tal vez al principio, pero cuando comenzó a pelear empezaron a ver al soldado que podía ser. Feroz, imparable y, sobre todo, peligroso.

Chase se aclaró la garganta y luego frunció el ceño; sentí una oleada de alivio al ver que parecía no estar de acuerdo con la idea. Todavía había algo de humanidad en él.

—Nuestro oficial al mando le ofreció un trato. Si se consagraba, trabajaba duro y se convertía en un modelo a seguir de la OFR, entonces cancelarían las peleas. Lo ayudarían a convertirse en capitán, algo que normalmente tarda años, pero iban a hacerlo posible en meses si cumplía con el trato. Era una trampa. Cuanto más se esforzaba, más querían que lo hiciera. Cuanto más se sometía, más querían que lo hiciera. Era un callejón sin salida. Empezaron a arreglar las peleas para tratar de destruirlo… —Chase se distrajo.

—¿Cómo? —pregunté.

—Nada grave —dijo, y su rostro enrojeció—. A veces lo obligaban a correr antes de una pelea o no le permitían comer ese día. Empezaron a organizar peleas con sujetos más grandes. Lo golpearon mucho más y… las cosas empeoraron. Dejó de intentarlo. Aceptó el acuerdo. Después de eso no tenía nada por qué luchar.

Nada grave. Cómo no.

Me mordí el labio mientras intentaba darles sentido a los últimos minutos. Sentí una compasión renovada por dos personas buenas.

—Está celoso de ti.

—¿Qué? —dijo Chase, y levantó la cabeza.

—Tucker está celoso. Saliste. Eres libre. No quiere que tengas lo que él no puede tener.

Chase lo meditó.

—Lo que no entiendo —dije lentamente—, es por qué estás celoso de él.

—¿Por qué iba a estar celoso de él? —dijo Chase, parpadeando sorprendido.

—No sé. Tal vez porque todo lo que querías era ascender, pero fue a él a quien eligieron.

—Tuvo que pagar un precio por ello. —Los hombros de Chase se elevaron unos centímetros.

—Lo sé, esa es la parte que no entiendo —dije—. Es bastante extraño tener celos de alguien que fue prácticamente torturado. Incluso si él hubiera querido ser soldado…

—¡No quería serlo! —respondió Chase con una vehemencia repentina y golpeando la mesa con el puño.

Mi columna se enderezó. El silencio llenó la habitación. Un suspiro escapó por entre mis dientes.

—Pensé que habías dicho que no habían reclutado a Tucker, sino que se había alistado.

Los ojos de Chase se veían oscuros e indescifrables. Me estaba mirando, pero no me veía.

—Es verdad… Se alistó… Me refería a que no se había adaptado bien.

Bajé los ojos para ver el puño con el que había golpeado la mesa. Vi que sus nudillos retorcidos no lograban estirarse del todo.

Sus manos no se veían así el año anterior, ¿o sí? Lo recordaría. Eran callosas, pero se sentían suaves cuando tocaba mi rostro y recorrían mi pelo. Ahora eran ásperas; eran manos de luchador.

De repente, todas las emociones encontradas que había sentido por los dos soldados de esa historia, la lástima, la vergüenza y la ira, encontraron su lugar correcto, y me di cuenta de a quién debía ir asignada realmente cada historia.

Tucker, el soldado dócil. Chase, el rebelde doblegado.

Una vez, poco después de que Roy se fuera, mi madre y yo tuvimos una pelea terrible; la peor que habíamos tenido. Era sobre lo mismo de siempre, sobre por qué lo había obligado a irse después de que la había golpeado y sobre el hecho de que me había entrometido en asuntos ajenos.

En ese momento no sabía qué hacer. Llegué a odiarla por decir esas cosas, por culparme de la partida de Roy, aunque tenía razón: yo lo había obligado a irse. Detestaba que ella no pudiera ver lo terrible que había sido él y que se negara a aceptar el hecho de que la había salvado, nos había salvado, de correr un peligro incluso peor. Pero cuando vi sus ojos rojos e hinchados, toda esa furia se convirtió en algo diferente: me sentí terriblemente mal por ella, de modo que la tomé en mis brazos, la abracé tan fuerte como pude y le dije que ambas íbamos a estar bien. Ella se derrumbó, pero yo tenía razón: las dos estábamos bien.

Tuve la imperiosa necesidad de hacer lo mismo con Chase en ese momento. Quería abrazarlo con tanta fuerza que sus costillas le dolerían y decirle que íbamos a estar bien. Pero no lo hice. Tal vez porque aún no confiaba en él o tal vez porque yo no confiaba en mí misma. Lo cierto era que, aunque lo abrazara en ese instante, incluso si él me lo permitiera y se derrumbara en mis brazos, no tendría ni la menor idea de cómo consolarlo. No tenía idea de si alguno de nosotros, incluyendo a mi madre, estaría bien.

—Te tendieron una trampa con las peleas —dije.

Supo que yo sabía que él era el soldado rebelde. Se puso de pie y la silla se tambaleó y golpeó el suelo.

—No, espera. —No quería que se fuera, pero tampoco sabía qué más decir.

De repente, la puerta se cerró. Su mirada se endureció, su boca se relajó y el vínculo que comenzaba a conectarnos de nuevo simplemente desapareció.

Sin decir una palabra, tomó el abrigo de la silla y salió por la puerta.

—Chase —dije, pero mi voz no tenía fuerza.

Me senté en la mesa de la cocina y apagué el zumbido de la radio. Toqué distraídamente el relieve de las delgadas cicatrices del dorso de mis manos y pensé en las suyas, en la profundidad de las heridas que hay bajo las cicatrices.

***

—*¿LOS ECHAS DE MENOS?*

Me arrepentí de habérselo preguntado en el momento en que vaciló en responder.

—*Sí.*

—*Fue horrible, ¿no? Me refiero al accidente. Lo… lo siento, eso que dije es terrible.* —*Me mordí las uñas.*

—*No, no es terrible. Yo solo…* —*Se rascó la cabeza*—. *En realidad, nunca he hablado de ello.*

Recordé cuando la policía había llamado a nuestra puerta y le informaron a mi madre lo que había sucedido. Necesitaban que alguien conocido estuviera con Chase mientras su tío llegaba desde Chicago. Recordé las lágrimas que habían recorrido su rostro inocente.

A los catorce años, Chase lo había perdido todo.

—*Me sentí triste por ti* —*le dije. Pensé en su madre, quien me permitía trenzar su pelo grueso y negro; el peinado se mantenía en su lugar, incluso si no lo aseguraba con una liga. Su padre solía acariciar mi cabeza y llamarme "pequeña".*

—*Mi hermana era una pesadilla* —*dijo Chase, y se rio un poco*—. *Mejoró después de que se fue a la universidad. Estaba en vacaciones de invierno cuando ocurrió el accidente, ¿sabías eso? Habían salido a cenar.*

Lo recordaba. Había sido la primera helada de la temporada. El otro auto no había logrado frenar.

—*Estaba enojado con Rachel porque le habían dado mi cama y tuve que dormir en el suelo. Me quedé en casa esa noche porque habíamos estado discutiendo. Era una estupidez.* —*Frunció el ceño*—. *Lo último que le dije no fue agradable.*

—*Pero si no hubieran discutido, habrías ido con ellos* —*señalé. Me dolió oír la culpa en su voz.*

Sintió mi dolor y se volvió hacia mí.

—*¿Sabes lo que recuerdo después de que vino la policía?*

—*¿Qué recuerdas?*

—*Que te sentaste en el sofá conmigo. No dijiste nada. Solo me acompañaste.*

ESE ACCIDENTE había alejado a Chase de mí, lo había llevado a Chicago, donde su remedo de tío lo había abandonado en las ruinas de la guerra. Tres años más tarde, Chase había vuelto a casa; era una versión más robusta y fuerte del chico que había sido alguna vez, y mi alegría de saber que había sobrevivido, había dado paso a algo diferente, a algo más profundo de lo que creía posible. Era algo que apenas había descubierto cuando fue reclutado y tuvo que irse de nuevo.

De todas las cosas que había vivido, convertirse en soldado lo había destrozado por completo.

Después de un rato me levanté, dejé la olla medio llena sobre la mesa y me fui a enjuagar la cuchara. Aún distraída y confundida, olvidé lo que hacía mientras el agua recorría mis dedos. Poco a poco, una idea muy diferente surgió de mi cerebro.

Agua caliente. El calentador de agua funcionaba.

Miré preocupada por la puerta para ver a Chase de nuevo. ¿Y si el transportador llegaba durante su ausencia? ¿Y si no tenía la intención de regresar?

"Necesita estar solo", me dije. De mala gana, dejé que lidiara por su cuenta con su estado de ánimo y fui a ver la ducha. Tomaría un baño rápidamente, en caso de que no tuviéramos otra oportunidad cuando llegara la hora de irnos.

Alcancé a ver mi reflejo en el espejo antes de abrir el grifo. Había adelgazado en el último mes. No parecía muerta de hambre, pero había perdido peso y me veía más musculosa. Todos los rasgos de la chica que alguna vez fui habían desaparecido. Me pregunté si Chase lo había notado. No es que importara ni nada semejante.

Tal vez Rebecca tenía razón. Tal vez la MM lo había obligado a terminar su relación conmigo, pero eso no quería decir que hubiera permanecido casto. ¿Acaso había estado con otras chicas? Sean había encontrado una manera de hacerlo, y seguramente Chase también. Me di cuenta de que detestaba la idea, y luego detesté el hecho de detestarla. No era de mi incumbencia. De hecho, la vida amorosa de Chase era la menor de mis preocupaciones.

¿Qué me sucedía? Incluso si algunas de sus acciones comenzaron a tener más sentido después de su explicación, no significaba que hubiera dejado de ser insoportable. Además, no había forma de saber si estaba diciendo la verdad. Después de todo, su historia se centraba en las desventuras de Tucker. Incluso si había parecido realmente conmovido con el relato, no quería decir que fuera la misma persona que había sido un año atrás.

Abrí el grifo del agua y estaba a punto de desvestirme cuando un golpe en la cocina interrumpió mis pensamientos.

Chase había vuelto. Pronto me di cuenta de que estaba agitado.

Entró corriendo a la habitación, casi sacando la puerta de sus bisagras, y cerró el grifo. Sus ojos miraban frenéticamente detrás de mí.

—¿Qué...?

Sin explicar nada, Chase me introdujo en el armario y cerró la puerta detrás de él. Era consciente del sonido de su respiración, de la sensación de su pecho que me tocaba conforme se hundía y sobresalía cada vez que respiraba. Lo cierto era que estábamos en peligro inminente.

Era un espacio minúsculo, apenas lo suficientemente grande como para que ambos cupiéramos de pie. Los estantes que sostenían las toallas se me enterraban en las rodillas y en la cadera, pero de todos modos él había encontrado la forma de envolver mi cuerpo con el suyo. Una de sus manos estaba puesta firmemente sobre mi boca. Cuando lo mordí por reflejo, sentí el sabor salado del sudor de sus dedos.

Brotaba adrenalina de él. Mi propio pulso se aceleró hasta alcanzar el suyo.

—¿Hola? —dijo la voz de un hombre desde la cocina.

Quedé helada en los brazos de Chase. Me abrazaba con fuerza contra su pecho; su costado y su espalda daban hacia la salida.

—No contestes —susurró en mi oído.

—¿Hola? ¿Hay alguien aquí?

Un momento después escuché un fuerte ruido y algo que salpicaba, probablemente alguien había dejado caer nuestra olla de sopa del mostrador. Luego se oyeron pasos recorriendo todo el suelo de madera.

No recibía suficiente oxígeno. Desesperada, abrí la mano de Chase. Me soltó ligeramente, solo para presionar su hombro contra mi rostro.

—¿Lo encontraron? —gritó otro hombre.

—¿A dónde vas? —dijo un tercer hombre. Hubo un fuerte estruendo. Tal vez habían volcado la mesa de la cocina.

—¿Van a arrestarme? —dijo el primer hombre. Parecía dispuesto a negociar.

Uno de los otros se echó a reír.

—Sabes que ya no hacemos eso, amigo.

Hubo otra lucha, y luego se oyó el sonido de algo pesado deslizándose por el suelo de madera.

—¡No! —suplicó—. ¡Por favor! ¡Tengo familia!

—Debiste pensar en eso antes.

El otro soltó una risa burlona.

—¿Crees que nos obedezcan?

Ante la mención de la obediencia, mi cuerpo comenzó a temblar. Eran soldados.

No podíamos huir. No teníamos escapatoria.

Sonó un clic. Era el inconfundible sonido metálico que produce un arma.

Me sacudí instintivamente. No podía quedarme ahí. No podía morir en ese armario.

—Nadie va a tocarte —murmuró Chase en mi pelo.

Quería creerle, pero cuando giré la cabeza, vi con la poca luz que entraba por la rendija del marco de la puerta que Chase había levantado su propia arma y que la apuntaba hacia la puerta del baño, a la altura del pecho.

Di un grito ahogado. Siguió susurrando cosas que no podía comprender. Aferré mis puños temblorosos a su camisa y mordí la tela que cubría su pecho.

Alguien entró en el dormitorio que estaba al final del pasillo.

—Despejado —informó después de un momento.

Que no entre aquí, que no entre.

La puerta del baño se abrió de un chirrido.

Se oían los pasos recorriendo el suelo de baldosas, emitían un pequeño chillido. Eran botas nuevas.

Ahora que la puerta estaba abierta, podía oír al transportador sollozando en la otra habitación. Suplicaba por su vida y lloraba por su hijo Andrew.

—¿Ibas a tomar una ducha, amigo? —gritó el soldado desde el baño. Cerré mis ojos con fuerza y traté de permanecer absolutamente inmóvil. ¿Por qué había abierto el grifo? ¿En qué estaba pensando? ¿Que estábamos en casa? Ese error estaba a punto de matarnos.

El transportador siguió lloriqueando y luego gruñó cuando lo golpearon con algo. Ahogué un sollozo en el hombro de Chase.

—Iba a hacerlo, pero… pero el calentador de agua… está averiado… olvidé… repararlo… —respondió titubeante el transportador.

Mi estómago se retorció.

Chase deslizó la corredera del arma hacia atrás. El objeto emitió un chasquido casi imperceptible. Me preparé para el estallido. Estaba lista para correr.

El soldado salió del baño.

Un segundo después, el sonido ensordecedor de un disparo retumbó en mis tímpanos.

Me tomó un momento darme cuenta de que todo el cuerpo de Chase, de las pantorrillas para arriba, estaba aplastando el mío contra la esquina del armario. Había empezado a susurrar de nuevo. No podía oírlo por encima de mi pulso acelerado, pero sentí sus labios moviéndose contra mi oreja.

—Arriba —dijo un soldado—. Cúbreme. Moveremos el cuerpo en un momento.

Se oyeron pasos subiendo por la escalera. El techo crujía bajo su peso.

No podía oír más al hombre. Había dejado de llorar por su hijo. Sentí que la bilis subía por mi garganta.

La OFR estaba asesinando civiles.

Antes de poder pensar en las implicaciones de eso, Chase me sacó a rastras del baño. Mis piernas no se sentían bien. Parecía que estuviera caminando en el agua.

Se detuvo inesperadamente a la entrada de la cocina. Miré hacia abajo y vi que las piernas de un hombre sobresalían bajo la mesa. Antes de ver algo más, me encontré de nuevo bajo el brazo pesado de Chase. Su mano se deslizó sobre mi rostro y me bloqueó la visión.

Pero podía olerlo. Podía sentir el olor metálico de la sangre y el humo penetrante de la pólvora.

También pude escuchar al transportador luchando por respirar.

Di un paso al frente, guiada por Chase, y resbalé en algo húmedo. Traté de tragar, pero mi garganta parecía papel de lija.

Hubo un cambio en la respiración del hombre.

Chase se detuvo y se agachó. No quiso quitar su mano de mis ojos.

—Lewisburg… Vir… ginia… Oc… Occidental… dos… en punto… martes…

—Dios mío —sollocé. Imaginar la escena que estaba ocurriendo a mis pies era tan aterrador como probablemente lo era verla directamente. El techo crujió de nuevo.

—¡Despejado! —dijo uno de los soldados, que se encontraba arriba.

—Busquen… la señal…

Fue todo lo que dijo el transportador. El hombre suspiró, emitiendo un sonido líquido, y luego murió.

Chase no me soltó hasta que estuvimos fuera, e incluso entonces, no quiso soltarme la mano. Me hizo correr por el patio vacío hacia el bosque. Mis piernas, para mi alivio, respondieron de nuevo.

—No mires atrás —ordenó, rompiendo el silencio de nuestra huida.

El aire helado chocaba contra las gotas de sudor que cubrían mi frente y cuello. La hierba crujía congelada bajo mis pasos apresurados. Tuve que correr para mantenerme al ritmo de su paso vertiginoso mientras cruzábamos el umbral del bosque. Ninguno de los dos hizo ningún esfuerzo por amortiguar el ruido de las ramas que rompíamos. Mis ojos permanecían fijos en la mochila que llevaba sobre sus hombros; debió tomarla cuando habíamos regresado a la cocina. Mis oídos aturdidos solo registraban los sonidos del bosque y mi respiración acelerada. Pero mis pensamientos sí que eran audibles.

El transportador estaba muerto. Lo habían asesinado.

Mi madre tendría que buscar a alguien más.

Aun si ya había llegado a Carolina del Sur, corría peligro. Nunca estaría a salvo de nuevo. Nunca estaríamos a salvo de nuevo.

No volvería a ver a Beth jamás, y si intentaba ponerme en contacto con ella solo haría que llegaran soldados a su puerta.

Por último pensé: *todo esto es mi culpa*. No había causado la muerte del transportador, no había sido mi culpa, pero, a pesar de que lo sabía, era consciente de que él nunca hubiera estado allí si no fuera por gente como yo.

"Nos dijeron que las chicas como tú eran peligrosas", había dicho Chase después de que había huido de él. No lo había creído entonces, pero ahora sí lo creía.

Sí que era un peligro. Un hombre, un desconocido, acababa de morir para salvar nuestras vidas.

Una fuerte determinación se apoderó de mí. Si moría en ese instante, su muerte sería en vano.

Concéntrate. Sus últimas palabras habían sido para ayudarnos, pero este plan parecía más improvisado que el anterior. ¿Qué señal? Sin duda los retenes no anunciaban su propósito. No sabíamos a dónde íbamos ni a quién podíamos preguntarle sin correr riesgos. Ni siquiera podíamos volver a la camioneta, ahora que el informe de la radio la había descrito. Solo teníamos una fecha y una hora, y se acercaban rápidamente.

Aún podía ver sus piernas extendidas sobre el suelo de la cocina. Podía oír sus sollozos mientras suplicaba que le permitieran regresar a su hijo Andrew. Mi cerebro puso la imagen de Randolph sobre el soldado sin rostro que lo había ejecutado. Entonces la escena de la cocina cambió y vi el bosque que quedaba fuera del reformatorio, y me vi sollozando por mi madre. Eran mis piernas las que ahora estaban extendidas en el suelo frío y húmedo.

—¡Ember! —dijo Chase, mientras sacudía mis hombros con firmeza.

Volví a estar alerta. Ya estaba oscuro. No sabía cuánto habíamos estado caminando. Había perdido la noción del tiempo.

—Si nos atrapan, eso es lo que nos van a hacer —dije, y regresé al presente.

Chase había comenzado a tirar de mí de nuevo, y no confirmó ni desmintió mi afirmación.

Tomé una bocanada de aire helado. Mi pulso estaba acelerado por la adrenalina y por la carrera.

—¿Y si atrapan a mi madre?

Ya habían dictado su sentencia. En todo caso, si había llegado a la base, de todos modos, ya había cumplido su condena. ¿Serviría eso de algo si la lograban atrapar en un punto de encuentro?

Chase se encorvó, pero continuó avanzando a paso rápido. El bosque se estaba haciendo cada vez más denso y ya no se veían en la distancia las casas que estaban detrás de nosotros.

—"Quienes infrinjan en múltiples ocasiones lo establecido en los artículos, deberán ser llevados a juicio ante un juez supremo de la Oficina Federal de Reformas y ser condenados debidamente" —citó.

—¿Qué significa ser "condenado debidamente", capitán Jennings? —pregunté, más exasperada que asustada.

—No era capitán. Solo era sargento.

—Bueno, ¿qué quiere decir? —gruñí.

Permaneció en silencio durante un minuto entero.

—Lo peor que puedas imaginar. —Su voz se oía grave—. Tal vez valga la pena pensar en… la gravedad de nuestra situación.

Me detuve en seco; la inercia hizo que mi cabeza diera vueltas después de tanto tiempo de haber estado en movimiento constante.

—¿Tal vez valga la pena?

Se volvió hacia mí, con ojos cautos e ilegibles. Su mandíbula se contrajo ligeramente.

—¿Tal vez valga la pena? —le grité.

—No grites —advirtió.

—Tú… —Mi voz temblaba, de hecho, todo mi cuerpo temblaba. El odio que antes se cocía a fuego lento había comenzado a hervir casi descontrolado—. Necesito tu ayuda, por más que deteste admitirlo. Si me dices que salte, saltaré. Si me dices que corra, voy a correr. Lo haré solo porque sabes cosas que no puedo aprender en este momento. ¡Pero no te atrevas a decirme qué es lo que vale la pena pensar cuando se trata de mi madre! ¡No pasa un solo minuto sin que piense en la gravedad de esta situación!

Chase dio un paso adelante, me tomó de un hombro y se acercó a mi rostro. Cuando habló, su voz estaba oprimida por una furia muy controlada.

—Bien. Pero ¿se te ha ocurrido pensar que yo *no* te necesito? ¿Que si me atrapan, sería afortunado si me permitieran morir tan rápido como a ese hombre? Esta es mi situación: no hay vuelta atrás. Estoy arriesgando mi vida para que llegues a salvo y, mientras viva, voy a ser perseguido por ello.

Sentí que mi rostro palidecía. Me soltó bruscamente, como si se hubiera dado cuenta de que estaba sosteniendo mi brazo. Me concentré en su manzana de Adán. Se movía pesadamente cuando intentaba tragar.

La vergüenza hizo desaparecer mi enojo. Era una vergüenza terrible, asfixiante y desgarradora. Podría haberme ahogado en ella, pero ahora que tenía sus ojos fijos en los míos, me sentí incapaz de apartar la mirada.

—Sé bien lo peligroso que esto es para ti —dije con cuidado, tratando de controlar el tono de mi voz.

Se encogió de hombros. No estaba segura de si estaba rechazando mi disculpa o el valor de su propia vida. De cualquier manera, me hizo sentir peor.

A pesar de su tono cruel, lo que había dicho acerca de su destino había sido una revelación devastadora. Me parecía imposible que pudiera tener tanta influencia sobre la vida de otra persona; no podía concebirlo. Por ello, torpemente, hice un gesto en la dirección que habíamos estado caminando.

El tiempo se agotaba.

CAMINAMOS TODA LA NOCHE y la mayor parte del día siguiente. Solo tomábamos descansos cuando era absolutamente necesario. Más de una vez me vio sobresaltarme con las sombras y en ocasiones pude ver que sus ojos se oscurecían cuando algún recuerdo terrible lo asaltaba. No hablamos de la vigilancia que ejercíamos sobre el otro. Cuando la presión era demasiada, continuábamos.

El recorrido fue duro. No había senderos demarcados en esas colinas y, cuando no estábamos apartando la maleza, estábamos atravesando arroyos o avanzando por el lodo. A medida que la adrenalina se disolvía, nuestros cuerpos comenzaron a ponerse rígidos y lentos, como máquinas sin aceitar.

No hablamos acerca de lo que había sucedido en la casa ni de lo que habíamos dicho después. Todo eso estaba guardado en una caja fuerte en lo más profundo de mi mente. En lugar de ello, me consumí en mis pensamientos acerca de la seguridad de mi madre, pensamientos que me llevaron al borde de la histeria antes de que la fatiga adormeciera mi mente al final.

Cuando comenzó a oscurecer, Chase por fin me obligó a parar. Los dos estábamos tropezando con frecuencia y moviéndonos torpemente.

—Nadie nos sigue. Acamparemos aquí. —Su voz sonaba tan firme y tan agotada que sabía que no iba a poder discutírselo.

Estábamos en un pequeño claro; era un círculo desigual bordeado de pinos. El terreno era relativamente plano y había pocas rocas. Chase se aseguró de que el perímetro fuera seguro e identificó las rutas de escape. Luego comenzó a unir los postes de aluminio curvados de la tienda de campaña que había robado.

Cuando tomé la mochila para sacar la comida, interrumpió rápidamente su tarea para sacar las provisiones él mismo. Me pregunté qué ocultaba, pero estaba demasiado cansada para preocuparme por ello. Con el pan aplastado que quedaba, preparé unos sándwiches, y luego hice un inventario de nuestras provisiones. Aún quedaban dos paquetes de sopa deshidratada y ocho barras de granola de la OFR, pero no durarían mucho. Íbamos a tener que buscar comida pronto.

—¿Chase? —pregunté después de un rato. Mi mente había vuelto al reformatorio.

—¿Sí?

—Si un guardia del reformatorio fuera… atrapado… con una residente… ¿Crees que también lo ejecutarían? —Tenía la esperanza de que comprendiera lo que quería decir, porque la verdad no quería tener que darle una explicación rebuscada de lo que había sucedido.

Chase comenzó a introducir con fervor el poste más largo en uno de los surcos de nailon. Me pareció que su rostro se había oscurecido un poco, pero tal vez era solo la luz escasa.

—Probablemente no. No estaba cometiendo traición. Seguramente tendrá que comparecer ante un tribunal militar y recibirá una licencia deshonrosa. No pasa a menudo, pero sucede.

Levanté mi rostro. Me sentí un poco mejor con esa noticia. Sean y Rebecca habían querido librarse de la OFR.

—No es nada bueno —añadió Chase al ver mi rostro—. El sector civil elabora listas negras de los soldados licenciados deshonrosamente, lo que les impide conseguir trabajo, comprar una casa, solicitar asistencia pública, cualquier otra cosa que requiera registrarse. Va a estar en desacato si descubren que recibe un salario.

—Pero ¿cómo puede sobrevivir así?

—No lo hará. Ese es el objetivo.

Mis hombros cayeron pesadamente. Si no hubiera sido por mí, Sean seguiría siendo un soldado y estaría a salvo, aunque su amor por Becca fuera un riesgo potencial.

Chase se había detenido y estaba mirándome muy fijamente.

—Parece que estás muy preocupada por él —espetó.

—Sí, es cierto. Probablemente su vida está arruinada por mi culpa —contesté con tristeza.

Chase continuó armando la tienda con el mismo ímpetu de antes.

—Si hubiera seguido las reglas, no se habría metido en problemas.

—¡Y si hubieras seguido las reglas, no tendrías *este* problema! ¡Lo sé! —espeté.

Mi cabeza palpitaba. Lo que había dicho después del asesinato regresó a mi mente, y hundió aún más el dedo en la llaga. Iba a ser perseguido de por vida por mi culpa. No era más que un lastre. Era peligrosa. Era su carga. Lo entendía perfectamente.

Nos interrumpió un grito largo y lastimero. Me puse de pie de inmediato, pero Chase solamente inclinó una oreja hacia el sonido. Después de un rato, continuó trabajando en la tienda, despreocupado.

—Era un coyote —me informó.

Me froté los brazos distraídamente.

—¿Un coyote hambriento? —Me miró por un momento para determinar si estaba realmente asustada.

—Tal vez sí, pero no te preocupes. Nos tiene más miedo que nosotros a él.

Miré alrededor del campamento y visualicé una manada de coyotes rabiosos en busca de su próxima comida.

Chase comenzó a reírse de repente.

—¿Qué? —pregunté.

—Nada. Tú… Después de todo lo que ha sucedido en los últimos días y ahora te asusta un coyote.

Hice un puchero y él se rio de nuevo. Pronto comencé a reírme también. El sonido era contagioso.

La intensidad de todas mis emociones parecía hacer que mi risa fuera casi imparable. Pronto comenzaron a brotar lágrimas de mis ojos y me vi forzada a sostener mi estómago. Me alegraba mucho ver a Chase haciendo lo mismo. Cuando la hilaridad desapareció, me sonrió.

—Me agrada —dije.

—¿Qué?

—Tu risa. No la había oído en, bueno, casi un año.

Su sonrisa se borró, y sentí el cambio cuando desapareció. Un silencio incómodo se instaló entre nosotros. Mencionar el pasado había sido un error.

Se dio la vuelta para terminar de armar la tienda, y fue entonces cuando vi el arma asomarse bajo su camisa. Debió haberla puesto ahí mientras estaba distraída. Al parecer, le preocupaban los coyotes hambrientos más de lo que demostraba.

Lavarme los dientes me hizo sentir mejor. Después de salpicar mi rostro con un poco de agua, retiré las botas de mis pies doloridos y entré a la tienda. Ahora que estaba armada, no medía más de un metro de alto, lo que la hacía un poco incómoda para una persona, y todavía más para dos, especialmente cuando una de ellas era del tamaño de una colina.

Aun así, cuando Chase subió la cremallera de la entrada detrás de mí y se volvió, fue una sorpresa encontrarnos de frente, a solo unos centímetros de distancia.

Una fotografía en blanco y negro quedó grabada en mi mente. Vi su pelo enmarañado y sucio, y sus pestañas gruesas. Sus pómulos altos hacían que los rasgos de su rostro tuvieran un aspecto audaz y misterioso. También vi la suave curva de su labio inferior.

Un destello de calor se encendió en la boca de mi estómago. Por un momento, solo pude oír el sonido de mi corazón palpitando aceleradamente. Después él se hizo a un lado.

Le ordené a mi pulso que se normalizara, pero no me hizo caso. Chase me había debilitado, me había descontrolado con una mirada interminable. Eso, como sabía por experiencia propia, me dejaba en un terreno muy peligroso.

No podía enamorarme de nuevo de Chase Jennings. Hacerlo era como enamorarme de una tormenta eléctrica. Era emocionante y poderoso, incluso hermoso, pero también de carácter difícil, impredecible y, en última instancia, de corta duración.

"Estás cansada. Solo duerme", me dije.

Fue entonces cuando me di cuenta de que solo había un saco de dormir.

—Supongo que debo dormir con la ropa puesta, ¿no? —Mi mente se detuvo en seco y cerré los ojos con fuerza.

—Si eso quieres —dijo con voz grave.

—Es en caso de que tengamos que salir rápidamente. Como ayer.

—Tiene sentido.

"Cállate y acuéstate", me reprendí. Pero no era tan fácil. Sentía el nerviosismo en mi vientre. No tenía ni idea de cómo acercarme a él. Empecé a analizar cada posible movimiento, dónde debía poner mi brazo, mi pierna.

—Estás pensándolo tanto que me está dando un dolor de cabeza.

Traté de corresponder a su molestia, y eso ayudó un poco. Era más fácil estar cerca de él cuando era cruel. Era más difícil cuando no estábamos discutiendo. Me recordaba demasiado cómo solían ser las cosas.

—¿Estás esperando una invitación? —preguntó.

—Sería de gran ayuda —admití irritada.

—Ven.

Seguramente sonreí. Él solía ser muy cortés. Tras respirar profundamente, me arrastré a su lado y apoyé la cabeza en el suéter.

Chase exhaló exageradamente. Su brazo se deslizó bajo mi cabeza y se envolvió suavemente alrededor de mi espalda. Luego me acercó a su cuerpo. Sentí la calidez de su piel a través de nuestra ropa, y su aliento en mi pelo. Mi pulso se disparó. Chase terminó de subir la cremallera de la bolsa de dormir y, por capricho, deslicé mi rodilla sobre su muslo y apoyé mi cabeza en su hombro. Podía escuchar su corazón. Latía más rápido de lo que pensé que lo haría, y además lo hacía con fuerza.

Se aclaró la garganta. Dos veces.

—Perdón. Casi no tengo espacio. Espero que no te moleste. —Moví mi pierna un poco para darle a entender a qué me refería.

Se aclaró la garganta de nuevo.

—Está bien.

—¿Estás cómodo? —pregunté.

—Estoy bien —dijo escuetamente.

Su pecho se sentía firme pero tentador contra mi mejilla, y su aroma a jabón y madera me relajó, me embriagó. Cada músculo de mi cuerpo dolía, mis pies ampollados gritaban de dolor, pero incluso eso se desvaneció. El agotamiento debilitaba mis defensas; sabía que debía tener cuidado al estar tan cerca de él, pero no podía evitarlo. Por fin me sentía segura, tranquila. Con el paso del tiempo, incluso dejó de importarme si la MM nos encontraba, siempre y cuando pudiera dormir un rato.

Chase inhaló lentamente, y la elevación y el descenso de su pecho lo hizo parecer mucho más humano y menos soldado. Eso me quitó un poco la soledad que había llevado sobre mis hombros durante todo el día. Me encontré anhelando que acariciara mi rostro, mi pelo, mi mano cerrada sobre su pecho. Deseaba que me diera un mensaje tranquilizador y me asegurara que todo iba a estar bien. Pero no lo hizo.

El coyote lanzó un aullido largo y solitario. Me estremecí involuntariamente.

—¿Y si…?

—No lo hará. Me aseguraré de eso. —Chase hizo una pausa, suspiró suavemente y luego susurró—: Duerme tranquila, Ember.

Aunque el suelo se sentía frío e irregular, y tenía el pantalón retorcido en las piernas, caí en un sueño profundo.

Capítulo 10

TODO COMENZÓ con un ligero movimiento involuntario de sus hombros. En realidad, no era nada inusual, pero como mi cabeza aún descansaba sobre su pecho, el movimiento me despertó de una sacudida.

Luego oí un gemido suave y después un grito ahogado. Escuché que algo golpeó el suelo, tal vez su puño o su talón. La mitad de su cuerpo estaba por fuera del saco de dormir; lo sabía por la libertad con la que se movía. Pude oír la fricción de la tela resbaladiza cuando se retorció de nuevo.

Retiré el resto de la bolsa que nos cubría y me incorporé; quedé sin aliento cuando el aire frío se deslizó entre nosotros. Chase se había quedado muy quieto. Pensé que lo había despertado con mi movimiento, pero luego se movió bruscamente y su torso se volvió hacia mí, y sus rodillas se levantaron bajo las mías.

La luz de la luna se filtraba a través de la tienda de nailon e iluminaba un lado de su rostro, que ahora estaba contraído por el sufrimiento. Ver a una persona tan grande reducida a una posición fetal, temblando de miedo, me hizo sentir que algo aplastaba mi corazón.

Entonces gritó. El sonido penetró hasta mis huesos.

Todas las dudas que tenía acerca de Chase Jennings se disiparon de inmediato, y deslice una mano sobre su hombro y la otra sobre su mejilla.

—Chase —susurré.

Sus ojos se abrieron de golpe, feroces y desorientados. En un instante, su puño izquierdo se cerró alrededor de mi garganta y el otro se inclinó hacia atrás, listo para atacar.

No recibía suficiente aire como para gritar. Mi garganta ardía y de mis ojos comenzaron a brotar lágrimas que quemaban mi piel.

—Ember. Dios mío. —Luego blasfemó.

Me soltó de inmediato, y luego retrocedió y chocó contra la pared inestable de la tienda, lo que sacudió todo el lugar. Sorprendido, intentó levantarse, pero tampoco pudo hacerlo, pues se golpeó la cabeza contra la barra superior de la tienda y se vio obligado a agacharse de nuevo. Todo su cuerpo se estremecía como el de un animal salvaje encerrado en una jaula. No podía ver su rostro, pero oía su respiración agitada y desigual.

Mis brazos estaban temblando y permanecían levantados delante de mí en señal de rendición. Todavía podía sentir la presión palpitante alrededor de mi garganta, lo que me recordó el bastón de Randolph y mi vulnerabilidad autoinfligida. Me deslicé hacia atrás y choqué con uno de los endebles postes de metal. Toda la tienda se sacudió de nuevo.

—Lo siento —dije débilmente.

—Espera. Yo no… —De rodillas, se inclinó para tomarme de los hombros, pero se echó hacia atrás en el último segundo, pues no confiaba en sí mismo como para tocarme. Cubrí mi boca con una mano y sostuve mi codo con la otra. Cerré mis ojos con fuerza.

—¿Te lastimé? —Su voz sonaba tensa.

No dije nada y me limité a sacudir la cabeza rápidamente, aún sin abrir los ojos. No podía soportar ver al soldado cuando había tenido la sensación de que me había ido a dormir con otra persona.

—Lo siento mucho. Yo… no sabía. Era un sueño. —Las palabras salieron rápidamente de su boca, y pude percibir en ellas una mezcla inestable de miedo y odio a sí mismo.

Sus manos estaban tan cerca de mí que podía sentir el calor que emanaban. Muy lentamente, las puntas de sus dedos rozaron mi mejilla húmeda. Por reflejo, me alejé de su caricia, a pesar de la delicadeza del gesto.

Chase se estremeció y luego, sin decir una palabra, se puso sus botas, tomó su chaqueta y salió.

PASÉ HORAS contemplando la oscuridad, confundida y, en ocasiones, atemorizada, mientras Chase caminaba de un lado a otro fuera de la tienda. Pensé en huir de nuevo, pero sabía que iba acabar perdida en el bosque en medio de la noche.

Después de un rato, me di cuenta de que el silencio había reemplazado sus pasos. El miedo repentino me hizo pensar que había sido él quien había huido. No podía permitir que eso sucediera. A pesar de lo mucho que detestaba admitirlo, dependía de él para encontrar a mi madre. Lo necesitaba.

Salí a gatas del saco de dormir y me arrastré hasta la salida. Mis dedos congelados buscaron a tientas el cierre de la tienda antes de poder abrir la puerta de nailon.

La oscuridad había cedido un poco, pero aún no había amanecido. Chase estaba sentado contra un árbol a tres metros de distancia, vigilando. Me senté de nuevo en mis talones, aliviada de ver que no se había ido.

La temperatura había descendido abruptamente; las agujas de pino que había sobre el suelo brillaban por el rocío congelado que las cubría. Cuando salí, Chase estaba de pie y estiraba su espalda entumecida y casi congelada tal como lo haría un anciano. Una oleada de irritación me invadió. ¿Por qué no había regresado a la tienda? Habría buscado la forma de darle espacio. Tolerar la incomodidad que había entre nosotros era preferible a que él muriera de hipotermia.

Pero a medida que me acercaba, mi irritación se transformó en preocupación. Sus mejillas estaban cubiertas de manchas rojas brillantes, y sus labios se veían agrietados y casi azules. A pesar de que llevaba puesto un abrigo, era claro que este lo protegía muy poco del aire gélido; la prenda crujía cada vez que Chase se estremecía. Su aliento no generaba un vaho enfrente de su rostro como lo hacía el mío. Su cuerpo había perdido calor.

Volví corriendo a la tienda de campaña y regresé con el saco de dormir. No se opuso cuando se lo arrojé sobre los hombros, pero cuando intentó aferrarse a la tela, esta se escapó por entre sus dedos entumecidos. Fue entonces cuando me di cuenta de que los nudillos de su mano derecha estaban hinchados y amoratados. Una línea de sangre manchaba sus dedos y llegaba hasta la palma de su mano.

—¡Tu mano! —exclamé.

Se quedó mirando el suelo fijamente para evitar a toda costa la mirada reprensiva que le había lanzado, tal como un niño que había sido sorprendido robando.

—Estoy bi-bien. Puedes do-dormir un poco más. —Incluso su garganta sonaba como si estuviera cubierta de hielo.

Crucé los brazos sobre el pecho y levanté las cejas, impaciente.

Chase estiró los dedos con una mueca de dolor.

—Tuve una pelea —dijo con una sonrisita, y añadió cuando vio la angustia reflejada en mi rostro—. Con un árbol.

Abrí los ojos.

—Supongo que perdiste.

—Debiste ver el árbol.

Me reí muy a mi pesar, y consciente del frío que estaba penetrando mi ropa. ¿Cómo se las había arreglado para estar ahí sin moverse?

Chase comenzó a pisotear el suelo con fuerza cuando su sangre comenzó a calentarse. Era un gesto tranquilizador.

—Lo si-siento, Ember.

Estaba atónita por la forma en que había pronunciado mi nombre. Desde que había regresado, lo había dicho para darme órdenes, cuando estaba enojado o incluso sorprendido, pero el tono exánime con que lo había dicho en ese momento hizo que me doliera el corazón.

—Y lamento lo de ayer, lo-lo que dije. No era ciert-to. También lamento todo lo demás. Lo del reformatorio… y todo. Nunca pensé… Dios, mira tus manos. Sé que te ocurrieron cosas peores, lo sé. Desearía… Lo siento mucho. —Le dio una patada al suelo y luego hizo una mueca como si se hubiera roto un dedo del pie.

Sabía que había notado las cicatrices del látigo de Brock y también mi nerviosismo cuando veía su arma, pero me sorprendió ver la forma en que esto lo atormentaba. No había dicho nada al respecto.

Incapaz de soportarlo más, me le acerqué, incluso después de que él había intentado retroceder. Le froté los brazos, teniendo cuidado de no tocar su herida. No estaba segura de qué decir. Su disculpa me había tomado completamente por sorpresa y no sabía si podía creerle.

—No lo hagas —dijo sin convicción—. No debes…

—¿Tocarte? No te preocupes. No voy a decirle a nadie —dije ofendida.

—Ya no soy quien solía ser —dijo—. No seas amable conmigo.

Me preguntaba qué era eso tan terrible que había hecho que le impedía aceptar siquiera una pizca de bondad de otra persona. En ese momento parecía imposible que pudiera odiarlo más de lo que él se odiaba a sí mismo.

Me alejó muy suavemente, como si estuviera hecha de cristal. Sabía que tenía miedo de lastimarme otra vez, pero de todos modos sentí el dolor que me causaba su rechazo.

—Te habría dejado entrar de nuevo —dije.

—Lo sé.

Levanté la mirada hacia él. Había sombras oscuras bajo sus ojos.

—Entonces, ¿por qué…?

—Prometí que nunca te haría daño.

Toqué mi cuello. No sentía nada a pesar de la fuerza con la que me había sostenido, puesto que había retirado su mano rápidamente. Me había asustado, pero no me había lastimado.

Como si la culpa y la vergüenza no hubieran sido suficientes, había intentado castigarse con ayuda de la naturaleza y de su propia fuerza, infligiéndose dolor, guiado por la idea retorcida de que se lo merecía, una práctica que sabía que había adquirido en la MM. Deseé poder reunir el coraje para reprenderlo por ello, pero no encontré ninguno. No podía compartirle la compasión que sentía por él porque sabía que eso solo alimentaría su vergüenza. Por eso, cuando sentí un deseo renovado de envolverlo en mis brazos, me contuve. En su lugar, decidí quedarme cerca de él mientras se descongelaba lentamente, con la esperanza de que comprendiera que mi presencia era indicio de que su penitencia había terminado.

AL AMANECER, cedió el frío, aunque no mucho. La baja temperatura hizo que nuestro camino fuera resbaladizo y que la niebla lo oscureciera; nos obligó a viajar a casi la mitad de la velocidad con la que habíamos avanzado el día anterior. Cada paso nos exigía el doble de concentración y esfuerzo.

Pasaron dos días, y durante ellos comimos, dormimos y hablamos muy poco. El tiempo se nos estaba agotando. Cuando el sol se levantó el lunes, nos invadió un afán imperioso. Teníamos menos de un día para llegar al punto de encuentro.

Pero ese no era nuestro único problema. Habíamos racionado nuestras provisiones, pero nos habíamos quedado sin comida en la madrugada y desde el día anterior no habíamos encontrado ni un solo riachuelo para llenar las cantimploras. Mi estómago se sentía vacío.

A medida que nos acercábamos a la civilización, reapareció un gran volumen de basura en el suelo. Chase buscaba víveres entre las sobras, las latas y las cajas de alimentos marca Horizontes. La perspectiva de comer basura ya no parecía tan repugnante como lo había sido en el pasado.

Era casi el final de la tarde cuando oímos neumáticos sobre el asfalto. Un auto había pasado cerca de donde estábamos.

—¿Ya cruzamos la frontera estatal? —pregunté, y pasé por delante de él en un esfuerzo por ver nuestro progreso.

Por más que detestaba la idea de volver a ser el centro de atención de los militares, sabía que no teníamos alternativa.

El bosque se convirtió en un matorral de arbustos verdes grisáceos, que se extendían frondosos hacia una carretera sin pavimentar. Más allá se extendía un campo abierto, rodeado de alambre de púas y bordeado por árboles. Un buzón rojo torcido indicaba que había una carretera sinuosa ochocientos metros adelante. El auto, de donde hubiera venido, ya había desaparecido.

Chase me llevó de nuevo a los arbustos y salió a explorar el camino. Desde mi escondite lo vi sacar el mapa de su mochila y buscar el camino. Luego miró hacia abajo y después hacia el cielo.

"Mi vida se ha reducido simplemente a esto —pensé mientras lo observaba—. A seguir los consejos de supervivencia de un sujeto que claramente está esperando una señal del universo".

A Beth le habría parecido cómica la idea, y a Ryan le habría resultado muy poco útil. Pensar en lo que mis amigos habrían hecho me animó un poco. Su presencia en mi mente me hizo sentir más fuerte, aun cuando por una fracción de segundo los imaginé dudando de mí y pensando que seguramente había hecho algo muy malo, algo que ellos ignoraban, como para estar en la posición en la que me encontraba en este momento.

No. Ellos no cambiarían.

Pero Chase sí había cambiado.

—Vamos paralelos a la autopista; está unos kilómetros al sudoeste —dijo cuando regresó—. Pero estamos más lejos del punto de encuentro de lo que pensaba. Debemos apresurarnos.

Un escalofrío de ansiedad recorrió mi cuerpo. Mis piernas estaban tan entumecidas que apenas las podía doblar, y tenía ampollas llenas de sangre en los pies, pero aun así avanzamos sin detenernos. Esta vez debíamos encontrar al transportador. Teníamos que alejarnos de la MM y buscar a mi madre. Una vez más, sentí que nuestra supervivencia podía hacer que de alguna manera valiera la pena el sacrificio de ese pobre hombre que habían asesinado en Harrisonburg.

Después de un rato, Chase sacó lo único que quedaba para comer: la mitad de una barra de granola producida por la OFR, y me la entregó. Mordí la esquina y se la devolví, agradecida por el gesto, pero consciente de que seguramente tenía tanta hambre como yo.

Acababa de abrir la boca para preguntarle sobre su brazo herido cuando oímos unas voces que se filtraban entre los árboles. Instintivamente, los dos nos agachamos, pero después de un momento se hizo evidente que no se estaban dirigiendo hacia nosotros, sino que estaban bloqueando nuestro camino.

—¿Los de la casa? —pregunté, tras recordar el buzón.

—Puede ser. Quédate detrás de mí.

Avanzamos a rastras unos nueve metros, y el volumen de las voces aumentaba conforme nos acercábamos. Había al menos dos hombres gritándose. Luego avanzamos otros nueve metros, y la maleza que nos ocultaba comenzó a hacerse más escasa.

—¡Lárguese de mi propiedad! —gritó uno de los hombres.

—¡Le disparé si es necesario! —replicó el otro—. ¡No quiero hacerlo, pero lo haré!

¿*Le dispararé*? Las palabras inyectaron miedo puro en mis venas.

Desde donde yo estaba, podía ver a tres personas. Mis ojos se dirigieron primero a un hombre enjuto que estaba de pie en un campo de pastoreo a nueve metros de mí; tenía el pelo oscuro y canas en las sienes. Llevaba puestos unos *jeans* y un suéter color verde militar; sobre un hombro tenía apoyado un bate de béisbol. Sus movimientos me parecieron extraños al principio, pero después de un rato me di cuenta de que le faltaba un brazo. A su derecha se encontraban un vagabundo barbado, que sostenía una pistola plateada, y otra persona más pequeña vestida con harapos. Cuando mi respiración se normalizó, pude oírla sollozar. En el suelo, en medio de ellos, yacía una vaca muerta.

Cazadores furtivos.

Chase me tomó del brazo y me indicó con la cabeza que retrocediera. En su mano vi el destello de su propia arma. La tenía lista, con el pulgar sobre el seguro, pero apuntaba al suelo. Me di cuenta de que no quería que nos uniéramos a la discusión.

Yo estaba indecisa. Parecía que debíamos ayudar al granjero, que claramente estaba tratando de defender su propiedad con nada más que un bate de béisbol. Pero ¿qué riesgo representaría eso para nosotros?

En ese momento sonó un disparo que retumbó entre los árboles y reverberó en mis tímpanos. El vagabundo había disparado sobre la cabeza del granjero, pero no logró hacer que el valiente hombre huyera asustado. Por mi mente pasó la imagen de las piernas del transportador en el suelo de la cocina. En un acto protector, Chase levantó su arma y me empujó hacia abajo hasta que quedé tendida en el suelo.

Se oyó un grito desgarrador. Me sobresaltó lo cerca que se había oído: incluso llegué a pensar que había sido yo quien había gritado. Incliné la cabeza y agucé los oídos para tratar de escuchar por encima de mi respiración agitada. No podía haber sido la mujer, pues estaba demasiado lejos, y el grito había sido demasiado agudo como para haber provenido de un hombre.

Comencé a oír un lloriqueo cerca de donde me encontraba. Enterré mis uñas en la tierra, lista para correr, y luego di un salto hasta quedar hincada sobre los talones. Fue entonces cuando lo vi.

Era un niño de no más de siete años. Tenía el pelo castaño peinado hacia un lado y una nariz que hacía juego con su suéter de color rojo tomate. Supe de inmediato que debía estar con el granjero; estaba muy bien vestido como para ser de la pareja. Estaba escondido y observaba aterrorizado la escena del ladrón que le apuntaba a su padre con un arma.

Mis pulmones dejaron de respirar agitadamente y, sin pensarlo, me liberé de un tirón de las manos de Chase para arrastrarme hasta el escondite del niño, que estaba tres metros a la derecha.

—¡Ember! —susurró Chase.

La voz del vagabundo se oyó cerca de nosotros.

—Sí, claro, alguna vez yo también tuve una casa, un trabajo y un auto. ¡Tenía dos autos! ¡Ahora ni siquiera puedo alimentar a mi familia! —Pude oír que el ladrón había comenzado a llorar. Su desesperación era cada vez mayor. Tanto Chase como yo nos alarmamos al oírlo.

El niño sollozó con fuerza, y el ladrón se dio vuelta en nuestra dirección.

—¿Qué fue eso? ¿Estás ocultando a alguien? ¿Quién está ahí?

—¡Nadie! —dijo el granjero enérgicamente—. Solo somos nosotros.

—¡Escuché a alguien! —Comenzó a dar pisotones hacia nosotros.

Me quedé helada. Mis nudillos se hundieron en una pila de hojas húmedas. El niño estaba apenas a un metro y medio de nosotros, pero ya me había visto. Cubría su boca con ambas manos y su rostro brillaba por las lágrimas que derramaba.

Llevé mi dedo tembloroso hasta los labios, en un acto desesperado por hacerlo callar. ¿Por qué no habíamos retrocedido como Chase lo había sugerido?

El crujido de la maleza me sacó de mi trance. Por un breve segundo vi los ojos de Chase y reconocí su dura mirada de soldado. Entonces, para mi sorpresa, dejó caer la mochila y se puso completamente de pie. Nunca se había visto más formidable.

—¿Quién demonios es usted? —gritó el ladrón, y apuntó su pistola directo al pecho de Chase.

La cabeza me daba vueltas. *¿Qué está haciendo?* Intenté tomar el tobillo de Chase para devolverlo a su posición original y hacerlo entrar en razón, pero era demasiado tarde. Me di cuenta de que estaba distrayéndolo del niño. Se dejó ver por el hombre armado antes de que comenzara a hacer disparos al azar hacia el bosque. La perspectiva de que Chase saliera lastimado, me llenó de impotencia.

—Oiga, tranquilo. Baje el arma —ordenó Chase con toda la calma que fue posible.

El ladrón vaciló y retrocedió varios pasos.

—¿Quién es usted?

—Un viajero, igual que usted. Hace frío, ¿verdad? Creo que el frío es lo peor de todo. Escuche, sé que tiene hambre. Tengo algo de comida y puedo compartirla con ustedes esta noche, y luego podemos pensar en un plan, ¿de acuerdo?

—¡Aléjese!

Los ojos del granjero se paseaban entre los dos hombres armados y luego se dirigían hacia el bosque, donde estaba oculto su hijo. El aire de la tarde se tornó inquietante.

—¡Por favor, Eddie! —gritó la esposa del ladrón—. ¡Vámonos, por favor!

El hombre se llevó ambas manos a la cabeza. El cañón de la pistola estaba apoyado contra su sien.

"Va a pegarse un tiro", pensé horrorizada.

—Oiga, voy a bajar el arma, ¿de acuerdo? —dijo Chase—. Baje la suya y luego le daremos algo de comer.

Completamente sorprendida, vi que Chase se inclinó para bajar su arma. Este tipo de negociaciones habían formado parte de su entrenamiento, pero ¿era lo correcto? ¡Estaba a punto de quedar indefenso!

Un chasquido proveniente de los arbustos que quedaban a unos metros de distancia llamó mi atención.

El muchacho estaba saliendo de su escondite.

—¡Oye, niño! —susurré—. ¡Agáchate!

No me hizo caso. Al parecer creía que Chase había resuelto la situación.

—¡Papá!

El muchacho comenzó a correr hacia el granjero, cuya expresión de sorpresa se deformó en una mueca de terror. Luego dejó caer el bate.

El ladrón blasfemó, sobresaltado, y apuntó el arma plateada hacia el niño, que salía de los arbustos.

—¡Ember, detente! —rugió Chase.

Hasta ese instante no me había dado cuenta de que me había puesto de pie y de que mis pies estaban corriendo hacia el chico. Estaba más cerca de él que su padre y podía detenerlo antes que él. Eso era lo único en lo que podía pensar en ese momento.

Se oyó un estallido. El hombre disparó justo en el momento en el que el niño y yo chocamos. Caímos sobre el césped en un movimiento brusco que nos dejó sin aire y completamente enredados.

—¡Ronnie! —El granjero me arrojó a un lado mientras sostenía desesperadamente el cuerpo de su hijo, en busca de lesiones. Yo también hice lo mismo. Los *jeans* y el suéter del niño estaban manchados de lodo, y su rostro inocente estaba pálido por la conmoción. Aun así, no había recibido ningún disparo, y no sentí ningún dolor aparte del que me causó el hecho de haberme quedado sin aire, lo que reducía las cosas a...

—¡Chase! —Me puse de pie de inmediato y comencé a correr sobre los parches de hierba húmeda y los charcos, en dirección a los dos hombres que estaban en el suelo. Tardé un segundo en comprender que ambos estaban peleando. Hasta el momento, ninguno de ellos había sido herido de muerte.

Tras rodear la vaca muerta, me pareció evidente que Chase estaba ganando. Era unos veinte kilos más pesado que su oponente, y su juventud y entrenamiento estaban a su favor. La mujer también lo había atacado, pero él la había arrojado a un lado y ahora solo sollozaba miserablemente. Por algún motivo, ambas armas yacían en el suelo.

Mis ojos encontraron primero el arma de Chase, pues era la más cercana. La recogí rápidamente y, olvidándome de seguros y cámaras, la apunté a la masa confusa de prendas manchadas de sangre que rodaba frenéticamente en el suelo.

Mis manos temblaban. No podía disparar sin arriesgarme a herirlos a ambos.

—¡Alto! —grité.

Chase le dio un codazo violento al rostro del ladrón. El hombre se aferró al brazo herido de Chase, y Chase gruñó de dolor.

En ese momento, algo cambió dentro de mí. Sentí que un relámpago recorría mi espalda y que la sangre hervía y corría rápidamente por las venas. Mis ojos se entornaron hasta convertirse en unas rendijas delgadas y sobre ellos descendió un velo rojo. De repente, dejó de importarme lo lamentable o lo hambriento que me parecía ese extraño.

Debía detenerlo y de inmediato.

Levanté el arma hacia el cielo y apreté el gatillo. Una explosión fuerte azotó mis tímpanos. El arma dio un culatazo y sacudió con fuerza mi muñeca y mi antebrazo. Chillé, y el arma cayó de mi mano entumecida al suelo. Por algún motivo extraño, mi mente se llenó de un silencio tranquilizador.

Chase se inclinó hacia delante para ponerse de pie; sus hombros se movían agitados. La actitud de negociación tranquila había desaparecido de su rostro para revelar la ferocidad que yacía debajo. Sus ojos buscaban precipitadamente el origen del disparo y se posaron en mí.

La mujer ayudó a su marido a ponerse de pie. La boca y la nariz del hombre estaban ocultas bajo un revoltijo de sangre y tierra. Ambos huyeron hacia el bosque sin decir una sola palabra.

Los miré fijamente mientras huían, y de repente me sentí fuera de lugar, como un martillo sin clavos. *¿Qué hago ahora?* Todo había sucedido muy rápido y había terminado de la misma manera.

Cuando me di la vuelta, Chase venía hacia mí. Su modo de andar me indicó que estaba furioso, incluso antes de que abriera la boca.

No podía pensar con claridad. Me zumbaban los oídos por el disparo, y en mi mente resonaban los restos fugaces de la ira que me había invadido.

Las lágrimas nublaban mi visión. El miedo, que había desaparecido momentáneamente, volvió con toda su fuerza y, en ese estado de desconcierto, corrí hacia él y salté a sus brazos.

Pareció sorprendido al principio, pero pronto me devolvió el abrazo.

—Tranquila —dijo para reconfortarme—. Nadie salió herido. Estás bien.

Sus palabras me desgarraron por completo y, por primera vez desde que me había sacado del reformatorio, comprendí la verdad acerca de nosotros: no podría estar bien si él no estaba bien. Sin importar el dolor, las pesadillas y las peleas, él formaba parte de mí.

—¡No vuelvas a hacer eso! ¡Jamás! —le dije.

—Lo mismo digo de ti —dijo.

Podía sentir su aliento cálido en mi cuello.

—¡Prométemelo! —exigí.

—Yo… Te lo prometo.

—No quiero perderte.

En ese momento no me preocupaba llegar a Carolina del Sur. Solo quería explicarle que lo necesitaba. Que necesitaba al antiguo Chase, al Chase que aún podría rescatar de aquello en lo que se había convertido. No sé por qué se lo dije, pero en ese momento no me arrepentí de haberlo hecho.

Chase vaciló y luego me acercó aún más a él, casi impidiéndome respirar. Mis pies ya no tocaban el suelo. Podía sentir sus manos aferradas a mi abrigo.

—Lo sé.

Mi pulso se hizo más lento, pero mi corazón latió con más fuerza que nunca. Entonces sí lo sabía. Sí recordaba cómo eran las cosas cuando estábamos juntos. Podía sentirlo en la forma en que se había dejado llevar, en el vínculo que nos unía ahora que había dejado de pensar demasiado las cosas. Al fin había regresado mi Chase.

Alguien se aclaró la garganta.

Nos separamos como dos imanes de la misma polaridad, y lo que había parecido un vínculo irrompible entre nosotros, se hizo pedazos como el cristal. Habíamos olvidado que había otros presentes, y ahora estábamos frente al granjero. El bate de béisbol estaba oculto bajo el brazo amputado y la mano estaba apoyada sobre la cabeza de su hijo. El niño ahora sonreía tontamente. Sentí que mi rostro hervía a pesar de que la temperatura estaba bajando ahora que llegaba la noche.

—Lamento interrumpir. Soy Patrick Lofton y él es mi hijo, Ronnie.

VEINTE MINUTOS DESPUÉS estábamos siguiendo a Patrick y a Ronnie hasta la casa principal. A pesar de lo mucho que lo lamentó el granjero, tuvimos que dejar la vaca en el lugar en el que yacía hasta la mañana siguiente, cuando podríamos enterrarla adecuadamente. No podían descuartizarla, pues no tenían un cuarto frío lo suficientemente grande para almacenar la carne, y su comprador, un hombre de apellido Billings, no vendría sino hasta dentro de una semana. Ante la mención del matadero, me estremecí; me hizo pensar en el perro muerto que colgaba en la casa de la mujer del maizal.

Patrick había insistido en que nos quedáramos un rato para que su esposa nos pudiera expresar adecuadamente su gratitud con una comida. Cuando le dijimos que teníamos que seguir adelante, que teníamos familia esperando en Lewisburg, se ofreció a llevarnos y aceptamos su oferta: los inquilinos de la granja no debían ser más peligrosos que la gente desesperada y hambrienta del bosque.

Además, pronto íbamos a estar en las mismas condiciones que los vagabundos si no comíamos algo.

Chase nos había presentado como Jacob y Elizabeth, y Patrick pareció aceptar los seudónimos, a pesar de que anteriormente habíamos utilizado nuestros nombres reales. No me gustaban; no creía que me viera como una Elizabeth. La única que había conocido era Beth, que era trece centímetros más alta que yo y tenía el pelo de color rojo brillante. Al menos no me había llamado Alice.

Luego Chase inventó una historia impecable acerca de nuestro éxodo a Richmond después de que bombardearan Chicago, lo que animó a Patrick a contarnos que él también había sido testigo de esas atrocidades. Había sido soldado del ejército de Estados Unidos y estaba apostado en San Francisco cuando tuvieron lugar los hechos. Había sido allí donde había perdido su brazo.

Nos acercamos a un granero rojo, destartalado, con marcos blancos y a un tractor verde que había frente a sus enormes puertas. Un pastizal cubría el terreno que estaba enfrente, donde una treintena de vacas negras apenas se podían ver a la luz del ocaso.

—¿Te molestaría dejar tu arma aquí, Jacob? —preguntó Patrick, deteniéndose frente al granero—. Solo hasta que nos vayamos. No llevamos armas a casa, Ronnie es demasiado joven para eso.

Estuve a punto de decir algo sobre el hecho de que cualquiera podía dispararle, aunque solo fuera un niño, pero me contuve, consciente de que la solicitud de Patrick tenía más que ver con su intención de protegerse de nosotros que con la tierna edad de su hijo. Sentí que Chase se irguió y luego asintió. Después de todo, todavía tenía el bastón y el cuchillo.

—Claro. No hay problema.

Patrick hizo fuerza para abrir la puerta chirriante del granero. Nos atacó el olor a humedad de los fardos de heno que recubrían las paredes de madera astillada. En un espacio abierto que había delante de nosotros, había una motocicleta con un amplio manubrio plateado que descansaba sobre su soporte. Sentí un hilo de nostalgia al verla.

—Vaya. Dejaron de fabricar motocicletas Sportster antes de la guerra —dijo Chase asombrado.

Patrick se echó a reír.

—Nada mal. Sabes de motocicletas, ¿eh?

—Solía tener una motocicleta híbrida. La transmisión no estaba hecha a medida y…

—Vamos, papá. ¡Tenemos que buscar a mamá! —interrumpió Ronnie.

La sonrisa que había esbozado Patrick por el cumplido se desvaneció, y abrió un armario en la esquina trasera con una llave que sacó de su bolsillo. En el estante superior había un rifle de cacería. Puso el arma del ladrón en el mismo estante y Chase también dejó la suya tras vacilar por un momento.

La casa de los Lofton era acogedora y espaciosa. La sala de estar, que estaba justo después del cuarto de lavandería, estaba llena de autos de juguete y figuras de acción. Había una chimenea empotrada y en la repisa, una docena de retratos familiares; todos con rostros sonrientes.

Chase y yo limpiamos nuestras botas y él se quitó la mochila. Lo miré con las cejas levantadas, y él me devolvió el gesto.

Los Lofton eran adinerados.

No eran ricos. De hecho, probablemente tenían menos de lo que habíamos tenido cuando mi madre aún trabajaba. Ni siquiera había un televisor en la sala de estar, pero había un florero de cristal y una lámpara decorativa sobre la mesa de la esquina, juguetes y libros regados por ahí, y varias prendas de vestir que seguramente ya no le quedaban a Ronnie y que ahora se acumulaban en el suelo. Todas eran cosas que yo habría vendido cuando nos encontrábamos en una situación difícil. El hecho de que no hubieran tenido que hacerlo significaba que les estaba yendo mucho mejor que al resto de habitantes del país.

La cocina tenía un tragaluz sobre una isla. Las paredes estaban pintadas de color borgoña, y las toallas y los utensilios del mostrador eran de un moderno color negro. Un aroma delicioso emanaba de una enorme olla de cocción lenta que se encontraba sobre el mostrador de mármol.

Había pasado mucho tiempo desde que había comido carne; en los comedores de beneficencia nunca había, y con los cortes de electricidad no podíamos utilizar un refrigerador. Tuve que usar toda mi fuerza de voluntad para no hundir mi rostro en la olla. El zumbido familiar de un generador que había fuera me distrajo.

No estaba segura de si mi estómago se había retorcido por el hambre o por el ataque repentino de pánico que tuve. *¿Tenían un generador?* Eran comunes en las empresas, pero no en las casas particulares. ¿Quiénes eran estas personas? ¿Acaso eran amigos del presidente? Era evidente que les iba muy bien; el precio de la carne estaba por las nubes.

—¡Cariño! —gritó Patrick—. ¡Mary Jane! ¡No te preocupes, puedes salir! —El hombre puso sus llaves en un tazón de cerámica que había junto al refrigerador.

Oí que una cerradura se abría en el pasillo, y una puerta se abrió sobre la alfombra.

—Cuando hay problemas, todos nos ocultamos en el sótano —explicó Patrick.

Ronnie volvió corriendo a la cocina y se deslizó por el suelo de linóleo sobre sus calcetines.

—Bueno, casi todos —añadió Patrick en voz baja.

—¿Esto sucede a menudo? —le pregunté.

—Más de lo que quisiera —respondió con amargura—. Ocurre cada pocos meses, aunque es menos frecuente cuando hace mucho frío fuera. Lo de la pistola fue nuevo. —Una expresión sombría se dibujó en su rostro.

—¿Y Ronnie? ¿Todavía está contigo? —Una mujer menuda entro rápidamente a la habitación. Era pelirroja y su corte de pelo se detenía abruptamente a la altura de su barbilla. Llevaba puesto un suéter de rombos y *jeans*. Era una mujer muy hermosa, lo que no concordaba en absoluto con la esposa sencilla que yo había imaginado que tenía el granjero. Además, el hecho de verla me hizo tomar conciencia de lo sucios que Chase y yo estábamos debido a nuestra travesía por el bosque. La mujer se detuvo bruscamente cuando nos vio.

Patrick nos presentó y explicó rápidamente lo sucedido. Un rubor encendió sus mejillas e inconscientemente comenzó a acariciar el pelo de su hijo. El niño se inclinó sobre su pierna como un gato que ronronea.

—Bienvenidos… Dios santo, por supuesto que son bienvenidos —dijo al fin—. Se lo agradezco.

—Se me ocurre que a Jacob y a Elizabeth les gustaría quedarse a cenar. —Ante la propuesta de Patrick, mi estómago rugió de nuevo—. Tienen familiares en Lewisburg. Me ofrecí a llevarlos por la mañana.

¿Por la mañana?

—¿Tú…? Claro. Desde luego que sí —dijo Mary Jane, y sacudió la cabeza.

—Lo siento —dije con la esperanza de no sonar desagradecida—. Teníamos pensado llegar a Lewisburg esta noche. —Miré por la ventana. Aún no había terminado de oscurecer.

—Mi tío no ha estado bien de salud —añadió Chase.

Patrick frunció el ceño.

—Es ilegal viajar después del toque de queda. Además, después de todo lo que han hecho…

La forma en que dijo la palabra *ilegal* hizo que mi espalda se estremeciera. Era claro que Patrick seguía las reglas. Pisé los dedos de los pies de Chase sigilosamente, y él asintió una vez, sin mirarme, para confirmar su decisión de forma silenciosa.

No teníamos más remedio que pasar la noche allí, o al menos hacerles creer que íbamos a hacerlo, a no ser que quisiéramos arriesgarnos a que contactaran a la MM por violar el toque de queda. Tenían un generador, lo que significaba que su teléfono funcionaba incluso después del anochecer. Su obediencia me horrorizaba.

Mary Jane fingió una sonrisa.

—No se atrevan a decir que no. Van a quedarse aquí, y por la mañana yo misma los llevaré a Lewisburg. No podríamos hacerlo de ninguna otra manera.

Por supuesto que no. Eso estaba claro.

—Son muy amables —dije con la esperanza de que mi voz no hubiera sonado demasiado lúgubre.

Confirmando mi apariencia andrajosa, Mary Jane me llevó a su cuarto de baño con una toalla vieja y andrajosa y una pastilla de jabón que sacó de un anaquel. Chase nos siguió con nuestra mochila. Sabía que estaba haciendo un mapa mental de la casa e identificando las salidas.

—Son demasiado amables —susurré mientras él se lavaba las manos—. Hasta donde saben, podríamos ser asesinos en serie.

Chase hizo un sonido en el fondo de su garganta para indicar que estaba de acuerdo.

—No podemos quedarnos hasta mañana —le informé, aunque mis pies ampollados y sangrantes, los músculos acalambrados de mi zona lumbar y mis pantorrillas anhelaban lo contrario.

No contestó. Había tomado una actitud sombría de nuevo, y me ofendió el hecho de que les mostrara un rostro alegre a unos desconocidos mientras que a mí me ignoraba. Era evidente que lo que había ocurrido entre nosotros momentos antes, había caído en el olvido, y eso me dolió más de lo que quería admitir.

Mientras observaba lo que había fuera del cuarto de baño, vi que sus ojos se levantaron para analizar con interés el gigantesco armario y el lujoso edredón dorado. Esperaba que no tuviera la intención de robar nada. No mientras estuviéramos en la habitación contigua.

El agua estaba caliente gracias al generador, y esta calmó mi cuerpo dolorido mientras me frotaba para remover las capas de suciedad. Aun así, no podía relajarme. No me gustaba el hecho de no saber lo que estaba sucediendo en el resto de la casa.

Me vestí rápidamente, me aseguré de que mis botas estuvieran bien atadas en caso de que tuviéramos que salir de improviso y miré mi pelo en el espejo. Me sorprendió lo corto que estaba; desde que Chase lo había cortado, no había tenido la oportunidad de acostumbrarme a mi nuevo reflejo. Ahora que estaba mojado, podía ver las secciones irregulares donde el cuchillo se había desviado. Con el ceño fruncido, me arrodillé para buscar en la mochila algo para atarme el pelo, pero mi mano se atoró en el bolsillo exterior.

¿Por qué Chase nunca me permitía buscar nada en la mochila? Siempre insistía en buscar él mismo todo lo que se necesitara. Seguramente estaba ocultando algo.

Miré hacia la puerta, preocupada de que regresara a ver cómo iba. Cuando agucé mis oídos, lo único que oí fueron los sonidos que hacía Ronnie mientras jugaba con sus camiones de juguete en la sala de estar. Abrí la gruesa cremallera de cobre.

En la parte superior solo había ropa enrollada hasta su expresión más compacta. La mayoría estaba empapada porque la humedad había penetrado la tela. Debajo, encontré la liga para atarme el pelo, que puse automáticamente alrededor de mi muñeca, y luego encontré fósforos, una linterna, el temido bastón, una jabonera de plástico y otros artículos de aseo. Luego encontré una bolsa plástica resellable llena de dinero en efectivo. Quedé boquiabierta cuando revisé los billetes: todos eran de veinte: casi cinco mil dólares. ¿Desde hace cuánto tiempo había estado ahorrando Chase?

Mi mano tropezó con algo más. Una circular con los estatutos que, con ayuda de una banda elástica, envolvía un objeto rectangular y rígido. La banda se deslizó con facilidad y el documento se abrió por los pliegues hasta revelar una novela de bolsillo, engrosada por un montón de papeles doblados que había entre las páginas.

Mi corazón dio un vuelco contra mis costillas. Era la cubierta desgastada de un ejemplar de *Frankenstein*.

—¿*QUÉ TIENE DE ESPECIAL ESE LIBRO?* —*Su tono era ligeramente burlón.*

Puse el libro sobre la mesita de noche y vi a Chase pasear por mi habitación. Tomaba los objetos con cuidado y luego los ponía en su lugar. Los limpiaba si dejaba huellas digitales en ellos. Desde la guerra nunca sabía qué hacer con las posesiones.

—*Me gusta. ¿Qué tiene de malo?*

—*Es una elección interesante —dijo, aún más interesado—. Es que no es muy… femenino, supongo. —Se rio.*

—*Lo escribió una mujer.*

—*Una mujer a la que le gustan los monstruos.*

—*Tal vez a mí me gustan los monstruos. —dije, al tiempo que contenía una sonrisa.*

—¿Es eso cierto? —Chase entrecerró los ojos y los dirigió hacia mí. Se sentó a mi lado en la cama y rebotó un poco, deshabituado a los colchones, y luego sonrió como un niño pequeño.

—De todos modos, no es un verdadero monstruo —dije—. Los demás dicen que lo es solo porque es diferente. Es triste, ¿sabes? Ver que la gente puede destrozarte de esa manera. Saber que intentas hacer lo correcto, pero ser incapaz de lograrlo.

"Como obligar a Roy a alejarse de mi madre", casi añadí, y sentí que mi rostro se sonrojaba.

Chase inclinó la cabeza y sus ojos miraron profundamente en mi interior de una manera que me hizo sentir vulnerable, como si nunca antes me hubieran mirado de verdad, pero al mismo tiempo me sentía segura, como si supiera que nunca se atrevería a decirle a nadie lo que había descubierto. Sus dedos se entrelazaron con los míos.

—Parece una vida solitaria —dijo.

ABRÍ EL LIBRO y desdoblé con cuidado el manojo de papeles, dos de ellos de color verde claro. Eran documentos legales donde se cambiaba el titular de la escritura de la casa de su padre al miembro de la familia sobreviviente, Chase Jennings. Me entristeció darme cuenta del peso que cargaba.

Los demás papeles, había casi una treintena de ellos, estaban aplastados y tenían tantos pliegues que seguramente se habrían desgarrado si los hubiera abierto demasiado rápido. Mi pulso se aceleró. Reconocí el papel... la caligrafía.

Eran mis cartas. Las que le había escrito a Chase cuando estaba en la MM. Abrí unas cuantas, consciente de que tenía que apresurarme, pero incapaz de resistir la tentación de comprobar que eran reales. Leí las cosas sin sentido de las que le hablaba: de cómo estábamos Beth y yo, de cómo iban las clases, de las conversaciones que tenía con mi madre. Mis palabras produjeron una avalancha de nostalgia. Recordé la dureza de la mesa de la cocina y el olor de las velas de vainilla que usaba para escribir hasta altas horas de la noche; mi preocupación por su seguridad y la melancolía que había sentido al pensar en él.

Había escrito algo al respecto. Le había dicho que lo extrañaba, que estaba impaciente por saber algo de su vida, que pensaba en él constantemente. Había concluido todas las cartas con "Con amor, Ember", y había sido sincera. Había amado a Chase Jennings.

Pensé en la forma en que me había abrazado fuera y me pregunté si aún lo amaba.

Admitirlo hizo que mi corazón se confundiera. Chase era exasperante y contradictorio. Era mandón, sobreprotector y muy impreciso respecto a todo. Nadie me hacía enojar tanto como él, y era porque sabía que nadie era tan importante para mí. Nadie, excepto mi madre, y el amor que sentía por ella era completamente diferente. Lo necesitaba tanto como al oxígeno y al agua.

Por algún motivo, estaba molesta. ¿Por qué había guardado esas cartas? A veces parecía que apenas podía tolerar mi presencia, y aun así llevó consigo recuerdos de nuestra relación mientras prestaba servicio y estuvo al otro lado del país. Después de todo, ¿qué tan distinto era el antiguo Chase, mi Chase, del soldado en el que se había acabado convirtiendo?

¿Cuál sería el costo que yo tendría que pagar por albergar la esperanza de que aún fuera importante para él?

Puse las cartas de vuelta en la novela, con cuidado de dejarlas tal y como las había encontrado. Cuando lo hice, mis ojos se posaron en una cita de una carta del narrador, Víctor, a su amada.

"Guardo un secreto, Elizabeth, un secreto tan espantoso que tu sangre se helará de horror cuando te lo revele. Luego, más que sobrecogerte ante la profunda desgracia que me abatió, te preguntarás cómo fui capaz de sobrevivir a ella".

Me estremecí involuntariamente. Al parecer, mi identidad falsa no había salido de la nada.

Capítulo 11

—¿POR QUÉ ERES TAN GRANDE? —dijo Ronnie desde el comedor, casi maravillado. Se puso de pie sobre la silla para tratar de alcanzar la misma estatura de Chase, pero aun así era notablemente más bajo.

—Como muchos vegetales —mintió Chase, lo que suscitó un gesto de agradecimiento por parte de Mary Jane—. ¿Me puedo sentar aquí? —Había elegido un asiento que le daba la espalda a la pared para tener una perspectiva clara de la habitación.

—Sí —dijo el chico.

—Recuerda tus modales, Ronnie —dijo Mary Jane, mientras yo la ayudaba a poner la mesa.

—Sí, por favor —dijo Ronnie.

La mujer soltó una risa nerviosa.

—Me refería a que te sentaras. Siéntate de este lado, cerca de mamá. —Estaba claro que quería que su hijo, el único que parecía cómodo con la idea de que cenáramos juntos, se sentara entre su madre y su padre. Eso me relegó a sentarme junto a Chase, en el lado de la mesa que estaba destinado para los desconocidos.

Me molestó el hecho de que Patrick no nos hubiera llevado directamente a Lewisburg. La amabilidad que había demostrado momentos atrás había desaparecido, y ahora daba la clara impresión de que lamentaba habernos invitado a su casa.

Pensar que había confiado en su amabilidad cuando había tenido la intención de huir.

Nos reunimos alrededor de la mesa, y Ronnie relató la versión más parsimoniosa de la historia de Johnny Appleseed que jamás había oído, lo que aumentó la tensión. Luego, por fin, comenzamos a comer y pudimos concentrarnos en algo más que en los que estábamos sentados a la mesa. Apenas si había tragado el primer bocado de carne cuando ya había llenado el tenedor con más comida y lo había llevado de nuevo a mi boca. Me dije que debía comer todo lo que pudiera; no sabíamos cuándo íbamos a volver a tener la oportunidad de probar una comida caliente.

Dejé que Chase se hiciera cargo de la mayor parte de la conversación, después de todo era más hábil para mentir que yo. Adornó la historia sobre su familia en Lewisburg, teniendo cuidado de no decir nada que pudiera levantar sospechas. Me impresionó lo mucho que hablaba. No había hablado tanto mientras estuve con él la semana anterior.

Mientras todos estaban concentrados en su relato, me metí un bollo de pan en el bolsillo para más adelante.

A medida que la conversación giró en torno a Ronnie, los signos de agotamiento de Chase se hicieron más evidentes: sus ojos parecían perderse en un punto en el horizonte y permanecía encorvado sobre su plato. ¿Cuánto había dormido en los últimos días? La noche anterior casi no había dormido y un día antes habíamos estado huyendo. Quién sabe cuánto más había dormido antes de eso.

Esa noche tampoco íbamos a dormir. El siguiente instante que pasáramos a solas lo dedicaríamos a decidir si pasar la noche allí o escabullirnos. De cualquier manera, no habría tiempo para descansar.

La incomodidad se extendió hasta el final de la cena. El silencio invadía el ambiente y solo era interrumpido cuando Ronnie decidía contar otra historia. Cada segundo que pasaba me sentía más vulnerable. La amenaza de que reportaran una violación del toque de queda y la oferta de llevarnos a Lewisburg por la mañana eran las únicas cosas que me mantenían quieta en mi asiento.

En respuesta a la tensión, Mary Jane encendió una radio de cocina, y la acompañé junto al lavaplatos mientras lavaba los platos. El sonido crepitante me recordó a la radio de la MM que había en la mochila de Chase. Tenía la esperanza de que oyéramos música, pero no contamos con tanta suerte.

El noticiero ya había comenzado. La periodista, una mujer llamada Felicity Bridewell, hacía una pausa al final de cada palabra con un molesto tono de prepotencia. Estaba hablando del aumento de la delincuencia en las zonas rojas y del decreto de la OFR para incrementar su presencia en las fronteras.

Recordé al policía de carreteras y sentí un escalofrío.

Las voces de los hombres se detuvieron en la otra habitación, y sabía que ahora Chase estaba escuchando lo que decía la radio. Me quedé quieta guardando un silencio ansioso; mi boca estaba seca.

—… que investiga el asesinato de otro oficial de la OFR ocurrido el día de hoy en Virginia. Las autoridades han determinado que se trata de la segunda víctima de aquel al que ahora se refieren como el francotirador de Virginia. Ningún testigo se ha presentado ante las autoridades…

Un francotirador que asesina oficiales de la OFR… ¿Tenía alguna relación con la camioneta de uniformes que habían robado en Tennessee? Sentí un cosquilleo extraño en mi pecho. No era correcto desear que ocurrieran actos violentos, pero la gente estaba luchando, y eso alimentó mi esperanza.

Antes de que se llevaran a mi madre, había llegado a aceptar cuán arraigada estaba la MM en nuestras vidas. No me gustaba admitirlo, pero lo cierto era que no todo lo que hacían era malo. La Ley de Reformas había instituido los comedores de beneficencia y había ordenado la congelación de las hipotecas, cosas sin las cuales podríamos haber muerto. Pero desde que nos arrestaron a mi madre y a mí, la perspectiva había cambiado. Ahora parecía descaradamente obvio que esos programas no eran más que una forma de influir en la gente, de hacernos dependientes de la misma máquina que nos oprimía. El cisma entre el Gobierno y el pueblo nunca había parecido tan grande.

La MM me había quitado la vida. No podía volver a estudiar y tampoco podía regresar a casa. Tal vez nunca iba a volver a ver a Beth ni a Ryan. Por primera vez, desde la guerra, imaginé cómo serían las cosas sin la MM, sin zonas rojas ni toques de queda; sin reformatorios ni estatutos. Me di cuenta de que podría sobrevivir, porque Chase y yo lo estábamos haciendo ahora mismo.

Sacudí la cabeza para alejar mis pensamientos. Mi labor era hacer que las cosas funcionaran bien, no causar problemas. Unirse a una resistencia era una locura, era para irresponsables. Nada de eso siquiera importaba porque aún debía buscar a mi madre.

—… un asesinato estilo ejecución ocurrido en Harrisonburg, Virginia. La víctima es un hombre no identificado, caucásico, de unos cuarenta años. —Hubo una pausa y se oyó que alguien le entregaba una nueva hoja a la periodista. —Acabamos de recibir noticias de que la Oficina Federal de Reformas ha vinculado esta muerte con el francotirador de Virginia. Este constituye el tercer asesinato en serie de los que han tenido lugar en el estado. Como siempre, se les recomienda a los ciudadanos mantenerse fuera de las zonas evacuadas y cumplir con el Estatuto de Comportamiento Moral.

Junté las manos para que no temblaran.

La MM estaba culpando a la resistencia por sus propios crímenes; estaba inculpando a ese francotirador, quienquiera que fuese.

Mary Jane estaba parloteando acerca de lo peligroso que se estaba volviendo el país y sobre lo agradecida que estaba con la OFR. Quería decirle la verdad a gritos, pero sabía que no podía. Me quedé completamente inmóvil cuando la radio llamó mi atención de nuevo.

—… Jennings, quien desertó de la OFR al comienzo de esta semana, debe abordarse con suma cautela, pues se considera peligroso y puede estar armado. Si tiene información sobre el paradero de este criminal puede comunicarse a la línea de crisis. Con esto concluye la transmisión de esta noche. Los acompañó Felicity Bridewell.

¡Me había perdido la noticia! ¿Qué era lo que habían dicho? ¡Mary Jane había hablado durante la mayor parte del informe!

No podía mirarla; había visto la verdad en mi rostro. Si huíamos en ese momento, los Lofton sabrían que éramos culpables. Ante eso, fijé mis ojos en la ventana y contemplé las gotas de lluvia que había del otro lado del cristal. Casi grité cuando la mano de Chase se posó en la parte baja de mi espalda.

—La cena estuvo grandiosa, ¿verdad, Elizabeth? —dijo con una sonrisa vacía, para distraer a la mujer de mi ataque de pánico. Sabía que todo era fingido, pero sentirlo me reconfortó y me dio fuerza para continuar con la actuación.

—Estuvo deliciosa —dije. Los músculos de mis piernas ya estaban listos para huir.

Los minutos que siguieron me parecieron fugaces. Lo siguiente que puedo recordar, era que Chase y yo estábamos de pie en un cuarto de invitados del otro lado del pasillo, frente a la habitación de Ronnie. Un edredón amish cubría una de las paredes; el intrincado patrón de cuadros de colores casi me ponía bizca.

Chase abrió la ventana, pero estaba reforzada con barras de acero. Mantenía fuera a los ladrones y dentro a los criminales.

Respiré profundamente.

—No creo que sospechen —dije vacilante.

Chase sacudió la cabeza; ahora que su actuación había terminado se veía serio.

—Quizá Patrick no me oyó decir tu nombre fuera.

Parecía preocupado. Cerró la ventana con delicadeza y luego frunció el entrecejo. Se balanceaba de un lado al otro.

—¿Qué hacemos? —pregunté—. No quiero esperar hasta mañana.

—Tienen una furgoneta en la parte delantera de la casa y también hay una motocicleta, pero no podemos correr el riesgo de recorrer las carreteras después del toque de queda. —Su tono era sombrío—. Saldremos a pie después de que se duerman.

Lo que significaba que no podíamos hacer nada hasta que la familia se fuera a dormir.

MIENTRAS CHASE SE LAVABA, recorrí el pasillo de puntillas, curiosa por no poder oír ni a Mary Jane ni a Ronnie. Supuse que estaban leyendo antes de dormir, lo que me pareció normal. De hecho, Patrick, que aún permanecía en la sala de estar, estaba haciendo lo mismo. Tenía los pies levantados y traía puestos sus anteojos. Me tragué el resentimiento que sentí cuando recordé mi casa y el hecho de que mi madre y yo solíamos leer en el sofá después del toque de queda.

Mi pulso bajó. Nada parecía fuera de lo común. Al menos no lo creía así.

Cuando me deslicé de nuevo hacia el cuarto de invitados, encontré a Chase sentado en el borde de la cama, con los codos apoyados sobre las rodillas y el rostro entre las manos. Estaba tan quieto que pensé que estaba dormido.

Lo miré por un momento, incapaz de quitarle los ojos de encima.

Parecía haberse distraído mientras se cambiaba. Todavía llevaba puestos sus *jeans* y sus botas, pero su camisa limpia yacía intacta junto a él, sobre la cama. Las luces aún podían encenderse gracias al generador, pero en su lugar él había encendido una vela para combatir la oscuridad. La llama vacilante acentuaba las líneas marcadas de su mandíbula y su cuello. Desde donde me encontraba, pude notar que tenía varias cicatrices en la espalda que no había visto en la casa de Rudy Lane. Las cicatrices me hicieron enojar; eran cortes en diagonal semejantes a un zarpazo. Quería saber quién lo había herido así. Quería protegerlo, si acaso era posible. Me sentí poderosa al pensar que tal vez sí podía hacerlo.

Sus cicatrices, combinadas con la herida que ahora serpenteaba al descubierto sobre su hombro, lo hacían ver aún más peligroso.

Para mí, era aterradoramente hermoso.

Los nervios que me habían invadido parecieron transformarse y encauzarse hacia Chase. Mi cuerpo temblaba por la expectativa. La poca energía que nos quedaba flotaba en el aire como una descarga eléctrica.

Quería acercarme a él, pero mis pies estaban firmemente clavados al suelo. Abrí la boca para hablar, pero no me salieron palabras. Pensé en las cartas que él había guardado, en lo que podrían significar si decidiera abrirse un poco, y de nuevo me sentí confundida.

Chase permaneció inmóvil, tal y como yo lo estaba, después suspiró suavemente, y mi corazón se encogió. Algo andaba mal. Ese había sido un ruido de dolor, no de agotamiento.

—¿Te duele mucho el brazo? —pregunté.

Se levantó de un salto, pues no había oído que había regresado. Se me había olvidado que había estado caminando de puntillas para no molestar a Patrick. Él se puso su camisa con demasiado ímpetu, mientras yo cerraba la puerta con cuidado detrás de mí.

—Es solo que… ese niño. Es muy pequeño y pudieron haberle disparado. —Su voz estaba tan llena de remordimiento que apenas pudo pronunciar las palabras a través del nudo en su garganta, y yo me hundí en la pared, atónita por lo mucho que me afectaba oírlo así—. Ni siquiera pensé en él. ¿Cuántos años tiene? ¿Seis? ¿Siete? Casi lo dejé que muriera.

Pude sentir que mis cejas se unieron. Un escalofrío me recorrió toda la espalda cuando recordé a Chase saliendo del bosque.

—Pero no lo hiciste.

—Fue por ti. —Entonces levantó la mirada, sus ojos negros estaban llenos de dolor—. Ese hombre estaba apuntándole con un arma a ese niño, y lo único en lo que podía pensar era en ti, en que te iba a hacer daño y en que no podía permitirlo. Esos sujetos, esos imbéciles de Hagerstown, y esa patrulla de caminos… pude… ¿Qué demonios me sucede?

Tragué saliva con dificultad porque mi garganta estaba hecha un nudo. Volvió a clavar la mirada en sus manos. Ya no se veían como las manos de un combatiente; solo se veían grandes, callosas y vacías.

El nudo se retorció dentro de mí. Si le hubiera pedido que se olvidara de la MM, que se quedara conmigo cuando lo habían reclutado, no estaría destrozado como ahora.

—Chase, tú siempre cuidas a los demás, siempre lo haces —comencé, pero él negó con la cabeza para rechazar mi comentario.

—Tú eres quien me limita.

—Bueno, lamento arruinarte la diversión —dije con cierta consternación.

—¿La diversión? —dijo con voz débil—. ¿Acaso crees…? Ember, eres la única parte de mí que queda. Todo lo demás, mi familia, mi casa, mi alma, todo se ha ido. Ya no sé quién demonios soy. Si no fuera por ti… No sé.

Su voz se apagó de nuevo y luego miró al suelo, aturdido y avergonzado. Aunque mi boca estaba abierta, no tenía la menor idea de qué decirle. Me hubiera gustado reconfortarlo y decirle que seguía siendo Chase, para de paso tranquilizarme a mí también, pero ¿y si tenía razón?

—Ven. —Había sido mi voz, había sido yo quien se lo había pedido, pero nos sorprendió a ambos.

No pasó nada durante lo que parecieron unos segundos eternos, pero luego una fuerza magnética se apoderó de nosotros, y nos obligó a acercarnos. Su rostro se veía dudoso, confundido. Me di cuenta de que no quería acercarse y que no podía entender por qué estaba tan cerca de mí.

Alejó su vista de mí y, para mi sorpresa, acarició mi pelo con su rostro. Podía sentir su aliento cálido en mi hombro. Olía a bosque y ligeramente a jabón. Todo mi cuerpo se estremeció.

Moví la mejilla para rozar su cuello, y la sensación de su piel envió oleadas de éxtasis a través de mi cuerpo. Nadie me hacía sentir de la forma en que Chase lo hacía. Era mi refugio en el huracán, pero al mismo tiempo, era el huracán mismo, por lo que casi siempre que estaba con él me sentía segura y aterrada al mismo tiempo. No había nada en el mundo tan confuso y poderoso como estar cerca de él. ¿Acaso él podía sentirlo? ¿Acaso lo sabía?

—Vi las cartas —confesé—. Las que te escribí. Las vi en la mochila.

Levantó la cabeza, sus ojos se clavaron en mí, y la irritación blindó al instante su vulnerabilidad. Su mirada se fijó en mí con una intensidad que no entendía.

Luego se desvaneció.

—Lo siento. No debí hacerlo —dijo.

Dio un paso atrás y luego otro. Se metió las manos en los bolsillos y respiró con dificultad, como si no hubiera suficiente aire en la habitación.

Lamentaba haberme tocado. Incluso parecía arrepentido. Me sentía diminuta e indigna, y me molestaba mucho que fuera tan insignificante para él cuando él en realidad me importaba tanto.

Bueno, no era insignificante. Era importante. Tal vez no para él, pero para alguien.

No supe cómo reaccionar en ese momento. Mis ojos estaban llenos de lágrimas, pero no permití que se derramaran. Levanté la barbilla con tanto orgullo como pude y traté de mantener firme la voz.

—Deberías dormir un poco, Chase. Te ves cansado. Me quedaré despierta y vigilaré. No hace falta que te preocupes por eso.

Me di la vuelta y me senté en la cama, todavía con la ropa puesta. Chase no se movió durante un largo rato. Al final, se acostó en el suelo, con el cuchillo en la mano. Ni siquiera abrió el saco de dormir.

ME APOYÉ SOBRE LOS CODOS para elevarme por encima de su pecho y poder ver su rostro. Su dedo rozó mi mandíbula y peinó mi pelo hasta llegar a las puntas.

—No me olvidarás, ¿o sí? —Intenté hacerlo parecer trivial para que no viera lo asustada que estaba por su partida al día siguiente.

Sus ojos se entornaron por un momento. Luego se incorporó y yo me arrodillé junto a él. Sus manos tiraron de mi camiseta hacia abajo para alisarla.

—No —dijo, y su rostro se ensombreció—. No creo que sea posible olvidarte.

Su respiración lenta y pesada, y el tono grave de su voz hicieron que todo pareciera demasiado real. No quería que fuera real, no quería que se fuera, pero si abría la boca seguramente iba a pedirle que se quedara. Se lo pediría y arruinaría su vida entera.

Mis ojos se llenaron de lágrimas, y ya se había formado un nudo en mi garganta. Me di la vuelta, contuve la respiración e intenté evitar que mis hombros temblaran, pero él vio todo y, cuando tocó mi brazo, me aparté porque me dolía aún más el hecho de que no estuviera enojado por tener que irse, por tener que ser amable para hacerme su partida más llevadera.

Odiaba la MM con todas mis fuerzas. Mi madre tenía razón: se llevaban todo lo bueno.

La incertidumbre era demasiada. ¿Y si nunca más lo volvía a ver? Todo parecía estar fuera de mi control. Luego, en un arrebato, pensé que, si apresuraba las cosas, tal vez regresaría a casa. Sería como arrancar una curita, pero luego él volvería.

—Quiero despedirme ahora —dije, y mi voz finalmente se quebró—. Cambié de opinión. No quiero esperar hasta mañana. —No podía mirarlo. No importaba que pareciera cobarde.

Sentí su mano, que esta vez movió mi pelo suavemente a un lado, y sus labios, que ahora rozaban mi oreja.

—No te olvidaré —dijo de nuevo, en voz baja.

Me dejé caer estrepitosamente contra su pecho y él me acercó más. Sus brazos se cerraron sobre mi cuerpo y sus rodillas estaban a cada lado de las mías. Lo sentí respirar y presionar los labios contra la parte de atrás de mi cuello.

—Prometo que volveré, pase lo que pase. —Aunque su voz era apenas un susurro, podía percibir la intensidad de sus palabras. Le creí por completo.

—Voy a esperarte —le dije.

Volví la cabeza y enterré mi rostro húmedo en su hombro; él me abrazó hasta que mi respiración se normalizó. Después de un rato, se acostó a mi lado y dijo:

—Duerme tranquila, Ember.

Cuando me desperté por la mañana, ya se había ido.

CHASE LOGRÓ DORMIR en silencio y sin pesadillas, mientras yo permanecía despierta con mis pensamientos apremiantes. Las ganas de continuar con nuestro camino eran más fuertes que nunca. Comencé a preguntarme cuán probable sería que una patrulla de la MM nos atrapara en la noche. Podríamos salir airosos de eso, podríamos llegar hasta Lewisburg, buscar al transportador y llegar a Carolina del Sur al día siguiente.

Siendo sincera conmigo misma, mi mamá no era lo único que me instaba a irme. Lo que había sucedido entre Chase y yo sin duda iba a causarnos más incomodidad, y estaba buscando una manera de evitarlo. Era evidente que planeaba huir una vez llegáramos al refugio, y tal vez eso era lo mejor. Si yo no era motivo suficiente para que se quedara, la verdad no lo quería cerca de mí.

Me mordí las uñas y me enojó bastante lo mucho que me importaba.

Una hora después, caminé de puntillas por el pasillo, solo para descubrir que la luz de Patrick seguía encendida. Lo oí acomodarse en el sofá y pasar las páginas de ese libro exasperante. ¿Por qué no se iba a dormir? En ese momento tuve la sensación de que se había quedado despierto a propósito para cuidar la casa y asegurarse de que no robáramos nada.

No lo culpaba del todo.

Iba de regreso a la habitación cuando oí otro crujido en el suelo, esta vez desde el otro extremo del pasillo. Me metí en el baño de invitados y esperé. Entonces oí el ruido de la puerta del sótano.

—¿Ya llegó Billings? —susurró Mary Jane.

Entonces ella estaba en el sótano, probablemente con el chico. Me sentí estúpida por haberlos creído más ingenuos; habían estado allí desde la cena. Era allí donde se ocultaban cuando había peligro.

Billings. ¿Quién era ese Billings? La respuesta vino a mí lentamente. Patrick había mencionado ese apellido antes. Era su comprador. La persona que llevaba el ganado al matadero.

—Aún no, pero llegará pronto. Mantén la puerta cerrada con llave.

—Ten cuidado —dijo ella en voz baja—. Si en verdad es ese hombre del que hablaban en la radio, es peligroso. No puedo creer que los hayas traído a casa, con Ronnie…

—No menciones a Ronnie —espetó Patrick, y luego suspiró pesadamente—. Escucha, a mí tampoco me gusta, pero nos dieron mil dólares por el último soldado. Este tiene que valer más si las autoridades lo están buscando y, quién sabe, tal vez nos den algo extra por la chica. Eso bastaría para sobrevivir el verano. No tendríamos que mudarnos a la ciudad, como habíamos hablado.

Mi estómago se sentía como si me hubiera tragado una bolsa de chinchetas. Todo se hizo implícitamente claro.

Los Lofton nos habían aplacado con su hospitalidad solo para mantenernos aquí. Sabía que algo andaba mal desde el momento en que habíamos visto el interior de su casa. ¿Un generador? ¿Juguetes para el niño? ¿Por qué no había confiado en mi intuición? Ahora ni siquiera teníamos el arma.

Billings, quienquiera que fuera, venía en camino. Olvidé el dolor de mi cuerpo. Tenía que despertar a Chase, y teníamos que huir. *De inmediato.*

No esperé a oír nada más. En silencio, recorrí el pasillo de vuelta a nuestra habitación y tomé a Chase por el tobillo. Se incorporó rápidamente, pero estaba tan oscuro que apenas lo podía ver.

—¿Qué pasa, Ember? —dijo, completamente alerta—. ¿Estás bien?

—Tenemos que irnos. Llamaron a alguien. El niño y la mujer están abajo, y Patrick está haciendo guardia —le dije en una sola exhalación.

Chase se puso de pie a toda velocidad. Deslizó el bastón en el cinto de su pantalón y apretó el cuchillo en la mano.

—Ten —dijo, y me entregó la mochila rápidamente.

—¿Cómo vamos a salir? —pregunté—. Patrick…

—Déjamelo a mí. Ember, escucha, ¿de acuerdo? Debes salir por la puerta trasera. Entra al bosque y dirígete a la carretera. Voy a ir detrás de ti.

—¿No vienes conmigo? —Lo sentí en su voz. Iba a asegurarse de que no me siguieran, sin importar el riesgo que él corriera. Me sentí un poco mareada.

Sus manos cubrieron mi rostro y sus pulgares recorrieron mis pómulos. Estaba muy cerca de mí; podía sentir su aliento cerca de mi boca cuando hablaba.

—Mantente oculta. Sigue la carretera que lleva a Lewisburg y busca al transportador. Hay dinero en la mochila, lo suficiente para pagarle. Asegúrate de no enseñárselo todo hasta llegar al refugio.

—No lo haré… —Estaba asustada. Mis manos rodeaban las suyas y apretaban sus dedos. No podía creer lo que me estaba diciendo, no podía concebir la idea de dejarlo ahí para que afrontara el peligro completamente solo.

—Ten cuidado de con quién hablas; intenta pasar desapercibida. Sabes qué hacer. No confíes en nadie. —Las palabras salían tan rápido de su boca que casi eran una sola.

—Pero ¿qué hay de ti? ¡No puedo dejarte aquí!

—¡Claro que puedes! —insistió—. Ember, lamento haberlo arruinado todo. Nunca quise hacerte daño. Hay tantas cosas que…

De repente sus labios estaban contra los míos. Se sentía cálido e imponente, enojado y asustado. Su beso transmitía todo lo que sus palabras no podían expresar.

Me inclinó hacia atrás, pero luego me acercó una vez más, haciendo el beso más profundo y enterrando sus manos en mi pelo. Yo apretaba su camisa con mis puños, y estaba indecisa entre empujarlo lejos o negarme a despedirme de él. La cabeza me daba vueltas.

Se detuvo demasiado pronto, luego me besó una vez más en la sien. Un momento después estábamos abriendo suavemente la puerta, conteniendo las ganas de arrancarla de sus goznes. No podía creer que estaba a punto de huir sin él. Se quedaría sin dinero ni provisiones. Todo dentro de mí me decía que no era lo correcto.

"Me seguirá —me dije—. Si puede".

Me arrastré hacia el pasillo, Chase iba justo detrás de mí. Tendría que pasar por la sala de estar para salir por la puerta trasera. Patrick probablemente estaba en el sofá, quizá con un arma, leyendo y vigilando. Las luces iban a estar encendidas por culpa del maldito generador. El hombre iba a ver todo.

Pasé frente a la puerta del sótano y sentí el impulso de patearla con todas mis fuerzas. ¿Había sido ella quien había llamado al tal Billings? ¿O había sido Patrick? Sí, tal vez había sido él. Pudo haberlo hecho mientras Chase y yo nos aseábamos para la cena. Todo después de haber salvado a su hijo.

Chase pasó por delante de mí, y su pulgar acarició mis labios una vez más en la oscuridad. Sabía que era su despedida, y sentí que su caricia llegaba directamente hasta mi corazón.

Entró a la sala de estar, y oí que Patrick se puso de pie de repente.

—No se levante —dijo Chase con tono grave—. Solo iba a tomar un vaso de agua, si no le molesta.

—Claro. Permítame —ofreció Patrick.

Guardé en mi memoria la imagen de la espalda de Chase mientras desaparecía en la cocina, y recé para que no fuera la última vez que lo viera. Pasé a través del vestíbulo, hacia el cuarto de lavado, pero me detuve una vez mis pies tocaron el linóleo.

Si abría la puerta, iban a oírlo desde la cocina, y Chase lo sabía. No iba a permitir que Patrick me siguiera, pero yo ignoraba lo que eso implicaría.

Escuché brevemente el sonido del agua contra el lavaplatos y la conversación amortiguada por los muros. Cada nervio en mi interior parecía expuesto. Tomé el pomo de la puerta hasta que mis nudillos se pusieron blancos y este traqueteó con mi fuerza. La siguiente vez que escuché voces, provenían de la sala de estar.

¿Por qué no huía él también?

Pero sabía bien por qué: me estaba dando tiempo. Todavía no me había escuchado cómo abría la puerta trasera. Lo maldije en voz baja.

Reuní cada gramo de coraje que tenía y, en una carrera, rodeé la esquina y entré a la cocina desde el lado opuesto. Las luces estaban encendidas y cegaron mis ojos, pero la habitación estaba vacía. Fui directamente hacia el refrigerador, tomé todas las llaves del tazón de cerámica negro que había junto a él y regresé a la puerta trasera.

Abrí la puerta tan sigilosamente como pude y me eché a correr con las piernas entumecidas. El aire helado golpeó mi rostro y me dejó sin aliento. Corrí hacia lo único que pensé que podría ayudar.

El generador. Estaba justo fuera de la ventana de la cocina. Tal vez si lograba apagar las luces, podía darle a Chase una oportunidad de escapar.

Me detuve en seco delante de la caja de metal zumbante, y comencé a buscar desesperadamente el interruptor en la oscuridad. No tenía tiempo para sacar la linterna. Cada segundo contaba.

En medio del silencio, oí un sonido en medio de la oscuridad y quedé helada. Eran pasos. Se oían lejos y pensé, por un momento, que podrían ser las vacas en el pastizal. Mi columna se puso rígida cuando oí voces humanas susurrando a medida que los pasos se acercaban.

No podían ser las voces de Patrick y de Chase: ellos estaban dentro, igual que Mary Jane y Ronnie. Tenía que tratarse de Billings.

Hice mi mejor esfuerzo por escuchar, pero el ruido del generador me impedía oír lo que decían. Sin duda los hombres se dirigían a la casa, pero ¿cómo habían llegado hasta allí? No había oído ningún auto acercarse.

No importaba. Chase todavía estaba dentro.

Sentí los dentados bordes metálicos del alimentador del generador y entré en estado de pánico. Algo había quemado mi mano, y me vi forzada a ahogar un grito. Por fin encontré el interruptor, levanté la cubierta que lo protegía y apagué la máquina.

Mis oídos zumbaron ante el repentino silencio. La ventana de la cocina quedó a oscuras.

Se oyó un gran escándalo en medio de la oscuridad de la casa y, con el miedo apoderándose de mí, corrí a ciegas.

Tropecé con varias rocas y levanté bloques enteros de césped. La luz de la luna lanzaba un resplandor plateado y etéreo sobre el pastizal, y sentí que los ojos indiferentes de las vacas estaban fijos en mí.

No corrí al bosque, sino hacia el granero. Tenía las llaves. Podía sacar el arma y luego buscar a Chase... No podía pensar más allá de eso. Estaba abriendo la enorme puerta de madera cuando oí a alguien detrás de mí.

¡No!

Giré hacia la casa, pero no podía ver en la oscuridad. Oculta entre las sombras, contuve el aliento, consciente de que quienquiera que me hubiera seguido tal vez no iba a poder verme en la luz tenue si permanecía inmóvil, pero si corría, podía seguir el sonido hasta encontrarme.

Los pasos no se detuvieron, y una sombra enorme bloqueó la luz de la luna. Fue entonces cuando unos brazos fuertes me levantaron del suelo y me arrastraron dentro del granero. Abrí la boca para gritar, pero una mano enorme la cubrió por completo.

Era Chase.

Lloré de alegría cuando me di cuenta de que era él. Él no dijo nada.

Me dejó en el suelo una vez entramos y corrió hacia la parte de atrás, para buscar la puerta posterior. Estaba cerrada y encadenada. Le dio una patada y astilló la madera. Pateó de nuevo, y la cadena cayó al suelo. ¡Estaba haciendo demasiado ruido!

—¡Tengo las llaves! —susurré casi gritando, y le mostré todo lo que había guardado en los bolsillos de mi pantalón.

Revolvió las llaves por un segundo. Pensé que estaba buscando la llave del gabinete de las armas, pero no era así.

Dejó caer estrepitosamente los juegos de llaves restantes y me empujó hacia la motocicleta.

Un instante después estaba sentada detrás de él. Giró la llave y apretó el embrague con la mano izquierda. La motocicleta vibró con suavidad, pero aún no rugía como sabía que lo haría.

No dudé como lo había hecho un año atrás. Me deslicé hasta quedar cerca de él, encajé mis rodillas detrás de las suyas y envolví mis brazos alrededor de su cuerpo. No podía oír a nadie siguiéndonos.

—Agáchate —ordenó—. Sostente bien.

Asentí con la cabeza; mi mejilla estaba pegada a su espalda.

Abrimos la puerta de atrás del establo, que daba al bosque. Chase giró a la derecha y caminó con la motocicleta hacia el lado opuesto de la casa, que aún permanecía a oscuras. El corazón latía en mi pecho y se sentía en las costillas de Chase. Ya casi llegábamos. Estábamos casi en la entrada.

Finalmente, pudimos ver el camino de grava curvarse hacia la carretera principal. Había dos autos estacionados en la calle, pero ambos estaban vacíos. Los habían dejado allí para tomarnos por sorpresa.

El miedo casi perforó mis pulmones y apenas podía respirar. No eran autos cualesquiera. Eran patrullas de la OFR.

Billings era un soldado. La OFR compraba el ganado de los Lofton.

El Gobierno poseía la mayoría de las principales plantas de distribución de alimentos. Horizontes había comprado todas las grandes marcas durante la guerra. Era obvio que Patrick les vendía su carne a ellos.

Tenía mi mano sobre el pecho de Chase; él la tomó y la apretó con fuerza, y hundió el pie en el pedal con fuerza. Una explosión reverberó en el aire. Sin duda el sonido podía escucharse desde dentro de la casa.

Apreté los dientes y me sostuve fuertemente.

Arrancamos en medio de una lluvia de grava. No sé si Patrick y los soldados salieron. Nunca miré hacia atrás.

No nos detuvimos hasta que llegamos a la carretera. A Chase le tomó menos de treinta segundos levantar su pierna por encima de la parte delantera de la motocicleta, bajarse y pinchar los neumáticos de los vehículos antes de continuar con nuestra huida.

NOS DIRIGIMOS hacia un pueblo llamado Hinton; vi el nombre brillar tenuemente en una señal metálica de color verde y sentí el golpe aplastante de la derrota al pasar de largo por la salida hacia Lewisburg. Teníamos que hacerlo. Los Lofton seguramente le dirían a la MM que se habían ofrecido a llevarnos allí.

No íbamos a poder buscar al transportador.

Cuando la adrenalina se desvaneció, empecé a temblar, aunque no sabía si era por el miedo o por el aire helado que penetraba mi ropa.

Estábamos en una carretera después del toque de queda, y solo disponíamos del destello ocasional de la luz delantera para guiarnos. El estruendo del motor retumbaba en mis oídos y revelaba nuestra ubicación a cualquiera que estuviera cerca. Podía sentir que Chase estaba concentrado; trataba de mantener la velocidad, pero se desviaba de vez en cuando para sortear los escombros que se atravesaban en nuestro camino.

Cerré mis ojos con fuerza. Los Lofton nos habían delatado después de que habíamos salvado a su hijo. "No confíes en nadie", había dicho Chase. Tenía razón.

¿Cuánto tiempo teníamos antes de que la MM comenzara a perseguirnos? Claramente ya habían pedido refuerzos. Si teníamos suerte, habíamos ganado tiempo al pinchar los neumáticos de los autos, y si éramos muy afortunados, quienquiera que viniera seguiría nuestro rastro hasta Lewisburg. ¿Valía la pena alimentar nuestra esperanza?

La oscuridad me inquietaba. Imaginé que había ojos a nuestro alrededor, mirándonos desde el borde de la carretera. Cada vez que Chase se movía para sortear un nuevo obstáculo en el camino, me sobresaltaba.

Condujimos durante la media hora más larga de mi vida, y al fin pasamos una señal que indicaba que Hinton estaba a solo trece kilómetros. Chase me ayudó a bajar en una zanja oscura que había en el borde de la carretera, y empujó la moto directo hacia los arbustos. La ocultamos muy bien bajo la maleza y las agujas de pino, y después cubrimos nuestro rastro; todo dentro del más absoluto silencio. Luego desaparecimos una vez más en el bosque. No pude evitar pensar en lo afortunados que habíamos sido al sobrevivir tanto tiempo, aunque pensándolo bien, aún faltaba bastante para el amanecer.

Chase había tomado la mochila y avanzaba delante de mí, paralelo a la carretera. La luna creciente apenas emitía luz suficiente para guiar nuestro camino.

Entonces oí las sirenas.

Capítulo 12

CHASE TOMÓ MI MANO y comenzó a halarme, luego yo lo halé a él y ambos echamos a correr. Nos arrastrábamos el uno al otro para alejarnos de la carretera, hasta un lugar del bosque tan espeso que ni siquiera la luz de la luna podía verse. Las hojas secas crujían bajo nuestras botas; las ramas se enredaban en nuestra ropa y herían la piel que estaba expuesta. Me tropecé, pero antes de poder levantarme, Chase ya me había puesto de pie.

Se estaban acercando.

Mi corazón latía con fuerza y, a pesar del aire frío de marzo, una línea de sudor comenzó a emerger entre la frente y el pelo. El zumbido palpitante de las sirenas penetró la barrera de árboles y perforó el sonido de mi respiración que resonaba en los tímpanos. Las luces azules brillaban intermitentemente entre las sombras altas de los árboles.

Cada vez estaban más cerca.

—¡Alto! —Tiré de Chase hasta obligarlo a ocultarse detrás de un árbol enorme que alguna tormenta había derribado tiempo atrás y que ahora estaba cubierto de hiedra y zarzas. Se agachó a mi lado, inmóvil y silencioso, hasta quedar instantáneamente camuflado con la oscuridad.

Venían a toda velocidad por la carretera; sus sirenas opacaron el sonido de los insectos y los animales. No podía moverme; estaba petrificada.

Que no se detengan, que no se detengan.

Pasaron en un zumbido: una, dos, tres patrullas. Todas iban hacia la granja de los Lofton.

Quedamos solos en el bosque.

Chase exhaló intranquilo, lo que me recordó que también debía respirar.

Con las piernas temblorosas, comenzamos a caminar hasta llegar a Hinton. Fue un proceso lento: ninguno de los dos estaba dispuesto acercarse a la carretera, pero el camino que habíamos trazado treinta metros bosque adentro estaba completamente oscuro a causa de la espesura de la vegetación. Mi cuerpo comenzó a fatigarse poco a poco, debido a una combinación de una noche sin sueño y a la adrenalina ya disuelta, pero mi mente estaba completamente despierta como las aves en la mañana.

Mucho antes del amanecer, llegamos a la orilla de un estacionamiento, estaba cubierto de la basura que se desbordaba de los contenedores que rodeaban el lugar. Del otro lado pude distinguir vagamente un pequeño centro comercial con muros estucados. Estaba desierto; la mayoría de los cristales de las tiendas que daban a la calle estaban cubiertos de grafitis, pero por lo demás parecía seguro. No había patrullas de la OFR ni pandillas.

Había cuatro autos en el estacionamiento. Todos parecían abandonados.

—¿Puedes encender alguno? —pregunté de inmediato.

Chase resopló.

—Vamos a esperar hasta que despunte el amanecer. No podemos conducir ahora, y no quiero que me identifiquen tan fácilmente si la MM aparece.

Acepté a regañadientes. Aún faltaban varias horas para que saliera el sol.

A nuestra izquierda, a lo lejos, había una sombra descomunal. Era la plataforma de un viejo y oxidado camión articulado. No me gustaba la forma en que nos impedía ver el bosque que había detrás. Me hacía sentir demasiado vulnerable, lo que me recordó que no deberíamos permanecer fuera, y que ya deberíamos estar con mi madre. Enterré mi talón en el suelo.

—Oye, por favor, olvídate de Lewisburg —dijo Chase con amabilidad—. Te dije que te llevaría al refugio, y lo haré. Te lo prometo.

Unas lágrimas se deslizaron por mis mejillas sin previo aviso. *¿Cómo?*, quería gritar. *¿Cómo llegaremos allí? ¿Cómo puedes prometerme eso? ¡Ni siquiera sabes cómo llegar!* Sin embargo, sabía que Chase no tenía respuestas, y formularle esas preguntas solamente nos haría sentir peor. Tomé la mochila, busqué la cremallera a tientas y sequé mis ojos disimuladamente.

Las otras prendas que habíamos robado de la tienda de artículos deportivos estaban en la parte de arriba. Todavía estaban húmedas por las lluvias y se iban a sentir bastante incómodas ahora que hacía frío, pero no importaba. Teníamos que cambiarnos. Le entregué a Chase otra camisa, y luego deseé que pudiéramos deshacernos de nuestras chaquetas, pero hacía demasiado frío.

—¿Qué ocurrió en la casa? —pregunté, después de que se deshizo el nudo que tenía en la garganta. Tan rápido como pude, me quité la ropa hasta quedar en mi camisa térmica y reemplacé mi suéter con otro de lana color rosa que había escogido para mi madre. Cuando me puse la chaqueta de nuevo, hundí la barbilla en el interior del cuello de la prenda para aislarme del aire frío que punzaba mi rostro.

—Patrick me siguió como un perro faldero —respondió Chase—. Estaba tratando de alejarlo de la parte trasera de la casa y tal vez meterlo en el sótano con su esposa. Fue cuando los hombres a los que llamó entraron de golpe por la puerta principal. Supongo que era Billings junto con otras tres personas. Pude darle un buen golpe a uno de ellos antes de…

—¿Golpeaste a un soldado? —chillé.

Las consecuencias ante eso podrían ser terribles si nos atrapaban.

—No tenía otra opción —dijo. Lo oí cambiarse de camisa y gemir cuando la tela rozó la herida de su brazo—. Uno de ellos dijo: "Es él" y tomó su arma. Ese imbécil y su esposa seguramente sabían que éramos nosotros incluso antes del informe de prensa.

Asentí con la cabeza, pero luego recordé que no podía verme.

—Creían que les darían una recompensa —dije en voz alta. "Nos dieron mil dólares por el último soldado", había dicho Patrick. "Y, quién sabe, tal vez nos den algo extra por la chica". Saber que nuestras vidas tenían un precio, un precio que podía garantizar el alimento y la vivienda de una familia, me provocaba náuseas.

Chase maldijo en voz baja, y pude sentir que comprendía ese mismo hecho y que lo afectaba profundamente. Cuando continuó, su tono era sombrío.

—Uno de ellos apagó las luces. No funcionó como ellos esperaban. Hui por la parte de atrás, y fue entonces cuando te encontré.

—Fui yo quien apagó las luces —confesé.

—¿Qué?

—Apagué el generador.

—Tú… —Pasó un buen rato antes de que se acercara lentamente y pusiera sus manos sobre mis hombros. La confusión que reflejaban sus ojos oscuros me hizo sentir incómoda. Una vez más, me estaba tocando, aunque su mente no estuviera de acuerdo con sus acciones.

—Estás temblando —dijo ansioso.

Me libré de sus manos, pero era demasiado tarde. Todos los sentimientos que había estado tratando de ahuyentar desde su beso de despedida, regresaron de golpe. El anhelo, la esperanza, el rechazo, todo potenciado por el hecho de que ya no podíamos ir a Lewisburg, y tampoco ver a mi madre. Al parecer dedujo que algo me sucedía y acercó su rostro al mío.

—Oye, ¿estás…?

Le di una bofetada.

Permanecimos quietos y en silencio durante tres segundos enteros antes de que él dijera algo.

—Maldición. Eso fue rápido.

—¿Eso es todo lo que vas a decir en tu defensa? —pregunté, casi gritándole. Mi mano ardió lo suficiente como para indicarme que no se había roto en pedazos por el frío.

Se quedó sin palabras.

—Su… Supongo. ¿Por qué fue eso?

—Sabes bien por qué fue —lo acusé furiosamente—. ¿Cómo te atreves a hacer… *eso*… después de… ¡eso!?

—No entiendo —dijo sin rodeos—. No tengo ni idea de lo que estás hablando.

—¡Me besaste!

Dio un paso hacia atrás, y escuché el aire silbar a través de sus dientes.

—No pareció importarte en ese momento.

Gruñí y luego tomé la mochila y cerré la cremallera violentamente.

—Pensé que eras otra persona. —*El antiguo Chase.*

Me arrebató la bolsa de las manos y la puso en su espalda. Luego se la quitó al recordar que no íbamos a ninguna parte, y la lanzó al suelo.

—Te lo dije —dijo en voz baja—. Él ya no está. Se fue.

Luché contra las lágrimas y me aparté de él. El hecho de que Chase reconociera que habitaban dos entidades dentro de él debería haberme hecho sentir mejor, pero solo me hizo sentir peor. No podía soportar estar cerca de él por más tiempo. El amanecer se estaba tardando demasiado.

—Ember, espera —dijo Chase.

Se aferró a mi brazo y lo sostuvo con fuerza. Me di la vuelta de mala gana, pero me negué a mirar hacia arriba y verlo a los ojos.

—Escucha… Sé que estás preocupada por él. Seguramente está bien —dijo frustrado.

¿Que seguramente está bien?

—Pero ¿qué es lo que…? ¿De quién estás hablando? —Pensé que había entendido que estábamos hablando del Chase que se preocupaba por mí y del Chase que no, pero él se refería a otra persona distinta. Entonces sentí que la humillación me invadía.

—Del guardia del reformatorio. ¿No te referías a él?

—¿Sean? —pregunté desconcertada. Entonces lo recordé. En la barraca, Randolph había insinuado que había estado involucrada con un guardia cuando Chase había exigido explicaciones, y más tarde yo misma había reforzado esa falacia cuando le había preguntado a Chase lo que le pasaría a un soldado si fuera visto con una residente. De todo lo que había pasado, ¿eso era lo que recordaba?

Solo sentí vergüenza por un instante, porque inmediatamente después me di cuenta de su insulto.

—¿Crees que te habría permitido besarme si estuviera con alguien más?

—No tenías alternativa —dijo indignado.

—¡No soy una prostituta barata! —solté—. No sé con qué clase de gente convives, pero...

—Espera...

—¡Tú! ¡Tú me besaste, aunque creías que yo estaba con alguien más! ¿Qué clase de persona hace eso, ah?

—¡Espera! —interrumpió. Había invadido su espacio personal por la ira, y ahora solo estábamos a unos centímetros de distancia—. En primer lugar, sé que no eres fácil; de hecho, eres la persona más difícil que he conocido. En segundo lugar, nunca dije que fuera buena persona. En tercer lugar, si no hablabas de Sean, ¿de quién demonios estabas hablando?

—Eso... —tartamudeé—. Eso no es asunto tuyo.

—Si estabas pensando en otro hombre mientras yo te estaba besando, estoy casi seguro de que sí es asunto mío —dijo acaloradamente.

—¡Ya no lo es! ¿Por qué te importa siquiera?

Chase se irguió, lo que me obligó a ver treinta centímetros hacia arriba para ver sus ojos.

—No me importa.

—Pareciera que sí.

Le dio una patada al suelo. Pasaron varios segundos que se sintieron como horas.

—Tienes razón. No importa —dijo fríamente.

Mi estómago se desplomó, pero él tenía razón. Era mejor así. Iba a irse cuando llegáramos al refugio, y preocuparme por él solo complicaba las cosas.

Dejó escapar un largo suspiro, y ambos miramos el estacionamiento, agitando nuestros pies con impaciencia. Intentó encender la radio, pero la batería se había mojado bajo la lluvia o simplemente se había agotado. Si pudiera captarse una frecuencia local, podríamos rastrear los movimientos de la MM, pero como estaban las cosas, estábamos avanzando a ciegas.

La ansiedad calmó mis ánimos y el frío adormeció mis nervios. Cuando miré hacia donde él estaba, me sorprendió ver que él ya me estaba mirando. Solo se veía el contorno de su rostro bajo la luz de la luna.

—Gracias. Por salvar mi vida esta noche.

Chase no añadió nada, y yo no lo presioné. En su lugar, permanecí sentada y él a mi lado. Acerqué las rodillas al pecho, cubrí mi cabeza con la capucha de la chaqueta y esperé el amanecer.

CHASE ME DESPERTÓ una hora más tarde. Había puesto la bolsa de dormir a nuestro alrededor cuando me había quedado dormida; él se mantuvo despierto para vigilar. Me froté los ojos y quedé alerta de inmediato.

Aunque el sol estaba saliendo, aún estaba oscuro. Los grillos habían cesado su canto y le habían dado paso al segundo turno de músicos silvestres: el martilleo de un pájaro carpintero y el zumbido agudo, como de silbato de tren, de algún insecto enorme. Cuando sentí que algo se arrastraba en mi mano, me levanté de un salto en una ráfaga de movimientos innecesarios.

No había nada arrastrándose en mi mano. Sin embargo, había un anillo de oro delgado en el dedo anular izquierdo.

—¿De dónde...?

—Tenían razón al pensar que éramos ladrones —dijo Chase, refiriéndose a los granjeros.

Recordé que había registrado la casa justo después de que llegamos, pero no sentía el menor remordimiento después de lo que nos habían hecho.

—¿Te casaste conmigo mientras dormía? —pregunté con asombro.

El cielo estaba empezando a tornarse púrpura y, bajo esa luz, pude ver el rostro de Chase iluminarse de un color cobre más profundo que el usual.

—Me golpeaste por haberte besado. Por mi bien, tuve que casarme contigo mientras estabas dormida.

Una breve carcajada me tomó por sorpresa. Me pregunté cuándo había sido la última vez que Chase había dicho algo gracioso. Supuse que el gesto significaba que ya no estábamos discutiendo. Contemplé el anillo. Los Lofton tenían tantos bienes que tal vez no se percatarían de que ya no tenían los anillos.

—Mamá se sorprenderá.

Chase dejó caer su cabeza un poco.

—Es solo para nuestra identidad falsa. No es nada serio ni nada por el estilo —dijo con una nota de fastidio. Al parecer había terminado la hora feliz. Estaba a punto de regresarle el comentario y decirle que no hacía falta que fuera tan grosero, cuando se enderezó y señaló al otro lado del estacionamiento.

—¡Mira!

El amanecer trajo consigo claridad. Allí, en el camión articulado, había un letrero de hojalata retorcido, clavado sobre el revestimiento de metal del vehículo.

TODO UN PAÍS, TODA UNA FAMILIA.

—¿Crees que…? —comencé, pero él sabía lo que iba a decir antes de que terminara. Las comisuras de su boca se habían levantado sinuosamente.

El transportador nos había dicho que buscáramos la señal. Estaba segura de que se refería a esto.

Revisamos el estacionamiento en busca de indicios de peligro y luego corrimos hacia el camión, que estaba a noventa metros. No podía dejar de pensar en el último estacionamiento vacío en el que habíamos estado, el de la tienda de artículos deportivos, y sentí que el pelo de mi nuca se crispaba. Mi mirada cautelosa empezó a vigilar los alrededores.

Cuando nos acercamos al vehículo, oímos una riña en su interior.

Me apoyé contra el revestimiento de metal y permanecí quieta. Aunque sabía que iba a necesitar ayuda, mi cuerpo ya estaba acostumbrado a reaccionar. Chase pasó por delante de mí y sacó el bastón de su cinturón. Deseé que aún tuviéramos el arma e ignoré el hecho de que era una idea que no habría tenido dos días atrás.

Podría ser un animal. Pero entonces oímos el sonido claro y distintivo de las pisadas en el metal.

Chase miró por encima del hombro para asegurarse de que aún estuviera detrás de él.

Me agaché para mirar bajo el camión, más allá de los neumáticos desinflados, y vi que las piernas de una persona saltaron. Luego vi que otra persona hizo lo mismo y después otra, aunque la tercera se tardó más, pues esperó a que los otros dos le dieran una mano.

Eran tres, y nosotros solo dos. Seguramente estaban dormidos cuando llegamos. Era eso o el compartimento del camión había silenciado nuestras voces, pero ya no seríamos tan afortunados. No sabíamos qué armas tenían y estábamos a cuarenta y cinco metros de los árboles. Si corríamos hacia ellos, sin duda nos escucharían.

Por favor, que no sean peligrosos.

Un momento después, un chico de mi edad dio vuelta a la esquina y quedó petrificado.

Llevaba una vieja y raída chaqueta de traje, remendada con parches de tela en los puntos de mayor desgaste, y varias camisetas en capas bajo ella. Su pantalón camuflado se mantenía puesto en su lugar gracias a una tira de cordel rojo. Dijo algo que no logré escuchar, y luego dos chicas se dejaron ver. Una era casi de su misma estatura y llevaba puesta una camisa térmica ajada de manga larga. La otra era baja, con una hermosa piel de color moca y mejillas redondas y coloradas. Tenía por lo menos seis meses de embarazo.

Sentí que por mi sangre corría la misma desconfianza que seguramente esos desconocidos sentían hacia nosotros. Movieron sus cabezas para hablar entre sí en voz baja. Chase puso el bastón de vuelta en su cinturón, levantó las manos vacías en son de paz y dio unos pasos lentos y cautelosos hacia delante.

Estábamos a seis metros de ellos, y el trío aún permanecía inmóvil. Vi que el chico había echado su chaqueta hacia atrás para dejar ver la barra de hierro negro que estaba escondida en su cintura. Mi respiración se cortó, pero de alguna manera me sentí aliviada de que no hubiera armas ni cuchillos a la vista, aún.

Chase soltó un resoplido condescendiente.

—Esperen —dijo el chico, y nos detuvimos.

—No queremos problemas —dijo Chase, quien claramente no estaba intimidado.

La chica alta se volvió hacia el muchacho y le susurró algo al oído. Ahora que estábamos más cerca, se hizo evidente el hecho de que eran gemelos. Tenían los mismos rasgos andróginos: cejas rectas, pómulos planos marcados por la desnutrición, pelo oscuro con un pico de viuda en medio de la frente.

—¿Vienen a comprar? —preguntó la gemela.

—Estamos buscando un transportador —dije.

Sentí que Chase, que estaba delante de mí, se preparaba para atacar, y me pregunté si había sido demasiado osada al decir eso. Dudaba que esas personas nos entregaran a la MM, al menos no de inmediato. Era ilegal revender cosas cuyos derechos financieros pertenecieran a la MM.

—Somos vendedores de automóviles, no conductores —dijo la gemela.

El chico le dio un codazo.

No me gustaba su tono ni la forma en que estaba mirando a Chase.

—¿Conocen algún transportador? —pregunté.

—Hay uno en Lewisburg que va a Georgia y al sur…

—No podemos ir a Lewisburg —interrumpió Chase.

—Entonces vayan a Harrisonburg, pero está más lejos.

—Tampoco podemos ir allí —dijo Chase de una manera rotunda.

Sentí que mi mandíbula se apretaba.

—Eres un chico malo —chasqueó la chica, y le sonrió coquetamente a Chase. Entrecerré los ojos, la miré fijamente y, aunque estaba haciendo frío, subí la manga de mi abrigo para asegurarme de que viera el anillo que tenía en la mano izquierda.

La otra chica le estaba susurrando algo a su novio. Cuando giró hacia un lado, puso una mano sobre su abdomen distendido. De repente sentí lástima por ellos. Apenas tenía quince o dieciséis años, por lo que era demasiado joven para casarse, y desde luego había infringido los estatutos morales. Esa seguramente era la razón por la que estaban viviendo en un camión.

—¿La MM los busca? —preguntó.

Ni Chase ni yo contestamos.

—Tendrán que ir a Knoxville —continuó—. Es en Tennessee. ¿Saben dónde es?

Lo que dijo llamó mi atención.

—¿Qué hay en Knoxville? —preguntó Chase.

—¿Un transportador? —aclaré, consciente de que mi respiración se aceleraba.

—Hay toda una red clandestina —dijo la gemela—. Mucha gente ha decidido ir hasta allá. Ahí han llegado la mitad de nuestros autos, liquidación total. —Se echó a reír.

—Knoxville —repetí. Sentí que Chase exhalaba lentamente a mi lado.

Podíamos retomar nuestro plan.

FUE UN DÍA LARGO.

Las nuevas zonas rojas, que eran las ciudades que habían sido evacuadas durante la guerra, y las zonas amarillas, que eran las áreas ocupadas por la MM, estaban marcadas claramente con sus respectivos colores mediante señales viales, lo que nos exigió que tomáramos varios desvíos en todo Virginia y el norte de Tennessee. Dormité por momentos, sin llegar a dormir profundamente. Estuve en vilo todo el tiempo, con el corazón acelerado y con la mente llena de preocupaciones.

De vez en cuando aparecía la gemela en mi mente, y me llenaba de resentimiento cada vez que pensaba en ella. Había insistido en que les diéramos algo a cambio del auto, pero como no teníamos nada que ellos quisieran, tuvimos que pagarles mil dólares en efectivo por algo que ni siquiera les pertenecía. Pero como habían vaciado todo el combustible, teníamos las manos atadas.

Aun así, no me arrepentía de haber dado con ellos.

"Una red clandestina", había dicho la chica. Un movimiento de resistencia. Mi mente no podía imaginar las dimensiones de lo que eso implicaba. Era gente que, como nosotros, estaba huyendo y confabulándose contra la MM. Mis fantasías parecían muy poco realistas. Lo único que importaba era que alguien nos llevara a Carolina del Sur.

A medida que avanzaba el día, mi pecho comenzó a oprimirse con una ansiedad familiar. Mi madre estaba más allá de nuestro alcance, sin embargo, ahora que me concentraba en ella, solo veía imágenes fragmentadas. Veía su pelo corto adornado con accesorios y sus pies en calcetines recorriendo el suelo de la cocina. Necesitaba encontrarla pronto; temía que los recuerdos que conservaba de ella desaparecieran.

Por fin nos acercábamos. Conforme nos aproximábamos a la ciudad de Knoxville, aumentaba la presencia de la MM en la carretera. También había otros autos; no muchos, pero los suficientes para poder pasar desapercibidos. Sin embargo, eso no nos tranquilizó, pues las patrullas de la OFR comenzaron a pasar con más frecuencia.

Luego vimos un letrero: ZONA AMARILLA. La mitad occidental de Knoxville había sido cerrada recientemente a los civiles para dar paso a una base de la MM.

—¿Crees que nos mintieron? —le pregunté a Chase con nerviosismo—. ¿Crees que nos enviaron aquí porque no les dimos suficiente dinero?

—No —respondió Chase, aunque no sonaba muy convincente—. Creo que el lugar más seguro es el que está justo bajo la sombra del enemigo. Hay resistencia aquí.

Entonces procedimos a ocultarnos bajo el vientre de un monstruo.

Tomó una salida concurrida después de cruzar las aguas grises del río Holston, y nos detuvimos en un estacionamiento oscuro que quedaba detrás de un afloramiento de arenisca que había en unos edificios que pertenecían al hospital de la ciudad. Al salir nos inundaron los sonidos y los olores de una ciudad activa durante la hora pico. A pesar de haber pasado solo unos días en la naturaleza, estar rodeada de tantos seres humanos me hizo sentir encerrada y paranoica, como si todo el mundo nos observara. Podía oler las alcantarillas, el sudor, el esmog que llenaba el aire estancado. Eso solo empeoró mi inquietud.

El clima era fresco, pero no hacía frío. El cielo estaba cargado de humedad; estaba a punto de llover. Chase tomó la mochila y rodeó el auto. No hacía falta que me dijera que no dejara nada. Sabía que no regresaríamos.

Avanzamos por la calle y de inmediato estuvimos rodeados de peatones. Algunos iban aprisa y tenían la suerte de estar vestidos con su ropa de trabajo, de modo que aún conservaban su empleo. También había indigentes pidiendo dinero, acompañados de sus letreros de cartón. Algunos se retorcían, se rascaban o hablaban con sus propias alucinaciones; estaban drogados o eran enfermos mentales. La Ley de Reformas había cerrado los programas de tratamiento médico para poder financiar la OFR.

Apenas había espacio suficiente como para caminar. Chase se acercó y, aunque su expresión era sombría, sabía que él se sentía más cómodo que yo. Después de los bombardeos de Chicago, había sobrevivido en lugares como este, lugares donde la gente se había congregado después de haber sido evacuada de las ciudades principales.

—Debes estar atenta —me advirtió—. Presta atención mientras me sigues. —Había guardado el dinero en su bolsillo delantero y estaba ajustando las correas de la mochila.

—¿Por dónde empezamos? —pregunté.

Era la ciudad más grande que jamás había visto. Sin importar cuán grande fuera la resistencia local, estábamos buscando una aguja en un pajar.

—Vamos a seguir a la gente con ropa sucia —dijo—. Ellos nos llevarán a donde hay comida, y donde hay comida, la gente habla.

Tenía razón. Caminamos a lo largo de varias cuadras de la ciudad, hasta que comenzamos a formar parte de un enorme grupo de personas hambrientas. Cada poste de teléfono, cada cerca y cada puerta tenía un gran letrero con el Estatuto de Comportamiento Moral. Cruzamos las vías del tren y llegamos a un lugar llamado "La plaza de mercado", una calle larga de cemento, flanqueada por edificios simples de ladrillo que alguna vez pudieron haber sido tiendas, pero que ahora eran albergues, puestos de salud y construcciones abandonadas.

La multitud se tornó más densa hacia la parte posterior de la plaza. Miles de personas estaban ahí buscando comida o refugio. También había Hermanas de la Salvación con sus faldas azul marino y sus pañuelos anudados, moviéndose apresuradas por entre los catres temporales del campamento de la Cruz Roja. Tragué con dificultad al darme cuenta de que esa habría podido ser mi realidad.

Un golpe de adrenalina recorrió mis venas cuando vi un uniforme por el rabillo del ojo. Era un uniforme azul limpio y bien planchado que sobresalía en medio del mar de ropa raída.

Soldados.

Mis ojos siguieron observando el lugar, y vi a dos más detrás de un camión de mudanzas sin nombre, descargando cajas de madera con alimentos. Estaban ubicados del lado derecho de un cuello de botella que conducía a la parte más abierta de la plaza. No se esforzaban por ocultar sus pistolas; todos estaban armados y listos para dispararle a cualquiera que intentara robar.

Chase también los había visto y agachó la cabeza para no parecer tan alto. Recorrí la multitud con la mirada. Todos se dirigían a la plaza; nadie salía de ella. Si huíamos en ese momento, causaríamos un escándalo, y nuestra salida se vería obstaculizada por la gente. Además, si los soldados de la MM quisieran atraparnos, tenían a su favor las armas de fuego. La gente se apartaría de su camino mucho más rápido que del nuestro.

Teníamos que llegar al comedor comunitario. Chase creía que allí podríamos hacer algunas preguntas discretas acerca del transportador sin correr riesgos, y la única manera de llegar era pasando junto a los soldados. No estaríamos encerrados una vez entráramos: desde donde estaba podía ver que había salidas en la parte trasera de la plaza, pero sería muy riesgoso. Los soldados estarían a solo tres metros de nosotros.

Tomé la mano de Chase y, con un rápido apretón, hice la pregunta que no me había atrevido a formular en voz alta. Tras apenas un segundo de duda, apretó mi mano de vuelta. Íbamos a pasar junto a ellos.

—Levanta el cuello de tu abrigo —ordenó Chase.

Hice rápidamente lo que me decía. Avanzamos y, conforme entrábamos al cuello de botella, la multitud comenzó a chocar contra nosotros desde todos los ángulos.

Por favor, que no miren hacia acá. Concentré toda mi energía en los dos soldados.

—Mira al frente. —El volumen de la voz de Chase era tan bajo que solo yo podía oírlo—. No te detengas.

Empezó a escurrir sudor por mi rostro, lo que contradecía la ráfaga de aire fresco vespertino que había irrumpido en la plaza llena de gente. Sentía que un tornillo atravesaba mis sienes.

"Sigue caminando", me dije.

Vi a los soldados con mi visión periférica: estaban a solo tres metros de distancia. Uno de los guardias, que tenía una radio pegada a la oreja, se volvió rápidamente. Desde atrás alcancé a ver su pelo castaño claro y su contextura pequeña, y me asaltó la extraña sensación de que lo conocía.

Sigue caminando.

Pasamos las cajas de comida y los soldados, y nos dirigimos hacia la zona abierta de la plaza.

Luché contra el deseo de dar la vuelta. Chase caminó más rápido y tiró de mí hasta que doblamos la esquina de la acera húmeda, lejos del flujo de peatones. Era un lugar más tranquilo, y respiré por lo que pareció la primera vez desde hacía varios minutos.

—¿Qué hacen aquí? —pregunté.

La MM proporcionaba los suministros para los comedores comunitarios, pero los voluntarios eran quienes los llevaban. Siempre pensé que era porque consideraban que estaba muy por debajo de ellos mezclarse con la gente pobre a la que no podían arrestar sin razón.

—La ciudad debe estar en una crisis de suministro.

—Eso explica las armas —comenté con ironía.

Cuanto antes pudiéramos salir de ese lugar, mejor. No podíamos arriesgarnos.

Cuando retomamos nuestro camino, me di cuenta de lo limpios y bien alimentados que nos veíamos. Algunos individuos que merodeaban cerca de la acera nos miraban con resentimiento como si fuéramos de la realeza. Por su aspecto famélico, supuse que Chase tenía razón acerca de la crisis de suministro: era evidente que no había suficiente comida para todos los habitantes de la ciudad.

Pasamos junto a un indigente, estaba recostado sobre un generador que había fuera de un baño comunitario. Su cartel decía: "Recibo cualquier cosa". Estaba demacrado. La ropa andrajosa y manchada colgaba de su cuerpo huesudo. Su piel delgada como un papel cubría sus ojos hundidos, y su rostro estaba oculto por las manchas color aceituna propias de la inanición.

Chase se detuvo frente al hombre y, por un momento, pensé que iba a darle dinero. Su generosidad me asustaba.

Si Chase sacaba la billetera, todas esas personas hambrientas se nos lanzarían como una manada de lobos.

Un instante después, Chase se enderezó y tomó mi mano de nuevo para acercarme a su lado.

—Quédate cerca —dijo.

Me sobresalté cuando escuché la pelea que se desató detrás de nosotros, y me di la vuelta, preparada para defenderme. Quedé sorprendida. La manada de lobos sí se había lanzado, pero no hacia nosotros, sino hacia el hombre. El indigente hambriento. Mi ansiedad regresó diez veces más fuerte que antes cuando me di cuenta de que iban a robarle. Las palmas de mis manos se llenaron de sudor, pero el agarre de Chase se mantuvo firme.

Un hombre y una mujer con las mejillas hundidas le robaron al hombre la taza para las limosnas y el letrero de cartón. Otro tomó los zapatos y otro más, el suéter manchado. Cuando la prenda se separó de su cuerpo, comenzaron a revolotear varias circulares de los estatutos plegadas. El hombre había forrado el interior de la ropa con papel para guardar el calor.

Podía verse el pecho ajado, desnudo y ceniciento de la víctima. Sus miembros huesudos estaban flexionados en un extraño ángulo, casi contorsionados, pero el hombre parecía maleable como una muñeca de trapo. Seguramente alguien lo había golpeado hasta dejarlo inconsciente, o simplemente estaba demasiado débil para defenderse.

—¡Tenemos que ayudarlo! —Mi voz se había agudizado por la angustia. Era un crimen intolerable. ¿Cómo iba a sobrevivir ese pobre hombre sin el calor de su ropa?

—No hay nada que podamos hacer. Si nos quedamos, vamos a ser los siguientes —dijo para instarme a seguir.

—¡Chase! —grité. Enterré mis talones en el suelo, pero no pude detenerlo.

—Es demasiado tarde —dijo con dureza.

En ese momento supe lo que quería decir. El hombre estaba muerto.

¿Cuánto tiempo había estado sentado allí, sin que nadie se preocupara por él, sin que nadie supiera cuántos días habían pasado desde su última comida? ¿Un día? ¿Quizá dos? ¿Una semana? En ese momento la ciudad me pareció fría y extraña, pues incluso la muerte pasaba desapercibida en ella.

¿Dónde estaban los soldados? ¿Acaso su trabajo no era impedir esas cosas?

La respuesta era muy clara. *No*. La MM no haría nada. Querían que los pobres y desafortunados se exterminaran entre sí. Eso significaba menos trabajo para ellos.

Una imagen de Katelyn Meadows llenó mi mente. ¿Qué habían hecho los guardias del reformatorio con su cuerpo? ¿La habían llevado de vuelta a sus padres? ¿Aún seguían vivos sus padres? De repente me sentí vieja, mucho más de lo que mi corta edad reflejaba.

Chase me haló por entre la trifulca. Sentía como si estuviera flotando; mis pies apenas tocaban el suelo. Quería ir a dormir y despertar en mi habitación, en casa, y escuchar a mi madre cantando en la habitación contigua. Quería ir a casa de Beth para hacer la tarea y hablar de cualquier cosa, de cosas sin importancia. Quería cosas imposibles.

Alguien se estrelló con nosotros tras ser golpeado por otra persona. La mano de Chase se separó de la mía y me fui hacia un lado, pero no me caí. La gente que me rodeaba había amortiguado mi tropiezo.

Pero Chase se había ido. La multitud se lo había tragado.

Mis oídos zumbaron, y la sangre comenzó a bombear por mis venas.

—¡Ch… Jacob! —grité con la esperanza de que respondiera a su segundo nombre.

La gente gritaba y daba empujones. ¿Todavía se dirigían hacia el muerto? ¿O tal vez se trataba de algo más? Chase no respondió.

—¡Jacob! —Era como gritar bajo el agua; nadie podía oírme. Una mano en mi espalda me empujaba hacia delante, hacia el concreto, pero en un momento reboté contra otra persona que estaba en mi camino. Alguien se aferró a mi brazo con fuerza y casi me lo arrancó al tratar de ponerse de pie. Un mar de caos me arrastró: mi torso comenzó a ir hacia un lado, mientras mis piernas iban hacia el otro; de repente sentí que algo de carne y hueso crujía repulsivamente bajo mis botas.

—¡Comida! —Escuché a alguien gritar—. ¡Por allá!

No se referían al comedor comunitario: quedaba del otro lado de la plaza, y el hombre muerto tenía muy pocas cosas para robarle. Tenía que tratarse del camión junto al que habíamos pasado. Lo que no podía entender era cómo toda esa gente esperaba penetrar la barrera de los soldados armados.

Cuando recuperé el equilibrio, una mano se aferró con fuerza a mi codo.

—¡Gracias a Dios! —dije, y me di la vuelta. Vi la espalda de un hombre con el pelo castaño perfectamente cortado y una chaqueta de color azul marino. Me estaba sacando a rastras de la revuelta.

No era Chase. Era un soldado.

—¡No! ¡Por favor, espere! —le rogué, mientras clavaba los pies en el suelo y tiraba de él para liberarme—. Ha habido un error.

—Andando, Miller —dijo sobre su hombro.

El terror me invadió de golpe. Ese soldado sabía quién era yo. Me habían encontrado. Chase había tenido que huir. Corría más peligro que yo si lo atrapaban. Aún podía buscar a mi madre.

Tuve que usar toda mi fuerza de voluntad para no gritar el nombre de Chase a todo pulmón. Sabía que si lo hacía, y él venía por mí, tendría que darlo por muerto.

—No soy… ¡No sé quién es Miller! —dije luchando con ambas manos.

Nadie parecía notar lo que sucedía. Había demasiada conmoción, demasiado caos.

—¡Ayuda! —grité finalmente—. ¡Ayuda!

Pero incluso si me oían, nadie reaccionaba. Me aferré al abrigo de un hombre mientras el soldado me arrastraba hacia un callejón oscuro. El hombre logró liberarse. Luego me agarré del pelo de una mujer, quien golpeó mi hombro para que la soltara, y el puño regresó a mí con varias hebras de pelo.

De repente, el mundo quedó en silencio. Era como si hubiéramos entrado a un campo de fuerza invisible. El rugido de la multitud persistía en la plaza, pero el callejón estaba en completo silencio, salvo por unas ratas que correteaban detrás de un contenedor desbordante de basura. Vi que una o dos personas notaron que me arrastraban hasta allá y, aunque sus ojos se abrieron desconcertados, desviaron su mirada por el temor.

Estaba sola con el soldado.

Capítulo 13

EL PÁNICO se apoderó de mí.

El pelo bloqueaba mi visión como una cortina, pero yo seguía luchando. Me negué a permanecer de pie, por lo que el soldado se vio obligado a llevarme cargada. Vi destellos de su uniforme: el pantalón azul marino abombado por encima de las botas negras, el cinturón, el arma. Tenía una insignia con su apellido en letras doradas: Wagner. Había llegado el anochecer, y la penumbra me impedía ver claramente su rostro.

—¡Quieta! —exigió el soldado.

Me tragué el miedo y lancé el puño con fuerza hacia su cabeza, consciente de que al hacerlo iba a terminar en la cárcel o muerta.

—¡Quieta! —gritó de nuevo—. ¡Mírame!

Estrelló mi cuerpo de un empujón contra la pared del callejón. Mi cabeza se golpeó con fuerza contra el muro de ladrillos. Todos los órganos resonaron dentro de mí, y me quedé sin aliento, viendo estrellas.

Pero me detuve, y fue entonces cuando vi su rostro. Rasgos fuertes y simétricos, ojos azules que ya no se veían vacíos, pelo entre rubio y castaño. Era el soldado que había vislumbrado junto al camión, vigilando los alimentos; el mismo que me había generado una sensación extraña.

—¿Sean? —dije sorprendida. Era Sean Banks. No Wagner. ¿Quién era Wagner?

No tuve tiempo de preguntar. Un segundo después caímos al suelo cuando un objeto enorme nos embistió desde un costado y arremetió contra Sean.

No era un objeto, era Chase.

Me apresuré a separarlos. Hubo un ruido sordo y luego, un gruñido cuando el aire salió expulsado de los pulmones de uno de ellos. Lucharon durante unos pocos segundos antes de que Chase inmovilizara a Sean y lo pusiera boca abajo contra el suelo de cemento, mientras sostenía su brazo en una posición extraña detrás de su espalda. Le arrebató el arma y la puso con violencia en la parte posterior de la cabeza de Sean.

—Ember. —Chase estaba demasiado alterado como para usar mi alias. Me preguntó si estaba herida, y supe de inmediato que mi respuesta determinaría la forma en que iba a castigar a mi agresor.

—¡Chase, es Sean! ¡Lo conozco! —dije—. ¡Está bien! ¡Estoy bien!

—Lo que vi no se veía nada bien —respondió.

—¡Oye, deja que me levante! —La voz de Sean estaba amortiguada por el suelo sucio del callejón. Gritó cuando liberó su hombro—. ¡No soy de la OFR!

—Lo sé —dijo Chase—. Esa arma no es de uso oficial, y se volvió para mirarla. Yo también la miré. Era negra, mientras que la de Chase era plateada.

Me di cuenta de lo que Chase seguramente había pensado cuando me vio contra la pared. Era lo mismo que había temido cuando Rick y Stan me habían dicho que subiera al auto con ellos.

—Chase, deja que se levante. —Todo mi cuerpo estaba temblando.

—¡Solo estaba tratando de decirle que era yo! —alegó Sean—. ¡Casi me quita la cabeza!

—Fue lo que sucedió —confirmé rápidamente.

Chase miró hacia donde estaba, y buscó la verdad en mis ojos. Después de un momento, asintió con la cabeza, pero no se veía feliz de tener que liberar a su prisionero.

—No la toques —le advirtió a Sean. Su furia no cedió de inmediato, y nunca soltó el arma—. ¿Por qué causaste esa revuelta?

¿Sean había comenzado los disturbios? *¿A propósito?* Cuando lo pensé bien, tuvo sentido. Fue por esa razón por la cual no había sido arrastrado por la multitud. Era por eso por lo que llevaba un uniforme robado con una insignia marcada con el apellido Wagner.

Sean se puso de pie indignado y se limpió el rostro con la manga de su camisa.

—Porque esa era la misión de hoy. Robar a los ricos y dar a los pobres. Más tarde, cuando la verdadera OFR llegue y se niegue a dar raciones extras, la gente se enfurecerá tanto que los atacará.

Sean se había unido a la resistencia. Una serie de ideas comenzó a recorrer mi mente a toda velocidad. El camión de uniformes había sido robado en Tennessee. Había un francotirador. ¿Acaso ellos también eran responsables de eso? ¡Quizá Sean era a quien buscábamos! Tal vez incluso conocía al transportador.

Chase me ayudó a levantarme, luego puso su pulgar en mi barbilla y giró suavemente mi rostro de lado a lado para comprobar que Sean no me hubiera lastimado.

Sean nos miró con curiosidad.

—Los vi en la plaza, los seguí y…

—… esperó hasta que ella estuviera sola —gruñó Chase con rabia.

Sean dio un paso atrás.

—Sí —dijo Sean—. ¿Me puedes culpar? —Agitó los brazos amenazando a Chase.

—Sean amables —dije.

Chase dio un paso adelante y Sean retrocedió.

—Me destituyeron después de aquella noche en la que te ayudé —dijo Sean rápidamente—. Vine aquí para buscar a Becca.

—¿Qué? —Intenté acercarme, pero Chase me detuvo—. ¿Ella está aquí? ¿Contigo?

—Está dentro, en la base, donde retienen a todos los presos que están en espera de juicio. ¿No lo sabías? —dijo entre dientes, y sus ojos azules brillaron.

—No, no lo sabía —dije, y reviví los momentos en los que vi por última vez a Rebecca Lansing—. Se la llevaron, pero no supe a dónde.

Sean me miró inquisitivamente. Sabía que quería creerme, pero no estaba seguro de confiar en mí. Me pregunté cómo se había enterado de que habían traído a Rebecca a ese lugar. ¿Lo sabía la resistencia? ¿Tenían acceso a los registros de la MM? ¿Sabían algo sobre mi madre?

—No tenemos tiempo para esto —dijo Chase—. El refugio de Carolina del Sur, ¿cómo llegamos allí?

Sean paseó su mirada desde Chase, hasta mí y luego hacia la plaza, donde la gente aún estaba amotinada.

—Casi comienza el toque de queda —dijo mientras cruzaba los brazos sobre su pecho y sacudía la cabeza—. Será mejor que vengan conmigo. Conozco al sujeto que hace ese recorrido. Parte en unos días. Los llevaré a él tan pronto como me des información sobre Becca. —Resopló cínicamente—. Si me ayudas, te saco de aquí, igual que en los viejos tiempos, ¿no, Miller?

Evité la mirada acusadora de Sean, y también la de Chase. Se me pasó por la mente que Chase no tenía idea de lo que estaba pasando, de lo que había hecho. Mi estómago se encogió por la culpa.

—Preferiría dejarlos aquí, pero tengo la sensación de que eso no va a suceder, ¿o sí? —le dijo a Chase.

Chase le lanzó una mirada severa y se volvió hacia mí.

—Tú decides.

Me di cuenta de que era la primera vez que dejaba que tomara una decisión por mi cuenta. Mis ojos se volvieron hacia el exsoldado con el uniforme robado. Ir con Sean parecía más peligroso, pero era un riesgo que teníamos que correr para llegar al transportador. Además, debía darle información sobre Rebecca. Era lo menos que podía hacer por los problemas que les había causado.

Asentí con la cabeza de mala gana.

SEAN SE QUITÓ EL UNIFORME detrás del contenedor de basura, lo que dejó ver la ropa de civil en mal estado que traía debajo, y lo metió en una bolsa de basura negra, que puso por encima de su hombro, tal como lo hacían los vagabundos que llevaban sus posesiones mundanas sobre las espaldas. Lo seguimos por el callejón en silencio. Después de varios giros y obvios retrocesos, llegamos a un motel de ladrillo llamado Wayland Inn.

Era un lugar decadente, y lo habría evitado incluso si no hubiera estado abandonado. La hiedra sin podar serpenteaba por el costado del edificio, y una de cada dos ventanas estaba tapiada, pero no había señales de grafitis, como sí los había en los otros edificios abandonados que estaban alrededor. El lugar estaba intacto.

La luz disminuía, y el crepúsculo le dio una tonalidad nacarada a las nubes que se acumulaban en lo alto. Cruzamos la calle a toda prisa, cerciorándonos de que no hubiera patrullas, y nos escabullimos por entre una puerta de cristal.

Una polvareda blanca se levantó en la habitación debido a la corriente de aire que entró con nosotros. El lugar apestaba a nicotina: el olor emanaba de un cigarrillo que colgaba de la boca de un hombre pelirrojo que estaba detrás del mostrador. Los cigarrillos eran un lujo que la mayoría de las personas no podían pagar. Me pregunté si él también formaba parte de la resistencia.

Como si hubiera oído mi pregunta, Sean revolvió sus bolsillos, sacó un paquete de cigarrillos sin filtro marca Horizontes y los puso sobre el mostrador. Las cejas rojizas del empleado se levantaron, y un gesto de presunción se dibujó en su rostro. Inclinó ligeramente la cabeza, lo que bastó para indicar que no iba a hacer preguntas, y cruzamos la manchada alfombra roja sin decir nada más.

Acostado sobre el suelo, delante de la escalera, había un hombre en harapos. Largas rastas colgaban como serpientes muertas sobre sus hombros, y sus ojos estaban cubiertos por unos párpados gruesos. Cuando nos acercamos, se incorporó y nos lanzó una mirada de sospecha. Podía oler el sudor y el alcohol que emanaban de él.

Lo esquivé para acercarme a la escalera, donde Sean se había detenido.

—¿Aquí encontramos al transportador?

Sean negó con la cabeza.

Un momento después, el borracho del pasillo se deslizó hacia el interior, y se irguió hasta alcanzar su altura completa una vez la puerta de salida se cerró por completo. A medida que se acercaba, me di cuenta de que no estaba ebrio en lo absoluto; sus ojos enfocaban muy bien y podía moverse sin problemas.

—¿Wallace sabe que ellos vienen? —le preguntó a Sean con voz ronca.

—Desde luego que sí —respondió Sean. Luego miró a Chase de soslayo—. Va a registrar a tu novia. Procura no acabarlo a golpes.

Sentí que mi rostro se encendió al oír el título que me había dado, sin embargo, nadie, incluido Chase, pareció darse cuenta.

Quienquiera que fuera ese tal Wallace, no sabía que estábamos allí; mi presencia en la plaza había tomado a Sean por sorpresa. No quería sostener una mentira de la que no sabía nada, pero permanecí en silencio.

El escolta registró a Chase primero y luego a mí. Lo hizo de forma rápida y eficiente, pero me sentí transgredida cuando sus manos tocaron mis piernas y mi cintura. Cuando metió la mano en mi bolsillo para sacar la navaja de quince centímetros de Chase, me eché hacia atrás bruscamente.

—Puede recuperarla luego si Wallace lo autoriza. —Revisó la mochila y sacó el bastón y la radio de la MM—. Esto también —añadió mientras guardaba los artículos en su chaqueta y se escabullía de nuevo por el pasillo para reanudar su guardia.

—¿Quién es Wallace? —pregunté mientras subíamos las escaleras de metal. Estas tintinaban con cada paso que dábamos.

—Es quien dirige la operación aquí. Antes de que preguntes, no es el transportador. A él le dicen Tubman. En todo caso, es demasiado tarde para cruzar la ciudad hasta su punto de encuentro.

—Entonces, ¿qué es este lugar? —pregunté desilusionada, aunque aún estaba nerviosa.

Sean empujó la puerta que daba al pasillo del cuarto piso. Las luces estaban apagadas, y el pasillo oscuro me hizo sentir claustrofobia. Un hombre y una mujer, vestidos con ropa de calle, merodeaban enfrente de una de las puertas de madera desgastadas. Habían estado jugando a las cartas y se detuvieron abruptamente cuando nos vieron.

—Son los cuarteles de la resistencia —dijo Sean.

***

—¿QUIÉNES SON USTEDES? —preguntó de repente el hombre, evaluándonos.

No era mucho más alto que yo, pero era fornido como el tronco de un árbol. Incluso su cabeza tenía forma de lata. Parecía impresionado por Chase, pero frunció el ceño cuando me vio. Posiblemente pensó que Chase le sería más útil a la causa, suposición que me irritó.

—La conozco del reformatorio de niñas —dijo Sean—. Ella es Miller y él es…

—Jennings —completó la chica.

Su largo pelo negro estaba atado en una coleta. Me di cuenta de que no era su color natural, pues sus cejas eran casi transparentes, y su piel, muy clara. Me pregunté dónde había conseguido el tinte; ahora era considerado contrabando. La MM decía que era indecente.

—Hemos estado siguiendo su caso en los informes nocturnos —explicó ella.

Mis ojos se abrieron. La gente sabía quiénes éramos con solo oír nuestros apellidos. Eso no era nada bueno. Si ellos lo sabían, quería decir que la MM estaba siguiendo nuestro rastro a la espera de que cometiéramos algún error. Su tono neutral me impedía saber si ella se oponía a nuestra presencia.

—Aún no están autorizados —dijo el hombre, irritado—. Sabes las reglas, Banks.

—También sé cuáles son las excepciones. Miller tiene información.

Para él. Tenía información para Sean sobre Rebecca, pero no sabía nada más. Sinceramente esperaba que Sean no me estuviera metiendo en problemas al llevarnos allí.

El hombre cabeza de lata entrecerró sus ojos y miró en mi dirección.

—Sí, apuesto a que así es.

Chase se movió.

—Yo me hago cargo de ellos. —Sean le lanzó a Chase una mirada severa como diciendo: "No me hagas lamentarlo", y golpeó dos veces la puerta que custodiaba la pareja.

—¿Qué es lo que le sucede? —le pregunté a Sean en voz baja de forma inquisitiva.

—Un transportador fue asesinado en el punto de encuentro de Harrisonburg hace unos días. Encontraron pruebas que apuntan a una mujer.

—¿Qué tipo de pruebas? —dije rápidamente.

Chase permanecía muy quieto a mi lado.

—Huellas, creo.

Tuve que recordarme a mí misma que debía respirar.

Había resbalado en el suelo cuando Chase me había sacado a rastras. Había resbalado en algo húmedo. Sangre. Las huellas de mis botas estaban marcando el camino hacia la puerta. Tuve que contenerme para no quitármelas allí mismo.

—Creo que Riggins piensa que fuiste tú. —Sean no se esforzó por mantener la conversación en secreto.

—¡Pues no fui yo! —dije horrorizada, y me volví hacia el hombre con cabeza de lata.

Riggins parecía imperturbable y poco convencido.

Junté las manos para mantenerlas quietas. El peligro era cada vez mayor. La gente sabía nuestros nombres, y ahora me estaban acusando de asesinato. Estábamos ocultos con un grupo grande de la resistencia. Dadas las circunstancias, iba a tener que esperar lo mejor y rogar por que llegáramos con vida al refugio.

Mis ojos se dirigieron a Chase. Parecía un lobo listo para atacar. Sentí la energía que irradiaba y sabía que debía estar preparada para cualquier cosa.

Al principio, la puerta se abrió un poco y lo hizo completamente cuando reconocieron a Sean.

Entramos en una habitación estrecha que olía a rancio. Las paredes estaban desnudas y amarillentas. En la parte de atrás había unas cuantas cajas de alimentos y casi treinta cajas de cartón marcadas por tallas: M, L, XL. Uniformes. Eran los uniformes desaparecidos.

Un sofá de lana gris, el único mueble que había, estaba apoyado contra la pared lateral. Por encima de él colgaba un plano del edificio. Las salidas estaban marcadas con círculos de color rojo brillante. Un hombre de unos treinta y tantos años se levantó del sofá. Tenía pelo largo y grasiento, demasiado cano para su rostro juvenil, y bigote.

El individuo que sostenía la puerta era más joven que él. Tal vez tenía unos catorce o quince años. Un mechón castaño claro caía sobre sus ojos verdes brillantes. Sostenía un rifle y, aunque no lo apuntaba a nadie, seguía siendo letal.

—¿Quiénes son estas personas? —preguntó el hombre de pelo canoso.

—Una chica que conocí mientras prestaba servicio. Vino en mi busca —mintió Sean—. Necesitan refugio.

—Necesitan…

—Antes de que te enfurezcas, Wallace, recuerda que solo estoy aquí por…

—¿Estás arriesgando toda la operación por una chica? —explotó—. ¡Esto no es un maldito juego, Banks!

Estaba nerviosa, cansada, hambrienta y completamente desesperada. Hasta cierto punto comprendía la necesidad de guardar cautela, sin embargo, el resto de mí estaba furioso de que ese hombre nos tratara como niños que habían huido de su niñera.

—¿Le parece que estamos jugando? —le dije de forma bastante acalorada.

Sentí la mano de Chase en mi brazo. El chico todavía sostenía el arma. La tensión en la sala casi podía palparse.

Wallace se volvió hacia mí.

—Existen procedimientos para poder ingresar.

Sentí un destello de ira y, sin pensar, le mostré las cicatrices decoloradas que cubrían el dorso de mis manos.

—Sé varios procedimientos de ingreso —espeté—. Por lo que podemos continuar y saltarnos la iniciación.

Una sonrisa de lo más cínica se dibujó en el rostro de Wallace, sin embargo, se desvaneció hasta convertirse en un gesto comprensivo.

—Ya veo. Esto no es más que una medida de seguridad, se lo aseguro —dijo más tranquilo.

Sean se aclaró la garganta.

—Wallace debe asegurarse de que los reclutas no trabajen para la OFR, ni hayan sido seguidos por ella.

—Estoy autorizada —dije tercamente—. Sean puede responder por mí. No nos siguieron, y puede estar seguro de que no trabajamos para la MM.

—Sean no ha estado conmigo el suficiente tiempo como para cargar con esa responsabilidad —respondió Wallace terminantemente.

La mandíbula de Sean estaba tensa.

—Entonces, ¿qué vas a hacer? ¿Destituirme?

Wallace gruñó.

—Tal vez deba darles otra oportunidad.

Nos miró a Chase y a mí durante varios segundos. Parecía que había tomado una decisión sobre si representábamos una amenaza, y le indicó al chico de la puerta que bajara el arma.

Suspiré audiblemente. Chase no lo hizo.

—Me disculparía por recibirlos de ese modo, pero estoy seguro de que comprenden que no podemos recibir a cualquiera. —Inclinó la cabeza hacia mí—. Soy Wallace y ese de ahí es Billy. ¿Ustedes son?

Cuando nos presenté, el rostro de Wallace reveló que nos conocía.

—Jennings. Qué interesante. Hace mucho no recibíamos celebridades. —Su curiosidad se apagó rápidamente—. No creo que Sean haya destacado la importancia de la discreción, ¿o sí?

—No vamos a decir nada —le prometí.

—Sin duda él no lo hará —dijo Wallace, mirando con determinación a Chase.

Tenía razón. Chase estaba inusualmente callado. Rara vez era locuaz, pero por lo general no era tan inexpresivo. Algo estaba preocupándolo mucho. Podía sentirlo.

—Supongo que vinieron a buscar trabajo —dijo Wallace.

Sentí que Chase se tensó a mi lado y me pregunté en qué estaba pensando.

Tendría sentido que quisiera unirse a la resistencia. De esa manera podía devolverle el golpe a la MM por todo lo que le habían quitado.

Sentí el mismo impulso dentro de mí, pero lo contuve. No podía permitirme pensar en algo más que en buscar a mi madre. Un paso a la vez.

—Estamos buscando al señor Tubman —dije cuando Chase no respondió.

Su silencio comenzaba a inquietarme. Parecía que estaba más tentado a unirse a la resistencia de lo que había pensado. Si se vinculaba en ese preciso momento, tal vez ni siquiera me acompañara el resto del viaje. Me balanceé sobre mis pies, repentinamente consciente de que pronto iba a tener que despedirme de él.

—Un refugio. —Wallace chasqueó la lengua dentro de su mejilla—. Es un desperdicio de sus talentos. —Cuando dijo eso, se refirió a los dos, no solo a Chase. No sabía a cuáles de mis talentos aludía, pero luego me di cuenta de que los informes de radio probablemente habían insinuado que era más hábil de lo que en realidad era, que había escapado de un reformatorio y de la MM. Que habíamos atacado a los ladrones de Hagerstown y robado autos. Por supuesto todo era cierto, pero la realidad era mucho menos sorprendente que lo que habían descrito en la radio.

—No es un desperdicio —dijo Chase con firmeza.

Sentí más confianza al saber que tomaríamos la decisión correcta.

Estábamos a punto de decir algo más cuando se produjo una conmoción fuera, y tres hombres más atravesaron la puerta. Dos de ellos debían ser hermanos. Uno tenía casi treinta años y el otro era mayor. Tenían pelo y ojos oscuros; al más joven le habían roto la nariz recientemente y el otro tenía un moretón bajo el ojo derecho. El tercero era un pelirrojo enjuto, como de la edad de Chase. Tenía una costra de sangre seca sobre su mejilla. No reconocí a ninguno de los soldados que había visto en la plaza, pero sabía que debían ser los que habían estado con Sean, porque todos traían consigo las mismas bolsas de basura con sus uniformes.

Hubo un estallido de voces y agitación. Todos intentaban hablar al mismo tiempo.

—Sácalos de aquí, Banks. Luego regresa a la reunión —ordenó Wallace—. Llévaselos mañana a Tubman, hazlo tú mismo.

Quería quedarme, pero me alegró que Wallace hubiera aprobado nuestra partida.

Sean nos condujo por el pasillo en dirección opuesta a la escalera. Algunas cabezas se asomaron por las puertas, interesadas en saber lo que había ocurrido en la plaza. Me di cuenta con cierto asombro de que todo el piso debía estar lleno de partidarios de la resistencia.

La habitación sencilla a la que entramos era mucho más reducida que la de Wallace. Una apolillada silla de terciopelo cubría casi toda la esquina y al lado había un colchón semidoble. En una mesa de noche pequeña había cajas de cereal y agua embotellada marca Horizontes.

—¿Es la habitación de alguien? —pregunté, al tiempo que miraba la comida con nostalgia. No había comido nada desde que habíamos parado para descansar a media mañana, en el este de Kentucky, y estaba hambrienta.

—Era —dijo con seriedad. Mi ánimo se fue al suelo cuando me di cuenta de que el ocupante anterior había sido capturado o estaba muerto—. Habla, Miller. Rápido.

Le dije de inmediato todo lo que sabía, comenzando por la noche en que los había chantajeado y terminando con mi rapto de la barraca. No me atreví a mirar a Chase. Aunque sabía que él también había hecho cosas malas, el secreto de cómo había lastimado a esas personas carcomía mi interior, y estaba más avergonzada que nunca.

Chase merodeaba como un animal enjaulado mientras yo hablaba. Abrió una ventana, y con eso descubrió la escalera de incendios de hierro forjado que había fuera. Eso pareció tranquilizarlo, pero permaneció en silencio. El peso de su juicio me mortificaba. Tal vez me lo merecía.

—¿La lastimaron? —Sean tenía la mirada perdida. Estaba destrozado.

—No sé. —Cerré los ojos. Recordé el sonido del bastón que había golpeado el pequeño cuerpo de la chica. Sí, la habían lastimado. Pero el brillo enardecido de sus ojos me impidió decirle la verdad. Me pareció cruel decírselo ahora que no había nada que pudiera hacer al respecto.

—¿Le dijiste a Brock algo acerca de mí y Becca? —Todavía sonaba un poco receloso.

—No. Rebecca era... —Hice una pausa—. Rebecca era mi amiga. Tal vez no al principio, y tal vez tampoco lo crea ahora, pero siempre la recordaré. Sé que no importa nada de lo que diga, pero me gustaría que las cosas hubieran sido diferentes.

Sean permaneció callado por un momento.

—¿Cómo supieron que estaba aquí? —le preguntó Chase a Sean finalmente.

Me pregunté si era curiosidad o si había roto su silencio con algún otro propósito.

Rápidamente, Sean nos contó que había sido destituido de la base de Cincinnati, donde había sido enviado después del incidente en el reformatorio, y luego conoció a Billy y a Riggins, quienes habían estado reclutando soldados errantes para la resistencia. Otros talentos de Billy incluían irrumpir en las patrullas de la MM y acceder a las listas de prisioneros mediante su escáner. Así fue como Sean se enteró de la transferencia de Rebecca.

Recordé el escáner que había utilizado el patrullero de carreteras que nos había detenido. Era un computador en miniatura. Al parecer Billy era muy astuto.

Como no había manera de entrar a la base sin correr el riesgo de ser asesinado, Sean se había limitado a trabajar para la resistencia hasta que Billy pudiera conseguir más información acerca de Rebecca.

Antes de que Sean pudiera continuar, Wallace lo llamó desde el pasillo.

—Los llevaré al transportador mañana —dijo.

—Sean, espera —dije cuando salía—. Yo... lamento mucho todo esto.

Me miró por un largo rato con sus ojos cansados. Ya no reflejaban resentimiento ni desconfianza. No me culpaba. Por algún motivo eso me hizo sentir peor.

—Son ellos, Miller. No nosotros. Es la OFR quien debería lamentarlo.

DESPUÉS DE UN RATO me acerqué a la ventana, y me reconfortó sentir el aire frío en mi rostro. Ya era de noche. A través de los barrotes de la escalera de incendios pude ver a lo lejos los faros que serpenteaban en las intersecciones de la ciudad, y se me puso la piel de gallina. Había empezado el toque de queda. La MM estaba allí, a nuestro alrededor, en todas partes.

"Es la OFR quien debería lamentarlo", me había contestado Sean.

Tenía razón. Se habían llevado a Rebecca, se habían llevado a mi madre y casi acabaron con Chase. Nunca más podríamos volver a casa. Tendríamos que vivir en la clandestinidad para siempre.

Traté de alejar mis pensamientos, pero me bombardearon varias imágenes de ese día. Las multitudes de personas hambrientas. El hombre que había muerto cerca del generador. Sean, cuando no sabía que era Sean, arrastrándome a través del gentío. El momento en que acepté que Chase aún podría salvarse, aunque yo no pudiera.

Él era más fuerte, todo un luchador. Podía sobrevivir en este mundo.

—Necesitamos un nuevo plan, nuevas reglas —comencé, tratando de parecer fuerte.

Chase había estado escuchando lo que sucedía en el pasillo, pero, al oír el sonido de mi voz, se apartó de la puerta y esperó a que continuara. Esperaba que no intentara hacerme las cosas difíciles; ya era bastante difícil aceptar lo que estaba a punto de decir.

—Si la MM encuentra a alguno de nosotros, el otro tiene que seguir adelante; debe ir al refugio, buscar a mamá y asegurarse de que esté bien.

Mis palabras sonaron huecas. Chase no dijo nada.

—No puedes venir a buscarme si me llegan a atrapar, ¿entiendes?

Permaneció en silencio.

—¡Chase! —Di un puñetazo sobre el alféizar de la ventana y el panel se sacudió—. ¿Me estás escuchando?

—Sí. —Estaba de pie justo detrás de mí. Entonces me giré hacia él.

—¿Lo harás? —Sabía que debía sentirme aliviada, pero no era así.

—No, no lo haré.

Sentí el mismo miedo que había helado mi espalda ese mismo día en la plaza. Era el miedo a que mi madre se quedara sola, a que Chase fuera capturado y condenado a muerte. Las lágrimas comenzaron a brotar; no tenía sentido intentar ocultarlas.

—¿Por qué no? Si algo me sucede…

—¡Nada te va a suceder! —Me agarró por los codos, lo que me obligó a ponerme de puntillas.

Sus ojos se llenaron de ira, aunque sabía que esta provenía del miedo. "¿Por qué sabía eso de él? —pensé fugazmente—. ¿Por qué era capaz de leer esas cosas cuando apenas sabía lo que yo estaba sintiendo?".

—Pero ¿y si algo me sucede? —repliqué—. ¡Podría morir igual que Katelyn Meadows! ¡O podría morir de hambre como ese hombre de la plaza! La MM podría llevarme o dispararme…

—¡Detente! —gritó.

Quedé atónita. Chase, con el rostro pálido, exhaló vacilante y trató de serenarse, pero solo pudo tranquilizarse un poco.

—Ember, te juro por mi vida que no voy a dejar que nada de eso suceda.

Me desplomé en sus brazos y lloré con toda libertad porque estaba asustada, porque no quería morir. Porque si moría, no había asegurado ningún futuro para mi madre ni para Chase, para la gente que amaba.

Nunca había llorado delante de él así. Todo el dolor que había estado acumulando salió de golpe: La pérdida de mi madre. Lo mucho que extrañaba a mis amigos. El haber lastimado a Sean y a Rebecca. El transportador de Rudy Lane que rogaba por su hijo. El hombre de la plaza. Chase me abrazó con fuerza, protegiéndome con su cuerpo, ocultándome de los temores que nos azotaban a ambos.

—¿Por qué fuiste a buscarme? —sollocé—. Si Sean hubiera sido un soldado real, podrías haber muerto.

—No me importa.

—¡Pero a mí sí!

—Nunca te abandonaré.

Me incliné hacia atrás para separarme de él. Chase estaba reacio a dejarme ir.

—¿No era lo que ibas a hacer de todos modos? ¿No planeabas irte tan pronto como llegáramos al refugio?

Abrió su boca y luego la cerró.

—Yo… iba a dejar eso en tus manos.

¿Qué quería decir? ¿Acaso creía que iba a obligarlo a irse de un lugar seguro solo porque no lo quería cerca? ¿Acaso no habíamos vivido a solo cinco metros de distancia la mayor parte de nuestras vidas? ¿Quién era yo para tomar esa decisión? No, esa no era la razón. Estaba desviando las cosas porque era más fácil para él que yo lo rechazara. De esa manera no tendría que herir los sentimientos de nadie y podría regresar aquí para unirse a la resistencia.

—Suéltame —dije vacilante. Traté de respirar, pero mis pulmones estaban cerrados—. Sé que quieres cumplir tu promesa, entonces hazlo: protégeme. Pero, una vez lleguemos al refugio, quedas libre de obligaciones. No me debes nada. Ya sobreviví a tu partida una vez, Chase, y lo haré de nuevo si es necesario.

Me miró sorprendido. Yo apenas podía creer lo que acababa de decir.

—Estoy cansada —dije—. Hay personas de sobra haciendo guardia. —Me recordé a mí misma que debía mantener la barbilla levantada cuando abrí la puerta—. Voy a estar bien sola.

—Yo no.

Antes de que pudiera volverme hacia él, puso su mano sobre la mía y cerró la puerta con suavidad. Comencé a percibir cada uno de sus movimientos. La tensión de los músculos de sus hombros. El cambio en su respiración. Cada uno de sus cálidos dedos sobre los míos. También noté cambios en mí. El hormigueo en mi piel. La duda, que pesaba como una piedra en mi vientre.

—No puedo estar bien —dijo—. No sin ti.

Todo mi cuerpo se sentía como si hubiera saltado un escalón. Nada de lo que él decía tenía sentido, pero me afectó la emoción con que había impregnado sus palabras.

—No te burles, Chase. No es gracioso.

—No, no lo es —concordó, serio y contrariado.

—¿De qué hablas?

Puso una mano en su garganta, como tratando de impedir que salieran las palabras, pero afloraron de todos modos.

—Tú eres mi hogar.

Mi instinto de conservación me obligó a pensar una sola cosa: *se va a retractar*. Iba a retractarse, tal como lo había hecho en casa de los Lofton y luego en el bosque. Quería decirle que se detuviera, para que no me doliera cuando lo hiciera, pero no pude. Quería que fuera cierto.

Me senté en la cama.

—Te recuerdo a nuestro hogar —aclaré, y sentí que aparecían los recuerdos del pasado.

Se arrodilló delante de mí.

—No. Tú eres mi hogar.

Estaba demasiado sorprendida para hablar.

Pensé en mi hogar y en lo que significaba para mí: seguridad, amor, felicidad. Apenas podía imaginar lo que significaba para alguien como Chase, quien no había tenido en quién apoyarse, ni nada que le diera estabilidad o sentido de pertenencia desde que sus padres habían muerto.

Me decía todo eso después de haber oído lo que les había hecho a Sean y a Rebecca.

Chase me miraba, tratando de leer mi reacción a sus palabras. Quería decirle lo mucho que me conmovían, pero nada podía expresar lo que sentía.

Tentativamente busqué su mano y, cuando la extendió gustoso, la apoyé contra mi mejilla. Pude verlo pasar saliva, pude ver sus grandes ojos marrones de lobo apagarse, como siempre lo hacían cuando guardaban alguna emoción profunda. Se inclinó para acercarse más.

—Piensa en mí —susurró, y sus labios tocaron los míos con suavidad.

Su beso era tan suave que se sentía tal como lo había imaginado un año atrás, cuando Chase no era más que un fantasma que me recordaba que estaba sola. Necesitaba más. Necesitaba que estuviera conmigo en ese preciso momento, que no fuera solo un eco del pasado.

Lo atraje hacia mí, y él me respondió con un beso más profundo. Mi cuerpo se sintió vivo y electrizado. Entonces sus manos se desviaron hacia mis hombros y luego bajaron rodeando mi espalda y dejando un rastro de calor a su paso.

—Pensaba en ti —dije en voz baja—. Siempre es en ti en quien pienso.

La intensidad de su mirada me dejó sin aliento.

Podía sentirlo. Podía sentir cada parte de él. Su alma estaba atada a la mía. Su sangre caliente fluía por mis venas. Creía que era cercana a mi madre, y lo era, pero no de esta forma. Chase y yo apenas nos tocamos, solo nuestras manos, nuestras bocas, nuestras rodillas, pero no había ni una sola parte de mí que no fuera suya.

No podía hablar, pero, si hubiera podido, le habría dicho lo mucho que lo había extrañado. Que había aceptado, con todas sus culpas y temores, a la persona en la que se había convertido. Que me quedaría a su lado mientras sus heridas sanaban.

—Gracias —susurró.

¿Podía escuchar mis pensamientos? No parecía descabellado. Cualquiera que hubiera sido su razón para darme las gracias, también me hizo sentir agradecida.

Me abrazó, y los latidos de nuestros corazones se hicieron más lentos hasta volverse uno solo. Mi mente se acalló feliz y completamente.

ME DESPERTÓ UNA ALGARABÍA en el pasillo. No sabía cuánto tiempo había dormido, pero estaba sola en el saco de dormir.

¿Había soñado lo que ocurrió? En esos últimos días todo se sentía casi irreal; la confesión de Chase era muy cercana a eso. Aun así, mis labios recordaban la presión de los suyos, y mi corazón extrañaba su presencia.

Me incorporé, me puse las botas y me aventuré al pasillo. Estaba vacío e iluminado con una luz tenue. El sonido parecía provenir de la habitación de Wallace, y caminé a hurtadillas hacia ella. Desde fuera oí la voz del hombre, que hablaba en un tono grave.

—¿Estás seguro de que no vas a cambiar de opinión? —preguntó.

—Sí —dijo Chase—. Tal vez algún día.

Asomé la cabeza por la puerta. Chase y Billy estaban recostados contra el mostrador de la cocina improvisada, mientras que Wallace y Sean estaban de pie frente a ellos.

Sus ojos se encontraron con los míos y, por un momento, su mundo flaqueó. Fue entonces cuando supe que no había soñado lo que había pasado entre nosotros, había sido real y él también sentía lo mismo. Me sonrojé.

Chase se acercó a mí y puso fin a la conversación con los demás. Me tendió la mano, y yo la tomé. No pude ocultar la sonrisa tímida que provocó su gesto.

—Un momento —dijo Wallace, sonriendo. Sabía lo que iba a decir antes de que continuara—. También serías bienvenida en nuestra familia, Miller.

En ese momento recordé el credo de la MM que había estado pintado en el costado de la furgoneta que se había llevado a mi madre, en la pared de la casa de Rudy Lane y en el camión articulado de Hinton. Todo un país, toda una familia. Wallace creía que cada cual podía elegir a su familia. Si los hijastros del país se unían, podríamos ser toda una familia después de todo.

Un trueno retumbó fuera y luego la lluvia comenzó a golpear contra las ventanas tabladas. Sean encendió otra vela y la puso sobre el mostrador que estaba detrás de nosotros.

—Te dije que no, Wallace —dijo Chase. Pude sentir cómo se tensionaba.

Tenía razón: no podía unirme a la resistencia, no en ese momento, pero no me gustó que Chase respondiera por mí. Fruncí el ceño.

¿De qué habían estado hablando? Chase ni les había dirigido la palabra cuando llegamos, pero ¿había tenido una reunión secreta con ellos mientras yo dormía? Mis hombros comenzaron a elevarse. Traté de mirarlo a los ojos, pero él estaba mirando fijamente a Wallace.

—¿Por qué te recluyeron? —me preguntó Wallace. Su voz estaba llena de curiosidad, pero sabía que lo preguntaba para sustentar su argumento, para darme una razón para luchar, aprovechando el sentido de injusticia de mi captura.

—Es irrelevante —respondió Chase por mí.

—Artículo 5 —dijo Sean—. La mitad de las chicas están en el reformatorio por eso.

—Vamos —dijo Chase de repente. ¿De qué estaba tratando de protegerme? Algo no andaba bien.

—Todo ese mundo es enfermizo. Por eso deserté, por cosas como esas. —Wallace se rascó el brazo, y vi el extremo de una trenza de alambre negro asomarse a la altura de su muñeca, bajo la manga de su camisa.

—¿Desertó de la MM porque envían chicas a los re-formatorios? —pregunté lentamente. Parecía un motivo bastante extraño.

La energía de la habitación había cambiado por completo. Ahora era tensa, apesadumbrada.

Chase tiró de mí para llevarme al pasillo.

—Espera —le dije.

La lluvia golpeaba repetidamente la ventana.

—Se fue a causa de las ejecuciones —dijo Billy, en un intento por ayudar.

Recordé al transportador de Harrisonburg. Sabía de lo que era capaz la MM. Palidecí de inmediato.

—¿A quiénes ejecutaron? —pregunté.

—Cierra la boca —le dijo Chase a Billy con dureza.

—A los infractores de los artículos. —Billy reflejaba un aire de insurrección.

Mi corazón se detuvo.

—¡Ya fue suficiente, Billy! —espetó Wallace, y le dirigió a Chase una mirada dura y aprensiva.

—¿No lo sabe? —Los ojos de Sean también se posaron sobre Chase—. Pensé que se lo habías dicho.

—No digan ni una palabra más —amenazó Chase.

Billy sacó la barbilla en un gesto desafiante. Sean saltó entre los dos.

—No, no. Por favor, díganme —dije.

—Vamos, Ember. —Chase apretaba mi brazo con fuerza y estaba sacándome del lugar.

—¡Basta! —grité—. ¡Que alguien responda mi pregunta, por favor!

Solo se oía la lluvia. Olas y olas de lluvia que azotaban el motel.

—A los infractores de los artículos y a los soldados desertores… los ejecutan, tal como lo dijo Billy. —Sean habló en voz baja. Chase dio un paso atrás—. Tiene derecho a saberlo —concluyó.

—¿Me van a ejecutar? —pregunté débilmente.

—A ti no —dijo Billy—, a los acusados, a tu mamá.

Capítulo **14**

LA HABITACIÓN comenzó a dar vueltas. Me apoyé contra el mostrador, apenas consciente de que Billy y Wallace se habían ido.

—Ember —dijo Chase lentamente, aunque no se acercó.

—¿Por qué harían eso? —pregunté débilmente. Pero incluso cuando le pregunté, sabía que era posible. Había estado en el punto de encuentro de Rudy Lane cuando la MM había encontrado al transportador.

—No encajamos en el perfil del nuevo país moral —dijo Sean sombríamente.

Giré hacia él.

—Lo sabías, en el reformatorio. Lo sabías cuando intenté escapar y no me lo dijiste.

Sean se movió incómodo.

—Había oído rumores. Tienes que entender: pensé que ibas a decirle a Brock lo que Becca y yo teníamos. Pensé que, si no tenías motivos para escapar, no tendrías ninguna razón para guardar el secreto.

—¡Aléjate de mí!

Sean retrocedió.

—Ember. —Chase pronunció mi nombre con delicadeza, como si fuera un ave herida.

Lo había sabido todo el tiempo. Me había ocultado la verdad. ¿Por qué no me lo había dicho?

—Tenemos que irnos. —Me abrí paso de un empujón y corrí hacia nuestra habitación.

Había gente en el pasillo mirándome, pero yo apenas lo noté. El miedo había invadido mi cuerpo a tal extremo que apenas podía tragar. Mis rodillas se sentían muy débiles, pero sabía que tenía que ser fuerte. Ahora tenía que ser particularmente fuerte.

Puse la mochila sobre mis hombros demasiado rápido y tuve que sostenerme de la pared para no perder el equilibrio.

—Maldición, Ember. Espera. —Chase intentó arrebatarme la mochila. Su rostro se veía pálido a la luz de las velas.

—No. Nos vamos. ¡No tenemos tiempo! —le grité—. ¿Qué te sucede? ¡Tenemos que irnos!

—Ember, quítate la mochila.

—¡Chase! ¡Mamá está en peligro! ¡Seguramente la están buscando ahora mismo! ¡Tenemos que buscarla! —De mis ojos brotaron lágrimas cálidas, llenas de confusión y terror. No estaba enojada con él. Estaba demasiado asustada para enojarme.

—No podemos irnos. No en este momento.

—¡Debe estar asustada! La conozco. ¡Nadie la cuida como yo lo hago!

Se alejó de mí y retrocedió hacia la pared. Sus ojos se veían enormes, vidriosos e igual de aterrorizados que los míos. Pensé por un momento que finalmente había comprendido, pero estaba equivocada.

—Ember, lo siento.

—¡No te disculpes! ¡Solo vámonos de aquí!

—¡Ember! —dijo, y golpeó su pierna con fuerza. El movimiento fue tan violento que quedé inmóvil—. Tu mamá está muerta.

Qué palabras más crueles. Ese fue mi primer pensamiento coherente. *Qué palabras más crueles y espantosas*.

La mochila me pareció muy pesada. Me tiraba hacia atrás. Se deslizó hasta el suelo con un ruido sordo.

—¿Qué? —Era mi voz, pero sonaba a gran distancia.

Puso las manos sobre su boca, como si fuera a calentarlas con el aliento.

—Lo siento mucho. Se ha ido, Em.

—No me llames así —espeté—. ¿Por qué dices eso?

—Está muerta.

—¡Cállate! —grité. Mis lágrimas comenzaron a derramarse incontenibleblemente. Apenas podía respirar.

—Lo siento.

—No es cierto. ¡No es cierto!

Chase negó con la cabeza.

—Yo estaba allí. —Su voz se quebró.

Sentí que la pared sostenía mi peso.

—¿Tú… estabas allí? ¿A qué te refieres? Tenemos que irnos. —Mi voz era inaudible; mi tono, sin convicción.

De un momento a otro los dos estábamos en el suelo. Me tomó y me abrazó con fuerza contra él. Yo estaba demasiado conmocionada para luchar.

—Pensé que, si te lo decía, no vendrías conmigo o que huirías. Sé que fue un error, Ember, lo siento mucho. Necesitaba ponerte a salvo primero. Iba a decírtelo una vez llegáramos allí.

No era mentira. Su rostro torturado decía la verdad. Mi madre estaba muerta.

Percibí un dolor que provenía de dos puntos diferentes: de la parte frontal de mi cabeza y del centro de mi estómago. Sentía que el cuchillo helado de la realidad me apuñalaba en esos dos lugares. Me apuñalaba hasta hacerme sangrar, hasta exponer mis entrañas.

Podía oírla. Podía oír su voz. *Ember.* Decía mi nombre. ¿Cómo podía estar muerta cuando aún la podía oír con tanta claridad?

—Lo siento mucho —repetía una y otra vez—. No era mi intención lastimarte. Solo quería que estuvieras a salvo. Lo siento mucho.

Estaba demasiado cerca de mí. Me sofocaba. Lo empujé para alejarlo.

—Aléjate —gemí.

—¿Qué quieres que haga? —me preguntó con desesperación—. No sé qué hacer.

—¿Qué le pasó a mi madre? —le pregunté.

Dudó. No iba a decírmelo.

—¡Dime! —insistí—. ¿Por qué todos me quieren ocultar la verdad? ¡Dime!

—Ember, está muerta. Es todo lo que necesitas saber.

—¡No seas cobarde!

—Está bien, está bien.

Se arrodilló frente a mí con los brazos cruzados sobre el abdomen. Sus hombros temblaban y una línea de sudor recorría su sien.

—Las peleas no lograron cambiarme, por lo que el oficial al mando necesitaba algo más. Tucker les mostró mis cartas, unas que te había escrito. Pensé que las habían enviado por correo, pero… él las había estado acumulando. Fue así como supieron quién eras, que no había puesto fin a mi relación contigo como debía haberlo hecho. Me dijeron que tenía que olvidarte o… Dios… o de lo contrario te lastimarían. Por ese motivo hice un trato con ellos: si no había más peleas, no iba a verte nunca más. Me promovieron para demostrarles a los demás que el sistema siempre gana. Hice todo lo que me dijeron. Pensé que funcionaría, que te dejarían en paz, pero no les importó. El arresto fue la prueba definitiva. Te usaron para destruirme. Llevamos a tu mamá a una base en Lexington, con todos los demás infractores del artículo 5 del Estado. La llevaron a una celda de detención. El líder de mi unidad, Bateman, estaba enojado por lo que había sucedido en tu casa. Dijo que no había seguido la orden de permanecer en el auto y que me había excedido, que era un fracaso como soldado. Fue él quien me reportó ante el oficial al mando.

Chase se detuvo y se inclinó sobre sus rodillas como si fuera a vomitar.

—Termina —exigí. Apenas podía oírlo por encima del dolor que sentía en mi cerebro.

—Me llevaron ante la junta de disciplina. El oficial al mando estaba allí. Me dijo que era hora de poner mi formación en práctica, que algún día podría llegar a ser capitán. Dijo que podía redimirme si… ejecutaba a los detenidos, comenzando con tu madre. Le dije que no, que solo era un conductor, que mi trabajo se limitaba a transportar personas de un lado a otro. Le dije que me expulsara, que me destituyera.

Chase golpeó su muslo de nuevo con fuerza. Yo sollocé en voz baja.

—Me dijo que debía seguir órdenes y que, si no hacía lo que decía, alguien más lo haría; que te sacarían del colegio y harían lo mismo. No sabía qué hacer. Cuando me di cuenta, Tucker me estaba escoltando a la celda de detención de tu madre, y yo tenía un arma en la mano.

Quería gritar para que Chase se detuviera, pero tenía que escuchar el resto, tenía que saber lo que había sucedido. Comenzaron a brotar lágrimas de sus ojos.

—Tu mamá… Dios. Había estado llorando. Su camisa aún estaba húmeda. Cuando me vio, sonrió y corrió hacia mí; tomó mi chaqueta en sus manos y dijo: "Gracias a Dios que estás aquí, Chase". Pero yo estaba allí para matarla. Levanté el arma, y ella retrocedió hasta una silla, se sentó allí y se quedó mirándome. Solo me miraba. Pensé por un segundo que iba a hacerlo, que iba a tener que hacerlo, pero no pasó nada. El oficial al mando estaba detrás de nosotros. Me dijo que tirara del maldito gatillo o que me obligaría a ver tu ejecución. Tu mamá lo oyó. Ella tomó el arma que tenía en la mano, se acercó a ella y me dijo que te buscara, donde fuera que estuvieras, y cuidara de ti. Se refirió a ti como su bebé. Me dijo que no tuviera miedo. *Ella* me dijo *a mí* que no tuviera miedo. Luego él le disparó y… ella murió. A treinta centímetros de mí. Ni siquiera sé lo que pasó después. Estuve en una celda de detención durante una semana.

La habitación quedó en silencio. Un silencio eterno y sofocante.

Sentí que mi cerebro se retorcía para tratar de comprender, aunque al mismo tiempo estaba tratando de borrar los últimos treinta minutos.

—Tal vez si hubieras hablado con tu oficial, si le hubieras explicado que ella no se merecía eso… —dije con un hilo de voz.

—No habría servido de nada.

—¿Cómo puedes saberlo? ¡Ni siquiera lo intentaste! Pudiste haber hablado con ellos y… y… nunca habrías tenido que ir a casa… En el entrenamiento pudiste no haber sido tan… ¡tú! ¡Pudiste avisarnos y decirnos que huyéramos!

Me sentía tan insensata como mis palabras.

—Lo sé. —No le agregó nada más a su respuesta.

Sentí que un martillo helado perforaba mi cráneo. Ahora sabía la verdad, aunque ya no quería saberla.

—Está muerta. —Comprendí lo que había pasado.

Él asintió con la cabeza.

—Sí.

—Me mentiste. ¡Me hiciste creer que estaba viva, que estaba en un refugio! —grité de repente.

La ira me había invadido; se sentía ardiente, feroz y venenosa dentro de mí.

—Lo sé.

—¿Planeabas decírmelo?

—Lo iba a hacer una vez que estuviéramos lejos de todo esto. Tal vez hubiera omitido algunas cosas, por tu bien. No quería que supieras todo. Nadie debería tener que escuchar todo eso.

—Entonces, ¿tú sí puedes lidiar con todo, pero yo no? ¡Es *mi* madre, Chase!

—No me refería a que no pudieras manejar la situación. Solo quería… No sé. No quería hacerte daño.

—¿Prefieres que crea una mentira a que salga lastimada? ¿Quién demonios te dio esa autoridad?

—No lo sé. —Estaba siendo sincero. No sabía lo que estaba haciendo. Sus manos estaban abiertas sobre sus rodillas, a la espera de que cualquier cosa le permitiera justificar sus actos.

Mi cerebro comenzó a pensar a una velocidad vertiginosa. Parecía una bola de nieve rodando por una colina, y sabía que al final había una pared de ladrillo que me aplastaría, que me rompería en mil pedazos.

—Sabías todo esto desde el principio. Desde el día en que me sacaste del reformatorio. Sabías que estaba muerta, la habías visto morir y me lo ocultaste.

—Sí.

Mi cerebro iba aún más rápido.

—¿Cómo pudiste hacerme eso?

Chase sacudió la cabeza.

Mi cerebro se retorcía dentro de mí. *Nada de esto podía ser real.*

—Dijiste… Dijiste todas esas cosas… y yo… te creí.

—Espera, por favor, Ember. Era cierto lo que dije. —Ahora estaba suplicando.

Negué fuertemente con la cabeza. Nada de lo que había dicho era cierto.

—Ember, te amo.

Sus palabras dieron lugar a un nuevo e intenso dolor dentro de mí. Lo miré fijamente durante un segundo, horrorizada, consciente de que era la primera vez que él pronunciaba esas palabras. Pensé que tal vez era lo contrario, que Chase en realidad me odiaba. Por eso había mentido acerca de todo, por eso insistía en lastimarme. ¿Cómo podía alguien ser tan cruel?

Sus ojos estaban llenos de lo que una vez había creído que era sinceridad.

—No debí haber dicho eso. Es demasiado. Estoy empeorando las cosas, pero… Dios. Es cierto, te…

—¡No! Confié en ti, pensé que estaba bien y no era así; era una mentira. —En ese momento me sentí mal, asqueada de mí misma. Quería que la tierra me tragara, quería abandonar esa habitación sucia y las verdades horribles que se habían revelado en ella.

—No fue así. Entiéndelo. Por favor, entiéndelo.

Su mano se extendió para tocar la mía.

—¡No! —vociferé—. No me toques. No te atrevas a tocarme nunca más.

Me estrellé contra la pared. Mi mundo se estaba derrumbando. Todo en lo que creía era nebuloso. Era falso.

Dejé de pensar. Ya no podía hacerlo. Me abalancé hacia él y lo golpeé tan fuerte como pude. Mi mano se llenó de dolor en el punto donde había tenido contacto con su mandíbula. Lo golpeé de nuevo y luego una vez más. No trató de detenerme. Puso su mano bajo mi codo, lo que me permitió golpearlo más fuerte.

Cuando agoté los golpes, me doblé sobre el estómago agitado. No era mejor que Roy, que golpeaba a mi madre. Quería ahogar mi tormento en violencia, quería demostrarle a Chase lo equivocado que estaba. La comparación hizo que mi realidad se sintiera infinitamente más devastadora.

—Está bien. Golpéame. Me lo merezco.

Como si eso solucionara algo, como si eso arreglara las cosas.

—No más —gemí.

Él levantó las manos en señal de rendición.

—Ember, voy a hacer lo que me pidas, pero, por favor, déjame llevarte a un lugar seguro. Ese era el objetivo de todo esto. Sabía que, una vez te enteraras, ibas a querer alejarte lo más posible de mí; que, si creías que tu mamá estaba en Carolina del Sur, me ibas a permitir llevarte. Te dije desde el principio que, si querías que me fuera después de eso, lo haría.

—No voy a ir a ninguna parte contigo.

—Por favor. Solo déjame llevarte a un lugar seguro.

Sentí el dolor azotándome por dentro; el dolor de todas mis pérdidas: mi madre, Chase, Beth, Rebecca, la confianza, el amor. Lo único que me quedaba era mi poca integridad.

—No.

—Si no lo haces por mí, hazlo por ella. Lori quería alejarte de todo esto.

—¡No! —grité. No podía soportar oír su nombre.

Chase bajó la cabeza.

—Lo arruiné todo. Desde el principio. No hice lo correcto por ti ni por tu madre. Ella te quería mucho, Ember.

—¡Está muerta por tu culpa!

Lo que era peor, también había muerto por mi culpa, porque si nunca le hubiera dicho a Chase que se fuera, no habría entrado al ejército y nunca lo hubieran amenazado; nunca nos habrían utilizado para destruirlo. Por azares del destino, había matado a mi propia madre. Mi remordimiento era tan profundo que no podía siquiera describirlo.

Chase se echó hacia atrás sobre los talones y se puso de pie. Sabía que lo había herido. Lo había hecho a propósito, pues quería hacerle daño, quería que sufriera tanto como yo. Pero ¿acaso era posible?

—Sí —dijo simplemente—. Está muerta por mi culpa.

—Lárgate. Aléjate de mí.

Se quedó allí varios minutos, pero al final se fue. Oí la puerta cerrarse suavemente detrás de él.

LLORÉ EN POSICIÓN FETAL durante lo que parecieron horas. Lloré hasta que mis lágrimas se secaron y, cuando lo hicieron, mi cuerpo lloró sin ellas.

Cada imagen que cruzaba por mi mente me dolía. Cada pensamiento me llevaba a la misma conclusión: estaba sola, completamente sola.

Cuando pude respirar de nuevo, me obligué a levantarme y caminé a tumbos hacia la ventana. Podía oír a la gente en el pasillo preguntándole a Chase lo que había sucedido. Nunca contestó. Ya nada importaba.

Mis brazos y mi cabeza se sentían pesados y bastante hinchados.

Aire. "Qué bien se siente", pensé distraídamente.

Pasé por encima del alféizar de la ventana y salí a la escalera de incendios; necesitaba que el frío calmara mi fiebre. El balcón era muy pequeño. Podía bajar por la escalera y llegar a la calle. Desde ahí arriba se veía como un agujero negro. Pensé que tal vez podría desaparecer dentro de él.

Bajé. La lluvia era reconfortante. Era la primera sensación de calma que había sentido tras lo que pareció una eternidad. El agua empapó mi ropa y mi pelo; lavó la sal de mi cara y llegó a mis ojos por entre mis pestañas apelmazadas y las limpió.

Caminé y caminé. No podía concentrarme en nada. No podía recordar nada.

Las luces no me sorprendieron; apenas despertaron mi curiosidad. Pero pronto el auto se detuvo junto a la acera donde yo estaba. Unos hombres se bajaron de él. Me hablaron con una rudeza incomprensible. Luego me tomaron de los brazos y me arrastraron hasta el asiento trasero, donde la lluvia ya no me alcanzaba.

SE OYÓ UN GOLPE en la puerta metálica. Mis ojos se abrieron; veía borroso. La luz fluorescente que estaba justo encima de mi cabeza zumbaba y parpadeaba. El techo estaba salpicado de pintura blanca descascarada. El colchón sobre el que estaba olía a moho y a sudor. No tenía almohada ni tampoco mantas.

¿Dónde estaba? ¿Cuánto tiempo había estado allí? No importaba. Ya nada importaba.

—No quiere comer. —Escuché decir a alguien, cuya voz fue amortiguada por la puerta.

—Me importa un bledo. —Era la voz de otro hombre.

—A mí también —soltó el primero—, pero va a morir antes de su juicio si sigue así.

—Pues que se muera. No sería la primera vez.

Cerré mis oídos a su cruel desprecio. Cerré mi mente a todo atisbo de conciencia.

UNA MANO SACUDIÓ MI HOMBRO. Luego sentí que algo punzaba la piel sensible de la parte interna de mi brazo. El dolor me hizo abrir los ojos de golpe. Al parecer, todavía podía sentir algunas cosas.

—Debes levantarte. ¡Levántate! —Esta vez era la voz de una mujer; se oía un poco distorsionada por la irritación de su tono.

Gemí y rodé para alejarme de ella. Mi rostro estaba apoyado contra la fría pared de cemento.

—Si sigues así, al final soy yo quien se va a meter en problemas.

—Déjeme en paz —dije débilmente.

—Ya han pasado tres días. Tienes que sobreponerte.

Sacudió mi hombro de nuevo. Cuando rodé sobre la espalda, agarró mis brazos y haló de ellos hasta sentarme. Todo parecía nublado y borroso.

—Bien. —Me dio unas palmaditas en la mejilla—. ¿Vas a vomitar?

—No —dije débilmente.

—Mmm. De todos modos, no hay nada que puedas vomitar.

Puso un recipiente de plástico en mi regazo. Estaba lleno de algo que parecía avena espesa. Me quedé mirándolo fijamente.

—Increíble —dijo la mujer. Tomó una cucharada y la metió en mi boca.

Escupí y me atraganté, pero la papilla tibia e insípida se deslizó por mi garganta y llegó a mi estómago hambriento. Mi boca pronto deseó más.

Comí, y me fijé por primera vez en la mujer. En las manos tenía protuberancias nudosas, como de artritis, y pliegues profundamente grabados junto a su boca. Su rostro tenía una expresión de preocupación que parecía que nunca se iba a disipar del todo, y sus ojos eran de un azul casi traslúcido. No me habría sorprendido si fuera ciega, pero sus movimientos indicaban lo contrario.

Su pelo era gris y ondulado, y llevaba puesta una falda plisada de color azul marino y una camisa de botones. El uniforme ocultaba su cuerpo flácido, de la misma forma en que un saco cubre las patatas que contiene.

¿Nunca habías visto a las Hermanas de la Salvación?, oí a Rosa decir en mi mente. *Son la respuesta de la MM ante la liberación femenina.* Era como si nunca hubiera abandonado el reformatorio.

En la celda diminuta, la estrecha cama se extendía desde la pared y casi chocaba con un inodoro metálico que había al pie. Apenas había espacio para que la mujer pudiera permanecer de pie delante de mí sin que nuestras rodillas se tocaran.

—¿Dónde estoy? —le pregunté. Mi voz se quebró. No la había utilizado en mucho tiempo.

—En el Centro de Detención de Knoxville.

Entonces me habían capturado después de todo.

"No tardarán en matarme", pensé indiferente.

—Termina, Miller. —Le dio una palmada al borde de mi plato, y se derramó un poco sobre mi bata de papel, que era como las que usaban en los hospitales. En algún momento alguien se había llevado mi ropa.

—Sabe mi nombre. —El corte de pelo no había ocultado mi identidad, pero eso ya no importaba.

La mujer resopló.

—Vístete. No puedes andar con eso.

Sin la menor modestia, me quité lo que traía puesto hasta quedar en ropa interior y me puse el enorme uniforme de las Hermanas de la Salvación, aunque dejé a un lado el pañuelo. Ahora me veía como la mujer de ojos claros.

—¿Y ahora qué? —pregunté.

—Tendrás que esperar hasta que alguien venga por ti. —Llamó dos veces a la puerta, y esta se abrió desde el exterior. Luego la mujer salió de mi vista.

Me quedé mirando fijamente la pared que había frente a mí, con la mente en blanco.

MOMENTOS DESPUÉS oí el tintineo de unas llaves contra la puerta, luego un chillido metálico y finalmente el sonido del cerrojo abriéndose; detrás de la puerta estaba un soldado delgado de pecho amplio. Tenía un rostro lánguido, ojos verdes penetrantes y pelo rubio peinado hacia un lado. Una de sus enormes manos sostenía un portapapeles y una pluma. Su otro brazo estaba enyesado del codo hacia abajo.

Tenía una pistola enfundada junto al bastón que estaba sobre su cintura. Me pregunté si había venido a dispararme, tal como el oficial al mando de Chase le había disparado a mi madre. Me sorprendió lo poco que me importaba. Al menos así terminaría esa pesadilla.

Algo en él me hacía sentir como en un sueño. Me pareció reconocerlo. Poco a poco se fueron uniendo las piezas del rompecabezas.

—Tus nudillos se ven muy mal. ¿Qué has estado haciendo? ¿Peleando?

Miré hacia abajo, y pensé que de hecho mis manos se veían bastante bien. Las costras se habían caído y dejaron tras de sí cicatrices blancas y delgadas. La mayoría de los moretones ya se había desvanecido. Moví mis dedos y apenas sentí un dolor sordo.

—No sabes quién soy —dijo, y entonces miró la puerta de soslayo.

Vi tres líneas descoloridas en su cuello. Eran arañazos. Mis arañazos.

—Tucker Morris.

—Sí — dijo lentamente, como si fuera la cosa más obvia del mundo.

Hubo un silencio.

—¿No sientes curiosidad por saber qué hago aquí?

—¿Acaso importa? Estoy segura de que me van a ejecutar de todos modos. —Mi voz sonaba plana, sin emociones de ningún tipo.

—Qué idea más macabra.

—¿Me equivoco?

Él sonrió.

—¿Dónde está él?

—No sé a quién se refiere —dije apretando la mandíbula con fuerza.

—Retener información no mejorará tu situación.

—¿Qué puede mejorar mi situación? —pregunté con amargura.

—Ser amable conmigo podría serte útil. —Su tono sonó alegre, casi como si estuviera coqueteando.

Las náuseas se apoderaron de mí.

—No voy a ser amable con nadie que tome parte en el asesinato de personas inocentes. —Las palabras ardían en mi lengua, pero no afectaron mi corazón muerto.

—Entonces, ¿te lo dijo? Pensé que se acobardaría, como lo hizo con ella.

Sentí un golpe de ira. Quería arañarlo otra vez, tal como lo había hecho cuando se había llevado a mi madre. Pero el deseo de hacerlo desapareció. Todo lo que quedó fue un rezago de amargura.

—Es un bastardo, Tucker.

—Lo mismo digo de ti. —Sonrió ante el ingenio de su propio comentario—. Pero cuidado con lo que dices. No se le puede hablar a un soldado de esa manera.

Resoplé. ¿Qué iba a hacer? ¿Matarme? Iba a tener que esperar su turno.

Tucker dudó.

—Jennings está acusado de secuestro de menores, asalto con arma mortífera, robo de propiedad federal y, al menos, otros diez cargos menores que se suman a su deserción. No es alguien a quien debas proteger. Es claro que él no haría lo mismo por ti.

No le había dado la oportunidad de protegerme, me había ido mientras vigilaba mi puerta. Para cuando se dio cuenta de que me había ido, yo seguramente ya estaba en esa celda.

Me pregunté cuáles eran mis cargos. Debían incluir algo acerca de huir del reformatorio, robo y asalto. ¿Qué otra cosa? ¿Fraude por nuestro matrimonio no aprobado por el Gobierno? Por alguna razón, la lista me pareció ligeramente divertida. Ni siquiera me importaba si ahora me acusaban de ser el francotirador.

—¿Qué hace usted aquí? Pensé que pertenecía a una unidad de transporte o algo así.

—Me ascendieron. Voy por el camino rápido. Probablemente me convierta en oficial pronto.

—Felicitaciones —dije.

Mi tono no lo perturbó.

—Tu juicio se pospuso hasta el final de la semana.

—Qué mal. ¿No logró adelantarlo para hoy?

—Te daré otros tres días para que pienses en lo que te espera. Quiero asegurarme de que vivas a plenitud la experiencia del encarcelamiento. Es un favor que le hago a nuestro amigo mutuo. —Su mandíbula temblaba por la tensión mientras hablaba.

Tucker era, sin duda alguna, perverso. Era incluso más despreciable que Chase.

—Tendrás que hacer labores de limpieza hasta el día de tu sentencia.

Abrió la puerta y me indicó que saliera al pasillo. Mis piernas estaban débiles después de haber pasado varios días sin caminar, y mi cabeza dio vueltas durante unos segundos. Me sorprendió que Tucker me dejara salir sin esposas.

La mujer que me había despertado ese mismo día estaba atareada lavando los suelos. Tenía una cubeta con jabón a su lado y llevaba puestos guantes de goma que le llegaban hasta los codos.

—Delilah, ella es Ember Miller —dijo Tucker desde la puerta.

La mujer miró hacia arriba y luego se puso de pie.

—Sí, señor.

—Ella la va a ayudar hasta el día de su juicio.

Delilah asintió con sumisión. Tucker me llevó a un lado antes de irse.

—Voy a estar en la oficina que está al final del pasillo. Ven a verme cuando ella te deje ir.

—No puedo esperar.

Se rio entre dientes mientras se alejaba.

—Toma un cepillo. Vamos a lavar los pisos y luego vamos a hacer otro tipo de limpieza. —Delilah no era de las que hablaban mucho.

Fuimos habitación por habitación, limpiando los pisos, tendiendo las camas y lavando los inodoros. Solo dos de las habitaciones estaban ocupadas, y no entramos a ellas de inmediato.

Mientras trabajaba, un hombre de piel cetrina y con moretones en la mejilla se desplomó al final del pasillo. Estaba esposado e iba escoltado por cuatro guardias, uno de los cuales llevaba un maletín plateado. Lo empujaron con brusquedad a una habitación vacía. Unos minutos más tarde, los cuatro guardias desaparecieron por donde habían venido.

—Viene de su juicio —comentó Delilah.

Me pregunté con morbo cuál había sido el veredicto.

Cuando terminamos, seguí a Delilah escaleras abajo hacia la cafetería, donde un soldado que llevaba una redecilla nos entregó dos bandejas de papilla gris. Vi que en la entrada principal del edificio había un guardia detrás de una gruesa placa de vidrio; el hombre autorizaba la entrada y la salida de soldados. Cada vez que se abría la puerta, se oía un zumbido alarmante que retumbaba en mis tímpanos.

Cuando volvimos a subir, Delilah utilizó una llave que colgaba de una fina cadena de metal que tenía alrededor del cuello para abrir la puerta.

El hombre de la habitación estaba hecho un ovillo en la cabecera de su cama. Llevaba un traje de una sola pieza de color amarillo canario y se balanceaba de un lado a otro miserablemente, mientras murmuraba algo para sí mismo.

—Su comida —dijo Delilah, y puso la bandeja del lado opuesto de la cama.

La mujer cerró la puerta y después marcó la casilla que decía "COMIDA" en el portapapeles que estaba colgado de la manija.

En la habitación contigua había un hombre de piel color de aceituna que estaba apoyado contra la pared, mordiéndose las uñas.

—¿Tiene una manta o algo así? —dijo rápidamente—. Ah, hola —añadió cuando me vio.

Yo le devolví una mirada de curiosidad.

—Su comida —dijo Delilah de nuevo, y dejó la bandeja en la cama.

Un guardia pasó cerca y bajó las escaleras.

—¿A dónde va? —le pregunté a Delilah.

—Va a hacer sus rondas. Recorren los pasillos cada treinta minutos.

—¿No debería haber más seguridad tratándose de una cárcel?

Ella sacudió la cabeza.

—Este es un centro de detención pequeño. Solo hay celdas y estadías temporales. Es de mínima seguridad. La prisión queda en Charlotte.

Delilah era muy directa.

—Espero que tenga un estómago fuerte —dijo.

—¿Por qué?

—Es hora de la verdadera limpieza.

La seguí hasta un cuarto de suministros. Había blanqueador, guantes, uniformes de prisioneros, toallas y mantas. Pensé que ella iba a tomar una manta para el hombre de la celda, pero no lo hizo. En cambio, tomó un carrito de lavandería hondo con tapa de metal. Luego nos dirigimos hacia la tercera celda ocupada, en la que estaba el soldado que acababa de regresar de su juicio.

Miré su portapapeles. Solo había escrita una palabra en letras grandes: ULTIMADO.

Por un momento fugaz recordé una conversación entre Rebecca y yo en el reformatorio. Sean le había dicho que había oído que usaban el término *ultimado* para referirse a los infractores de los artículos. En ese entonces había creído ingenuamente que mi madre había sido enviada a rehabilitación.

Cuando la puerta se abrió supe por qué Delilah me había preguntado acerca de mi estómago.

El hombre que estaba delante de nosotras yacía retorcido en la estrecha cama. Sus rodillas estaban apoyadas una sobre otra en el colchón, mientras sus hombros apuntaban al techo. Su pelo castaño estaba enredado, y una contusión aún ennegrecía su pálida mejilla.

Solo que ahora estaba muerto.

Mi mente trajo la imagen del hombre que había muerto de hambre en la plaza. Lo delgado y frágil que se veía su cuerpo. El hecho de que yo solo había supuesto que se había quedado dormido, cuando en realidad se había consumido.

Esto era diferente. Este hombre parecía muerto. No había sido una muerte pacífica. No había muerto mientras dormía. Se veía ceniciento, frío y torturado, como si la muerte se hubiera llevado su mente antes de que su cuerpo estuviera listo. Entonces entendí por qué la gente les cerraba los ojos a los muertos. Sus ojos sin vida me seguían como los ojos de la Mona Lisa.

Di un paso atrás antes de que mis rodillas empezaran a chocar entre sí. En cuestión de segundos, mi cuerpo comenzó a temblar. No podía dejar de mirar al hombre muerto. Mi cerebro transformó su rostro en el rostro de Chase. Sus ojos oscuros e inquisitivos se apagarían. Si lo atrapaban, ese sería su destino.

Incluso en ese momento no quería que Chase muriera. Tenía la esperanza de que estuviera muy lejos, de que hubiera huido una vez se hubiera dado cuenta de que me había ido.

Delilah levantó el cuerpo hasta dejarlo sentado. Sentí que la bilis subía hasta mi garganta. La tragué a propósito. Volteó el cuerpo hacia un lado y lo empujó al carrito de lavandería; este cayó pesadamente contra la base metálica.

Sentí náuseas. Obligué a mi mente a concentrarse, a reunir voluntad para aparentar fuerza.

—¿Sigues de pie? —preguntó Delilah mientras empujaba el carrito por el pasillo, en el sentido opuesto a las escaleras.

No me estaba mirando, pero asentí con la cabeza y la seguí de cerca. Miré mis pies, uno tras otro. Era lo único en lo que me podía concentrar sin vomitar.

—Ayuda si uno piensa que no son personas.

Sí. Supuse que eso ayudaría.

Al final del pasillo había un ascensor de carga. Era negro y grasiento, y estaba mal iluminado. Delilah empujó el carrito dentro, y yo intenté convencerme a mí misma de que no había un cuerpo dentro de él.

Nos quedamos en la planta baja y salimos por una puerta sin vigilancia, que Delilah abrió con la misma llave que colgaba de su cuello. Empujó el carrito por un callejón estrecho hasta llegar a una valla alta con alambre de púas enrollado en lo más alto. Allí había una puerta que era operada por los dos soldados que ocupaban el puesto de vigilancia. Vieron el carrito y nos dejaron pasar sin dar otro vistazo.

—Supongo que ellos ya saben lo que estamos haciendo —observé.

—¿Vas a ayudar? —preguntó Delilah, disponiéndose a trabajar.

Me deslicé a su lado, verifiqué la gravedad de mis náuseas y tomé un lado de la manija de metal pulido. Juntas empujamos el carrito por una colina asfaltada bastante empinada. El lugar estaba bordeado por una valla de setos planos que rodeaban la parte trasera de la estación. Cuando llegamos a lo más alto, yo ya estaba sudando.

Al llegar, apareció un único edificio de cemento simple y rectangular. Estaba rodeado de hermosos árboles de ramas colgantes, lo que contrastaba con el humo negro que salía de la chimenea. El aire apestaba a azufre. El camino se arqueaba hasta tomar una forma de lágrima justo antes de la entrada.

—Debemos ir a la puerta de allí —señaló Delilah.

La ayudé a empujar el pesado carrito hasta una puerta lateral cubierta con un toldo de lona. Luego tocó el timbre y, sin esperar, comenzó a alejarse.

—¿Solo lo dejamos aquí? —pregunté.

La mujer asintió.

—Es el crematorio.

Mi estómago se revolvió.

Habían llevado a mi madre a un lugar como ese. Estaba tan horrorizada que apenas podía seguirla.

El mareo cedió, y pude seguir débilmente a Delilah hasta lo más alto de la colina. La mujer se detuvo. Seguí su mirada y sentí que mis pies se afirmaron en el suelo por primera vez desde que había entrado a la tercera celda.

Ante nosotros se elevaba la base de la OFR. Todos los edificios se veían casi iguales, grises y monótonos, algunos con aspecto robusto, otros estrechos. Todos eran una variación del mismo estilo sepulcral. Había jardines pequeños y bien cuidados entre ellos, y corredores blancos que iban de entrada a entrada. La base se extendía a lo largo de varios kilómetros y estaba rodeada por la valla alta de acero, por la que habíamos pasado más abajo. A lo lejos pude ver el río y el hospital donde habíamos dejado el auto. La plaza estaba cerca, al igual que el Wayland Inn, donde se reunía la resistencia.

Sería información valiosa para Wallace. Podía trazar un plano del centro de detención, decirle la cantidad de guardias que recorrían los pasillos y describirle la geografía de la base. Había dudado de mi utilidad para la resistencia, pero ya no lo hacía.

Sentí que una llama se encendía en mi interior. Era un sentimiento casi ajeno.

Era esperanza.

¿Y si pudiera encontrar la manera de decírselo a Wallace? Aun si estaba condenada a morir, la información que tenía podría salvar a otros, a gente inocente como mi madre. Me dolía físicamente pensar que la información que tenía ahora podría haber ayudado a alguien a salvarla.

Me di la vuelta y vi los restos de un pueblo abandonado. Tal vez era un área residencial de las afueras de Knoxville. Las avenidas asfaltadas serpenteaban flanqueadas por condominios y apartamentos de dos plantas hacinados. Desde donde estaba, los patios minúsculos no parecían estar cubiertos de maleza. Las paredes con grafitis y las ventanas rotas estaban demasiado lejos como para verlas con claridad.

Un viejo letrero con los precios de los combustibles se erguía por encima del horizonte, y llamó mi atención. Una calle principal recorría el lado izquierdo de mi panorama y se alejaba de mí en línea recta.

—¿Todo eso también forma parte de la base? —le pregunté a Delilah.

—No. La base es de ese lado. Este lado de la ciudad fue evacuado, es una zona roja.

Sentí que se fruncían mis cejas.

—¿Quiere decir que en este momento no nos encontramos en la base?

—Qué inteligente —se burló.

La ansiedad me recorrió.

—¿Con qué frecuencia viene aquí? —pregunté.

—Cada vez que tengo que sacar la basura.

Hice una mueca ante su analogía.

—¿A usted nunca se le ha pasado por la cabeza la posibilidad de seguir caminando y ya?

—Lo pienso todo el tiempo.

—¿Por qué no lo hace?

Me miró, y su rostro se veía cansado.

—Si hubiera algo para mí allá fuera, ya me habría ido.

Me lanzó una mirada reprobadora, como tratando de evaluar mis intenciones. Al parecer, mis pensamientos eran tan transparentes como sus ojos.

Beth aún estaba allá fuera. Rebecca estaba en peligro. Podía serles útil a Wallace y a la resistencia. Después de la muerte de mi madre, ¿cómo podría negarme a ayudarlos? Había demasiadas personas como yo que no sabían cuán letal era la MM. Habían muerto demasiadas personas, mientras sus seres queridos mantenían viva la esperanza de un reencuentro.

Tenía que hacer algo, por pequeño que fuera. *Lo que fuera*. Por mi madre.

Si huía en ese momento, Delilah solo tendría que caminar tres metros para avisarle al guardia del puesto de vigilancia. Pero Tucker había dicho que todavía faltaban tres días para mi juicio. Si lograba parecer lo bastante confiable como para que me dejaran salir por mi cuenta, tal vez podría escapar.

—¿Quieres que te disparen, no es así? —No esperaba una respuesta de mi parte.

La mujer caminó pesadamente colina abajo, y yo la seguí mientras pensaba en un plan.

Capítulo 15

DELILAH NO ME DIRIGIÓ LA PALABRA durante el resto de la tarde. Cuando el turno del día casi llegaba a su fin, me dio la tarea de doblar toallas en el cuarto de suministros, sin molestarse en ocultar su disgusto porque no me habían devuelto a mi celda.

Cuando empezó el toque de queda, sonó un timbre, y un generador comenzó a funcionar. No había muchos allí para escucharlo; aparte del guardia de la escalera, el pasillo ya estaba vacío.

Tucker estaba terminando su papeleo cuando finalmente me arrastré a su oficina.

—¿Qué quiere? —pregunté.

Desenfundó el arma y pensé: "Llegó el momento. Va a matarme". Me preparé para recibir el dolor que seguramente iba a sentir, pero, en cambio, el hombre puso el arma dentro de una caja fuerte en el rincón, al fondo de la oficina; cerró la caja con llave y puso la llave dentro del cajón de su escritorio. Volvió a entrar aire en mis pulmones con un silbido fuerte. Esperó un momento y me miró con una expresión extraña.

—No estás casada, ¿o sí? —Lo dijo como si fuera un niño de diez años que hablaba del brócoli.

Sentí que un ligero rubor subía por mi piel, un recordatorio sutil de que todavía era un ser humano que vivía y respiraba.

—No.

—¿Por qué traes ese anillo?

Casi me sorprendió ver que aún lo llevaba en mi dedo.

—Por ninguna razón en particular. Lo encontré.

Era el anillo que Chase les había robado a los Lofton para dármelo, cuando fingíamos estar casados. Había tenido que fingir muchas cosas con él.

Como Tucker me estaba viendo, no me lo quité, pero de repente sentí que me apretaba demasiado. Su expresión volvió a la soberbia normal.

—Hablé con el oficial al mando. Vas a dormir aquí hasta el día del juicio.

Ya me lo había imaginado, pero me estremecí de todos modos. ¿Quién seguiría vivo por la mañana?

—Vi el resultado de uno de los juicios de hoy —dije en tono acusador.

Recordé el momento en el que el rostro del soldado se había convertido en el rostro de Chase delante de mis ojos. Me pregunté, por una fracción de segundo, si Chase había sentido ese mismo terror enfermizo cada vez que le había mencionado a mi madre; si el miedo se renovaba cada vez que la recordaba. Pero entonces el sentimiento se fue, nublado por el dolor de la traición.

—¿Y qué? —dijo Tucker, como si una ejecución no tuviera importancia alguna—. La forma más rápida de subyugar la insubordinación es atacar pronto y de manera efectiva.

Sin duda, un oficial le había enseñado esa oración. La nota de orgullo en su voz me asqueó tanto que casi salí de la oficina, pero luego pensé en Wallace y en la resistencia, y en Rebecca, que a lo mejor todavía estaba ahí, en ese mismo edificio, y supe que debía quedarme.

—¿Les dan una píldora o algo así?

—Una inyección de estricnina. No pueden respirar, sus músculos se agarrotan y luego convulsionan, finalmente mueren. Es rápido.

Casi pensé que estaba tratando de consolarme con sus últimas palabras, pero no había ningún indicio de eso en su voz.

—¿También les hacen lo mismo a las mujeres? ¿Les inyectan estricnina? —Intenté parecer asustada, pero no lo estaba. Estaba menos reacia a morir que antes, y Tucker Morris no me asustaba. Él era débil y necesitaba a la MM, necesitaba algo en qué creer, ya que seguramente era demasiado deprimente creer en sí mismo.

—A veces. —Sabía que él estaba pensando en mi madre. Lo odiaba por tenerla en su mente, aunque fuera solo un segundo.

—¿Sabe si ejecutaron a una chica llamada Rebecca Lansing? Venía del reformatorio de Virginia Occidental. Era rubia, bonita…

—Grandes senos.

—Supongo. —Mi ánimo se levantó.

—No.

—Pero acaba de decir que…

—No puedo darte ese tipo de información. —Sus ojos brillaban con el poder que sentía—. A menos que…

—¿A menos que qué?

—Bueno, que hagamos un intercambio.

—¿Intercambiar qué? —pregunté con escepticismo, y me di cuenta de lo pequeña que era la oficina.

—¿Qué tal un beso? Luego vemos a dónde nos lleva. —Se apoyó contra la pared, con las caderas inclinadas hacia delante; el brazo que no estaba enyesado colgaba a su costado. Su rostro estaba lleno de arrogancia. No podía creer que quisiera besar a alguien que sabía que iba a morir en menos de una semana.

—No sea ridículo.

Se rio.

—Apuesto a que le gustaba eso, que jugaras a hacerte la difícil.

Mi rostro comenzó a arder. El comentario había sido demasiado personal.

Cuando me volví para salir de la oficina, me tomó de ambas muñecas con la mano libre y las giró por encima de mi cabeza, de modo que una oleada de dolor recorrió mis brazos. Había sido rápido, tal como lo había sido durante el arresto. No debí haberlo subestimado solo porque tenía el brazo fracturado. Me empujó contra el armario y apoyó su cuerpo contra el mío. Usaba su superioridad como si fuera una colonia costosa.

La ira me invadió. Nadie podía tocarme sin mi permiso. Nunca más.

Quería pelear.

Por supuesto, él era más grande y más fuerte que yo, y probablemente ganaría al final. Pero al menos podría darle unos buenos golpes, sobre todo si dejaba que la ira se acumulara.

No podía creer que estaba pensando así. Estaba pensando como Chase. Estaba perdiendo la cabeza.

Su rostro estaba cerca del mío, tan cerca que podía sentir su aliento en mis labios. Sus ojos verdes brillaban de lujuria; era una mirada muy diferente a la que conocía. Chase me escrutaba y leía mis sentimientos. Tucker solo quería ver su propio reflejo.

Era perturbador en muchos sentidos.

—Aléjese o grito.

Sabía a ciencia cierta que Tucker no podía arriesgarse a ser visto con una reclusa, una que era más o menos basura de reformatorio. Además, yo no estaba dispuesta a ir más lejos con él hasta estar segura de que él iba a cumplir su parte del trato.

—Oh —gimió en voz baja—. No pensé que fueras capaz de hablar sucio.

—¿Señor? —dijo Delilah, asomando la cabeza en la oficina—. ¡Ah! —Su rostro se ruborizó y sus ojos se dispararon al suelo. Tucker soltó mis brazos de inmediato.

—¿Qué quiere? —espetó.

—Lo siento, señor. Ya me iba a casa. No estaba segura de si quería que mañana repitiera la misma tarea con la Srta. Miller. —Lo dijo de un tirón, claramente alterada. Tampoco pude evitar sentirme avergonzada. Obviamente no quería que nadie pensara que yo había incitado ese comportamiento.

—Sí. Mañana, lo mismo —dijo Tucker. Luego sonrió lentamente—. ¿Y Delilah? Cuento con su discreción. No me gustaría perderla después de todo lo que se ha esforzado.

Delilah pareció encogerse en el suelo. Ambas sabíamos que cuando Tucker dijo "perderla", no se refería a despedirla.

No tenía más tiempo qué perder. Todo lo que hice fue abrirme paso hasta quedar detrás de Delilah en un intento por salir al pasillo, donde pasó el guardia de turno. El hombre saludó a Tucker con un gesto, este se lo devolvió y cerró la puerta de la oficina detrás de él.

Sin decir ni una palabra, me encerró en mi celda.

NO PUDE DORMIR esa noche. Me quedé viendo la oscuridad y me estremecí. Tucker, en un gesto de bondad, me había dado una toalla vieja y andrajosa y una manta. Era un juego de poder en el que él me demostraba que podía darme comodidades, incluso en la casa de la muerte. Qué captor más benevolente.

Había rasgado la toalla en pedazos, mientras que la manta estaba intacta.

De pie sobre la cama, podía ver la base a través de los barrotes de la ventana. Estaba absolutamente inmóvil, sin contar a los guardias de seguridad que se abrían paso por los caminos de cemento.

Supuse que había más civiles como Delilah trabajando allí, pero obviamente tenían que respetar el toque de queda. Incluso si podía salir en ese momento, era casi suicidio intentar escapar por la noche.

Me deslicé de nuevo por la pared hasta mi cama y acerqué las rodillas al pecho. Respiré sobre mis muñecas, que todavía estaban enrojecidas debido a la fuerza con la que me había sostenido Tucker.

Sin previo aviso, mis ojos se llenaron de lágrimas.

—No —dije en voz alta. Si permitía que saliera una lágrima, otra se le uniría y luego otra y otra más. No podía permitirme ser débil. Tenía que ayudar a la resistencia. No podía honrar la muerte de mi madre si corría con su misma suerte.

Por ello, me quedé pendida de un hilo, balanceándome entre la temeridad y la desesperación.

Traté de detener las imágenes que llegaron a continuación, pero fue imposible. La oscuridad preparó el ambiente y, como una película, vi el relato de Chase frente a mí.

Vi a mi madre en su celda, sola, como lo estaba yo en ese momento, pero ella estaba asustada. Vi que Chase entraba, seguido por Tucker Morris y otros soldados, y levantaba el arma. ¿Ella se había defendido? Apuesto a que sí. Entonces vi su miedo, seguido de compasión y al final oí que le suplicaba a Chase que me protegiera. Vi que Chase comprendía la idea retorcida de que podía hacerlo si la mataba. Pero no pudo. Su oficial al mando sin rostro lo hizo y lo obligó a mirar.

Había culpado a Chase por su muerte. Cuando lo hice, todo me había parecido perfectamente lógico, pero después de analizar la situación, todo comenzó a distorsionarse, a quedar fuera de foco. Chase había sido el chivo expiatorio de la ira de la MM solo por ser él mismo. Culparlo ya no tenía sentido.

No pude contener las lágrimas por más tiempo. Me inundaron, al igual que el dolor, la tristeza y el odio. El desprecio que sentía por mí era mucho más profundo que lo que había visto reflejado en los ojos de Chase. Estaba mucho mejor justificado.

Había cometido un grave error.

Chase había regresado a buscarme después de la guerra. Se había presentado al reclutamiento porque yo se lo había pedido. Siempre había tratado de protegerme, incluso si eso significaba perder su propia vida o tomar la de alguien más. Sus mentiras eran un escudo protector. Eso estuvo mal, pero, cuando pensé en todo por lo que había pasado, no pude culparlo del todo por ocultar la verdad.

Todo el tiempo quiso mantenerme a salvo, y yo había rechazado sus intenciones, se las había echado en cara. Había intentado lastimarlo más de lo que ya estaba, y lo había logrado.

Recordé las palabras de Sean en medio de mi tormento.

Son ellos Miller. No nosotros. Es la OFR *quien debería lamentarlo.*

En ese momento comprendí lo que quería decir, incluso mejor que antes. Lo que había sucedido no era culpa de Chase ni mía; ni siquiera era de Tucker. Era de la OFR y del presidente. Eran ellos quienes estaban haciendo sufrir a todo el mundo, y a aquellos que se resistían les habían lavado el cerebro.

Le di vueltas al anillo de oro alrededor de mi dedo.

Cuando amaneció, ya tenía un plan.

Iba a salir de la base. Iba a ir a los cuarteles de la resistencia y luego buscaría a Chase, dondequiera que estuviera. Tenía que hacer lo correcto por él, por mi madre, por Rebecca. Si no lo lograba, entonces iba a morir en el intento.

PARA MI HORROR, otro soldado fue "ultimado" por la mañana. El hombre al que le había llevado comida menos de un día antes yacía en el suelo, casi bajo la cama. Tenía los labios blancos y el rostro, gris. Sus ojos estaban abiertos y vacíos.

Sentí las mismas náuseas. No pude evitar preguntarme si habría podido impedir su muerte, si habría podido salvarlo. Nunca iba a poder acostumbrarme a eso, tal como Delilah lo había hecho.

Seguimos el mismo protocolo del día anterior, solo que esta vez me tragué la bilis que había subido hasta mi garganta para poder concentrarme en los detalles de la tarea: el camino que tomaba Delilah al salir del ascensor, el pasillo oscuro de la planta baja que parecía desocupado, todos los momentos en los que usaba su llave, el lugar exacto donde dejaba el carrito en el crematorio.

Tenía que recordarlo todo a la perfección; la próxima vez que hiciera ese recorrido, estaría sola.

Almorzamos puré de la cafetería. Hizo muy poco para calmar mi estómago, pero necesitaba fuerzas para lo que estaba por venir.

Al final del día, seguí a Delilah hasta el cuarto de suministros. Yo llevaba puesta la manta sobre los hombros, a pesar de que el edificio tenía calefacción durante la jornada de trabajo. Necesitaba que Tucker pensara que estaba agradecida por su compasión, y así lo creyó. Cuando lo había visto ese día, había sido el único guardia que no había descalificado mi apariencia.

Aceptar su regalo lo hizo sentir que tenía el control, que yo no era una amenaza. Bajó la guardia respecto a mí, y eso era exactamente lo que necesitaba.

Observé a Delilah como lo había hecho todo el día. Necesitaba la llave maestra que colgaba de su cuello, pero ella no iba a entregármela; era demasiado fiel a la causa como para hacerlo. Iba a tener que robarla. Para asegurarme de que no saboteara mi plan, iba a tener que tomar la delantera.

Ahí era donde entraba Tucker.

Delilah estaba vaciando un cubo de agua con lejía en el lavaplatos cuando me le acerqué.

—Tengo que hablar con Morris —le dije.

Ella agitó su mano hacia mí sin levantar la vista, pero sus mejillas caídas se enrojecieron. Ambas recordamos la escena que había visto la noche anterior.

—Te buscaré por la mañana —dijo.

Asentí.

Me obligué a caminar tranquilamente por el pasillo hasta la oficina de Tucker. La adrenalina comenzó a correr por mi cuerpo, en preparación a lo que iba a tener que hacer. Para luchar contra el impulso de mirar nerviosamente hacia la puerta, apreté la manta alrededor de mis hombros.

Tucker estaba terminando su papeleo, tal como lo había estado haciendo el día anterior. No dijo nada, solo levantó una ceja cuando me vio.

—Quiero saber sobre Rebecca Lansing.

—Ya sabes cuál es el precio por eso.

—Lo sé.

Dejó los papeles a un lado y rodeó el escritorio, dibujando en su cara una sonrisa santurrona.

—Entonces págame.

—Espere. Creo… que el guardia está a punto de pasar. —Traté de sonar nerviosa. Pensé que a Tucker le gustaría eso. Jugueteé con las puntas de mi pelo para lograr el efecto deseado.

—Pasó hace cinco minutos.

—Solo revise que no venga nadie —dije—. No quiero que nos interrumpan como anoche.

Un cierto brillo se extendió en su rostro.

—Está bien. Quédate aquí.

Qué patético.

Se ausentó unos minutos, lo suficiente para hacer lo que debía hacer, para poner en marcha el escape del día siguiente.

Cuando regresó, yo estaba sentada en un armario que estaba sobre la caja de seguridad; el mueble me llegaba a la altura de la cadera. La manta estaba amontonada junto a mí. Golpeé mis talones con impaciencia contra la madera y me obligué a pensar en la libertad, en lugar de pensar en lo que estaba por suceder.

—No viene nadie —me dijo, y caminó hacia mí.

No dudó. Se metió entre mis rodillas, y empujó mis caderas hasta el borde de la mesa. Luego acercó su rostro hasta el mío.

No olía igual. No sabía igual. Su boca era demasiado agresiva y sus manos eran egoístas. Intenté retroceder, pero él envolvió firmemente mi espalda con su brazo enyesado. Su otra mano se deslizó hasta mi vientre y reptó hasta tocar la tela que cubría mis costillas. Quería subir hasta un lugar que no permitiría que esos dedos recorrieran.

—Suficiente. —Cada nervio dentro de mí se congeló. Lo empujé lejos, horrorizada conmigo misma.

—Todavía no. —Tucker se inclinó de nuevo, pero empujé sus hombros hacia atrás con fuerza y luego levanté mi rodilla para separarnos. Cuando intentó acercarse, mi pie estaba contra su entrepierna, listo para patear.

—Inténtelo —lo reté.

Él se rio entre dientes y levantó las manos en señal de rendición.

—Dios, desearía que Jennings hubiera podido ver eso. Ni siquiera hubiéramos tenido que matarlo. Él mismo lo habría hecho.

Me enfurecí aún más.

—Habla mucho de él. Si no lo conociera, diría que le rompió el corazón, Tucker. —Había hablado de más.

Su sonrisa se desvaneció. Luego volvió, acompañada de un brillo vengativo en sus ojos verdes. Sus dedos rozaron mi garganta y tocaron mi vena yugular. Me tocaba con delicadeza, y podía sentir que su poder vibraba bajo su mano. Exhalé irregularmente y mis puños se cerraron. Tucker estaba celoso de Chase, de toda la atención que había recibido. Podía hacerme daño solo para vengarse de su antiguo compañero.

—¿Tienes miedo? —susurró—. ¿Sabes lo que soy capaz de hacerte?

—Rebecca Lansing —le recordé, y luego tragué con dificultad. Para mi alivio, soltó mi garganta.

—Está en un centro de rehabilitación en Chicago.

Mi estómago se hundió. Estaba en Chicago, donde Chase había vivido con su tío, donde lo llevaron cuando lo reclutaron. No iba a ser fácil encontrarla en una ciudad devastada por la guerra y que además albergaba una de las bases más grandes del país.

—¿No la mataron?

—Tuvo mucha suerte. Quién sabe, a lo mejor tú también la tengas.

Debía salir de ahí. Me bajé del gabinete.

—Aguarda, aguarda, aguarda —dijo, bloqueando la salida—. Apenas estábamos empezando. A un hombre no se le puede dejar así.

Ahogué una arcada. Entonces oí algo.

—Ya viene el guardia. ¿Aún quiere hacerlo? Tal vez él quiera ver.

Tucker aguzó el oído e hizo una mueca cuando reconoció los pasos. Mientras estaba distraído, tomé mi manta y me deslicé hacia el pasillo. Cuando el guardia me viera, Tucker no iba a poder negar que habíamos estado juntos.

—Buena jugada —dijo, al tiempo que aplaudía suavemente—. Solo te gusta provocar, ¿no es así?

Mi rostro ardía y mis dientes estaban apretados, pero me obligué a caminar lentamente por el pasillo, consciente de que él observaba cada uno de mis pasos. Esperé a que abriera la puerta y me dejara entrar a la celda. Unos momentos más tarde intercambió palabras amortiguadas con el guardia. Los oí caminar hasta la escalera.

Desenrollé la manta arrugada para revelar el arma que había robado mientras Tucker revisaba los pasillos, y sonreí ampliamente.

PERMANECÍ DESPIERTA y repasé mi escape, paso a paso.

Delilah vendría a buscarme justo después de que levantaran el toque de queda. Iríamos al cuarto de suministros y la obligaría a darme la llave. Esperaba que no hiciera un escándalo cuando la encerrara. Luego empujaría un carrito más allá de la oficina hasta llegar al ascensor de carga y bajaría hasta el primer piso. Los guardias de la puerta trasera no me detendrían; simplemente supondrían que me dirigía al crematorio, y tendrían razón. Pondría el carrito en la puerta lateral, bajo el toldo. Entonces huiría.

Nunca consideré desviarme del plan. Ya sabía lo que tendría que hacer si algo salía mal.

Sostuve el arma en mi mano, la giré y calenté el mango con mi palma. Traté de habituarme a su presencia. Era el mismo tipo de arma que Chase tenía: elegante, plateada, con un cañón grueso. Practiqué quitar y poner el seguro para acostumbrarme a la sensación y al sonido.

Me pregunté qué pensarían Beth y Ryan si me vieran ahora. Ya no era la chica asustada que se habían llevado a rehabilitación. Algo había cambiado dentro de mí, me había moldeado y me había hecho más fuerte. Dudaba incluso de que me viera igual.

"Perder a tu familia… pone el miedo en una perspectiva diferente", me había dicho Chase alguna vez. Sí.

Ahora lo comprendía. No hacía desaparecer el miedo, pero lo hacía tangible, como un cuchillo afilado al que se está obligado a cargar.

Unas voces amortiguadas en el pasillo llamaron mi atención. Era demasiado tarde para transportar a un prisionero; era casi medianoche. Curiosa, metí el arma bajo el colchón y apoyé mi oreja en la puerta.

—Sin duda es un malnacido. Los dos que lo arrestaron van a pasar una semana en la enfermería.

—Te golpeó dos veces en la nariz, ¿no?

—Cállate, Garrison. Mira quién habla. Al menos yo no me oriné encima.

Se oyó una risa y luego un gruñido, seguidos del sonido de la tela que se deslizaba sobre el suelo de linóleo. Unas llaves tintinaron y una puerta chilló suavemente conforme se abría.

Ya casi no se oía nada. Tal vez estaban dentro de una celda. Entonces oí un golpe contra la pared más cercana a mi cama. Iban a dejar a la víctima en la celda contigua. Sentí una oleada de lástima. Mi corazón latió dolorosamente por mi nuevo vecino. Si había atacado a los soldados, su pronóstico no era bueno.

—Ya llené la planilla —dijo una tercera voz. Tal vez era la del soldado que estaba de guardia—. ¿Alguno de ustedes va a hacer guardia?

—Mírelo. Apenas si puede respirar. ¿Qué le hace pensar que necesita un guardia que vigile la puerta?

—Solo verifico las órdenes, es todo.

—El oficial al mando dijo que lo dejáramos aquí hasta mañana. Está previsto que lo vea la junta a primera hora. Estoy seguro de que tienen algo especial para él.

Se oyeron risas, luego la puerta que se cerraba y, al final, pasos que se perdieron a lo lejos.

No se oyó nada más hasta la mañana siguiente. Me preguntaba si tal vez mi nuevo vecino ya estaba muerto. Aunque las luces zumbaron al encenderse, lo que significaba que había terminado el toque de queda, mi mente aún pensaba en él. Estaba orgullosa de que hubiera luchado con los soldados. Necesitaba ser igual de valiente si quería sobrevivir ese día.

Me levanté cuando oí la llave que abría mi cerradura. La pistola estaba oculta en mi sostén y, una vez más, me puse la manta para cubrir el bulto. Tuve que respirar profundamente varias veces para concentrarme y recuperar la calma, antes de pararme frente a la puerta. Aun así, casi le apunté a Delilah con el arma cuando la vi.

Me miró con un gesto de sospecha en su rostro. Solo podía suponer lo que pensaba que había sucedido entre Tucker y yo la noche anterior.

—Buenos días. —Intenté sonar preocupada por lo que me deparaba el día, lo que, de cierto modo, era verdad.

—Vamos. Apresúrate —espetó, y se volvió hacia el cuarto de suministros.

Un guardia pasó cerca, y se me puso la piel de gallina. Sentí que me estaba observando, como si supiera lo que estaba a punto de hacer.

Tenía que calmarme.

Una vez llegamos al cuarto de suministros, Delilah comenzó a sacar toallas de la pared a toda prisa y me dio una cubeta para que la llenara con agua. Respiré profundamente y la puse en el suelo.

Es ahora o nunca.

Le di la espalda y, muy lentamente, saqué el arma.

—Delilah, necesito…

—¡Delilah! ¡Le dije que se apresurara! —gritó un guardia desde el final del pasillo.

¡No! Alguien ya le había dado órdenes, lo que significaba que vendrían a buscarla, si ella no se presentaba.

—Rápido, rápido —murmuró con voz angustiada. —¿No te dije que llenaras la cubeta?

—Sí-sí —tartamudeé, e hice lo que me había ordenado.

El plan iba a tener que esperar hasta que los soldados no necesitaran su ayuda.

—Un oficial vendrá en una hora para hablar con el preso de la celda cuatro —dijo ella—. Lo trajeron anoche y está destrozado. Aún está inconsciente. Debes despertarlo para que lo puedan interrogar.

"¿Para qué?", pensé. Recordé que Delilah había hecho lo mismo por mí, antes de que Tucker viniera.

—¿Y usted qué va a hacer? —pregunté. No me había asignado ninguna tarea.

—El de la celda dos se cortó las venas anoche. Alguien tiene que limpiar y llevar el cuerpo al crematorio.

Me estremecí, incapaz de impedir que la imagen del rostro del soldado llegara a mi mente. Tenía cejas gruesas y mejillas pecosas, y un semblante aturdido, perdido. Yo misma le había llevado la cena la noche anterior.

—Puedo hacerlo —me ofrecí débilmente—. Yo llevo el cuerpo y usted atiende al de la celda cuatro.

Delilah soltó una risa burlona. El soldado que estaba en el pasillo gritó de nuevo.

—Quieren que lo haga rápido —enfatizó, como si yo fuera incapaz de llevar a cabo la tarea. Contuve el asco que sentí. Sonaba como si estuviera contenta de que la necesitaran para eso. En ese momento sentí lástima por ella; le quedaba muy poco de su alma.

—Puedo hacerlo. Sé que su espalda le duele —intenté.

La había visto estirarse el día anterior, y esperé que el comentario surtiera efecto.

—Lo más prudente es que obedezcas mis órdenes —dijo simplemente.

La seguí por el pasillo mientras me tragaba mi derrota. Me dije a mí misma que iba a haber otra oportunidad de llevar a cabo mi plan. Tenía que haberla, porque mi juicio era al día siguiente.

Cuando Delilah abrió la puerta de la celda cuatro, la que quedaba justo al lado de la mía, me preparé para despertar al soldado lo más pronto posible. Si estaba lo bastante lúcido como para hablar con el funcionario antes de que Delilah terminara con la limpieza, aún iba a poder ayudarla a llevar el cuerpo al crematorio.

La mujer se fue a toda prisa por el pasillo hasta la celda dos, donde tres soldados ya se habían reunido para ver el espectáculo. Quería gritarles que dejaran al pobre hombre en paz. Me sorprendió que Tucker no estuviera allí, pero todavía era temprano.

Dentro de la celda yacía ante mí una figura extendida en el suelo, boca abajo. Su cabeza estaba a treinta centímetros del inodoro metálico que quedaba al fondo de la habitación. Sus largas piernas estaban estiradas en dirección a la puerta. Llevaba puestos unos *jeans*, igual que el transportador al que habían asesinado en el punto de encuentro de Rudy Lane.

Me incliné para acercarme con precaución. Las luces parpadeantes destacaban los calcetines que llevaba puestos.

Las gotas de sangre fresca brillaban sobre su camiseta desgarrada. Me incliné aún más, y mi corazón comenzó a latir con fuerza.

Hombros anchos. Pelo negro y desordenado.

—¡Oh, Dios! —dije, y dejé caer de golpe la cubeta y las toallas sobre el suelo de linóleo. Miré distraídamente la puerta que estaba detrás de mí y me mantenía encerrada.

Entonces caí de rodillas, y lo toqué con mis manos desde la parte de atrás de sus pantorrillas hasta su cintura. Todas las emociones que habían permanecido reprimidas en mi interior estallaron de repente en una mezcla de colores brillantes y enceguecedores.

Cuando por fin pude hablar, mi voz sonaba aguda y temblorosa.

—¿Chase?

Capítulo 16

NADA.

Traté de revisar su pulso, pero no sabía lo que estaba haciendo.

Había poco espacio para moverse en la diminuta celda. Giré a Chase suavemente sobre su espalda mientras aún permanecía inmóvil, como una muñeca de trapo, como el hombre de la plaza. Aterrorizada, me apoyé contra la pared y puse su pesado brazo sobre mis hombros.

—Vamos, Chase —supliqué asustada.

Con todas mis fuerzas, lo levanté hasta ponerlo sobre el colchón. La parte superior de su torso y su cadera quedaron sobre este, pero sus piernas todavía colgaban del borde de la cama. Lo acosté con toda la suavidad que pude y subí sus rodillas.

Gimió.

—Chase —dije ansiosa. Tenía los ojos cerrados.

Lo que vi a continuación nubló mi visión. Un suspiro profundo pasó con dificultad por mi garganta.

Su rostro y su cuello estaban cubiertos de sangre oscura, y la parte delantera de su camisa estaba igualmente empapada. Mi mano temblorosa buscó su mejilla y la acarició suavemente. Pude sentir el calor de la inflamación mezclado con el residuo pegajoso y frío que había sobre su piel.

—Chase, despierta. Por favor.

El pánico retorció mis entrañas. Pensé en el maletín plateado, en los carritos de lavandería y en la ejecución que seguramente iba a ocurrir.

Todo había confluido solo para desmoronarse. No podía escapar con Chase en esas condiciones, y no lo dejaría así.

—¿Por qué te atraparon? —No esperaba una respuesta.

Levanté su camisa. Varias contusiones del tamaño de una bota habían comenzado a formarse sobre sus costillas.

—Está bien. No pasa nada. Solo tenemos que limpiarte y ya, es todo. —Era como si la voz de una persona diferente saliera de mi boca, la voz de alguien tranquilo, racional; no la mía.

Pero la voz tenía razón. Necesitaba una tarea, necesitaba concentrarme en algo.

Empapé un trapo, lo apoyé suavemente sobre su rostro y limpié la sangre que había junto a su nariz. Cuando se ensució, lo puse bajo la cama y tomé otro. Limpié sus labios lastimados, sus orejas, su cuello. Le susurré todo el tiempo, la mayoría de lo que le decía era incomprensible.

Oí que un carrito rodaba por el pasillo. Delilah estaba llevando el cuerpo del soldado al crematorio. Mi última oportunidad de escapar estaba saliendo del edificio. Ni siquiera lo lamenté. Lo único que podía hacer era preocuparme por Chase.

No se movió hasta que comencé a limpiar su frente, donde tenía varios cortes que atravesaban su cuero cabelludo. Cuando llegué a una herida particularmente grande, sus ojos se abrieron de golpe y sus iris descendieron hasta ocupar el centro de lo que parecía un mar blanco. Parpadeó confundido. Sus dientes estaban apretados con fuerza.

—¿Chase?

Retrocedí y dejé que siguiera mi voz. Con sus pesadillas había aprendido que, para él, sentir mis manos mientras despertaba era demasiado confuso.

Tragó saliva antes de poder hablar. Su cuerpo se estremeció como si tuviera frío.

—¿Em?

—Sí —sollocé, y dejé que mis lágrimas cayeran sobre su rostro. Sentí una oleada de alivio.

—Te encontré. —Aunque su voz temblaba, parecía satisfecho.

Se activó un recuerdo muy antiguo. *Prometo que volveré, pase lo que pase.* Habían sido sus palabras justo antes de integrarse a la MM. Sí, había vuelto. A pesar del precio que tuvo que pagar.

—Lo siento. Debí decírtelo desde el principio —dijo.

Lo hice callar.

—No importa.

—Claro que sí. —Tosió y, cuando lo hizo, todo su cuerpo se contrajo en un espasmo que lo hizo inclinarse sobre su estómago.

—Respira. Está bien —lo tranquilicé, mientras acariciaba su espalda. Pero saber que estaba adolorido me partió por completo el corazón.

Tardó un minuto en comenzar a respirar normalmente. Cuando por fin se recostó, sus ojos estaban aturdidos por el dolor.

—No hables —susurré.

Se quedó quieto un momento, pero luego se levantó.

—Puedo arreglarlo. Voy a sacarte de aquí.

Me quedé inmóvil; mi mano todavía estaba puesta sobre su mejilla.

—¿Tú… te entregaste? —chilló mi voz—. ¿Por qué hiciste eso?

—Prometí que no iba a dejar que te pasara nada —dijo.

Sabía lo importantes que eran las promesas para él. Lo destrozaba saber que nos había decepcionado a mi madre y a mí.

—Sean te está esperando en una estación de servicio de la zona roja que está detrás de la base. Él te ayudará.

—Sabía a qué lugar se refería. Había visto el letrero decrépito el primer día que había ayudado a Delilah a llevar un cuerpo al crematorio.

—Sean… —Lo miré con curiosidad. Sean y Chase no se estaban llevando muy bien la última vez que los había visto juntos.

—Es hacia el occidente. Hay una salida allí. Voy a despejar la puerta para que salgas y…

—No. —Visualicé lo que él había imaginado: iba a luchar con el que fuera para poder sacarme de ahí. Apenas podía respirar. Había venido hasta allí para rescatarme sabiendo que iba a morir.

Cubrí la boca con mis manos y caí de rodillas junto a la cama. Un sinnúmero de sentimientos se agolpó dentro de mí y me destrozó. Si no lo decía en ese momento, no iba a tener otra oportunidad para hacerlo. Mi garganta estaba hecha un nudo.

—Lo que sucedió… no fue tu culpa —dije temblando.

Quería decirle que lo sentía, que lo perdonaba, que sabía que me amaba y que yo también lo amaba. Pero no pude. Me derrumbé y comencé a sollozar sobre mis mangas. Sus manos me rodearon y me acercaron a su cuerpo magullado.

—Casi me matas del susto. Pensé que… —Suspiró—. No importa. Estás viva.

Un sonido en el pasillo detuvo mis lágrimas.

Clic-clac, clic-clac. Clic-clac, clic-clac.

El guardia estaba haciendo su ronda. O Delilah ya había regresado de su tarea macabra.

Permanecimos inmóviles mientras escuchábamos los pasos. Se hicieron más fuertes y luego se detuvieron fuera de la celda de Chase. Contuve la respiración y observé angustiada la puerta.

Se oyó un ruido en la pared exterior. Era su portapapeles. Alguien iba a entrar.

¡No!

Chase me hizo a un lado. Se puso de pie con una maniobra complicada, apoyándose contra la pared. Salté detrás de él y envolví mis brazos alrededor de su pecho; la mitad de mí estaba casi segura de que estaba a punto de caerse, y la otra mitad estaba preparada para obligar a los guardias a separarnos.

—¡Acuéstate! —susurré.

No me hizo caso. Por fortuna estaba herido. En ese momento era más fuerte que él, dadas las condiciones en las que estaba. Lo empujé de nuevo a la cama y lo obligué a apoyar la cabeza sobre la almohada. Parecía que iba a vomitar. En algún lugar de mi mente recordé que era un síntoma de conmoción cerebral.

Una llave entró en la cerradura y giró.

—¡Mantén los ojos cerrados! —dije en voz baja.

Chase obedeció, pero sus manos se cerraron hasta convertirse en puños.

Delilah entró a la habitación.

—¿Aún no se levanta? —Pude ver las gotitas rojas que habían salpicado su camisa y las manchas de sudor en el cuello. Traté de no imaginar lo que había visto en la celda dos.

—Estaba despierto hace un segundo —dije, consciente de la solidez del arma que se apoyaba en mi piel—. Mire su rostro —añadí, y pasé suavemente mi dedo sobre una herida que tenía en el puente de su nariz.

Chase se movió, aunque ligeramente. Deseé que permaneciera quieto.

La mujer dio un paso hacia delante, con la mano todavía en la puerta.

—¿Qué le pasa?

—Lo golpearon muy duro.

—Eso resulta evidente —resopló ella, y dio un paso más hacia dentro.

Entonces salté, arrojé a un lado la manta que tenía sobre mis hombros y empujé a la mujer para alejarla de la puerta. Un segundo después, ya había sacado el arma de mi vestido y le apuntaba directamente a ella. Empujé la puerta hacia el marco, con cuidado de no dejar que se cerrara.

—¿Qué demonios estás haciendo? —exclamó.

—¡Cállese! —le ordené, y esperé que nadie nos hubiera oído.

Para entonces, Chase ya se había incorporado y parpadeaba rápidamente. Aún se veía mareado y parecía más sorprendido que Delilah.

—Ten —dije, y le puse el arma en la mano. Él la apuntó hacia Delilah, y ella le enseñó los dientes. Vi que su mano temblaba ligeramente, pero sabía que no era por el dolor físico. La última mujer a la que le había apuntado con un arma había sido mi madre.

—Lo siento mucho, Delilah —le dije, mientras introducía un trapo limpio en su boca—. Pero aún hay algo para mí ahí fuera.

Tan rápido como pude, desgarré los trapos hasta convertirlos en tiras y até sus muñecas en el marco metálico de la cama. La mujer no se resistió; solo mantuvo sus ojos claros fijos en Chase. Saqué la llave por encima de su cabeza y la apreté firmemente en mi puño. Sentía que mi corazón estaba a punto de estallar en el pecho. Si lo hacía, esperaba que me matara antes de que la MM lo hiciera.

Entonces acomodé a Chase de nuevo en la cama, de espaldas a Delilah, y devolví el arma a su escondite en mi vestido.

—Creo que me golpearon más fuerte de lo que pensaba —dijo Chase, con la misma confusión que siente quien se despierta de un coma—. ¿Cómo llegaste aquí? ¿Quién es ella? ¿De dónde sacaste esa arma? —Tenía las palmas de sus manos contra las sienes.

—Te lo explicaré más tarde. Por ahora, quédate aquí.

—Voy contigo —dijo.

Negué con la cabeza. Su mandíbula se tensó.

No te resistas, Chase.

Sabía que se sentía tal como yo me había sentido tantas veces en esa travesía: completamente fuera de control, totalmente dependiente. Tal vez también se dio cuenta de lo que yo sentía en ese momento, porque no discutió ni me contradijo. Solo me miró y susurró:

—Por favor, ten cuidado.

Un momento después, cerré la puerta detrás de mí.

El pasillo estaba inexplicablemente silencioso; ni siquiera se oía el movimiento del guardia en el rincón de la escalera. Sabía que estaba allí, solo que estaba en silencio. El guardia iba a hacer su ronda en cualquier momento.

Los nervios carcomían mis entrañas y me provocaban un hormigueo en la piel. Cada paso que daba se sentía como si estuviera caminando sobre una cama de clavos. Pensé que estaba perdiendo la cabeza. Era la única explicación razonable para mis acciones.

Antes que nada, tomé el portapapeles que estaba fuera de la celda de Chase. Arranqué el bolígrafo del cordón del que pendía y garabateé en letras grandes lo mismo que habían escrito en los portapapeles de los demás soldados.

ULTIMADO.

Respiré para tranquilizarme, para recobrar la calma, libre de emociones que había sentido antes de que Chase llegara, y retomé mi labor.

Usé la llave de Delilah para abrir el cuarto de suministros y empujé un carrito hacia el pasillo. Una de las ruedas se tambaleaba y giraba torpemente hacia un lado. Miré con furia la rueda defectuosa, como si eso sirviera para silenciarla.

Acababa de llegar a la celda de Chase cuando oí los pasos de nuevo.

Mi cuerpo se paralizó.

Un guardia de piel oscura y ceño inmutablemente fruncido volteó por la esquina.

—Buenos días —dije con demasiado entusiasmo.

—¿Por qué está fuera? —preguntó, y miró hacia el pasillo vacío.

—Delilah… llegó temprano —tartamudeé.

—¿Dónde está?

—Aún está limpiando el suicidio de la celda dos. Me dijo que la esperara aquí.

—¿Por qué aquí?

Varias blasfemias se agolparon en mi cerebro.

—Para sacar la basura —respondí citando a Delilah.

El soldado miró el portapapeles de Chase. Sus cejas fruncidas se relajaron.

—Supongo que se ahorraron el juicio. Era de esperarse. No merecía tenerlo.

—¿Ah, no? —¡Por favor, váyase!

—No. Hay gente mala en el mundo. Él es uno de ellos. —Lo dijo como si fuera un padre hablando con su hija sobre el peligro que representan los extraños. Pensé en donde le dispararía si sacara el arma.

Traté de parecer asustada.

—Bueno, mejor me pongo a ello.

Se giró sobre sus talones sin decir una palabra y no miró hacia atrás.

Solo treinta minutos hasta la siguiente ronda.

Mis manos temblaban con tanta fuerza que apenas pude insertar la llave en la cerradura. Empecé a tener dudas, pero las dejé a un lado. No iba a decepcionar a Chase.

Volví a abrir su celda. Él estaba de pie, y la tensión aún era evidente en sus rasgos hinchados. Me aseguré de que la cerradura no se cerrara detrás de mí. Las mejillas de Delilah estaban enrojecidas de furia.

—¿Quién era ese? —susurró Chase.

—Un guardia. —Puse el carrito contra la pared—. Entra.

A medida que le explicaba el plan, su rostro se tornaba más sombrío.

—¿Y si te atrapan? No podría vivir con eso.

—No sería por mucho tiempo —dije en tono lúgubre, y miré a Delilah, que todavía estaba atada y amordazada.

La culpa hizo que mi estómago ardiera—. Salimos ambos o no sale ninguno.

Se pasó la mano por el pelo.

—¿No lo ves? —discutí—. ¡Tenemos que hacer algo! ¡Para que esto no le suceda a nadie más! —Chase sabía a lo que me refería con "esto". Lo qué le había sucedido a mi madre, a nosotros.

Tragó saliva y asintió lentamente.

Íbamos a tratar de escapar de una base de la MM.

No lo pensé demasiado. Si lo hacía, la imposibilidad de la hazaña me abrumaría.

Tuve que ayudar a Chase. Le costaba mucho trabajo agacharse; sospeché que era porque tenía algunas costillas fracturadas.

Se sentó en el fondo del carrito, con las rodillas contra el pecho y la cabeza agachada.

—Si algo sucede, dirígete al sur; no voy a quedarme aquí oculto.

No dije nada y cerré la tapa sobre su cabeza. Apenas tuve tiempo para inclinar la cabeza ante Delilah, a manera de despedida.

Empujé el carrito con el hombro y lo rodé con esfuerzo hasta llegar al pasillo vacío. Con todos los sentidos alertas, llegué al ascensor. Podía escuchar los latidos del corazón en mis tímpanos, y el ruido chillón de la estúpida rueda cuando mi dedo tembloroso pulsó el botón. Las puertas del ascensor de carga hicieron un ruido estruendoso cuando se abrieron. *¿Siempre sonaban así?* Recorrí el pasillo con la mirada. Seguía vacío.

Me incliné sobre el carrito y empujé a Chase dentro del ascensor.

Los engranajes de la caja de metal chirriaron y luego nos llevaron centímetro a centímetro hasta la planta baja. Tuve que respirar profundo varias veces para recuperar la concentración.

Las puertas se abrieron y dejaron ver el pasillo oscuro del primer piso, donde había planeado dejar a Delilah originalmente. Como esa parte del edificio no se utilizaba a menudo, la electricidad no encendió automáticamente las luces, y yo tampoco lo hice. Contuve la respiración en la oscuridad, haciendo caso omiso de los sonidos y las figuras aterradoras que se formaban en mi mente, y giré de inmediato a la derecha. La puerta de servicio se abrió fácilmente con la llave. Cuando sentí la primera ráfaga de aire fresco, me sentí renovada.

Sí. Podía hacerlo. Lo iba a lograr.

Tuve que enterrar los talones en el asfalto para empujar el carrito por el estrecho callejón. Faltaban unos veinte metros para llegar al puesto de vigilancia de la puerta. Quince. Diez.

El guardia del puesto asomó la cabeza.

¡No! ¡Ignórame! ¡Fue lo que hiciste ayer!

—¿Dónde está la señora? —preguntó.

El soldado tenía un rostro regordete y un hoyuelo en el centro de la barbilla.

—Creo que está indispuesta —respondí.

Rogué que nadie la hubiera encontrado todavía.

—Esa vieja bruja nunca se indispone.

Me encogí de hombros. Entonces me preguntó:

—¿No es un poco temprano para eso?

—Lo hicieron ayer por la noche. —*Por favor, déjeme pasar. Por favor, déjeme pasar.*

Apretó el botón, y entonces la puerta sonó antes de rodar para abrirse.

Cruzamos la puerta. Mi corazón latía a toda velocidad. Doblé la esquina y empecé a subir la colina. Tuve que mantener los brazos extendidos para sostener la manija y evitar que el carrito retrocediera.

—Lo conseguimos —susurré rápidamente y con dificultad entre respiración y respiración. Sabía que no podía oírme. No importaba. Lo sabría muy pronto.

Paso a paso lo empujé colina arriba.

Al final, llegamos a la cima. Detuve el carrito en un área oculta junto al toldo y me aseguré de que no hubiera movimiento en la colina ni en el camino que había recorrido. Estábamos solos.

La tapa se abrió con un sonido metálico, y Chase levantó la cabeza.

—¡Lo conseguimos! —dije con entusiasmo, esta vez tuve que contener un grito.

No sonrió hasta que vio por sí mismo que el lugar estaba despejado. Después de que salió, empujamos el carrito hasta la zona del crematorio donde se dejaba la "basura". Detrás del edificio había una ladera boscosa que llevaba a la cerca y a la estación de servicio. Era el lugar donde íbamos a desaparecer.

—Vamos. —Chase me tomó de la mano.

Pero la piel del cuello se me erizó. Oí que unas botas resonaban en el pavimento.

Me di la vuelta, y sentí el corazón en la garganta.

Tucker Morris estaba subiendo a trote por la colina, solo. Era demasiado tarde para correr; ya nos había visto. Se detuvo a tres metros de nosotros y puso las manos en su cinturón. Sus ojos miraban detrás de mí, enfocados completamente en Chase.

—Entonces es cierto. —Su voz estaba llena de agitación e indignación—. Un soldado que está en la enfermería me dijo que te habías entregado anoche. Tenía que verlo por mí mismo —dijo riéndose con ironía—. El portapapeles de la puerta decía "Jennings", pero esa mujer no se parece en nada a ti.

Delilah.

—¿Alguien más la vio? —pregunté, tratando de disimular la aprensión de mi voz.

—Todavía no —amenazó.

Me pareció extraño que Tucker no hubiera alertado a toda la base de nuestra fuga, pero luego me di cuenta de que probablemente se metería en problemas por ello. Él estaba tratando de corregir el error durante su turno antes de que el oficial al mando se enterara de lo que había sucedido.

Chase aún permanecía en silencio. En algún momento, se había interpuesto entre Tucker y yo.

—Pareces sorprendido —le dijo Tucker—. ¿No le dijiste que estaba aquí, Ember? —Pronunció mi nombre solo para provocar a Chase. Nunca antes me había llamado así.

—No le hables —gruñó Chase—. Ni siquiera te atrevas a mirarla.

—¿O qué?

—O voy a terminar lo que empecé y te romperé el otro brazo.

Mi pulso se aceleró.

—Apenas si puedes mantenerte de pie —se burló Tucker, pero sus ojos brillaron con cautela.

—Entonces será una pelea justa.

—Nos vamos —le dije a Tucker rotundamente.

—Sobre mi cadáver.

Sentí que mis ojos se contraían. Chase dio un paso adelante, con la intención de cumplir su amenaza. Tomé su brazo.

El tono de Tucker cambió de vehemente a arrogante.

—¿Aún no se lo has dicho? ¿No le dijiste lo que hicimos en mi oficina anoche? —Tucker comenzó a caminar resueltamente hacia nosotros.

—No pasó nada.

Él sonrió.

—Si hubiera sabido que eras tan fogosa, yo también te habría sacado del reformatorio.

—Vete —me dijo Chase en voz baja.

—De ninguna manera —le dije, inflexible.

Tucker seguía acercándose. Sabía que, si le dábamos la espalda, tomaría la radio de su cinturón y pediría refuerzos. No podía permitir que lo hiciera.

Chase estaba inclinado hacia delante, listo para atacar. Antes de poder dar otro paso, Tucker sacó el bastón que tenía en su cintura y se abalanzó sobre nosotros. Chase se preparó para interceptarlo, pero no había necesidad: algo le impidió avanzar a Tucker. Quedó inmóvil, con el bastón suspendido por encima del hombro. Sorprendido por la interrupción, Chase me miró. Su mirada cambió un poco cuando vio que tenía el arma en mis manos.

—¿Robaste mi arma? —Por un momento pareció que estaba verdaderamente sorprendido, pero luego regresó su bravuconería. —Ahora sí están metidos en problemas.

El arma se sentía ligera en mis manos, como una pluma. Sentí que la adrenalina recorría mi cuerpo. Le había apuntado a Delilah con el arma, pero nunca pensé en dispararle.

En ese momento pensé que si Tucker daba otro paso al frente apretaría el gatillo.

—Tucker, por favor, déjenos ir. —Mis palabras sonaron indolentes.

—¿Estás suplicando? —Escupió en el suelo—. Suenas igual que tu madre justo antes de que yo le disparara.

El mundo se detuvo.

Las palabras de Tucker perforaron mi cerebro una y otra, y otra vez:

Justo antes de que yo le disparara.

—¿Usted? —pregunté débilmente. Había pensado que había sido el oficial al mando quien la había matado, pero estaba equivocada. Había sido Tucker. Por eso Chase le había roto el brazo. Por eso habían ascendido a Tucker. Sentí que iba a vomitar.

Mi sangre se había helado. El asesino de mi madre ahora tenía rostro. Pude visualizarlo sosteniendo el arma, justo detrás de Chase, y disparándole a mi madre.

—Pensé que se lo habías dicho —le dijo Tucker a Chase.

Chase no dijo nada.

—Usted la mató —dije en voz baja. Mis manos estaban temblando.

—Ember. —Apenas si escuché a Chase pronunciar mi nombre.

—¿Por qué lo hizo? —Tucker era un monstruo sumamente inexcusable.

—Porque soy un excelente soldado. Hice lo que tenía que hacer.

Sus palabras me golpearon como un tren de carga.

—¿Lo que tenía que hacer? —repetí. ¿Tenía que asesinar a una mujer inocente?

Me concentré en el arma. Iba a mostrarle lo que yo tenía que hacer.

—Como si supieras qué hacer con eso —se burló Tucker socarronamente.

Miré hacia abajo, y quité el seguro.

—Es una nueve milímetros, ¿no es así? Solo hay que retraer la corredera, apuntar y disparar.

Con mano firme, cargué la primera bala en la recámara. *Clic.*

Tucker titubeó; su rostro adquirió un tono carmesí y su boca se puso tensa y apretada. No podía sacar las imágenes de mi madre de mi cabeza: Tucker levantando el arma, el sonido del disparo, el miedo en los ojos de mi madre, la muerte en sus ojos.

—Em —susurró Chase. Apenas si lo oía.

Podía verla. Podía ver su sonrisa pícara y las pinzas que sostenían su pelo. Cantaba canciones de la época anterior a la guerra y bailábamos juntas en la sala de estar. Me preparaba chocolate caliente. Cedía su lugar en la fila del comedor de beneficencia.

Ella había perdonado a Chase por habernos arrestado. "Gracias a Dios que estás aquí", le había dicho en la celda. Había perdonado a Roy por hacerle daño. Me había perdonado a mí por obligarlo a irse. Seguramente culparía a la MM por la perversidad de Tucker.

Se avergonzaría de mí si lo mataba. Solo por ese simple hecho, sabía que no podía quitarle la vida.

Pero quería hacerlo.

Chase aún me miraba. Sus ojos estaban llenos de comprensión. Sabía que me apoyaría, sin importar la decisión que tomara.

—Quítale el arma, amigo —le dijo Tucker a Chase. Estaba tratando de revivir su antigua amistad. Sus palabras me devolvieron al presente.

—Si lo hago, yo mismo te dispararé —respondió Chase sombríamente.

Sabía que, si se lo pedía, Chase mataría a Tucker. Una parte de mí quería, necesitaba que lo hiciera, pero me concentré en el rostro de mi madre. Ella también había querido a Chase. No hubiera deseado que su alma se corrompiera más de lo que ya estaba. Tucker se movió.

—Piensen en lo que esto significará para ustedes. Van a tener que huir para siempre. —Su voz estaba impregnada de miedo.

—Lo he pensado. —"Es mi última oportunidad", me dije, pero la decisión ya estaba tomada—. Nos vamos, Tucker. Aléjese o le disparo.

Ignoré el martilleo del pulso sobre la sien. No sentía miedo ni ira. El dolor también se había ido. Mi cuerpo entero estaba concentrado en una sola tarea: garantizar nuestra seguridad.

Me había convertido en alguien muy parecido a Chase.

—¿Qué voy a decirle al oficial al mando? —La voz de Tucker se quebró.

—Dígale que Chase está muerto, que no sobrevivió para ir a juicio. Su portapapeles dice que fue "ultimado". Dígale que fue llevado al crematorio, y que yo tomé la llave de Delilah por la fuerza y que, cuando ella confesó, también hizo que me "ultimaran".

El día anterior, me había parecido lamentable el hecho de que Tucker hubiera amenazado a Delilah para que guardara silencio. Ahora contaba con eso. Tenía la esperanza de que eso salvara a la triste anciana de correr la misma suerte que mi madre.

—¿Y si me niego?

—Puede decirle que dos delincuentes escaparon durante su turno, justo frente a sus narices, aunque dudo de que sea un buen augurio para su carrera.

El silencio se prolongó por varios segundos.

Tucker blasfemó.

—Está bien. ¡De acuerdo!

Algo cambió en mi interior. Sabía que estaba a punto de salir libre.

¡Mantén la calma!

—Devuélveme mi arma. Me meteré en problemas por eso. —Tucker extendió la mano.

—No soy tan estúpida. Regrese a la estación de control. Cuando lo vea allí, voy a lanzarla colina abajo, cerca de esos arbustos. Espero que la encuentre.

—¿Y qué me impide dispararles cuando lo haga?

—No tendrá balas. Se las puede pedir a los guardias del puesto de vigilancia, pero tendría que darles una explicación rebuscada. Sugiero que vuelva más tarde por ella.

Le dio una patada al suelo y finalmente asintió.

—¡Lárguense!

Contuve una respiración profunda.

—Y no me disparen por detrás —agregó indignado.

—No prometo nada.

Tucker se dio la vuelta y se dirigió colina abajo.

El arma comenzó a sentirse cada vez más pesada en mis manos, como si estuviera sosteniendo una cubeta llena de agua. Para cuando Tucker desapareció por la curva de la colina, apenas podía levantar los brazos.

Chase posó su mano suavemente sobre mi hombro, y la deslizó hasta llegar a mi muñeca. Me quitó el arma de las manos. Mis oídos zumbaban.

Vi que sacó el cargador del mango y lo metió en su bolsillo. Luego arrojó el arma hacia una cerca de setos, lo suficientemente lejos para obligar a Tucker a subir la colina para buscarla, si es que lograba encontrarla.

—Debemos irnos —dijo Chase.

Lo conduje detrás del crematorio, donde terminaba el asfalto y comenzaba el bosque. La maleza se hizo densa de inmediato, y comenzó a enredarse en la tela de mi falda y a abrir pequeños agujeros en ella. Algunas de las ramas también cortaban mis piernas. Me di cuenta de eso con toda objetividad, como si fuera una extraña que veía mi cuerpo desde arriba.

Mi mente aún estaba conmocionada con los acontecimientos de los últimos cinco minutos. No podía pensar en nada más que en el asesino de mi madre.

¿Debí haber matado a Tucker? ¿Debió hacerlo Chase? Tucker tenía el poder de lastimar a muchos otros. No había una respuesta correcta.

El sendero se agotó y nos condujo hasta la cerca. Tendríamos que tener cuidado de ir entre las casas; debíamos mantenernos fuera de la vista de la cima de la colina que había detrás de la base.

Descansamos en un callejón estrecho. A Chase le costaba respirar y había comenzado a apretar su cabeza entre las palmas de las manos. Deseé tener el poder de quitarle el dolor que sentía.

Comprobé que no hubiera soldados. No había evidencia de que alguien nos estuvieran siguiendo.

—Tenemos que seguir avanzando. —Me deslicé bajo su brazo para sostenerlo. No se opuso, por lo que me preocupé. La contusión parecía grave. Teníamos que buscar a un médico cuanto antes.

Era media mañana cuando llegamos a nuestro destino. El estacionamiento estaba vacío, excepto por un antiguo guardia de reformatorio que estaba deambulando cerca del contenedor de basura.

Sean nos miró atónito.

—En serio lograron escapar —dijo con asombro.

Chase me apretó la mano.

—Ella lo logró. Yo no hice nada.

—… pero te dieron una golpiza —concluyó Sean.

Para mi sorpresa, Chase sonrió.

Parecía que se habían vuelto amigos. Pensé que tal vez Sean y yo también podríamos ser amigos algún día. Ya no lo culpaba por no haberme dicho nada acerca de mi madre; la gente hace casi cualquier cosa por proteger a sus seres amados. Si alguien lo entendía, éramos nosotros.

Caminé directo hacia Sean y le di un abrazo.

—Gracias por esperar —le dije.

—Tengo que admitir que no pensé que volvería a verte de nuevo, Miller. —Su expresión de sorpresa se transformó en un gesto de preocupación.

—Trasladaron a Rebecca —dije, antes de que pudiera preguntar.

Sus ojos se abrieron.

—¿A dónde?

—A un centro de rehabilitación en Chicago.

—¿A un… qué? ¿Cómo lo…?

—No importa. Ahí es donde está —dije.

Chase me miró, pero no preguntó nada.

Luego, cuando ya estábamos a salvo, le conté lo que había sucedido en la oficina de Tucker y que, ahora que sabía lo que Tucker había hecho, mis acciones me repugnaban aún más. Ya habría tiempo para contarles cómo había preparado nuestro escape, y lo que había visto en la base de la MM, pero, por ahora, debíamos ocultarnos.

—Haz la llamada —le dijo Chase a Sean.

Lo miré, confundida.

Sean dio un paso atrás. Un momento después, sacudió su cabeza para concentrarse en el presente y sacó una radio de su cinturón. Era como la radio de la MM de Chase, pero más pequeña, y sonaron varios clics rápidos cuando la encendió.

—Paquete listo para recoger —dijo Sean. Tuvo que aclararse la garganta. Una serie de emociones recorrieron su rostro rápidamente.

Transcurrió casi un minuto sin que la radio diera ninguna respuesta.

Mientras esperábamos, descubrí que Chase me observaba. Su mirada ya no guardaba secretos; era sincera, transparente y profunda como un lago. Recorrí sus pómulos altos con las puntas de los dedos y vi que las arrugas de su entrecejo se desvanecían a medida que cedía el dolor de los golpes que había recibido en la cabeza. Al final, lleno de paz, cerró los ojos.

—En una hora —respondió alguien del otro lado de la radio, y me sobresalté. Reconocí la voz. Pertenecía al hombre enjuto con bigote y pelo grasiento y canoso.

Chase asintió con la cabeza. Le había pedido a Wallace que nos ayudara. Íbamos de vuelta a Wayland Inn.

Íbamos de vuelta a la resistencia.

Capítulo **17**

ESTABA A PUNTO DE AMANECER cuando terminé de hablar con Wallace. Sentí un agotamiento profundo que penetró hasta mis huesos, tornándolos suaves y flexibles, apenas capaces de sostener mi peso. En esas condiciones me arrastré hasta la escalera de Wayland Inn, subí hasta el techo y sentí el aire fresco y oscuro.

El propio Wallace había atendido las heridas de Chase cuando habíamos regresado. Como había sido médico de la OFR, el líder de la resistencia me enseñó a evaluar la dilatación de las pupilas de Chase y a tratar los otros síntomas de la conmoción cerebral. Yo había llevado a Chase a una habitación vacía que tenía una cama con un edredón apolillado, y esperé unos minutos hasta que se durmiera. Sean me dijo más tarde que era la primera vez que Chase había descansado desde que habían notado que había escapado.

Luego Wallace y yo hablamos. Le dije todo lo que recordaba de la base: la distribución del lugar, el personal y los horrores que sucedían dentro. Fue aterrador revivirlo, pero también liberador. Después de horas de su amable pero persistente interrogatorio, me sentí vacía.

Más tarde hablaríamos de una estrategia. El momento de luchar se aproximaba, pero hasta entonces podíamos disfrutar un momento de paz, podíamos respirar profundamente antes de zambullirnos.

Había una sola cosa que tenía que hacer antes de ir a dormir. Tenía que ver el cielo.

Me senté en un banco de madera viejo, situado a la vuelta de la puerta de salida. Mi cuerpo se inclinó hacia las tablas curtidas y se regocijó al sentir la libertad en mis miembros. Incliné la cabeza hacia atrás, cerré los ojos y sentí que salían los rezagos de claustrofobia de las celdas de detención en las que había estado.

Mi madre se había ido y, con ella, la niña que había sido. Me la habían arrebatado con violencia, al igual que mi juventud y, en su lugar, un nuevo yo había despertado, una chica a la que todavía no conocía. Me sentía dolorosamente irreconocible.

El cielo se había tornado de colores melocotón y frambuesa cuando la puerta de la azotea se abrió de golpe con fuerza suficiente para poner mi corazón directamente en la tráquea. En un instante estaba de pie.

El pelo de Chase estaba desordenado, sus ojos muy abiertos, feroces y con una nota de dolor. Mi corazón latió como solo lo hacía por él, con partes iguales de amor y miedo. Solo cuando el sol iluminó los moretones que tenía en su mandíbula recordé que debía respirar.

—¿Está todo bien? —le pregunté.

Dio un paso vacilante hacia el frente. Pasaron varios segundos. Su mirada recorrió mi rostro de una forma dulce y familiar, y por un momento olvidé que me sentía perdida y vacía. Era la misma chica que siempre había sido, la chica que él amaba.

—Todo está bien. Lo siento —se disculpó conmigo—. Es que no lograba encontrarte y... —Se encogió de hombros de forma enérgica.

Se veía insoportablemente vulnerable para ser una persona de sus dimensiones.

Chase había pensado que yo había escapado de nuevo. Ante eso, dejé que mi pelo cayera hacia delante, con la esperanza de poder ocultar con él, de algún modo, la culpa profunda que encendía mis mejillas.

Me senté de nuevo, y él se sentó a mi lado. No nos tocamos, y sentí que algo me atravesó cuando se volvió para ver el sol que iluminaba el horizonte.

"¿Sabes lo que recuerdo después de que vino la policía? —dijo en mi mente—. Te sentaste en el sofá conmigo. No dijiste nada. Solo me acompañaste". En el recuerdo, su tono había sido más suave y menos grave de lo que era en este momento. Me di cuenta de lo mucho que habíamos cambiado en todos estos años y, aun así, estábamos sentados juntos en silencio, observando el mismo amanecer.

Permanecimos ahí durante un largo rato, hasta que me di cuenta que la palma de la mano de Chase yacía abierta sobre su muslo.

Me pregunté cuánto tiempo había estado sentado así, sin pretensiones, sin querer decir nada con eso. Respiré profundamente, sentí que el nerviosismo recorría mi espalda y puse mi mano en la suya. Con nuestras muñecas alineadas, mis dedos apenas llegaban a la primera articulación de sus nudillos.

Estudié las cicatrices en relieve que tenía en las manos por todas esas peleas. Sus dedos recorrieron las cicatrices blancas que habían dejado los latigazos en las mías. La piel suave se mezclaba con las áreas callosas y con el metal frío de un anillo de oro robado. Su pulgar recorrió lentamente el costado de mi dedo índice, y todo mi brazo se electrizó y se llenó de calor. Luego, nuestros dedos se entrelazaron. Él apretó mi mano y yo le devolví el apretón.

Apoyé la cabeza sobre su hombro y sentí una repentina ola de agotamiento. El miedo y la ira habían quedado a fuego lento hasta que llegara un momento en el que fueran útiles y, aunque sabía que era temporal, me sentí aliviada. Estábamos a salvo y estábamos juntos, y eso era todo lo que importaba.

Agradecimientos

DAR VIDA A UN LIBRO no es una empresa solitaria. Es un proceso que involucra a muchos, y jamás voy a poder expresar lo profundamente agradecida que les estoy a las siguientes personas por haber cambiado el curso de mi vida.

En primer lugar, a mi agente, Joanna MacKenzie, que se aventuró con este proyecto, pero que nunca lo hizo sentir como un riesgo; que dedicó tantas de sus horas, no solo al manuscrito sino a mi terapia; además de ser la mejor jugadora y la mejor animadora de todo el mundo. Este libro no existiría si no fuera por ella. Por otra parte, sin los comentarios reflexivos, la guía y los consejos de Danielle Egan-Miller y de Lauren Olson, *Artículo 5* estaría perdido.

Un gran gesto de celebración para Melissa Frain, mi maravillosa editora. Espero que todos tengan la oportunidad de conocer a alguien como Mel: es divertida y amable, y su optimismo es contagioso. Incluso dice cosas como: "Tenemos que recortar estas cincuenta páginas" y hace que no parezca tan devastador. Además, un gran agradecimiento a la jefe editorial de Tor Teen, Kathleen Doherty; a mi publicista, Alexis Saarela, y al director de arte de *Artículo 5*, Seth Lerner. Estoy muy agradecida por su duro trabajo.

Nada de esto hubiera sido posible sin mi familia. A mi esposo, Jason, quien ha sido mi mejor amigo desde que por suerte nos asignaron asientos contiguos en la clase de Biología cuando teníamos catorce años. A mi mamá, que me enseñó el placer de la lectura, y a mi papá, que no solo me dice que puedo lograr lo que me proponga, sino que también lo cree. Mi más profundo agradecimiento a toda la familia Simmons, que me acogió sin pensarlo dos veces. A Dee, a Craig y a los chicos por las noches de tocino, por las reparaciones y por responder preguntas ridículas acerca de todo, desde motocicletas hasta, bueno, armas de fuego. Sí, perteneces a una familia por una razón. Y a Rudy, mi galgo precioso, que me sirvió de mucha inspiración y sin embargo no exigió que reconociera su coautoría.

Tengo el privilegio de tener algunos de los mejores amigos del mundo. Gracias a las chicas en casa, a mis amigos que me acompañan a practicar *Jazzercise* y a los terapeutas, que me hacen una mejor terapeuta y una mejor persona.

Por último, gracias a la gente que, ante la adversidad, lucha; que es capaz de convertir la supervivencia en prosperidad. Gracias a ustedes ahora soy más fuerte y más sabia, y soy consciente de que la esperanza se mantiene viva en todos nosotros, incluso en nuestros momentos más oscuros.